# 乌山不夜侯

小树 著

SPM 南方传媒 | 花城出版社

中国·广州

图书在版编目（CIP）数据

乌山不夜侯 / 小树著. -- 广州：花城出版社，
2025.1. -- ISBN 978-7-5749-0360-9
Ⅰ. I247.5
中国国家版本馆CIP数据核字第2024KS2276号

出 版 人：张　懿
责任编辑：夏显夫
责任校对：衣　然
技术编辑：林佳莹
封面设计：姚　敏

| 书　　　名 | 乌山不夜侯<br>WU SHAN BUYEHOU |
|---|---|
| 出版发行 | 花城出版社<br>（广州市环市东路水荫路11号） |
| 经　　销 | 全国新华书店 |
| 印　　刷 | 佛山市浩文彩色印刷有限公司<br>（广东省佛山市南海区狮山科技工业园A区） |
| 开　　本 | 787毫米×1092毫米　16开 |
| 印　　张 | 17.25　1插页 |
| 字　　数 | 260,000字 |
| 版　　次 | 2025年1月第1版　2025年1月第1次印刷 |
| 定　　价 | 58.00元 |

如发现印装质量问题，请直接与印刷厂联系调换。
购书热线：020-37604658　37602954
花城出版社网站：http://www.fcph.com.cn

## 目录

第一章 \ 001

第二章 \ 010

第三章 \ 027

第四章 \ 037

第五章 \ 059

第六章 \ 078

第七章 \ 082

第八章 \ 096

第九章 \ 107

第十章 \ 112

contents

第十一章 \ 121

第十二章 \ 133

第十三章 \ 143

第十四章 \ 162

第十五章 \ 176

第十六章 \ 194

第十七章 \ 219

第十八章 \ 231

第十九章 \ 245

第二十章 \ 255

第二十一章 \ 259

第二十二章 \ 266

后　记 \ 270

# 第一章

夜深如墨，一辆黑色的路虎疾驰在乌山蜿蜒盘绕的窄小山路上，没有路灯，车子犹如穿行在无边的黑暗世界。山路崎岖不平，车子时不时就会发生剧烈的颠簸，但司机却驾轻就熟，开得飞快，一路盘旋弯绕上山，再九曲十八折下山，几个小时后，终于在乌山腹地山腰一处平坦的木屋别墅前停了下来。

一只大黄狗听到车声，如风般从屋里冲了出来，欢乐地摇着尾巴，哼哼着发出了几声友好的吠叫。

钟清友从后座钻出来，一股湿冷的寒气直扑怀里，冻得他不觉惊颤一下，赶紧把敞开的黑色羊绒大衣交叠在胸前，揪紧的心再次提到了嗓子眼。山里的冬天异常寒冷，他吸了吸鼻子，抬头看到头顶上群星闪烁，密匝匝的星光洒在墨汁一样的天幕上，那颗最耀眼的星星还是和十多年前一样，沉静地悬挂在西边，对他一闪一闪眨着眼睛。

往事从记忆深处涌起，小时候和爷爷一起看星星，给爷爷唱歌的情景又浮现在眼前，钟清友鼻头一酸，泪水倏然溢出眼眶。他盯着木屋门口那盏暖黄色的灯，脚底犹如被钉住一样，挪不动步。

"进去吧，爷爷一直在等你。"妈妈靠近他说。

从驾驶室下来的钟志国快步踏进了木屋，见钟清友迟迟不动，目光在他身上来回梭巡了几次，严峻的脸上显出一丝愠怒，眼神凌厉地看着钟清友呵斥道："快一点！"

钟清友瞟了他一眼，面无表情地进了木屋，才发现家族里几乎所有的人都来了，里屋外屋围得满满当当。钟清友被钟志国带到了爷爷钟嘉木床前。

从英国伦敦上飞机到这一刻见到爷爷，二十多个小时里，钟清友一直在脑海里想象爷爷现在变成了什么样子。但他无论如何都没有想到，爷爷在乌山深处也和在医院里一样，医院里常见的那些设备在爷爷的房间里几乎都摆满了。

此刻，爷爷戴着氧气面罩，闭着眼睛，脸上皱纹堆叠，身体干瘦如柴，头顶的白发如晚秋的风中芦苇，稀疏凌乱。

"爸，仔仔回来了。"钟志国弯下腰贴着钟嘉木的耳朵道。

钟嘉木紧闭的眼皮动了动，想睁开却无力睁开。

"爷爷，我是仔仔，我回来了。"钟清友走到床头，拉着爷爷的手，喉头哽咽。

听到钟清友的声音，钟嘉木的喉咙里发出了一种混沌不清的声音，许久，他终于吃力地睁开了眼睛，浑浊的目光在人群中像过慢镜头那般过滤了一遍，最后终于定格在钟清友脸上，他颤了颤发白的嘴唇，眼眶里顷刻间溢满了泪水，拉着钟清友的手点了点头，喉咙里连发出三声模糊的"好、好、好……"

这一夜，钟清友寸步不离地守在爷爷身边，困极了就和衣躺在旁边那张陪夜床上，竟破天荒睡了一个安稳觉。

第二天早上，爷爷居然坐起来了，氧气面罩也摘掉了，精神似乎一下子好了很多。在钟清友的照料下，爷爷喝了一小杯温牛奶，还吃了几口特制的肉糜汤，脸上奇迹般有了血色。

"仔仔，你推我出去走走。"爷爷说完看向身边的姚医生，"我感觉我好多了，我能出去。"

姚医生有些为难，他抬手看了看时间，又走到窗前看了看外面和煦的阳光，终于点点头，说："好。"

钟清友和姚医生一起把爷爷抱到了轮椅上，给他穿好保暖的衣服，戴上帽子，再盖了一条羊毛毯子，推着他来到了外面。屋外站着的所有人都吃惊地看着老爷子。

"你们都回去吧，都回去，让仔仔陪着我就好。"钟嘉木对着一堆儿女和晚辈摆手道。

"爸，我们就是过来陪您的。"大家很为难，一个个面面相觑，既想留下又担心时间太长影响自己的工作。

"不需要，你们都忙，回去吧！志国，让他们都回去，回去！"钟嘉木把钟志国招呼过来下命令。

钟志国沉默了几秒，转身对他们说："都回去吧，这里有姚医生和护工，现在仔仔也回来了，放心吧！"

看着大家离开，钟嘉木似乎松了一口气，他指着门外茶山深处的一块平地对钟清友说："仔仔，你推爷爷到那里去。"

钟清友推着爷爷往门外走去，姚医生和护工跟在身后，那只大黄狗一直追随在爷爷身边。山里的深冬，白天的阳光也温煦暖融，就连丝丝微风也是和暖温柔的，抚在脸上如小娃娃的手那般柔软舒适。清甜的空气里带着茶山的香润，还有泥土的芬芳，钟清友陶醉地张开双臂深深吸了一口，再长长地呼出浊气，神情惬意道："爷爷，这里的植被比十几年前好多了，真美，真舒服！"

"那就在这里陪爷爷多住些日子。"钟嘉木脸上溢出了难得的笑容。

"嗯，我不走了，过年也不走了，就在这里陪爷爷。"钟清友满口答应。他知道，爷爷一直在等他回来，因为他是爷爷最疼爱的孙子。

钟清友推着爷爷往茶山上走，大黄狗欢快地在前面带路。这一片位于乌山东北坡的茶园，爷爷已经守护了近二十年。十多年前，钟清友还在上小学，爷爷就领着他在这里过暑假。那时候的茶树刚种下去不久，还没有小时候的钟清友高。现在，钟清友长高了，茶树也长高了，但枝干细弱，叶片也不浓密，稀疏零落，看起来营养严重不足，茶树下面的草倒是长得很茂密。

"爷爷，这茶树您一直不给施肥吗？也不除草，长得很瘦弱啊！"钟清友说。

"自然生长，吸收大山的养分和天地的精华就是最好的茶。"钟嘉木也觉得周身开始发热，气息都比之前要足了，继续说道，"仔仔，爷爷养护了这片茶园二十年，等我离开后，你爸爸肯定要把它转手卖掉，唉……"

听着爷爷长长的叹息，钟清友也心头凄然。当年，这片茶园是爷爷执意花高价接手的，爸爸是不太同意的。但因为爷爷那时生了一场重病，康复后只有在老家的这片山里他才能睡得安稳，爸爸只能遂了爷爷的心愿，拿出一大笔钱来投资茶山。那时候山里的路不好，为了进山方便，爸爸还要把一些没通的山路修通。直到现在，山路依然难走，进山出山并不容易，茶山的收益还不够支出。

钟清友把爷爷推到了茶山中间的那块平地上，这一路都是上坡，加上暖阳普照，钟清友顿觉热气从脚底升腾起来蔓延全身，后背开始发汗。他脱下大衣，极目远眺，只见蓝天白云下，山脚下那片水库犹如一块碧绿的翡翠静卧铺陈，不远处葱郁的大山脚下村庄安详，袅袅炊烟升起，伴着偶尔传来的鸡鸣犬吠，如世外桃源般美丽祥和。

"仔仔，这块地是我为自己选的最后归宿。这里背靠乌山，面向凤凰山，我长眠于此，能日日夜夜看着我的故乡，守着我的茶山。我最担心的是，以后茶园被别人接手，他们为了追求产量大肆使用化肥和农药。山脚下就是水库，那是我们乌山人的生命之源，水体一旦受到污染，后果将不堪设想。二十年前，我有一次回村，偶然听村民说这片茶树刚种下不久，为了让茶树生长加速，他们无节制翻土且大量使用化肥和农药，后来一场大雨导致这里水土流失严重，化肥和农药进入水库，把水库里的鱼都毒死了，山下的水也不敢喝，害得村民不得不翻山越岭到别的山头去挑水喝……你爸爸在外经商发达后，我们也没为家乡做什么贡献，所以，我生病康复后，就坚持要把这片茶山承包下来，为的就是不让我们这片土地受到污染……二十年了，我的茶树长势很慢，茶叶产量很低，茶园里的草很多，但是我很开心……"

原来如此！直到这一刻，钟清友才真正明白爷爷接手这片茶园的良苦用心。为了山下村民们的生存安全，爷爷可以不计成本守着这片茶山。可是整个家族目前并没有人愿意来替爷爷接管这片茶园。他自己也从来没有想过和茶山有什么关系，他在英国大学毕业后，打算和女朋友定居伦敦，短期内是不考虑回来的。

"爷爷，我们回去吧！"坐了一会儿，钟清友说，他怕爷爷累了。

"我想在这里多待会儿，好好看看这片青山绿水。再过些日子，茶园周边的樱花就要开了，桃花也要开了，还有玉兰花、黄花风铃木，都会陆续开放，到那时，茶园就更美了！"

"是啊，太美了，美得像画儿一样，美得像仙境，这里的空气都是甜的。"

"我父亲也就是你的太爷爷，当年跟着韩江纵队闹革命，就是在这一带的山里活动，村里现在还保留着当年韩江纵队小分队在乌山村的指挥所。1945年8月日本投降后，国民党军队的一个团在当地保安队配合下进攻韩江纵队，队员们在自卫反击中损失惨重。我父亲就是在那时牺牲的，年仅三十六岁，当时我只有十二岁。"钟嘉木的语速很慢，边说边看着远处的群山出神，大黄狗挨着他，安详地躺在轮椅边。

太爷爷的革命故事钟清友小时候就听过，但今天站在太爷爷曾经战斗过的地方，看着眼前这片壮丽的山河，再听这些过去的故事，他内心自然而然地激荡起一股蓬勃昂扬、催人奋进的力量。

"仔仔，你知道你的名字'清友'这两个字是来自哪里吗？"钟嘉木问道。

"不知道。"钟清友从来没想过这个问题，自己的名字听起来很普通，还能有什么大的学问吗？

"'清友'这个名字是爷爷给你取的，是'茶'的雅称。唐代姚合《品茗诗》曰：'竹里延清友，迎风坐夕阳。'宋代苏易简《文房四谱》曰：'叶嘉，字清友，号玉川先生。清友，谓茶也。'我的名字'嘉木'是我父亲取的，也是'茶'的意思，陆羽《茶经》曰：'茶者，南方之嘉木也。'茶还有很多雅称，比如'不夜侯''清风使''瑞草魁'等。我父亲希望我能像'茶'一样与世无争、谦逊有度、无私奉献、一视同仁。这一生，我都在践行父亲对我的教导。现在，爷爷希望你也能做一个这样的人。"

"爷爷，您的话我记住了，我会努力去做到。"钟清友第一次知道爷爷对自己寄予了如此厚望，不过，他马上就想到另一个问题，"爷爷，那您怎么没给我爸取个和'茶'有关的名字呢？"

"你爸爸还没出生我就给他取名叫'茗柯'，也是'茶'的意思。长大后他嫌这个名字不好，自己给改成了'志国'，说是要立志报效祖国。"钟嘉木摇摇头苦笑，继而看着钟清友道，"清友，你有没有想过回来帮爷爷看茶山啊？"

钟清友一时愕然，没想到爷爷会突然提出这样的问题，弄得他不知该如何回答。

"爷爷，我……"

"呵呵，没关系，爷爷知道你想待在伦敦，你跟我说过。爷爷理解，年轻的心总是向往远方，只有老了才会思念家乡。不过爷爷要告诉你，当你有一天走遍七大洲四大洋，回头还是会觉得家乡最美、最好……好吧，我有点儿累了，回去吧！"

钟清友小心地推着爷爷下山，为了确保爷爷安全舒服，钟清友抓着轮椅走得很慢很慢。爷爷伸出手，掌心触摸着每一片滑过手边的茶叶，一路下去，爷爷的眼里饱含着泪水。钟清友知道，那是爷爷对生命的留恋，对茶山的不舍。

晚上，爷爷让钟清友把他推到院子里看星星，大黄狗跟着爷爷，形影不离。

"真好啊，这一片宁静澄澈的天空，星星每天都在这里聚会、聊天。仔仔，你看西边那颗最亮的星星，还记得那是什么星吗？"

"那是金星，是您告诉我的。那是我第一次来山里，被满天的星光惊艳了，我指着天空要数有多少颗星星，结果数了一晚上也没数清。爷爷，这里的星空是我见过最美的星空。"

"是啊，只有我们山里才有这么美的星空，城里的孩子都看不到星星了，真希望每一片天空都能这么澄澈，每一处星光都能这么灿烂啊……"

这一刻，钟清友仿佛又回到了十多年前的那个夜晚，也是这样和爷爷一起看星星、数星星。真希望这样的日子能多点儿，再多点儿……钟清友在心里对着满天的星光祈祷，祈祷爷爷能恢复健康。

坐了许久，爷爷觉得累了，钟清友把他推回房间睡觉。爷爷睡得很安稳，神情很安详。护工要替换钟清友陪床，钟清友坚持自己陪，他和衣躺在陪床上，睡在爷爷身边，这样才觉得安心。

睡梦中，钟清友突然身体一颤，惊醒过来，发现窗外漆黑，天还未亮。钟清友轻声下床去看爷爷，病榻上的爷爷眉头舒展，双目闭合，脸上挂着微笑，神情安然，可是一只手却耷拉在床沿下。钟清友伸手一摸，才惊觉爷爷的手冰冷僵硬，早已没有了体温！再探了探爷爷的鼻息，也没有了呼吸。

"医生！姚医生！"钟清友惊慌大喊，"快来看看我爷爷！爷爷，爷爷……"

大黄狗闻声也狂吠起来，片刻后竟然发出"呜呜"的哭声。

姚医生冲进来，翻了翻钟嘉木的眼皮，再听了听他的心跳，很遗憾地看着钟清友和冲进房间的钟志国宣布道："老爷子走了，走得很安详，临终没有痛苦，86岁，也是高寿，请节哀！"

"爷爷……"钟清友哭喊着扑倒在爷爷身上，昨天姚医生悄悄跟他说，爷爷精神大好是回光返照，他不愿意相信，没想到爷爷真的就这样走了！

爷爷如愿长眠在茶山深处，依旧日日夜夜看着他的家乡，守护着他的茶山。只是，这片茶山很快就要易主了。钟志国说，他会找一个可靠的人来接手茶山，要按照老爷子的遗愿继续守护好这片青山绿水。

料理完爷爷的后事，钟清友和父母一起回到深圳家里。马上就到春节了，钟清友决定在家里过完春节就飞回伦敦。

一家人吃完晚饭，钟志国习惯性地来到茶室泡茶。二十年前，他为老爷子盘下那片茶山，每年还要贴钱去维护，除了让老爷子在那里颐养天年，他自己也享受到那片茶山的回报，就是这些近乎自然野生的茶叶，成了他的特供茶。现在，他只喝自家茶山上的茶。不仅如此，他还把这些茶作为礼品送给公司的优质老客户。

钟志国把钟清友叫到茶室，边泡茶边说："毕业了还是回来，把女朋友一起带回来，早点儿进公司，我安排你从基层做起，扎扎实实了解公司业务，这样以后我才能放心地把公司交给你。"

"我对公司没兴趣，我只想做我的艺术设计。"钟清友漫不经心地回道，故意坐在离钟志国最远的那张椅子上。

"当年我就不同意你学什么艺术设计！学那个玩意儿能干什么？我就你一个儿子，你不接管公司谁接管？"钟志国一听钟清友的话就火冒十丈，瞪着钟清友怒斥道，"都是你妈妈给你惯的！学什么艺术设计！那玩意儿就是在街头涂鸦，做一些别人都看不懂的东西，自认为高雅，有什么用？你知道你老子当年创办这个物流公司有多难吗？在这个竞争无比激烈的城市打下这片天地，是我拿了命换来的！"

"那是你自己愿意！"钟清友翻了翻眼皮小声嘀咕了一句，对于钟志国的强硬做派，他从小就很反感，父子之间的关系一直很紧张。

"你说什么？"虽然钟清友的声音很小，但钟志国依然听得很清楚，他霍地一下站起来指着钟清友吼道，"没有老子拼命赚来的家业，这些年你能在欧洲留学潇洒？还能玩什么艺术设计？"

"我也有同学是来自普通家庭，他们照样能实现自己的梦想！大学四年，我也是自己打工赚生活费，并没有花你多少钱！不要以为你给我投资了很多钱！将来那些钱我会一分不少全部还给你！"钟清友也站起来，不甘示弱地捏着拳头对钟志国怒目而视。

"你……"

"好了好了，怎么刚坐下来就吵啊！"妈妈许雅纯及时走了进来，挡在两父子中间，握住了钟志国将要挥出去的巴掌，柔声细语劝慰道，"志国，你坐下，消消气，儿子已经长大了，你不能还和小时候那样对他……"

"都是你惯的！你看看他这副鬼样子，头顶染黄毛还要扎小辫，耳朵上戴耳环，像个男人吗？二十四岁了，丝毫都不知道体谅老子，养他这样的儿子有什么用？"钟志国气得身体发抖。这个逆子从小就不听话，啥事都要拧着来。小时候让他去学奥数，他却要画画，要弹吉他；上大学让他学企业管理，他非得学艺术设计。真是要活活把他气死！

"行行行，都是我的错，你消消气，来，喝杯茶。"许雅纯边给钟志国倒茶，边对着钟清友挤眼睛，示意他快点出去。

钟清友也憋着一肚子的气，像只气鼓鼓的青蛙回到自己房间里。从小到大，爸爸就没有对他满意过，动不动就吹胡子瞪眼指着鼻子训他，他越想越不愿待在这个家里，想立刻飞回英国。可是想到自己如果在春节前一天飞走，妈妈肯定会很伤心，因为他已经一年多没回来了。躺在床上，钟清友翻来覆去无法入眠，给女友小朵打了一个很长的视频电话，两人聊得难舍难分，小朵希望他能马上飞回去陪她。那边是爱情的召唤，这边却是爸爸对自己的各种不满，钟清友当即决定买机票飞回英国去。

已经是凌晨四点多了，他打开手机软件准备买票，突然看到微博推送了一条令世人震惊的消息：武汉因为新冠病毒疫情封城了！再看国际机票，很多航班都取消了，仅有的几趟航班也早就没票了，他想走也走不了了。

这一刻，钟清友和所有人一样，并没有意识到这个事情会有多么严重，也没有想到疫情会对自己的生活造成那么大的冲击，以致改变了他的人生走向。

没办法，暂时没有飞回英国的机票，钟清友也一刻都不想在家待了。天未亮，他就开车出发，直接回到乌山茶园。他宁愿一个人待在乌山，也不想见到爸爸钟志国的那张臭脸。

# 第二章

钟清友回到乌山茶园,是上午十一点以后。冬日暖阳和煦,微风柔软细腻。毫无冬日的严寒,倒是充满了春日暖融的气息。

他带着大黄狗,来到爷爷的墓地。举目四望,澄蓝的天宇下,一座座青山层峦叠翠、紧密相连。近处的绿得深沉厚重,稍远点儿的绿得飘逸鲜亮,再远点儿的绿得仙气缥缈,一座推着一座,一层叠着一层,一道蕴着一道儿,仿佛国画大师笔下最美丽、最宏大、最澎湃、最辽阔的千里江山图。不,是比任何一个大师笔下的山水都要美的江山图。钟清友是学艺术设计的,对中国画也有深入的学习和了解,此时此刻,站在这座山头,他看到的是任何艺术形式都无法真正呈现出来的美,美得令你沉醉,美得令你心动,美得任何语言都无法形容,美得让你忘记周遭的一切,包括烦恼,包括你自己。

真好啊!难怪爷爷会选中这里颐养天年,难怪爷爷要长眠于此。

"爷爷,我回来陪你了,陪你过春节,陪你在这里看茶山,看风景。大黄,你是不是也想爷爷了?"钟清友摸了摸大黄狗的头,大黄狗伤感地发出呜呜声。坐在爷爷的墓碑前,钟清友轻抚着这块崭新的大理石墓碑,上面黑色的墨迹似乎都未来得及干透,看上去依然带着明显的湿润。想着前几天自己还和爷爷在这里一起看风景,爷爷还给自己讲太爷爷的故事,如今却是阴阳两隔,再也听不到爷爷的声音,再也看不到爷爷的样子,钟清友不禁鼻翼发酸,忍不住抱着爷爷的墓碑啜泣起来。

从小爷爷就疼他,他是在爷爷的宠溺下长大的,所以打小就淘气、任性。爸爸因为工作忙,很少陪他,偶尔在家就是对他提要求,或者训他,所以钟清友打小就不喜欢爸爸,觉得爸爸就是存心跟他找碴儿的。那副严肃不可亲近的样子,让他犯怵,让他畏惧,也让他讨厌。

"爷爷,我爸又要我去公司上班,就他那个样子,我要是跟他在一起工作,这辈子我都抬不起头来。我宁愿不继承他的公司,也不要一辈子被他压着,管着,我就不信我自己在外面闯不出一片天地来!他总是瞧不上我学艺术,开口闭口就是学艺术没用,就他那个思想格局,全世界的人都和他一样才是有用的吗?那这个世界还有什么意思?他为什么总是那么不近人情呢?整个就是一冷血动物!"钟清友擦干眼泪对着爷爷的墓碑自言自语。

他不知道爷爷能不能听到他说的话,不过说出来后,他感觉好受多了。这些话憋在心里很久很久了,每次和爸爸起冲突,他就想把这些深埋心底的话全部倒出来,可是每次他都不敢,不仅不敢对爸爸讲,他从来也不敢跟其他人讲。因为爸爸是整个家族的掌门人,是爸爸九死一生创业拼下这份家业,带着整个家族走向了辉煌,改写了家族历史,爸爸是家族的功臣。可就是这位功臣,从小到大,如泰山压顶般横在他面前,让他畏惧。所以,他从高中时就想离开爸爸,离开这个家,离得越远越好,因此他选择去英国上大学,并决定留在那儿。如果爸爸不改变对他的态度,他是不会回来的。

手机在口袋里反复振动作响,妈妈的电话追来了。钟清友接通后放到耳边,妈妈的声音随即传来:"仔仔,你去哪儿了?"

"我回茶山了,我在陪爷爷说话。"钟清友抚摸着爷爷的墓碑说。

电话里沉默了几秒,随即传来一声悠长的叹息:"仔仔,你不是不知道,你爸的脾气就那样,他是希望你能尽快成长起来,为今后接管公司做准备。你爸已经五十多了,公司迟早要交给你的。仔仔,这些年你爸也不容易,每天都很辛苦,你也要学会体谅爸爸。明天就过年了,你还是赶紧回家来,我们一大家子过个团圆年,好吧?"

"不好,我不想看到我爸的那张臭脸。"钟清友直接拒绝道,"妈妈,你也来乌山吧,咱们在乌山过年。我觉得这里比城里好太多了,山清水秀,空气清甜,无人打扰,咱们就在山里住一段时间。"

"仔仔,别任性了好吗?过年你爸也有很多应酬,你爸说要带着你一起,去认识一些重要的合作伙伴。听妈妈的话,赶紧回来吧。"

"他要应酬是他的事儿,干吗拉上我?你告诉他,我可不会跟他去参加任何饭局。"钟清友一脸的不痛快,和钟志国一起吃饭就胃疼,还要一起去参加饭局，那还不得窒息而亡？

任凭妈妈怎么劝，钟清友都不为所动，坚决不回深圳陪钟志国过年。他相信，过不了两天，妈妈就会过来陪他。至于钟志国，最好不要来。

挂了电话，钟清友在茶园里转了几圈，肚子开始咕噜噜叫唤，早上没吃饭就开车出发，这都大中午了，早就饿了。他回到木屋别墅，想自己随便整点儿吃的，刚到门口，就闻到一股沁人心脾的鸡肉香味儿，走进侧边的厨房，发现一个瘦高的男人系着围裙正在锅台前忙碌着炒菜。

太奇怪了！这简直就是田螺哥哥啊！钟清友好奇地走进去，那人正好端起砂锅转过身来，原来是一直给爷爷做饭的顺子。顺子看到钟清友时也毫不意外，对着他咧嘴一笑，说："饿了吧？可以吃饭了。这是黄焖鸡，汤也炖好了，我再炒个青菜，你先吃着。"说完，他麻利地拿出碗筷盛好汤，又继续去炒青菜。

牛腩萝卜汤、青椒炒山猪肉、黄焖鸡，都是钟清友爱吃的菜。顺子怎么知道自己回来呢？做的还都是自己爱吃的菜。钟清友来不及多想，洗洗手抓起筷子开始慰藉自己咕咕作响的肚子。

正享用着美味的午餐，门口突然走进来一个年近六旬的老者，头发花白，肤色深黑，皱纹尽显的脸上，唯独那双炯炯放光的眼睛给人一种无言的威慑力。

钟清友抬头看了他一眼，想起这个人前几天在爷爷的葬礼上忙前忙后，但他具体是谁，钟清友并不知道。

进来后，他不太友好地扫了钟清友几眼，盯着他的黄毛小辫不放，一言不发地在餐桌边坐下来，然后掏出一根红双喜在烟盒上反复蹾了蹾，再从发白的夹克口袋里拿出打火机，"啪"的一声点燃了，吸了两口，吐出几个烟圈后，又盯着钟清友看了好一会儿，才缓缓开口道："你不是刚回深圳吗？怎么突然又回来了？"

"我喜欢山里，想在这儿住一段时间。"钟清友边夹菜边说，被他那眼神看得很不舒服，态度自然也不太友好。

"嘉禾叔，您来啦？正好一起吃饭。"顺子端着刚炒好的芥蓝走出来，热情地跟钟嘉禾打招呼。

"行，你给我拿副碗筷。我巡山的时候看到门口停着车就上来了。刚接到通知，山里的路得封起来，不让人进出了，据说所有的高速路口都封了，不让外地车子下来。"钟嘉禾深吸了一口烟说道，眉间也随之紧锁成一个清晰的"川"字。

"发生什么事情了？"顺子颇为吃惊地问道。

"你是说到处都封路了？"钟清友也惊讶得放下了筷子，这才半天的时间，武汉的事情就影响到全国了吗？

"是啊，我刚接到通知，上面要求各个村都要守好进出的路口，不让外地车辆、外来人员进入。武汉的事情，看起来情况很严重啊！你是昨晚开车回来的吗？"钟嘉禾盯着钟清友问道。

"我是天未亮就出发的，十一点多到这里。"钟清友说道。

"你小子来得真及时，晚一点就进不来了。"钟嘉禾又盯着钟清友的黄毛小辫，说，"打算回来给你爷爷看茶山？"

"我住一段时间就要回英国，我没打算长期留在这里的。"钟清友撇嘴道，他很不喜欢钟嘉禾看自己的眼神，那眼神跟爸爸钟志国的很像。

"我估计你短时间内是走不了了。现在进山出山都不行，估计你得在这里住久一些。正好你爷爷的茶园没人看，你就暂时替你爷爷看守一下，先熟悉熟悉茶园环境吧。这里还有你爷爷留下的很多东西，那边有一群鸡，茶园里还有很多菜，屋里有不少粮食，够你吃好一阵子了。顺子，吃完饭你带阿友去茶园的各个角落转转，让他熟悉熟悉环境。"钟嘉禾像个主人似的给钟清友安排好了日程，见钟清友一脸疑惑地看着自己，神情严肃道，"你爸是不是没告诉你我是谁？我告诉你，按辈分，你得叫我老叔，因为我和你爷爷是一辈的人，你爸得叫我叔。顺子虽然比你大不了多少，你也得叫他叔。"

钟清友耸耸肩，这些关系他确实分不清。他说叫啥就叫啥吧，反正自己在这里也住不久，只要有机票，马上就走。

"你爷爷在的时候，我经常来陪他吃饭；他身体好的时候，我经常陪着他去巡山。这里的每一座山头，都留下了我和你爷爷的足迹。你爷爷是真爱这片山啊，我知道他舍不得走，舍不得这片茶园……"钟嘉禾眼眶泛红，赶紧低下头去吃饭。他很想念老哥哥钟嘉木，那个把茶园当成自己生命的人，那个无私为乌山村民守护这片山水的人，那个谁家有困难都会主动去伸出援手的人，乌山的村民永远都记得他，感念他。钟嘉木的葬礼，村民全部都来了。

好好的一顿饭，被钟嘉禾这么一说，吃得钟清友心情沉重。钟嘉禾走后，顺子边收拾碗筷边对钟清友说："嘉禾叔是我们乌山村的党支部书记，以前他每天都来看你爷爷，和你爷爷商量村里的事情。现在你爷爷走了，嘉禾叔很伤心，他不仅失去了一位老哥哥，更失去了一位最支持他的好伙伴。"

顺子的话让钟清友明白了钟嘉禾刚才的那些话。在这片被爷爷视作生命的茶园里，钟嘉禾从未把自己当外人；而他虽然是爷爷的孙子，倒很像一个外人。因为对这里的一切，他知之甚少。

既来之，则安之，山里也没什么娱乐活动，钟清友决定跟着顺子去巡山，他要去走爷爷曾经走过的路，去吹爷爷曾经吹过的风，去呼吸爷爷曾经呼吸过的空气，去触摸爷爷曾经抚触过的每一片茶叶，去好好感受这青山绿水间每一个律动着的美丽生命。

午饭过后，趁着暖阳高照，钟清友跟着顺子去巡山。刚走出木屋别墅，顺子低头看了一眼钟清友脚上穿的白色鞋子，停下脚步说："你穿这鞋不行，得换一双。"

钟清友抬起脚尖转了转崭新的耐克鞋，十分不解道："我这鞋怎么不行？是运动版，好走路。"

"你这鞋太白净了，看起来很金贵，一会儿巡山我们要走很多路，有的山路很湿滑，有的根本就不叫路，野草没膝，你得穿我这样的。"顺子指了指他脚上穿的那双黑色高帮橡胶鞋。

钟清友盯着顺子脚上的鞋，觉得真心太丑了，太不符合自己的审美了，这就是山野村夫穿的，土得掉渣，心里本能抗拒，不想穿。他想了想说："你说的可能是对的，但是我没有你这样的鞋。"

"我给你找。"顺子快步转身到屋里，很快就拿出一双和他自己脚上一模一样的黑色高帮胶鞋，递给钟清友道，"这双你应该可以穿。"

钟清友是真没想到顺子能这么快找到鞋子，好像这鞋子早就给他准备好了一样。但他还是不想穿，看着这双黑乎乎的胶鞋，钟清友一脸嫌弃道："这是谁穿过的？我觉得我穿不了，不合适。"

"你试试嘛！好不好穿试一下不就知道了？"顺子根本不容钟清友反抗，搬过一张小板凳放到钟清友身后，直接把钟清友按到板凳上，再把鞋拿到钟清友脚边，"脱了鞋试试！"

钟清友是真不想穿，但看顺子这架势，不试试估计是不会放过他的。只好不情不愿地脱下自己白净时尚的耐克鞋，把脚伸进那黑乎乎的胶鞋里。就在脚穿进去的那一刻，一股柔软的暖融融的感觉从脚底传来，嘿，好舒服！他本以为这种胶鞋一定很不好穿，没想到居然这么舒服！

两只脚都穿进去后，钟清友站起来走了几步，大小很合脚，橡胶鞋底柔软，又很有抓地力，走起来很有感觉，似乎这双鞋就是为他的脚定做的，他忍不住多转悠了几圈。

"很合脚、很好穿吧？"顺子看着他笑道。

"嗯，挺好穿的，就是丑了点儿。"钟清友也笑道，"这是谁穿的鞋？"

"这是你爷爷穿过的鞋。"顺子说，"不过这双他没穿几次，以前的那几双都被他穿破了。你爷爷每次都是穿着这样的鞋去巡山。"

原来这是爷爷穿过的鞋子！钟清友顿时觉得有股异样的暖流从脚底升起，一点点蔓延到全身，心田涌起一股莫名的感动，仿佛自己的生命再次和爷爷达成了某种连接，暖暖的，充满了力量。再低头看脚下的这双鞋，他觉得一点儿也不丑了：这么纯粹的黑色、这么简洁的款式，多质朴、多好看啊！

"行，那就穿这双鞋！出发！"钟清友很满意，把自己的耐克鞋放进屋里，转身就要出发。没想到顺子又一把拉住他，递给他一件藏青色的半长风衣，指了指他的外套说："把你这件羊毛大衣换了，穿这件。"

钟清友眉头又皱起来了，这衣服也太丑了吧！藏青色中间还夹着两块巨大的橙红色，分外刺眼。这种颜色搭配太跳跃了，无法理解这种审美。

"外套就不用换了，走吧！"钟清友根本不接顺子手里的衣服，就想这样出门。

"不行，你这毛呢大衣上一次山就废了，一会儿那些树杈毛刺全挂在衣服上，你这几万的大衣就要面目全非了。"顺子把衣服递到钟清友跟前，咧嘴笑道。

上一趟山衣服就能废了？钟清友不太相信，但看顺子那不容置疑的眼神，又忍不住低头看了看自己身上的大衣。这衣服名贵且不说，更重要的是，这是女友小朵精心为他挑选的生日礼物，真要弄坏了，那可不是钱能解决的问题。思来想去，还是不情愿地脱下外套，换上那件藏青色夹着橙红色的风衣。

"再戴上一顶帽子，山上中午的太阳也很晒的。"顺子把一顶秸秆编织的草帽戴到钟清友头上，惊喜道，"嘿，还真像！"

"像谁？"钟清友不解地看着顺子。

"像嘉木大伯，穿上这身衣服你真像他！像极了！"顺子盯着钟清友上上下下、左左右右地看。

"你是说我像我爷爷？"钟清友拽了拽身上的衣服，一脸讶然。

"对，真像！嘉木大伯年轻时候就是你这样的，我见过他年轻时候的照片。"顺子点点头，语气很肯定。

"真的吗？哈哈，那我太高兴了！以前大家都说我像我爸，我最讨厌人家说我像他。"钟清友笑哈哈地拿下头上的草帽，捋了捋后脑勺那撮扎起来的头发，又把草帽戴回了头上。

顺子盯着他的黄色小辫，咧嘴笑道："你要是不扎这个小辫，那就和嘉木大伯完全一个样儿了。"

"这是我的个性，你不懂。"钟清友白了顺子一眼，说，"现在可以出发了吧？"

"走喽，去巡山啦！"顺子也戴上草帽，背上两瓶准备好的茶水，又往兜里抓了一大把糖，顺手递给钟清友一根木头，说，"拿上这个。"

"要这个干吗？"钟清友接过来看了看，"当拐棍儿用吗？"

"到时候你就知道了，走吧！"

"汪汪汪……"一直围绕着他们的大黄狗摇着尾巴吠了几声，欢快地跟在他们身后要一起上山。

"大黄,你看家,不许去!"顺子摸摸大黄狗的头,丢给大黄狗一个铃铛玩具。大黄狗果然听话地叼着铃铛一边儿玩去了。

"大黄真听话。我记得最早的时候,爷爷养的是一只小黑狗。"钟清友也蹲下去摸了摸大黄的头。

"小黑过世后,我从家里带来的大黄,跟着嘉木伯六年了,很有感情。嘉木伯走了,它每天都会去山腰墓地待很久,今天我们走的路比较多,就不带它了。"顺子说。

钟清友跟着顺子,沿着木屋别墅后面的那条路往山上走。正午的暖阳在头顶普照,山间的一切植物都在尽情吸收生命能量,每一片叶、每一株草都闪着光,空气中弥漫着天然的茶树清香。这片山头钟清友很久没来过,记忆中十几年前没有这样茂密的植被。一条山泉顺着小山沟涓涓往山下流淌,从木屋别墅后面流过,注入山脚下的乌山水库,无数条这样的小山泉汇聚成了山脚下那一片翡翠般的山间湖泊,滋养着乌山的子民。

"哇,有樱花!"转过一个弯后,钟清友突然被万绿丛中那片嫣然的粉红惊艳了!在这片一层层往上生长的茶园里,居然零散地种了好多樱花树,此时正在陆续开放,花香引来了成群的蜜蜂在枝头采蜜,静谧的山林中,蜜蜂嗡嗡的声音显得有些嘹亮,颇有气势。

"这些树是什么时候种的?"钟清友驻足在樱花树下,仰头望着这比他还高些的花枝,伸手摘下几瓣在手心里仔细打量。这么娇嫩的花瓣,美得令人心动的颜色,是啥时候来到这片寂寞的山林里的呢?

"这是嘉木伯亲手种下的,我来的时候就有了,估计种了有快十年了。"顺子说,"我跟着嘉木伯有六年了,那时候这些樱花树还比较小,开的花儿也不多,这几年每到春节都成片成片开放,越来越美了。可惜嘉木伯看不到了。"顺子仰头望着头顶簇簇樱花,抚摸着樱花树干遗憾道。

"我爷爷看得到,他就在对面的山头上,我想这会儿他正看着这些樱花树微笑呢!"钟清友看着对面山头很肯定地说道。

"对,看得到,他一直都在这里。"顺子马上点头道,"嘉木伯在这里种了樱花、桃花、玉兰花。现在樱花开了,过几天桃花也要开了,你看,这旁边的桃花已经开始吐蕾了,再晚些玉兰花也会开。整个春节,茶园里绿树红花,蜂蝶成群,美丽又热闹。到四月份的时候还有黄花风铃木,夏天有紫薇,四季都有桂花,嘉木伯还种了杨梅、李子、番石榴,每个季节都有不同的水果吃。"

"没想到爷爷在山上二十年,已经把这片茶山打造得如此美丽。我记得小时候在山上过暑假,这些山头都是黄土裸露,过度开山种茶导致植被破坏很严重。原来二十年的时间,足以改变一座山啊!"

"是啊,二十年我们已经长大成人了,这些树也长大了。别人是在种茶卖茶,嘉木伯是在养茶山。你看看这些茶树,和周边的山林山草已经融为一体了。嘉木伯说,他要的就是这样植被繁茂的茶山,采多少茶叶他不在乎。这些茶树每年只采头春,不施肥,不喷药,山草很久才处理一次,而且不能连根拔起,只能在半腰折断,铺在茶树根部做养料,周围的一些草还是让它自然生长。嘉木伯说,这样的草是留给虫子吃的。草全部都除光了,虫子就只能吃茶树叶子。"顺子指着这一大片茶园,目光中溢满深情,六年的时光,他跟着嘉木伯在这里巡山、采茶、管理茶园,对这里的每一棵茶树、每一株山草、每一朵花儿、每一颗果实,都熟悉无比。

"顺子,你怎么会愿意留在茶山呢?你没上大学吗?"钟清友好奇地问道,这山村里,难得见到顺子这样的年轻人。

"说来话长,"顺子长叹一声,转身往山草更密集的深处走去,他扯了一条树枝,边走边挥动手上柔软的枝条扫去横结在草木间的蜘蛛网,"我大学毕业后在你爸的公司里干了两年,后来我爸突然脑出血,落下半身不遂。我妈妈身体原本就不好,妹妹还在上中学,我只能回到山里照顾这个破败的家。当时我爸在省城看病花了很多钱,大部分都是你爸爸给的,前后花了大几十万吧!这么多钱我家是很难偿还的,我爸出院后,也无法打理茶园,就决定把家里的那十几亩茶园给你爸抵债。你爸不要,我爸坚决要给,后来两人就签了一个三十年的承包合同,你爸出了高价。再后来,我爸慢慢好点儿了,嘉木伯就让我来给他做饭,顺带帮他管理茶山,让我有了收入。你看,这一片就是我家原先的茶园,这些都是五六十年的老丛水仙。"

顺子的语气很平静，但钟清友却听得很难受。这种被命运捆绑的无奈感和无力感，钟清友虽不能感同身受，却很能理解顺子当下的心情，就像现在他被困茶山一样。而这种无奈，顺子已经承受了六年，心里的滋味儿一定是复杂难陈的。

"你真的喜欢这里吗？"钟清友看着眼前茫茫重叠的山峦，气息微喘道。

"当然喜欢，这里是我的家乡，是生我养我的地方，是我的父辈祖先赖以生存的天堂。"顺子长长地呼出一口气，目光眺望着山峦重叠的远方，蓝天旷宇下，缥缈高远的山那边充满了无限想象。其实，那里才是他梦想燃烧的地方。

"那你就这样永远待在大山里吗？没再考虑出去？"

"如果我能选择……可是没有如果啊！"顺子苦笑起来，满眼羡慕地看着钟清友，"阿友，听说你在国外待了很多年，那里是不是你的理想国？"

"国外其实也就那样，我主要是喜欢那里的氛围，自由放松。我不喜欢留在国内，是不想和我爸在一起。他就是个老顽固，和他在一起生活，吃饭我胃疼，喝水我牙疼，睡觉我头疼，反正就是哪儿哪儿都疼。他就是我的克星。"钟清友撇嘴道，钟志国这个人不能提，一提就浑身难受。

"哈哈……"顺子突然仰头大笑，笑得眼里泪花闪烁，许久才停下来说，"你真是身在福中不知福！志国兄在公司里是个很亲切的老板，对员工很和善、很关心，怎么在你眼里就那么不好呢？"

"可能他把所有的好都给了员工吧！反正我从小到大，他对我都是怒目而视，我做什么他都不满意，每次都是大声训斥我，小时候还动手打我，好像我不是他亲生的。我估计我和他命里相克，天生就不能在一起，我是他的眼中钉，他是我的肉中刺。反正我想好了，有机票了我马上飞回伦敦，短期内是不会回来的。"

"是啊，你是有选择的人，不像我，根本没得选。我这辈子，估计就只能窝在这茶山里了。这就是我的命。"顺子的神情一下就落寞了，一眼能看到头的未来，生命没有了任何期待。

"那也不一定，将来环境好了，交通方便了，你就能经常出去。"钟清友问道,"你有女朋友吗?"

"没有。"顺子很干脆道。

"是现在没有,还是一直都没有?"

"在深圳上班的时候有过,我回到山里就没有了。这山里年轻人本来就少,年轻未婚的女性就更少,留在家里的,几乎都是老人和儿童。在这里,估计我得一辈子打光棍。你有女朋友吗?"

"有,她在伦敦,是我高中时期的同学。我和她一起出国,在一起已经五年了。"想到女友小朵,钟清友心头溢满了甜蜜,恨不得马上飞回伦敦去。

"真好啊!你这才叫生活,我这就是活着。"顺子揶揄道,"如果有下辈子,我也要擦亮眼睛,像你这样投生个富人家。"

"如果有下辈子,我也要擦亮眼睛,绝对不选钟志国做我爸!"钟清友挥起手上的拐杖指向天空,似乎在立军令状。

顺子又被他逗乐了。

两人找了块石头坐下来,习习山风拂过,茶树的幽香环绕周边,顿觉神清气爽。顺子打开泡好的茶水,拿出点心,两人边吃边聊。补充了能量,继续往山上走。这段山路果真如顺子说的有些湿滑,窄小陡峭的山路上长满了苔藓,似乎许久未有人来过。各种藤蔓缠绕着杂草挡住了道路,手上的拐杖这时便发挥了大作用,挥起来用力挑开那些藤蔓杂草,人才能通过。

顺子走在前面,边走边用拐杖掀开挡住道路的藤蔓,钟清友也学着他的样子,把脚边那些太长的藤蔓挑开,一步步跟在顺子后面。这样的山路他是有生以来第一次走,窄小陡峭,打滑难走,犹如原始丛林。这样的地方会有蛇和黄鼠狼吧?好在有顺子在前面开路,否则他一个人真不敢走。他亦步亦趋地跟在后面,突然拐杖滑进了一个凹陷处,钟清友跟着脚底一崴,踩到侧边沟里,整个人滑落下去,骨碌碌滚了两圈,跌坐在一个泥泞的小坑里,屁股被一块凸起的石头磕得生疼!

"哎哟!"钟清友疼得大叫起来,强撑着直起腰,摸了摸刺疼的屁股,龇牙咧嘴倒吸凉气儿,再看了看自己满手的湿滑苔藓、沾满泥巴的裤腿,真是狼狈极了。要是还穿着那双白鞋子,估计会摔得更惨,那双白鞋也得废了。

顺子赶紧跑过来把他从坑里拽出来，看他那痛苦的表情，忍不住笑道："多走几次你就习惯了，小时候我走这里每次都会摔跤，后来走多了就再也没摔过。"

"这样的路走一次就够了。"钟清友是真不想继续往上爬了，他蹲下来用山泉水洗了洗手，再擦了擦满头的汗珠子说，"差不多了，我们回去吧？"

"很快就到这座山顶上了，海拔一千三百多米，爬上去能看到整个潮州城，一览无余，十分壮阔。翻过这座山头下面不远处一个山坳里，有一棵三百多年的古树，是我们这座山的茶王，你一定要去看看。"

"那得爬多久啊？"钟清友对顺子说的这些都不感兴趣，他还是想打道回府。

"不用多久，大概十几分钟就到山顶了。来，我拉你！"顺子拉着钟清友的手往上走。迈开脚步的时候，钟清友感觉自己的左脚踝有点儿疼，但还是咬牙坚持往上走。

"这里会不会有蛇？"钟清友边走边问。

"有，山里肯定有蛇。不仅有蛇，这里还有野猪、野兔、野山鸡、黄鼠狼、穿山甲……生物种类很丰富。"顺子说道。

"真有蛇啊？"钟清友很怕蛇，本能的畏惧让他想逃。

"没事，现在是冬天，蛇都在冬眠呢！夏天蛇才出来活动。再说我们穿的都是这样高帮的胶鞋，不仅防滑、防水，还能防意外踩到小动物被咬伤。"

好吧，钟清友承认自己毫无山里的生活经验，在这里，目前一切都得听顺子的。孔子说，三人行必有我师，其实两人行也有老师啊！顺子就是最好的老师。

手脚并用爬过最陡峭的一段山路，两人终于登上了乌山顶峰。果然是"会当凌绝顶，一览众山小"！站上山顶，眼前豁然开朗，周围的群山都在眼底，层层叠叠，虚实交错。顺着这个山谷极目远眺，一座城市在远处清晰可见，高楼林立，错落有致，那座千年古桥都能看得一清二楚。冬日艳阳下，潮州城外的母亲河韩江如玉带般绕城而去，顺着东南方向浩浩汤汤汇入大海。站在这个角度看潮州，也是钟清友的人生第一次。不远处一个不大的天池静卧山顶，池水清澈沉静，偶有阵风吹过，水面漾起圈圈波澜，阳光下折射出点点金光，恍若洒下万点碎金，闪闪发亮。

"真美啊！没想到山顶还有天池，在这里还能看到潮州城！"钟清友叉腰感叹道。

"这个天池是数百万年前的一个火山口，当年火山喷出的岩浆覆盖了整个乌山，世界一度进入沉寂期。但火山的岩浆为后来的生命提供了无尽的养分，赋予了凤凰单丛香型馥郁的突出特点，总共有两百多种香型。你看周围的石头都是黑色的。"顺子指着旁边的石头说。

钟清友摸了摸身边最大的石头，这块石头犹如一只鳄鱼张着大嘴在向远方呼唤："大自然真是鬼斧神工，在我们人类尚未出现时，说不定这里曾经有过另一种繁华。"

"是啊，远古的岁月我们无从得知。但我知道现在这里的春天很美，山上的杜鹃花都开了，红艳艳的，迎风招展，这一片都是火红的花海。春光烂漫，徜徉其中，花不醉人人自醉啊！还有，这里的夜景也美。只是山路太难走，很少有人上来。有些'驴友'偶尔会到山上来露营，冬天最冷的时候，天池会结冰；春天可以上来看杜鹃，夏秋季节这里可以看云海日出。"顺子说。

"要是能把山上的路修成木栈道就好了！那来这里的人肯定很多！等杜鹃花开的时候，我一定要来看看，体会一下你说的花不醉人人自醉的感觉。"习习凉风拂过脸颊，钟清友感觉真舒服，刚才的劳累一扫而光，转头看着顺子问，"你还专门上来看过夜景？"

"我当然上来过。"顺子有些自豪道，"心情好的时候，我会一个人背个帐篷上山过夜，在这里看着远处城里的灯火发呆，想象那里灯红酒绿的繁华世界，偶尔也把自己的梦放到那个世界去燃烧片刻。"

"顺子，此刻你很像个诗人啊！"钟清友笑道，此刻的他是无法体会顺子内心的孤独的。

"走吧，我们去下面看看那棵三百多年的茶王。"顺子用右手指了指东南方向，又抬手看了看时间，说，"现在是三点整，四点我们必须下山，不然我们就得摸黑下山了。"

都说上山容易下山难，这下山的路果然更难走。说是路，其实就是仅能容一个人通过的窄小原始道路，而且植被基本把路都遮住了，全靠顺子在前面用拐杖开路。钟清友很怕自己又摔倒，走得格外小心，后背都汗湿了。半个多小时后，顺子在一棵枝繁叶茂、巨冠如蓬伞的大树前停住了脚步。

"看，这就是这座山头的茶王，乌山的镇山之宝。"顺子指着眼前的大茶树说，"它有一个特别好听的名字：东方红。"

"东方红？为什么叫这个名？"钟清友很好奇。

"这是一棵有故事的树。"顺子顿了顿说，"据说当年这棵树产的茶送到了北京，主席喝了之后盛赞这个茶叶好喝，于是就起名叫'东方红'；还有一个说法是，为了纪念当年'东方红'卫星发射成功而命名为'东方红'。不管哪种说法，总之这棵树已经成了整座山头的明星树。据说当年有两棵'东方红'茶树，被命名为'东方红一号'和'东方红二号'，一号几年前死了，现在就剩下这棵了。"

"镇山之宝还真是不一般，你看这茶树长得真好！主干粗壮，分枝众多，而且比其他树都高，至少得有三米多，枝干上都长满了苔藓呢！"钟清友走过去轻抚着树干上那些斑驳的苔藓，口中不禁念念有词，"三百多年啊，你居然在这里挺立了三百多年，三百多年前还是清康熙年间，那时候还没有发生鸦片战争。这棵树见证了多少世间风云，经历了多少沧桑巨变。可真了不起！"

"是啊，那时候的人早都不在了，这棵树却依然鲜活茂盛地笑看云起云落。"顺子也抚摸着古老的树干感慨起来。

"这是我见过最古老的茶树。我曾经以为茶树都是那样矮小，没想到能有这么高这么大！"钟清友绕着茶树转了几圈，一种敬佩之情自心里油然而生。

"这种茶树属于小叶乔木，最高能长到五六米吧。三百多年属于比较古老的，但不是最老的；最老那棵已经七百多年了，是南宋时期的古茶树，可惜两年前已经死了。"顺子说。

"七百多年的古茶树？现在在哪儿？我想去看看。"钟清友惊讶道。

"已经不在了，被挖走了，据说要做成标本放到博物馆里。"顺子惋惜道。

"太可惜了，希望这棵树能活得更久一些。"

"这棵树占据了乌山的风水宝地，一定能够活得很久，活得很好。"顺子很有信心道，"你看这棵树面朝正东方，每天接收最充足最灿烂的阳光，周围又没有其他树与它抢地盘，独享这份阳光雨露，而且是藏在大石头的后面，日出东方，藏风聚气，地势高平，阔大舒展，它应该能再活五百年！"

"是啊，这里真是风水宝地！"钟清友也感叹道，极目远眺，目之所及都是茶树，有郁郁葱葱的老丛，也有许多新种下去的低矮小树，茶树下面的黄土裸露，"顺子，你看乌山每个山头都种上了茶树啊！"

"这两年又在陆续开辟茶园，靠山吃山，茶叶是乌山人的唯一收入。"顺子说，"我们看到的这一片山脉就是凤凰山脉，因为形似凤凰而得名。整个凤凰山都是凤凰单丛的产地，但唯有乌山这个山场的凤凰单丛山韵最好，因为这里是凤凰山风水最好的地方，也是凤凰单丛的核心产区。"

"这棵东方红是我们的吗？"钟清友问道。

"这棵树是当年你爸爸特意承包下来，专门留给你爷爷喝的。这棵古树，每年成茶也就四五斤，市场价据说要近十万一斤。但你爸从来都没卖过，全部留给你爷爷喝。"顺子说。

钟志国这么个冷血动物，唯独对自己的爸爸如此孝顺、如此大方。钟清友在心里感叹，这或许是钟清友唯一不反感他的地方。

在这棵古茶树前停留了许久，太阳早已偏西，正一点点往山下坠落，眼看着山里的光线暗下来了，温度也降低了，两人决定赶紧下山，不然一会儿就得摸黑走山路了。

可是刚走了几步，钟清友的脚就疼得厉害，左脚踝根本不能动，一动就刺痛，像针扎那样刻入骨髓地疼。还有刚才被石头顶到的屁股，貌似也肿了，疼得厉害。

"我走不了了，左脚根本不能点地。"钟清友提着脚金鸡独立站在那儿，一脸痛苦地看着顺子。

顺子抬头看了看天色，转身就把木棍扔了，再把草帽戴到钟清友头上，蹲下来背起钟清友就走，边走边说："你双手抱紧我的脖子，下山后我给你处理脚伤，刚才忘记带点儿药在身上。"

钟清友还没反应过来，自己已趴在顺子的背上，随着他的脚步一颠一颠地往山下走。走山路原本就很难，还要背着这么大一个人，顺子的气息很快就粗重起来，每一步都走得艰难。钟清友很过意不去，执意要下来走："顺子，你放我下来，扶着我慢慢走就好了。"

"那我们半夜都到不了家，山上可没有路灯，这几天又没有月亮，你是想体会一下在大山里两眼一抓瞎的四顾茫然感吗？万一窜出来几只野兽，你怕还是不怕？"顺子双手抓紧钟清友的双腿，停下来说。

钟清友一听有野兽，心里开始发毛了。在这大山深处暗黑无边的夜里，要是被野兽围攻，想想都可怕，还是快点儿下山为好。这么一想，也就不敢再多嘴了，只是在心里一遍遍祈祷顺子可千万别摔跤，不然那将是一个更悲惨的故事。

顺子背着钟清友确实很累，但他走得很慢、很扎实，加上他对这里的山路极其熟悉，所以下山的时候走了一条相对好走的路先来到大路边，把钟清友放下后，马上打电话给自己的发小钟翌晨，让他即刻开车过来载他们。

约莫过了二十分钟，远远的山路上扬起一阵烟尘，一辆车身沾满尘土的白色哈弗开了过来。车门"砰"的一声被推开，高高胖胖的钟翌晨快速跳下车，没想到一只脚踩在了一块大土疙瘩上，脚底一滑，刺溜一下往前扑去，不偏不倚，正好滑倒在坐在地上的钟清友跟前。

"兄弟，不必行此大礼！"钟清友笑着伸手扶起五体投地趴在地上的钟翌晨。

"阿晨，你这是要拜见阿友少爷？"顺子简直哭笑不得，钟翌晨这个见面礼实在是让人猝不及防，他赶紧弯腰去扶他起来。

钟翌晨摔了个狗啃泥，吃了一嘴的土，尴尬得就差钻地缝。不过因为他是钟翌晨，所以马上就表情自然了，他从地上爬起来，拍了拍满身的尘土，吐了吐嘴里的泥灰，笑呵呵道："顺子刚在电话里说阿友脚扭伤了，很严重，我一听，心里急啊，于是十万火急赶过来；没想到到了跟前，车刹住了，人没刹住，愣是直接冲到了阿友跟前……"

"哈哈……"看着钟翌晨一脸认真的滑稽样子,钟清友和顺子都忍不住大笑起来,三个人在坑洼不平的山路上笑弯了腰,年轻恣意的笑声撩动了夕阳温柔的余晖,伴着清风在乌山里久久回荡。

# 第三章

　　三人到达镇上的卫生院时早已夜幕四合,随着西边最后一缕光线隐没,整个大山都沉寂了下来,小镇上根本看不见几个人影。卫生院的人更是早就下班回家了,加上快要放春节长假,连值班的人都找不到了。

　　钟清友坐在简陋的小卫生院里,虽然脚还是疼得厉害,可眼前的这种简陋让他暂时忘记了脚疼。他从小在深圳长大,看惯了大城市的繁华车马,偶尔去过几次医院,那是他记忆里的医院该有的样子:现代化的高楼、纤尘不染且装修考究的医院大堂、先进的医疗设备,还有来往穿梭不息的患者和家属。

　　可此时此刻坐在卫生院的过道里,略显昏暗的灯光让他恍然有种穿越回二十世纪的感觉,这样简陋萧条的医院,他只在一些影视剧里见过。这栋楼应该是二十世纪八十年代的建筑,内墙和外墙一样斑驳。走廊过道的椅子上深红色如猪肝般的油漆经过岁月的蹉跎,已经看不出完整的颜色,生硬不平的木条椅坐上去冰冷硌肉,极度不舒服。过道的墙壁上浅绿色的腰线带着非常清晰的时代特征,鹅黄色的病房木门,不少已经斑驳脱落,地面是红绿相间的水磨石地板,因为时间久远,基本变成了黑色。这一切,犹如用老胶片洗出来的老照片,把时间定格在二十世纪。

　　"阿友,这里找不到医生,这个点可能值班的都回家吃饭了。"顺子和钟翌晨楼上楼下找了一圈,回来无奈地对钟清友说。

　　"那我们自己去药店买点儿药敷一下。"钟清友扶着墙壁站起来,对这个医院,他是不抱任何期望了。

　　"镇上就一家药店,不知道现在有没有开门。"钟翌晨看了看钟清友一直提着的脚说。

　　"先去看看吧,不行我们再想办法。"顺子扶着钟清友,脸上写满了疲惫。

　　三个人来到药店,不出意料,果然关门了。怎么办?钟清友只觉得脚踝在迅速肿起来，比下午下山的时候还要疼。估计筋骨扭伤得很严重，如果不尽快处理，很容易落下毛病，将来会反复发作。这一刻，钟清友真想给妈妈打电话，让她给自己送药来。可是转念一想，不能打，坚决不能打，要是让妈妈知道自己第一天就在这里受伤了，她肯定第一时间来把自己接回深圳。那自己将有很长一段时间要和钟志国同处一个屋檐下，每天被他各种看不惯，说不定还要用脚受伤这事儿来奚落自己，坚决不能回去。

可这脚是真疼啊！一阵阵火辣辣的刺痛从脚踝处传来，疼得龇牙咧嘴。加上被磕疼的屁股，钟清友无助地看向顺子，问道："家里有没有治跌打损伤的备用药？红花油、止痛膏什么的。"

"嘉木伯有个药箱，里面有各种各样的药，有没有红花油、止痛膏我不知道，因为好久没看了。"顺子想了想说。

"在这里也没用，我们先回家，不行再想办法。"钟清友不想像个流浪汉一样在这个寂寥的小镇上兜来兜去，就算找到了医生，他觉得也没什么用，只能自己想办法。

"行，先回去，不行的话就用土办法热敷，应该能管用。"高高胖胖的钟翌晨开口道，"现在也没办法出山去县城或者去市里的医院。"

"好。"顺子点头道。

钟翌晨虽然看起来有点儿笨拙，但他的车开得很熟练，对这里的山路尤其熟悉，每一个弯道都了如指掌，虽然山路崎岖不平，弯道左缠右绕，但他的方向盘打得像练太极拳一样轻松优美，一看就是长期开这些山路的老司机。

"阿晨，几日不见，你车技见长啊！"坐在副驾驶的顺子看着他胖乎乎的手在方向盘上灵活地搓来搓去。

"那是自然，不然怎么对得起我这辆哐哐响的车。"钟翌晨笑道，"我这二手哈弗，经济实惠，与乌山这些坑洼不平的山路是绝配。这两年开下来，我是闭着眼睛都能跑这段路。"

"你还是老老实实睁大眼睛开车，别再弄出个车刹住了，人刹不住的名场面来。"顺子笑道。

"哈哈，你放心，名场面哪是那么容易见到的？坐稳扶好了，前面连续急转弯下坡。"钟翌晨提醒道。

钟清友被安全带牢牢扣在后座上，随着车辆起伏颠簸，被石头磕到的屁股这下子颠得更疼了。加上脚疼，一路都没吭声，只是闭着眼睛感受着车子在山路上左摇右晃，上下颠动。心里想，乌山这路也太烂了，啥时候能变得平坦好开呢？

四十分钟后，车子停在了木屋别墅门前，大黄摇着尾巴欢跳着过来迎接他们。钟清友在顺子和钟翌晨的搀扶下下了车，就是从院子走到屋里这一小段路，钟清友的脚都无法完成，脚尖根本无法触地，疼得他几乎站都站不稳了。他感觉自己的脚踝已经肿得像个馒头了，虽然高帮胶鞋早就脱下来了，可是这只脚却重若千斤，提都提不起来了。

顺子二话不说背起他就往屋里走，钟翌晨在后面扶着他。顺子把他放在椅子上坐下来，马上去屋里找出那个大药箱搬出来，打开一看，真是百宝箱，里面整整齐齐码放着各种各样的药。最上面一层是以前钟嘉木经常吃的那些常用药，第二层是一些瓶装的保健品和一些感冒药，再拉出第三层，里面果然有红花油和跌打损伤止痛膏！

顺子像找到宝贝一样惊呼起来："阿友，真的有你要的药啊！你看，有红花油，有止痛膏，还有两袋专门用来热敷治扭伤的药包！嘉木伯好像什么都给你准备好了啊！太神奇了！"

钟清友的心怦怦跳了起来，巨大的幸福感在身体里流淌。顺子把这些药拿给他看的时候，他真的有种错觉，好像爷爷就在身边，根本没有离开，忽然间他的眼眶就潮湿了。这种心灵的感应和来自心田深处的温暖久久回荡在他的血液里，让他喉头发酸，鼻腔发热，冥冥之中，爷爷似乎一直在保护着他。此刻，他相信，爷爷一定在天空中的某一颗星上，笑呵呵地看着他。一定是这样的。

当顺子把那个热敷包敷在钟清友肿得像大馒头一样的脚踝上时，钟清友感觉到瞬间的剧痛，但是片刻过后就开始舒服了，随着热敷包的能量一点点渗透到脚踝上，疼痛的感觉在慢慢减轻，刚才那种刺痛的感觉一点点消失了。盯着那个橙红色的热敷包，钟清友在心里默默问道：爷爷，你是不是早就预判到了，我会跟着顺子去巡山，然后会扭伤脚，所以给我准备好了这些药?

顺子叮嘱他不能动，然后交代钟翌晨在旁边守着他，热敷包凉了就在旁边的暖炉上烤一下继续敷，"我去给你们弄点儿吃的。是不是很饿了?"

经顺子这么一提醒，钟清友才真正感觉到胃里空空，确实饿了。顺子抽身去厨房做饭了，屋里就剩下钟清友和钟翌晨，两人相视一笑，虽是第一次见面，但感觉一点儿都不陌生。有种"与君初相识，犹似故人来"的熟稔感。

"今天谢谢你江湖救急，下次见我可千万别那么客气。"钟清友看着钟翌晨，想到下午的事儿还是忍不住想笑。

"有道是礼多人不怪。"钟翌晨憨憨一笑，"我和顺子是发小，你的事儿是他的事儿，他的事儿就是我的事儿。所以，你的事儿也就是我的事儿，你就别跟我这么客气。"钟翌晨在钟清友旁边的椅子上坐下来，手放在暖炉上转了转。山里的冬夜，屋子里冷飕飕的。

"你就在小镇上工作?"钟清友问道。

"我四处打杂，哪里需要就去哪里。用老支书的话说，我是一块砖，哪里需要哪里搬。"钟翌晨憨笑道。

"那具体是做什么工作呢?"

"平时就是负责镇里的两个公众号更新，我自己也在试着做新媒体。最近刚接手了一个比较大的项目，就是做乌山、凤凰山整片的古茶树资料整理和建档。镇上准备给那棵死去的七百多年的宋种古茶树建个博物馆，所以要筹备很多资料，我负责其中的这一项。"

"这个倒是很有意义。这棵宋种真的是从宋朝一直生长到现在的吗?"钟清友问道。

"当然，不然怎么能叫'宋种'呢?"钟翌晨笑道，"说起这个宋种，还真有段故事。传说南宋末年，幼帝赵昺被元兵追杀，南逃至闽粤。在逃经凤凰山的时候，赵昺饥渴难耐，又一时找不到水源，于是累得瘫坐在地上，嗷嗷大哭。这时候，朗朗晴空中飞来一只五彩的凤凰，嘴里含着一杈树枝，从空中抛飞到赵昺面前。树枝落下后，凤凰便翩然挥羽离去。看着五彩凤凰飞舞的身影，赵昺若有所悟，他拿起落在自己面前的翠绿树枝，摘下几片嫩叶含在嘴里。随着牙齿的咀嚼，树叶的翠汁弥漫口腔，顿时满嘴生津，甘甜四溢，饥渴的感觉消失殆尽。赵昺深感神奇，拿着树杈端详许久，这鲜绿的叶子在阳光下闪闪发亮，叶片的脉络清晰，形态优美，让他爱不释手，于是他把这些叶子赐给身边的侍从共享。树枝上生着一对并蒂果实，赵昺好奇地剥开果实，种子随之弹跳而出，骨碌碌滚落在地，最后稳稳地落在了一处潮湿的土坑中。就在种子落地不久，一道神奇的光束照在了种子上，种子获得了天地神助，瞬间生根抽叶，迅速往上生长，发芽开花，长成了一棵大树。于是，后人就把这棵茶树称为'宋种'或'宋茶'，又因为它是凤鸟嘴里所含，所以也称为'鸟嘴茶'。这就是凤凰茶树的始祖和脉源。"

"真是一个美丽的传说，这个故事很有趣、很神奇。但学了历史后就知道，这就是一个美丽的传说。赵昺那时候被陆秀夫等人拥为皇帝时才六岁，也不太可能来到这个地方。但我依然愿意相信，这棵树与他有关，因为这个传说，这棵树就有了更具象的生命来源和更神奇的力量所在，这也符合我们中国人对血脉传承的认知。"钟清友笑道，"今天我跟着顺子去看了那棵东方红，说是有三百多年了。"

"那棵树确实有三百多年了。乌山、凤凰山这整片山头加起来一百年以上的古茶树有一万多棵，三百多年、五百多年的也有几十棵。每一棵我都要去做详细的调查、取样、整理和建档，到时候要放到博物馆里存档。"

"一百多年的古树有一万多棵？"钟清友听得有些震惊，这是一个很庞大的数字啊！

"有的，包括低山的各种加在一起。最可惜的就是那棵七百多年的宋种，早几年因为被人承包过度采摘，耗尽了古树的生命元气。曾经古树长虫了，请了一个专家来诊治，说往长虫的树干里灌水泥浆，把虫给封死，结果水泥浆灌进去没多久，发现古树更不行了，于是又给掏出来。专家又说给古树挂吊针，打营养液和驱虫药，反反复复折腾，再加上过度采摘，没多久古树就完全枯萎了。"

"往古树干里灌水泥浆？"钟清友惊得要从椅子上跳起来，完全忘记了自己的脚伤在敷药包，"这是哪个昏了头的伪专家？他是恨古树不死吗？还能想出这么损的招儿来。这人要是在我跟前,我真想揍死他!"

"是不是很可笑?简直是滑天下之大稽,我听了也很震惊、很生气。"钟翌晨弯腰捡起钟清友掉落在地上的热敷包,放到暖炉上重新烤了烤,又敷到钟清友的脚踝上,"有些专家是真害人啊!"

"就算不是专家,也不懂种茶,但一个人最起码的常识应该有啊!人要是肠胃生病了,能往肚子里灌水泥浆吗?树也是生命,怎么能这么不负责任去糟蹋呢!真是太气人了!"钟清友一时气愤难平,捏着拳头恨不得打人。

"谁气你了?"顺子正好端着三大碗牛肉丸粿条汤进来了,呼呼往上冒着的热气,牛肉丸的香气也随之弥散开来。

"阿友被伪专家气着了!"钟翌晨说着起身去把暖炉侧边的小桌子搬到钟清友跟前来,再搬过来两张椅子,三个人就围着桌子吃起来。

"哪个伪专家?"顺子边吃边问。

钟翌晨于是又把刚才的故事讲了一遍给顺子听。顺子听了愕然放下筷子,双眼瞪得溜圆:"这种事儿我怎么才知道?这是啥时候的事儿?"

"几年前的事儿了,他们现在都讳莫如深,不敢说。我也是下去做古茶树的调查才了解到这么一个匪夷所思的细节。"钟翌晨摇头道。

"要不是这样折腾,估计这棵宋种还在。"顺子叹息道。

"其实宋种的寿命也差不多了,小叶乔木的生长周期大概就是六百年到七百年,这棵古树最后是被折腾得加速死亡。"钟翌晨说。

三个人开始埋头吃饭。或许是折腾一下午太饿了,也或许是顺子的厨艺太好了,钟清友发现这碗牛肉丸粿条汤太美味了。粿条的顺滑,加上牛肉丸的弹牙、小芹菜的鲜香,真是汤香味美,吃到嘴里太过瘾了!从小到大,牛肉丸粿条汤没少吃,但今晚吃到的这一口是最好吃的。

"顺子,你的厨艺太好了!我爷爷天天吃你做的饭,太有口福了!"钟清友把一大碗粿条汤全部吃光了,连汤都一滴不剩。

"因为现在的你又累又饿,给你吃什么都会觉得好吃。"顺子笑着说,脸上却是掩饰不住的高兴。

"或许有你说的原因,但这碗粿条汤是真的美味。你是学过厨艺吗?"钟清友问。

"没有正式学过，就是自己对着菜谱研究。给嘉木伯做饭是我的工作，所以我要努力去做好，边看边学，慢慢就掌握了一些基本的烹饪方法。"

"你是个有心人，不管做什么都肯下功夫。有你陪着，我在这儿可就享福了。"钟清友拿纸巾擦了擦嘴，满足地打了一个饱嗝儿，继续问道，"今天上午你怎么知道我回来了呢？"

"你偷偷跑回来，以为只有你自己知道？"顺子咧嘴笑道，收拾三个人的碗筷去了厨房。

钟清友立马就明白了，肯定是妈妈告诉顺子自己回来了，让顺子过来做饭的。想到这里，钟清友心里又是暖暖的感动，妈妈真是世界上最爱自己的人。

"咱们泡茶喝吧！"顺子回来后把茶具搬到钟清友跟前的桌子上开始泡茶。

白色的茶盘、盖碗、三个小白杯，很简单的一套茶具。这让钟清友想起了爸爸钟志国的茶室和茶具。别墅里很宽阔的一间独立茶室，里面是豪华的红木茶桌、朱泥壶、各种茶宠摆了一桌。每次泡茶，钟志国还要装模作样地点燃一支沉香，袅袅香烟弥漫茶室，搞得很有氛围感。但是钟清友从来不喜欢去钟志国的茶室，每次都是钟志国喊他去，他才不得不去，而且每次去，基本没有好事，不是耳提面命，就是责骂教训。反正去钟志国的茶室喝茶这件事儿，在钟清友这儿就是不愉快的记忆。所以，他长大后，根本不喜欢喝茶。脑海里对茶的那点儿记忆，还是来自儿时和爷爷在一起的日子。

但今天他没有抗拒。他默默地看着顺子熟练地投茶，冲进沸水，再迅速倒出来，然后又重复一遍这个操作，屋子里开始香气弥漫。这是凤凰单丛的味道，具体是什么香气，钟清友并不知道。只是觉得这个香气很熟悉，一杯茶落肚，钟清友感觉齿间有明显的滞涩感，口感不太好。虽然他不太喝茶，但以前听爷爷说，好茶是滋味醇厚、回甘绵长、唇齿留香的。

"这就是我们自己茶园里的茶吗？"钟清友问道。

"对，这是今年的茶，海拔六百米左右的那一片鸭屎香。"顺子边泡茶边说。

"这茶是谁做的？"钟清友拿起茶罐，抓了几条干茶放在手心里看了看，条索较细，倒是紧结完整，颜色乌褐，但不油润。

"我和其他几个师傅一起做的。"顺子有些讶异地看向钟清友，"阿友，你懂茶？"

"我不太懂，这茶为什么叫鸭屎香？这么奇怪的名字是怎么来的？"钟清友皱眉道。

"说来话长，"坐在旁边的钟翌晨呵呵笑道，"据说鸭屎香最早是因为一个叫魏春色的茶农，他家里有几棵香型独特的茶树很受欢迎，人家慕名而来就问他这茶树是什么香型？他怕自己的茶树被盗，就故意取了个很不好听的名字，叫'鸭屎香'，没想到这一叫就流传开了。这么不雅的名字与茶香引起了巨大的反差，反而让大家都记住了这款茶。如今的'鸭屎香'是凤凰单丛里的网红茶，在外面的认可度很高。有段时间，本地人嫌弃这名字太难听，把'鸭屎香'改名为'银花香'，结果市场反响很不好，大家都不接受，于是又改回叫'鸭屎香'。"

"这真是应了那句话，叫'土得掉渣，美得开花'！"钟清友大笑起来。

喝了几杯鸭屎香后，顺子又重新拿了一个盖碗，打开罐子取了五六克茶投进盖碗中，第一遍高温洗茶，第二遍茶汤入杯后，色泽橙黄明亮，幽幽的兰香沁人心脾，再喝一口，茶汤顺滑绵醇，齿香明显，喉头甘润，果然好喝！

"这茶可比刚才的好太多了啊！"钟清友咂咂嘴道，"我不太懂茶，但两个茶比较起来，高下立见。"

钟清友从茶罐里取出几根干茶放在手心，对比刚才的那种干茶，这种条索明显粗很多，色泽乌褐油润，看起来沉甸甸的。

"所以，不怕不识货，就怕货比货。鸭屎香才二十年左右的树龄，又是中海拔的，所以喝起来滋味寡淡，只有香，没有韵，也不耐泡。这款茶是高山古树，既有高山的香，又有古树的韵，所以喝起来就有香有韵，茶汤顺滑甘醇，唇齿留香。所以这茶能卖几千上万一斤，那款只能卖几百一斤。"顺子说。

"那这鸭屎香能不能通过改变制作工艺来提高茶叶品质呢？简单说就是让茶变得好喝一些。"

"很难，高级的制茶师可能做得到，但是我做不到，我们请的那些师傅也做不到。我们每年都是这么做茶，嘉木伯一直也不追求产量和效益，我们就是佛系做茶。"顺子说着就笑了起来。

"你们是乌山最独特的一个茶园，不是为了赚钱而种茶，大家都知道的。"一直沉默着的钟翌晨也跟着笑了。

"产量可以佛系，但是茶叶的品质不能佛系，要提高啊！"钟清友说，"我觉得这茶不好喝，别人肯定也不喜欢喝。我爸也喝这样的茶吗？"钟清友有些不敢相信，钟志国天天喝茶，对自家茶园里的茶居然没要求？

"你爸喝的当然比这个好。留下的这批是雨天采的，味道会涩一点儿。天气好的时候做出来的口感会好些，不会有这么明显的涩味。"顺子说。

"那为什么要雨天去采呢？等到晴天再采啊！"钟清友不解地看着顺子。

"阿友，你今年在茶山待到采茶的时候就会明白的，有时候雨天也必须采，因为不采茶叶就太老了，做出来就更不好喝了。三四月的采茶季，往往也是雨季，有时候连续下雨一周甚至是更长的时间，你能不采吗？所以要做出好喝的茶，是需要天时地利人和的。"顺子咧嘴笑道。

"原来是这样，那我们采茶是人工采还是机器采？"钟清友继续问道。

"我们茶园都是人工采，我曾经建议嘉木伯每年对茶树进行修剪，这样以后就能用机器采，但是嘉木伯没同意，他说茶树就让它自然生长。我家原来的那片老丛水仙也得人工采，因为树枝高。古树都得人工架梯子采，每棵茶树都是生钱的树，每一片叶子都是钱，金贵得很呢！"顺子说。

"很多古树在采摘前，都会搞一个盛大的采摘仪式，有时候还会请媒体来报道。现在有很多自媒体加入，这种采摘仪式就传播得很广。"钟翌晨说，"你肯定没见过吧！"

"没见过。他们是怎么搞采摘仪式的？"钟清友满脸好奇地看向钟翌晨。

"来，给你看个视频。"钟翌晨来到钟清友身边，打开手机里的一段视频给钟清友看。

钟清友拿过钟翌晨的手机，就听到"咚咚锵"的锣鼓声传来，画面中一棵古树被几十人围着，每个人都披红挂彩站在古树周围，古树下面放了三四架高脚梯子，树干上也搭了一些木条，好几个采茶女站在上面采茶，场面热闹非凡。这架势，如果不知道这是采茶仪式，还以为这是在给古茶树作法呢！

"还真是热闹啊！每年采茶都这么搞吗？我们的那棵东方红也这么做采茶仪式吗？"钟清友看完了把手机还给钟翌晨。

"对，每年都搞，古树都要这么搞。而且要挑良辰吉日，看天气时辰来搞仪式，不能随便将就的。"钟翌晨接过手机说。

"还真是新鲜。"钟清友笑起来，"我要用这个题材来创作一幅油画，就叫'摇钱树'，每一片叶子都是钱，所以要用这么盛大的仪式来采摘。"

"这个可以有！"顺子和钟翌晨异口同声笑起来。

三个人聊得很欢乐，钟清友解锁了许多他之前未曾涉猎过的知识，了解了许多在他看来很新奇的事情，心情很愉悦，所以脚也不觉得痛了。肿起来的脚踝在热敷包的作用下，一个多小时后竟神奇消肿了，只是还有些泛红；也能下地走了，但不敢太用力。顺子又给他贴了一张止痛膏药，这才让他回楼上房间休息。钟翌晨则连夜下山返回家里。

山里的夜静得如同一张沉柔下去的棉毯，一切生命都在天籁般的寂静中安宁沉睡。钟清友第一次在别墅二楼的房间里睡觉，这是爷爷生前住的地方。这里的每一个物件，都带着爷爷的痕迹，躺在这张宽大的木床上，钟清友似乎还能闻到爷爷的味道。奶奶过世早，爷爷一个人在山里过了快二十年。这二十年里，爷爷是如何做到一人一狗独守茶山的？这种与世隔绝的漫长岁月，爷爷难道就不会感觉到孤独吗？

闭着眼睛躺在爷爷曾经睡过的大床上，柔暖的寝被包裹着他，爷爷的味道钻入鼻息，钟清友的脑海里浮现的是爷爷最后的样子，耳边回响的是爷爷慈祥的、略带嘶哑低沉的声音，还有最后看着他的满足的眼神……

"爷爷……"钟清友梦呓般喊了一声。

"睡吧，仔仔，爷爷知道你今天去巡山了，累了，赶紧睡……"

"嗯……"

靠着柔软的乳胶枕头，钟清友心绪安宁，嘴角上扬，片刻工夫便沉沉入睡。睡梦中，他又回到了小时候，牵着爷爷的手，蹦蹦跳跳地在茶山上玩耍……

# 第四章

一觉醒来，太阳已经越过山顶，阳光洒满了茶山，每片叶子都在拥抱阳光的爱抚，生命的张力在熠熠生辉。钟清友美美地伸了个懒腰，神清气爽地下楼去，看到顺子正在客厅里收拾东西。

"今天是大年三十，我要下山回家去准备年夜饭了，你跟我一起去村里过年吧！"顺子边整理茶几上的东西边说。

钟清友这才意识到今天就过年了。去顺子家里过年？他根本没有思想准备。不去的话，那就只有自己一个人孤零零在茶山上过年？钟清友一时还真没想好要怎么过这个年。

"阿友，我告诉你，你没得选，只能跟我回村里，嘉禾叔刚才给我来电话了，让你去他家里过年，他家里最热闹。"顺子见他一副犹豫的样子，补充道。

"我不去。"钟清友想都没想就拒绝。

"你要是不去，嘉禾叔肯定要上来找你。他说这是你爸妈的安排，让你去他家里过年。"顺子边擦桌子边说。

"我拒绝这样的安排。你回去吧，我一个人能行。"钟清友说。

"你就嘴硬，哪有人大过年的一个人留在茶山上的？以前每到过年，嘉木伯都是回城里去；有几次没回城里，也都是在嘉禾叔那里过年的，从来没有一个人留在山上过年。"顺子说完拿着抹布去水池里清洗。

钟清友倒了一杯温开水来到外面，暖阳下大黄摇着尾巴欢跳着跑过来，对着他哼哼叫了几声。

"大黄，你陪着我在山上过年吧？"钟清友喝了一杯温开水，摸了摸卧在自己脚边的大黄。

"汪汪……"大黄似乎听懂了钟清友的话，哼哼着晃了晃脑袋。

"大黄你同意啦！那我一会儿给你煮大骨头吃。"钟清友宠溺地抚摸着大黄的头，转身对顺子说，"有大黄陪我就行了，你放心下山去。"

"大黄一会儿就要跟我下山。"顺子蹲下去唤大黄，"大黄，过来，一会儿咱就下山，你要帮忙驮点蔬菜下去，行不行？"

大黄跑过去，仰起头对着顺子摇了摇尾巴。

"你看，大黄答应了。"顺子转身从厨房里拿出两个装好蔬菜的袋子挂到了大黄身上，然后背上自己的背包就要下山，大黄早就乐颠颠地跑到路口，兴奋地朝山下望去。

钟清友也朝山下望去，发现平日寂静的乌山村变得热闹了起来，路上明显看到人来人往，小孩儿欢跳。估计村民们都回来过年了。再转身看看自己这里，孤独的一栋大别墅，连大黄都要下山，难道真要一个人留在山上过年？

正犹豫着，手机响了，是妈妈的电话。

"仔仔，妈妈原本是打算今天开车去乌山陪你过年的，但嘉禾叔说村里已经封路了，我们没法回去了。你就和顺子一起下山，去你嘉禾老叔家里过年，正好也体验一下在村里过年的热闹。到储藏室拿两瓶茅台和两条烟给嘉禾老叔，拿两盒营养品给顺子的父母，嘉禾叔家里有两个小孙子，记得给孩子们包压岁红包。"

"行吧！"钟清友答应道，虽然觉得有点儿麻烦，但他还是谨遵母命。因为经过这一天，他知道了嘉禾老叔和顺子一家都是对爷爷很好的人，爷爷不在了，这份感情依然在，他作为爷爷的孙子，有责任去维护好这份感情。

"你等我一下。"钟清友转身进了别墅，一会儿就双手提满了东西出来，放到车后备厢里，"上车吧，咱开车下去。"

"这段路不好开，高低不平坑坑洼洼的，走直线挺快的，开车还得绕一大圈。"顺子习惯了走路上来，还想坚持走路下去。

"这么多东西，走路多累啊，我开慢点儿没事。"钟清友坚持要开车，因为晚上他还得回来住，他可不想一个人走夜路回来。

顺子只好依了钟清友，招呼大黄回来，把蔬菜袋子取下来放到后备厢，刚转身大黄就蹿跳上了车后座，吐着舌头笑哈哈地看着外面。

"你看大黄也想坐车啊！"钟清友笑道。

"是啊，这么豪华的奔驰大G，连大黄都知道要享受。出发吧！"顺子坐上副驾驶。

这段山路果然极其难走，坑洼不平不说，还很狭窄，只能容一辆车通过，这要是对面有来车，基本就不用走了，连让车的空间都没有。再加上两边的杂草凌乱伸展到小路中来，有缠绕轮胎的风险。于是，在这条原始的山路上，这辆四轮驱动动力澎湃的越野车愣是开出了山地碰碰车的感觉，车身在窄小的路面上下颠簸，左右摇摆，时速只有二十公里，像极了一只失去平衡的乌龟在颤颤巍巍爬行。

"坐车坐出了海浪中行船的感觉啊！"顺子右手紧抓着车门上方的把手笑道，"这段路开车可比走路慢多了。"

钟清友没开过这条路，没想到能烂成这样，他双手紧握着方向盘，嘴里忍不住埋怨起来："钟志国不是说要为家乡作贡献吗？怎么这么烂的路也不修一下？天天就知道吹牛皮。"

顺子听了大笑："你爸爸已经出了很多钱帮村里修路修祠堂，这条路预算太大，前两年他是想修的，后来你爷爷身体不好，你爸爸不得不暂停这个计划，全力去给你爷爷治病。阿友，你爸爸挺不容易的，你要多理解他。"

"我理解他，谁理解我啊？"钟清友哼了一声撇嘴道，"我爱艺术，爱画画，他从来对我就没好脸色，好像我画画是十恶不赦一样，对我除了训斥就是责骂，我有时候都怀疑自己是不是他亲生的。"

"你这话可不能随便说。"顺子道，"要是被你爸听到了，那可就不好了。"

"怕什么？当他的面我也敢这么说！他对我就是不像亲生的，我就没见过有父亲对儿子像他这样对我的。"

"你们之间肯定有误会，我觉得他对你是很好的。虽说他不喜欢你搞艺术，但他并没有强行阻止你去学艺术，还是尊重你的选择让你学了艺术。"顺子说。

"强行阻止？"钟清友侧过脑袋瞪圆了眼睛看向顺子，"这可是二十一世纪！我是一个独立存在的个体，他凭什么强行阻止我？再说了，你以为他强行阻止我就能屈服？我出国了，我想学什么都是我的自由，我根本不需要他同意！哼！"

"阿友，你是真的身在福中不知福啊！你确实是可以选择，因为你爸爸打下的家业足够让你有选择的自由。"

"我并没有花他多少钱，我出国后也是自己打工赚生活费，就算我不是钟志国的儿子，是一个普通家庭长大的孩子，也一样可以出国去留学，我很多同学都是这样的。"

"你要是出生在我这样的家庭呢？"顺子看着他反问道。

钟清友的心底一震，下意识转头看了一眼顺子，张了张嘴想说什么，又马上给咽了回去。他似乎突然意识到，自己刚才那些话对顺子来说，已经是一种无形的刺激和伤害。

因为在顺子面前，他的这些话确实太矫情、太任性了。

车子一路颠簸到了村里，在钟家的祠堂前停了下来。钟清友跳下车，感觉空气里弥漫着各种肉菜香，再看看村里，家家户户都在忙着贴春联，做年夜饭，耳边时不时还会传来几声噼噼啪啪的鞭炮声，一些小孩儿已经开始放烟花和鞭炮了。论过年，果然还是乡村有气氛。

他环视了一圈眼前崭新的祠堂。这是一栋典型的岭南祠堂建筑，灰瓦白墙，屋脊上是精美的嵌瓷工艺，飞翔的凤凰翎羽飘逸灵动，五彩的羽毛在阳光照耀下绚丽多姿，盛开的牡丹大气优雅，仿若鲜花般娇艳，绿色的叶片上似乎还挂着露水，莹莹地折射着太阳的光辉。侧墙上蓝色线条勾勒的山墙彰显着岭南民居的独特风格，雕花大门口挂着两个写有红色"钟"字的大灯笼，上面写着四个大字：钟氏家祠。向里望去，天井摆放着两棵巨大的发财树，长得枝繁叶茂，旁边还放着两棵大的金橘树，上面挂满了橙红的橘子和鲜红的利市袋。中堂的案几上摆满了各式供品，红色的蜡烛正在吱吱燃烧，跳动的烛火摇曳生辉。

"这个祠堂是前年刚修好的，你爸爸捐了一百万，其他村民合起来捐了二十来万，就把之前破破烂烂的祠堂拆掉重建了。"顺子说。

"一看就是钟志国的风格，里面那两棵发财树肯定是他买的，他天天就想着发财，做梦都在想着赚钱。他眼里啊，除了钱还是钱！"钟清友不以为意，背着双手走进祠堂，想看看里面究竟什么样子。刚踏进去，就看到侧边的廊檐上坐着几个人在抽烟，其中有个熟悉的面孔，钟清友本能想抽回身，一只脚正想往后退，可是已经来不及了。

"阿友，你来得正好，过来过来，我介绍一下……"钟嘉禾说着就走向钟清友，然后对那些人介绍道，"这是志国的儿子，嘉木的大孙子阿友，大名叫钟清友。去年刚从伦敦回来，现在暂时留在茶山，帮他爷爷看茶园。"

"哦哦，见过见过……"大家抽着烟对着钟清友微微颔首道。

"阿友，这是村主任钟建军，这是理事长钟有才，这是会计钟大彬……"钟嘉禾指着坐在那儿的几个人向钟清友一一介绍。

钟清友有些"社恐"，真没想到走进来会遇到这些人，完全没有任何心理准备，只能机械地对他们点点头，用力地扯起嘴角微笑，但他自己觉得这微笑肯定比哭还难看。

一圈介绍下来，钟清友站在那儿略显尴尬，因为他发现那些人的目光始终都在盯着他，他们和钟嘉禾一样，都喜欢盯着他的黄毛小辫不放，似乎对他的造型格外感兴趣。

钟清友被他们看得很不得劲儿，转身就要出去，没想到钟嘉禾一把拉住他，来到挂在中堂前的几幅画像前，说："来，看看我们钟家的老祖，鞠个躬。我们钟家的老祖八百多年前为了逃避战乱，从中原一路南下，几经辗转，终于躲到这个山坳里安顿下来，从此开始繁衍生息，经过几百年的发展，才有我们现在这个乌山村。阿友，树高千丈也不能忘根，就算你将来定居国外，你也要永远记住，你的根是在乌山村；将来也要告诉你的孩子，这里才是他的故乡，是他的根脉所在。"

钟清友点点头，对着墙壁上老祖的画像深深鞠了一躬，脊背弯下去的那一刻，一种敬畏之情从心底油然而生，这或许就是宗族血脉的力量。

"走，现在带你去我家，今年过年就在我家里过。"钟嘉禾见钟清友很认真地对着老祖深鞠躬，顿时心情大好，脸上溢出了难得的笑容。他觉得这孩子虽然外表放荡不羁，扎着黄毛小辫，还戴着耳环，但骨子里还是个好孩子，知道敬畏老祖，孺子可教。

"我家在村东头边上，走几分钟就到了。车子就放在这里，村子里面的路还是不好过车。前两年你爸爸出钱，把外围的路修通了，村子里面的路因为很多原因，一直没办法修好，所以就只能走这样的羊肠小路，弯弯曲曲、高高低低，开个摩托车、电瓶车都要小心，不然很容易摔倒。"钟嘉禾边走边摇头叹气。

钟清友小时候跟爷爷来过乌山村，那时候的房子大部分还是低矮的平房，现在几乎都变成了楼房，但是房子建得毫无规划，一些房子把道路都占了，还有人私搭乱建，猪舍围栏小杂房随处可见，导致村子里面几乎无法通车。钟清友手上提着两瓶酒和两条烟走在钟嘉禾身后，顺子也提着两盒营养品跟在后面。大黄狗早就兴奋地一路飞奔跑在最前面。一路上，不停地遇到村民，钟嘉禾就让钟清友叫这个老叔，叫那个五婶，那个奶奶、这个爷爷的，叫得钟清友头皮发麻。他从小就无法理清自己和乌山村民们的关系，一些比他大很多的人居然跟他同辈，甚至要叫他小叔，个别比他小的他反而要叫叔、爷什么的，这关系真是搞不懂，太复杂了。

村子中间已经空心化了，新建的房子都在村庄外围，里面的老房子基本无人居住，一些老房子年久失修，残垣破壁，杂草没膝。但从外露的椽子来看，又分明带着清晰的时代烙印，上面有雕画痕迹，昔日繁华可见一斑，只是经历了时光的淘洗、岁月的侵蚀，如今变得面目全非。

"老叔，这些房子有些年头了吧？"钟清友问。

"是啊，这些可都是清朝时期的建筑，至少也有一百多年的历史了。我小时候经常在这些院子里玩耍，那时候一栋房子里面住了十几户人家，每天都是人声沸腾，好不热闹啊！唉，现在都人去楼空了。"钟嘉禾仰头看着疏离透光的残瓦叹气道。

"那房子的主人呢？"钟清友问。

"这些房子的历史比较复杂，最原始的主人早就不在了，后来一栋房子分属于十多户人家，现在经济条件好了，大家都出来自己盖了新房子，这些老房子就没人要了。有几栋房子后来落实华侨政策还给了屋主,但这些人的后代都不在村里了,自然也就没人管了。"钟嘉禾说。

"真可惜,这些老房子要是能修复好,可比如今盖的楼房好太多了。这些古建筑都是凝固的历史符号啊!"钟清友也感叹道。

"修复是好啊,可太花钱了,普通人根本修不起,修得起的人又不在这儿。难啊!"钟嘉禾摇头道。

两人继续往前走,七八分钟后就走到了村东头一栋崭新的两层小楼前。小楼还带着一个小院,院门口种了几棵月季花,正开得鲜亮。走进院子里,闻到一股浓浓的肉香味儿,侧边厨房里好几个身影在忙碌着准备年夜饭。院子中央摆放着一张可折叠的大圆桌,上面摆满了供品,一只大卤鹅、一只白切鸡,还有一条大石斑鱼,外加许多水果和糕点,旁边的凳子上摆放着折好的纸钱,不远处是一个烧纸钱的铁桶。每到年节,乌山人就要在家里祭拜各路神仙和祖宗,这是延续了几百年的传统习俗。钟清友对这些很熟悉,因为他们一家虽然早就住进了城里,但是这个习俗也一直保留着。

"到了,阿友,这就是我家,顺子,进来坐。"钟嘉禾招呼道。

钟清友把烟酒放进屋里的桌上,发现这房子装修得还不错,白色为主,搭配原木风格的家具,清新自然,不像一般农村家庭都是厚重的红色家具,又笨重又土气。

"阿友,顺子,坐。"钟嘉禾在木沙发上坐下来,开始煮水泡茶,他笑呵呵地看着钟清友说,"我这房子建了五六年,到去年才装修好,这些都是我的设计室和装修队做的,还可以吧?"

"不错。"钟清友点点头,又环顾了一下四周,"简单,雅致。"

正说着,一个三十来岁的男子走过来和钟清友打招呼,钟嘉禾马上介绍道:"这就是我儿子钟玉茗,做室内装修设计的,在潮州开了工作室。阿茗啊,阿友说咱们家的装修不错,阿友是学艺术设计的,审美层次比较高,他说好就是真的好。"钟嘉禾笑得眉眼都挤在了一起,脸上的皱纹也变得生动了起来。

"能得到阿友的夸赞,我可太高兴了!"钟玉茗在围裙上搓了搓手,主动和钟清友握手,"我在做红烧肉、砂锅焗鸡,我的拿手好菜,我先回厨房了。"

钟清友和他握了握手,钟玉茗小跑着又回到厨房去忙碌了。

"阿友,小时候你跟着爷爷回来过了一次春节,你还记得不?"钟嘉禾边泡茶边问。

"有吗?我不记得了。"钟清友想从脑海里搜出一点儿往昔的记忆,可惜却一点儿也找不到。

"你大概四五岁,和我家孙女这么大。"钟嘉禾笑道,"还是太小了,不记得了。那次是你爸爸在外面发财后,第一次带着全家回村里过年,回来前还把你太爷爷当年留下的那两间房子重新翻修了一下,一会儿你可以去看看。"

"那个房子我有印象,小时候爷爷带我去过,很小的两间房子。我还记得我爷爷说,当时我爸想拆了重建,是我爷爷不同意。我爷爷说,房子虽小,但承载了他对父母和过往年少时光所有的记忆,因为他的童年是在这两间房子里度过的。只要看到这两间房子,他就会想起他的父母,想起和他们在一起的那些幸福时光。所以,这两间房子不能拆,要一直保留在那儿。"

"阿友,你能把爷爷说的话记得这么深刻,真不愧是你爷爷的好孙子,你爷爷没有白疼你啊!"钟嘉禾在内心深处再次刷新了对钟清友的认知,这孩子还真不是表面上看到的这种浪荡不羁,骨子深处已经刻入了钟家人眷恋故土的基因。

喝了几杯茶后,顺子提出他该回家了。钟嘉禾马上起身去屋里拿了两盒礼品给他:"这个带给你爸妈,过年后我再去你家里看他们。"

顺子推辞了好久,却拗不过嘉木叔的好意,只好把礼物带上。钟清友跟钟嘉木说要去顺子家看看,于是跟着顺子一起往外走。两人一路来到村南边的那两间旧平房前,这就是钟清友太爷爷留下的房子。房子矮小陈旧,墙壁是最原始的土夯墙,由几根木梁木柱搭建起来。虽然经过修葺,但是放在今天的乌山村依然是最陈旧、最不起眼的房子,唯一有价值的是,这两间平房的墙壁上挂着一块牌子:韩江纵队乌山村指挥旧址。挂牌时间是2012年。原来当年太爷爷闹革命,最早就是把自己的家作为根据地,每一次的秘密集合,都是在这里完成的。想到太爷爷，钟清友内心又汩汩冒出一种异样的情愫，爷爷给自己讲的那些有关太爷爷的革命故事，此时此刻又在脑海里清晰浮现。

推开未上锁的大门，里面是一股许久未曾有人踏足的凝滞气息，随着大门打开，屋里的空气开始流动起来，阳光从大门口照进来，正好映照在墙壁上那两幅黑白的遗照上，这正是太爷爷钟礼平和太奶奶钟雷氏的照片。太爷爷穿着中山装，戴着八角帽，炯炯的眸光中透出一股逼人的英气，刚毅的嘴角微微扬起，似乎在对着钟清友微笑。瘦削的脸上写满了坚毅，高挺的鼻梁令他越发显得英俊帅气。

"我太爷爷真帅啊！"钟清友盯着太爷爷的照片感叹，拿出纸巾轻轻拭去相框上的灰尘。

"你爷爷和你爸爸也帅啊！尤其是那个鼻子，你们长得都很像。"顺子说。

"鼻子确实像，不过我觉得还是我太爷爷更帅。钟志国就别说了，他是我们家男人中最丑的一个。"钟清友边擦相框边说。

"你对你爸有偏见。"

"是他对我有偏见。"钟清友转头看向顺子纠正道。

"行行行，你们互相有偏见。"顺子笑着摇头。

屋里陈设很简单，外屋放着几张老旧的桌椅，里屋放着一张早已看不清颜色的木板床，估计这就是太爷爷和太奶奶当年睡过的床吧！钟清友摸了摸满是灰尘的桌面，上面岁月的痕迹顷刻显现了出来，黑红色的油漆清晰可见，透过这抹颜色，钟清友似乎看到时光背后太爷爷那坚毅顽强的背影。这一刻，他更加理解了爷爷当年为何不同意拆掉老宅了，因为这里有凝固的时光，有无法复制的珍贵记忆。

走出老宅，钟清友小心地把房门关上，陈旧斑驳的老木门发出吱吱的声响，仿佛从时光深处传来的呼唤。走出几步后，钟清友忍不住回头看了几眼。这个小房子虽然挂了"韩江纵队乌山村指挥旧址"，但里面却没有任何关于韩江纵队和太爷爷闹革命的资料，钟清友觉得应该补上这些资料，这样才能让后人对那段历史有所了解。

"哥，你回来啦！"一个清丽的声音突然从身后传来，钟清友转过头，发现不远处一个高挑的女孩儿正朝着顺子奔跑过来，头顶的马尾随着她的脚步有节奏地摆动，"哥，我把午饭的材料都准备好了，就等你回来炒菜呢！"

女孩儿笑得灿烂，弯弯的眉眼灵动俏丽，面若桃花，肌肤粉白，她走到顺子身边，很自然地接过顺子手里的东西，看了看钟清友，略显腼腆地喊道："阿友哥，过年在我家里吃饭吧？"

"按辈分阿友得叫你姑，你叫阿友侄儿，怎么到你这儿成了阿友哥了？"顺子揉了揉女孩儿的脑袋说道。

女孩儿被顺子说得脸倏然间就红了，长睫毛忽闪了几下，羞涩地看向钟清友，说："阿友哥年纪比我大啊，我觉得还是叫阿友哥比较好！"

"你这么一叫，阿友可占便宜了，辈分一下子升高了，按理阿友得叫我叔，这下我也变成哥了！"

"谁叫你叔了？"钟清友捶了顺子一拳，讶异地看着女子，奇怪她对自己怎么如此熟悉，而他对她却毫无印象。

"这是我妹妹燕子。"顺子说道。

"你好！"钟清友点头道。

"我爸妈听说你来了，早就在门口等着呢！"燕子在前面带路，头顶的高马尾一甩一甩地晃悠着。

几分钟后，钟清友跟着顺子和燕子来到了一栋有些年头的砖房前。这房子至少有十几年的楼龄了，因为没有装修而显得格外破旧，红砖长期日晒雨淋，已经开始发黑，墙根部分甚至长了青苔，比起旁边其他人的新楼房十分逊色。唯一醒目的是门口刚贴上去的崭新的红对联。顺子的爸爸钟嘉林拄着拐棍站在门口，妈妈雷七妹扶着他站在旁边，两人都穿着崭新的衣服，是为了迎接过年，也是为了迎接钟清友的到来。他们目光热切地看向钟清友，老远就招手喊道："阿友，来，快来家里坐！"

钟清友快步走过去，握住钟嘉林粗糙的左手，一时竟然不知道自己该怎么称呼他，只好扯着嘴角笑了笑："老叔，您身体挺好的？"

"这两年好多了，多亏了你爸爸对我的关照，给我定时带药回来，还让顺子在茶山工作,每天都能回来照顾我。阿友,你爸爸和你爷爷都是大好人啊!是我家的恩人。"钟嘉林紧握着钟清友的手,脸上的肌肉因为激动在微微抖动。他的右手也因为中风而萎缩,无法正常用力,五个褐色的手指僵硬地勾着,颤抖个不停。

说完,钟嘉林拉着钟清友的手,拄着拐棍一顿一顿地往里面走,边走边对女儿钟晓燕说:"燕子,快来给你阿友哥泡茶!"

燕子把东西放好后,马上来到茶几前坐下,熟练地开始煮水泡茶。乌山人从小就浸润在茶中,从三岁小儿到八十老翁,人人都会喝茶,人人都会泡茶。在这里,喝茶和吃饭一样,是日常生活的必需,再穷的家庭,也有一张小茶几、一套简单的工夫茶具。

顺子家里比起刚才去的老书记钟嘉木家里,不说是云泥之别,至少也是差了好几个档次。钟嘉木家里的茶桌茶具都是比较上档次的,而顺子家里,是钟清友目前见过的,最简单的茶几和茶具。一张斑驳得掉漆的四方茶几,上面放着一个白色的小茶盘,三个小白杯,其中一个还有点儿缺口,一个白色的盖碗,边沿已经附着了不少茶渍,茶几边上放着几个塑料小圆凳,这就是顺子一家人平时喝茶的地方。

"阿友,坐!"顺子挪了挪圆凳,放到钟清友身后,转身扶着爸爸钟嘉林在旁边带靠背的木头椅子上坐下来,然后他才挨着钟清友在燕子的对面坐了下来。

燕子泡茶的动作很娴熟,也很随意,不一会儿一杯浓浓的茶汤就出现在钟清友面前。

"阿友哥,请喝茶。"

钟清友端起茶杯喝了一小口,苦涩无比,感觉难以下咽,不禁皱了皱眉头,便放下了茶杯。

"燕子,换茶。"顺子见钟清友一副不适的表情,马上起身去房间里拿出了一罐好茶递给燕子,"泡这个。"

燕子看了钟清友一眼,接过茶叶罐笑了笑:"是我考虑不周,阿友哥喝不惯这个口粮茶。"说完从茶几下面又拿出一个盖碗,打开茶叶罐取了新的茶叶放进去，重新冲泡。

"这是我家原先的老丛水仙，放了十来年的老茶。"顺子说，"我爸妈平时都舍不得喝，每次都是你爷爷、你爸爸过来的时候才喝。你爸爸也喜欢喝这个茶。"

燕子很快就冲泡好了一杯，茶汤橙红油亮，泛着悠润的光泽，钟清友端起喝了一口，果然入口甘醇绵滑，汤中还带有花香果香，喉头回甘明显。这种感觉和小时候跟着爷爷喝的茶味道很像，那种脑海中相似的味蕾记忆瞬间把他带回到过去的时光里。熟悉的场景里爷爷亲切的笑脸浮现在眼前，爷爷皱纹堆叠的脸上溢满慈祥的笑意，看向他的眸光欣慰又满足……钟清友的眼眶倏然间就潮湿了，这个万家团圆的春节，他再也没有了爷爷的关心和陪伴。曾经以为未来很长很长，爷爷能活很久很久，可以等他从国外学成归来，可以等他娶妻生子，享受四代同堂的天伦之乐……可惜他刚赶回来爷爷就离开了，既没有等到他学成归来，更没有看到他娶妻生子，这一切都成了他心底永远的遗憾。

钟清友放下茶杯兀自来到屋外，仰头看向远处的群山，远处的半山腰上，爷爷的墓碑若隐若现，钟清友朝着那个方向深深凝望，眼前的景象渐渐模糊起来，鼻翼开始发酸，内心深处的酸楚往外喷涌，让他一时间有些难以自持。他仰头长长呼出一口气，双手使劲儿搓了搓脸，试图把内心的潮湿拧干，却被身后的顺子看得一清二楚。

"噼里啪啦，砰！砰！"不知谁家在燃放鞭炮，这炸裂的声音告诉大家，有人已经开始吃年饭了，空气里的肉香味儿也更浓了。

"我开始炒菜了，阿友，中午就在我家里吃，晚点儿你去嘉禾叔那里吃晚饭，我已经给嘉禾叔发信息了。"顺子过来拍了拍钟清友的肩膀，"晚饭后我陪你回木屋那里住，再叫上阿晨，咱们仨开个派对。"

"行。"钟清友不敢抬头看顺子，长到二十五岁，他还是第一次单独在别人家里过春节。

顺子和燕子扎进厨房开始炒菜，钟清友调整了情绪，给女友小朵打视频电话。

小朵刚起床，睡眼蒙眬地出现在镜头里，头发乱蓬蓬地堆在头顶，揉了揉眼睛瓮声瓮气地问他："阿友，你买了什么时候回来的机票啊？"

"还没买，机票都买不到，很多航班都停飞了，你不知道吗？"

"我朋友说还有机票的，你要随时去盯着，不然肯定买不到。"

"现在的情况就是买不到，我每天都去看，航班停飞，很多国际航线都取消了，我也没有办法。"钟清友无奈道。

"我看你就是敷衍我不想回来，让我一个人在这里过春节……"小朵说着说着就生气了，噘着嘴眼里泛着泪光。

"不是的，是真没有，我也很想马上飞回去和你一起过春节呢！我也是一个人在山里过春节。"

"你怎么一个人跑回山里去了？"小朵很吃惊，"你不是回深圳家里了吗？"

"那天和我爸吵了一架我就直接开车回山里了，不想和他在一起。这个春节我要是和他在一起过年，肯定被他拉出去当成工具人到处展示，想想都胃疼。我宁愿一个人待在山里。"钟清友把镜头切到后面，"你看青山多妩媚，我料青山看我亦如是。小朵，下次你回来我一定带你来山里住，我昨晚在这里睡得可好了，一觉到大天亮，连梦都没做。"

"那你就是不想我，梦里都没有我。"小朵噘着嘴娇嗔道。

"有，梦里全是你。"钟清友赶紧把镜头切回来。

"那你都没做梦啊！"小朵哼了一声。

"做梦就都是你啊，梦里全是你。"钟清友说，"朵宝，乖乖地快点儿去洗脸刷牙喝水，打扮得美美的，一会儿和朋友们一起过春节。我不在你身边你一定要照顾好自己，一会儿我给你发压岁大红包！"

"这还差不多！那我去洗脸啦！"小朵愉快地挂了电话。

钟清友马上给小朵发了五位数的大红包，转头就收到妈妈给自己的超大红包，心情也瞬间好了起来。再点开自己和钟志国的聊天记录，还是从伦敦飞回来落地时候的那三个字：我到了。后面就再也没有对话交流。翻到前面，每次都是公事公办的冰冷对话，貌似钟志国就是个没有温度的冷血动物，对他这个儿子从来就没有过温暖的爱意。

钟清友给妈妈发了祝福和感谢的话，本来也想给钟志国发个过年祝福，打了一行字又给删了，最终还是没有发过去。既然他对自己这么冰冷，那也没必要用自己的热脸去贴他的冷屁股，哼！

钟清友收起手机，又在村头转了转。没多久顺子就喊他去吃饭。顺子的速度是真快，厨艺也真心不错，不到一个小时，就做出了一桌子的美味佳肴，除了卤鹅、卤鸭是买的，其他都是自己做的，白灼虾、百合炒小象、清蒸膏蟹、桑汁豆腐、红烧肉、孜然羊排、羊肚菌母鸡汤……满满一大桌，色香味俱全。

"顺子，你真是被茶山耽误的厨师。就你这个水平，出去开个餐馆肯定顾客盈门，每天都是满桌。"钟清友边吃边夸赞。

"现在的厨师都是科班出身，有厨师证，我这样的也就是业余爱好，比起专业的那还是差远了。"顺子嘴上谦虚，心里却美得很，因为钟清友每次吃饭都要夸他的厨艺好，这让他心里很受用。

"那你就去考个厨师证，将来肯定能派上用场。"钟清友说，"你这水平要是在国外开餐厅，那简直不要太赚钱！这样，等我出国你跟我一起去，你去开餐馆，我给你投资，咱们一起赚钱。"

"那可真是太厉害了，我还能到伦敦去开餐厅。"顺子笑得特别开心，转头却发现父母一脸担心地看着他，赶紧道，"不过，我肯定没办法出国，我就替嘉木叔守着这片茶山，你爸爸说了，不管谁盘下茶山，都让我管理。"

钟嘉林和雷七妹听顺子这么说，脸上的表情才回归自然，马上招呼钟清友："阿友，吃菜，吃菜！"

钟清友这才意识到自己刚才信口开河胡说一通，差点儿把顺子的父母给吓坏了，以为自己要把他们的儿子拐到国外去，也赶紧打哈哈道："我就随口说说，打个比方，就是说顺子的厨艺好。"

晚上，钟清友在钟嘉禾家里吃了丰盛的年夜饭，饭后钟嘉禾带着全村人一起在村里的祠堂前燃放烟花，祈愿新年风调雨顺，蒸蒸日上。绚烂的烟花在寂静的山村上空绽放，照亮了村民们企盼的眼神，也照亮了孩子们纯真的笑脸。对着漫天盛放的烟花，钟清友在心里许愿：早点儿买到回伦敦的机票，早日和女友小朵团聚。

放完烟花，钟清友开车和顺子回木屋别墅，路上，顺子给发小钟翌晨打电话，让他也到茶山来。

车子在窄小的山路上起伏颠簸，万籁俱静的山里漆黑一片，远远就看到木屋别墅前亮着暖黄的灯光。钟清友忍不住问顺子："别墅里没有人，灯怎么亮着？"

"那盏灯是全自动的太阳能灯，天一黑就自动亮了。从你爷爷上山那天开始，一直就是这样。每到夜晚，村里人只要看到那盏灯，就知道你爷爷在那儿，就感觉到心安。所以，村民送给你爷爷一个雅号，叫'乌山不夜侯'"。

"乌山不夜侯……"钟清友若有所思道，"我记得爷爷给我讲过，'不夜侯'是茶的别称。"

"对，不夜侯、清风使、瑞草魁，都是茶的别称。不过乌山人对你爷爷的这个敬称，不仅仅是茶的意思，还有更深的含义，就是说你爷爷是乌山的守护神。这二十多年，你爷爷对乌山的无私奉献，对这片土地的深沉热爱，就像木屋前的这盏明灯一样，永不熄灭。现在，虽然你爷爷不在了，但只要这盏灯还亮着，你爷爷的精神就一直在，就像你爷爷在的时候一样，村里人只要看到这盏灯，就觉得心安。"

顺子的话在钟清友内心激起了阵阵浪花，他没想到爷爷对乌山村的意义这么大。如果说太爷爷曾经带着这片土地上的人民闹革命，追寻的是一种走出去追求美好生活的理想信念，那爷爷后来回到乌山守护这片茶山，则是另一种伟大的回归和坚守。两代人可以说是殊途同归，都是为了这片土地上的人民过上更好的生活。

如今，作为钟家的第四代，站在这片太爷爷曾经浴血奋战过的地方，爷爷曾经矢志守护过的地方，自己是不是也该对这片土地有所作为呢？一种发自灵魂深处的拷问和来自血液深处的使命感在钟清友的心底燃起。在这个除夕夜，二十五岁的钟清友内心突然间有了一种异样的情愫在涌动，以至于让他忘记了汽车在山路上的颠簸。

钟清友双手紧握着方向盘，许久没有说话，眼睛盯着前方，车灯照着那条窄小坑洼的山路，一点点往前推进，车子如在大海浪涛中行船那般，一路左右摇晃着回到了山腰上的木屋别墅前。

"这路得赶紧修好。"车门"砰"的一声关上的时候,这个想法也在钟清友心里落地。

进门后,顺子又坐在茶桌前开始泡茶。大黄狗进门就趴在爷爷给它做的狗窝里,眼神略显忧郁,似乎也在怀念它的主人。

"阿友,你真舍得把这片茶山转让给别人吗?"顺子边泡茶边问。

"钟志国非得这么做,我又能有什么办法?这茶山是他投资的,他有决定权。"钟清友坐下长叹一声。

"你爸爸确实花了很多钱投资茶山,如果你家里有人来接管,他就不会转让。我是没有钱,要是我有钱,我肯定把茶山盘下来。"顺子说。

"那就让我爸不要盘出去,交给你就好了啊!"钟清友说。

"那不行,茶山投资那么大,肯定是要有收益的,给我的话,目前的收益肯定不够给你爸。"

"那就让他先不要考虑收益,我爷爷在的时候也不谈收益啊!"

"为了你爷爷,你爸多少钱都可以花;现在肯定不行,做生意必须考虑投资回报比。"

"顺子,你真想要,我去跟我妈说,我让我妈去说服我爸,我爸肯定能同意。"钟清友一只脚搭在椅子边缘,很自信地看着顺子。

"这不行,我不是这个意思,也不敢开这个口,你爷爷、你爸爸对我们一家都太好了。阿友,其实我的意思是,你可以考虑自己来经营茶山,我觉得未来这些茶会有很大价值的。"顺子说。

"我?留下来经营茶山?"钟清友放下脚,不可思议地看着顺子,"你觉得我这样的人适合待在茶山吗?"

"适合。"顺子目光肯定地看向钟清友,"我觉得你可以,你对这茶山是有感情的,因为这里是你的太爷爷和爷爷共同奋斗过的地方。"

"我爷爷曾经也对我提出过这样的希望,但我觉得我不适合,我对这里一无所知,对茶叶也一无所知,对茶山管理和经营更是一无所知。"钟清友连连摆手摇头道。

"这些都可以学,我会全力配合你,帮你,你不用担心,只要你愿意留下来,一切都不是问题。而且,你来经营,你爸一开始也不会考虑回报。"顺子说。

"不行,钟志国也不会同意。他想把茶山盘出去,肯定也是想回笼资金,毕竟这么一大片茶山,能值不少钱,这两年他一心想把他的公司做大做强,还想做上市,现在他很需要钱。"

"那我就只能眼睁睁看着这片茶山易主了。唉!"顺子看着屋外黑黢黢的天空长叹,这是他最不愿意看到的。如果茶山真的易主了,估计嘉木叔之前坚持的一切都将不复存在,茶山也将完全变样。

说完,顺子起身踱步来到屋外,仰头看向满天的星光,密匝匝地聚在一起,似乎也在欢度春节。

"阿友,国外的星星更亮吗?"顺子听到身后的脚步声,头也不回地问道。

"在我的记忆里,这里的星光是最亮的。我小时候这里的星光就是这样璀璨,现在还是这样。在国外,我甚至都很少看夜晚的星光。白天不是忙着上学,就是忙着挣钱,每天都感觉很累,晚上回去就想睡觉。"钟清友也仰头看着漆黑的天空,数不清的星星聚在一起,汇聚成耀眼的一片星河。乌山的夜空寂静美丽如斯,这样宁静安详的夜晚,记忆中也只有乌山才有。

"你在国外还要自己打工挣钱吗?"顺子惊异地看向钟清友,"你爸给你的钱不够花?"

"你以为钟志国给我多少钱?"钟清友一说就来气,"他就给我交学费,生活费给的就够最基本的温饱。我还要租房子,要给女朋友买礼物,要请朋友吃饭,要出去玩儿……就他每个月给的那点儿钱,一周就花完了。我的消费自由,都是我自己挣来的。钟志国对所有人都大方,唯独对我最抠!"

"你妈妈也有钱啊,她不会悄悄给你钱?"顺子还是不敢相信,钟志国那么有钱,还能亏待他唯一的儿子?

"我妈偶尔会给点儿,但她的私房钱有限。而且要是被钟志国知道了,就会扣我妈的零花钱。你是不知道钟志国对家里人有多抠,反正我是没见过他这样抠门的父亲。我怀疑我不是他亲生的，是有道理的，从小到大，他都这么对我。你说我要是亲生的，他能这么对我吗？"钟清友说完很生气地翻了个白眼，这白眼是给远在深圳的钟志国的。

顺子被他那表情逗乐了，忍不住笑出声儿："阿友，你这话真不能乱说！要是被外人听到了，还不知道要闹出什么笑话来！你爸在商界也是有头有脸的人物，哪能这么黑你爸呢？"

"我黑他？是他天天黑我！我才回来几天啊，他就对我各种看不顺眼，天天逼着我去公司上班。你说我要是去他那公司上班了，这辈子我还能抬起头做人吗？我还有好日子吗？我不得天天被他管得像奴隶一样啊？我告诉你，我宁愿在外面当牛做马，也不会去他的公司当奴隶！他老是拿公司来套我，说以后公司要交给我接班，我真谢谢他，谁稀罕接他的班儿啊！我这辈子肯定要干一番属于自己的事业，他的公司爱交给谁交给谁，反正我不会要！"

"你真打算长居国外不回来吗？"顺子问。

"回不回来看情况，反正我不会去钟志国的公司。"钟清友语气坚定。

"你要真能干成自己的事业，你爸对你肯定就是另外一种态度了。"顺子笑道，"他现在这样对你，肯定也是希望你能更有出息。"

"我不希望他对我有任何希望，我是我，与他无关。"钟清友愤愤道，"只要能买到机票，我马上就飞回伦敦。"

果然人人都有自己的烦恼，顺子看着钟清友无奈地笑了。远处一辆车子正一点点靠近，钟翌晨来了。

钟翌晨下车的同时，一个瘦小个儿的女孩儿也跟着下来了。两人手里都提着大包小包吃的。

"马晓晴也来啦！"顺子马上过去，接过女孩儿手里的东西，转头对钟翌晨说，"你这是不让哥们儿过好年了。"

"小肚鸡肠了啊！"钟翌晨双手提着两个巨大的塑料袋，里面的东西装得要掉出来了，"你看，我带了酒，带了肉，一会儿咱们吃烧烤喝啤酒，我让马晓晴来帮我开车的。"

"行啦，知道你是有女朋友的人！"顺子朝里面喊刚进去的钟清友，"阿友，快把桌子搬出来，咱们今晚吃星空烧烤。"

钟清友搬了个折叠桌出来，看到钟翌晨带着女朋友过来时，他也愣了一下，心里自然想到自己的女友小朵。要是小朵也在这里，那该多好。

"阿友，今天过年，咱们喝个痛快！"钟翌晨说。

"行。"钟清友看着钟翌晨，"这位你不介绍一下？"

"这是我的未婚妻马晓晴，在乌山村小学当老师。快叫阿友哥！"钟翌晨放下东西，搂着马晓晴的肩膀说。

"阿友哥好！"娇小的马晓晴站在又高又胖的钟翌晨身边，显得越发小鸟依人。

"你行啊，居然找了个山村女教师。"钟清友捶了钟翌晨一拳。

"马晓晴是我的小师妹，她是为了我来到乌山当山村教师的。她家在城里。"钟翌晨一脸骄傲道。

"那她一定是被你骗来的。"钟清友转头对马晓晴说，"你被骗了，过段时间你就会后悔。"

"我已经在这里一年了，我觉得这里很好，山美茶香，空气清甜，吃的都是自己种的天然蔬菜，就像世外桃源一样，我可喜欢这里了！"马晓晴笑道，"阿晨不让我来，是我自己要来的，我抱着试一试的心态报考这里的教师职位，没想到还真通过了。"

钟清友不敢相信地看着马晓晴："你主动要来这里？你父母同意？"

"我父母开始是不同意，但他们还是尊重我，因为这是我自己的生活，只要我开心就好。"马晓晴咯咯地笑，脸上的小酒窝格外好看。

"你真伟大！"钟清友对马晓晴竖起大拇指，但他还是有点儿不相信马晓晴的话，他估计马晓晴来到乌山肯定还有其他的原因。

说话间，顺子已经把烧烤炉摆出来了，木炭也点燃了，发出噼里啪啦的烧裂声，零星的火苗从烤炉里蹦蹿出来，在清冷的空气中划出一丝一丝金色的光芒。

"来，新疆的羊肉串哟，美味的羊肉串哟……"顺子把烧烤架放上去，开始放声吆喝起来，气氛一下子就起来了，四个人忙着去烤肉。一串串鸡翅、火腿肠、羊肉在炭火的炙烤下吱吱地往外冒油，撒上孜然粉，浓郁的肉香在空气里弥漫，馋得人直流口水。

"来，干杯！"钟翌晨把倒好的白酒拿过来递给钟清友和顺子。

"干杯可以，但得说明为什么而干。"钟清友说。

"第一杯，祝我们过年快乐！"顺子举杯，"小时候天天盼着过年，因为只有过年才能穿新衣服，才有好多好吃的。"

"好！干了！"

"第二杯，为马晓晴干杯！马晓晴为了爱情留在乌山，这样的精神感天动地！"钟清友举杯，"只是便宜了阿晨这小子！"

"干杯！"三个人笑作一团干了满杯酒。只有马晓晴拿着酸奶在一边偷笑。

"第三杯，为阿友干杯！"钟翌晨把大家的酒杯再次倒满，"阿友第一次在乌山过年，咱们乌山蓬山生辉！"

"蓬山生辉谈不上，争取能让咱们的茶园生辉吧！"顺子对钟清友笑，"来，干杯！"

三大杯白酒下肚，三个人脸上都开始泛红了。钟清友平时很少喝白酒，这三杯酒让他周身的血液急速燃烧，瞬间后背就汩汩冒汗。他脱下外套，转身跑进屋里拿来了吉他，这样美好的大年夜，必须有音乐啊！

"接下来，阿友的个人演唱会正式开始！"顺子迅速把椅子搬到木屋那盏亮黄的灯光下，并对钟清友做了一个"请"的手势。钟清友走过去，潇洒地甩了甩额前的那缕长发，并没有在椅子上坐下来，而是一只脚踏在椅子上，抱着吉他摆了一个豪气的造型，旁边三人顿时笑成一团，即刻送上热烈的掌声。

"当你走进这欢乐场，背上所有的梦与想，各色的脸上各色的妆，没人记得你的模样……"一曲毛不易的《消愁》被钟清友翻唱得愁绪无边，他那略带沙哑的嗓音赋予了这首歌别样的灵魂。看着深邃无边的夜空，他唱得十分忘情，完全沉浸其中。歌声动人，情绪感人，一曲终了，听得其余三人都入了迷，连同这寂静无边的夜，似乎也被陶醉。

钟清友越唱越忘情，一曲接着一曲，基本都是毛不易的歌，感伤中透着无奈，沉醉中带着清醒，仿佛在诉说着他无人可道的心事。在国外的时候，他一个人经常会自弹自唱，既是消遣，也是解愁。生活总有无法向外人道的苦楚，而音乐和绘画，是疗愈他的最好良药。

　　唱了许久，顺子和钟翌晨又拉着他去喝酒，钟翌晨还抢过他的吉他唱了几首，顺子也拿着乱弹了一气。马晓晴是音乐老师，自弹自唱比钟清友还出色。四个人边唱边跳，疯狂了一个晚上。

　　这个大年夜里，在寂静的大山深处，在漫天星光的陪伴下，在无数虫鸣的唱和下，钟清友尽情释放，唱得满身大汗，唱得嗓子嘶哑。临近天亮，东边的天空渐渐露出了鱼肚白，大山正一点点苏醒，大家终于感觉累了。顺子让钟翌晨和马晓晴留下来，带着他们上楼休息去了。钟清友却异常清醒，他想一个人在外面坐会儿，看着远处爷爷的墓地，不知道头顶这颗一直闪耀着不肯隐去的星星是不是爷爷？

　　爷爷，新年好！愿您在天堂很快乐。钟清友对着星星默念道。

　　钟清友一个人在外面坐了许久，黎明前的山里，耳边没有任何声音，世界是如此寂静，只有偶尔的几声虫鸣，在黑暗中起起伏伏。他的思绪飘忽，脑海里各种画面交织，有爷爷，有爸爸，有妈妈，有小朵，有乌山，有深圳，还有伦敦……这个大年夜是他有生之年最特别的一个大年夜，也是他长大后最尽情、最痛快的一个大年夜。

　　东边的天空开始出现一大片橘红的云彩，湿漉漉的云层中透出炫目的亮光，太阳要挣脱捆绑跳出来了！钟清友裹着大衣，目不转睛地盯着太阳即将升起的地方，橘红的云层变得有些厚重了，红中渐渐带着点儿灰黑色，似乎要把那个想要跳脱出来的太阳压回去。他的呼吸不由得粗重起来，为那个被压抑着的太阳，但是，就在一刹那的工夫，那个红色的带着万丈光芒的火球就冲破了厚重的云层，傲气冲天地跳脱出来了！顷刻间，万道金光洒满人间，山间的茶树披上了金色的纱衣，让幽静中的乌山自带高雅贵气！原来，茶山的日出竟有这样无可比拟的气势和美丽！真好啊！农历大年初一乌山的日出，是钟清友记忆中最美、最震撼的日出！

　　或许是站得太久，他感到寒气从脚底钻进身体，顺着血管一点点蔓延上来，那股幽幽的湿冷穿透大衣，渗进他的脊背，冷得他直打战。他再次深情地看了眼刚站上山头的太阳，心满意足地回屋，躺在爷爷曾经睡过的床上，美美地睡了下去。

# 第五章

一觉睡到下午，拿起手机就看到顺子给他发的信息："阿友，这三天我不上山了，要在家接待亲戚，也要替我父母去走亲戚，鱼肉放在冰箱里，蔬菜你自己到地里去现摘现吃。"

得嘞，这下真成了孤家寡人、山中隐士了。不过钟清友也不怕，在国外什么日子没过过？这里有吃有喝的，只是要自己动手而已。做饭这种事儿钟清友虽不拿手，但能煮熟能吃就行，反正自己做自己吃，好吃就多吃点儿，不好吃就少吃点儿。

钟清友一个鲤鱼打挺从床上翻起，开始了一个人在茶山的日子。他在冰箱里找了点儿肉和菜，随便煮了碗面条吃。填饱肚子后，他背上画架和工具，带着大黄狗去山上写生，在爷爷的墓地前，他一坐就是一整天。三天下来，他画出了自己笔下最美的乌山。他甚至想创作一幅百里乌山图，把乌山最主要的几个山峰都画进去，把乌山的四季和风情都融进去，到时候就把这幅画带在身边，无论走到哪儿都带着，让乌山的这份宁静和美丽永远伴随在自己左右。

大年初四，天色一改往日的晴朗，下起了淅淅沥沥的小雨。顺子冒雨从山下上来，浑身湿漉漉的，他跺了跺脚上的泥土，来到厨房看到杂乱无序的碗筷和那些吃剩的面条，忍不住摇头长叹。他马上收拾好给钟清友做了一桌可口的饭菜。

钟清友吃得狼吞虎咽，满嘴流油，满足又惬意。吃完后，他拉顺子到房间里看自己的画。

"这是你画的？"顺子绕着这幅油画左瞧右看，实在是不敢相信自己的眼睛，"以前听说过你会画画，没想到你画得这么好！这画的是乌山最美的样子啊！这幅画得挂起来，就挂在我们客厅中间的那面墙上！"

顺子说话间就搬来梯子，熟练地在墙上钉上几个钉子，很快就把这幅油画给挂上去了。

"你看，多有气势，多美啊！阿友，你真是个绘画天才！"顺子发自内心夸赞道。

钟清友仰头大笑，顺子这夸奖他听得很受用："在我心里，乌山就是这世界上最美的地方。这几天，我在山上看我们木屋别墅这片地的时候，发现这里真是块风水宝地，群山中的一块平地，开阔平整，坐在这里四面群山都能看到，屋后的那条山泉潺潺流过，水源充沛。你看，如果把这水引到左边这块低洼处，再用砖砌高点儿，就是一个山泉水池，水从这边流进，那边流出，潺潺不息，里面养些鱼，周围再种一些樱花树，是不是更美了？"

"确实不错，就是要从山下运砖上来有点儿费劲。"顺子说。

"没事儿，反正现在闲着也是闲着，我开车去运。"钟清友拍拍胸脯说。

"你打算用你的奔驰车去拉砖？"顺子瞪大了眼睛看着钟清友。

"不行吗？"

"当然行，就是太费车，我有点儿替你的车心疼。"顺子笑。

"心疼啥？车子就是拿来用的，拉砖也是正事儿。"钟清友不以为意。

"行，我家当年建房子还剩不少砖，就堆在屋后边儿，你要是愿意，咱们今天就可以去拉砖。"

说干就干，待雨稍稍小些，钟清友马上开车和顺子去拉砖。顺子从家里找了一块大塑料布铺在车子的后备厢里，两人撸起袖子往奔驰的后备厢里搬砖。几个村民看到他们用奔驰拉砖头，都跑过来看热闹，一个传一个，马上半个村的人都来看热闹了。见过用拖拉机拉砖的，也见过用板车、大卡车拉砖的，就是没见过用这么豪气的奔驰拉砖的。乌山村的村民指着钟清友议论纷纷。

钟清友真没想到用奔驰车搬砖会招来这么多人看热闹，这比网上的围观更有压迫感，才半个小时的工夫，自己就成了这个小山村的焦点了，所有人都像看外星人一样看他。不管如何，钟清友还是坚持要把这车砖拉回去，于是在众目睽睽之下，他依然坚定地往奔驰车上搬砖。既然决定了，那就必须做到底！这是钟清友的脾气。

几分钟后，人群中自然让开一条道，钟嘉禾背着手走了过来。看到奔驰的后备厢里堆满了砖块，钟嘉禾拧着眉头对累得满头大汗的钟清友问："你这是要干什么？"

"我要在木屋边砌个山泉池。"钟清友擦了擦脑门上的汗珠子，边搬砖边说。

"吃饱了撑的，用这车拉砖头，真是个败家子！"钟嘉禾黑着脸骂道，继而看向顺子，"顺子，你也跟着胡闹！"

"嘉禾叔，我觉得阿友的想法很好，那里砌个水池真心不错嘞！"顺子咧嘴笑。

人群中也传来一阵哄笑，用奔驰搬砖到山上砌水池，果然还是年轻人有想法。

"那也不能用这个车拉砖啊！你让阿斌开农用车去拉，两车就拉完了，这车子得拉多少趟？这么好的车子就这么糟践它？真是败家子！"钟嘉禾对着钟清友瞪圆了眼睛，这纨绔子弟，真能败家。

钟清友撇撇嘴，拍了拍手上的灰尘，直起腰笑："谁规定这个车不能用来搬砖了？我觉得这叫物尽其用！挺好！"他关上后备厢，跳上驾驶室，开着奔驰拉着满车的砖块走了。

钟嘉禾看着车子走远，长叹一声，摇了摇头。这孩子，太能造、太没谱了，难怪志国不喜欢啊！嘉木哥那么靠谱，志国也很务实，怎么养出这么一个不着调的孩子来呢？唉！

钟清友开着车往山上走，车子第一次拉砖，感觉很沉，没有平时开得利索。再加上这坑洼不平的山路又赶上下雨天，坑里全是黄泥浆，车轮陷进去直打滑。钟清友感觉开得很吃力，方向盘很不听使唤，突然，车身一颠，向右边倾斜下去，钟清友猛踩油门试了几次，根本没用，车轮陷下去出不来了。

"我下去看看。"顺子立马打开车门跳了下去。钟清友也跟着下了车。

两人来到右后轮一看都傻眼了，轮子完全陷进了大泥坑里，白色的车身上全是黄泥浆，早已面目全非。怎么办？两人面面相觑。

"你上车开，我在后面推，看看能不能把轮子拔出来。"顺子说。

钟清友又跳上车关上车门，挂上挡狠劲儿踩下油门。"轰——轰——"轮胎一阵疯转，泥浆被旋转的轮胎卷飞出去，喷溅得站在后面使劲儿推车的顺子满身满脸都是，就像个泥人一样。

反复试了很多次，直到累得顺子筋疲力尽，瘫倒在地上，车轮还是没有拔出来，车子依旧陷在坑里纹丝不动。顺子活脱脱像从坭坑里爬出来的一样，连头发丝儿都挂满了黄泥。

"这什么破路啊！钟志国不是有钱吗？嘉禾老叔怎么不快点儿让他拿钱来修路？"钟清友气得对着车轮狠劲儿踹了一脚。

"唉，以前都没修，现在你爸就更不会拿钱来修了。"顺子抹了一把脸上的泥浆叹气道。

钟清友看顺子这个大花脸，又忍不住笑起来："顺子，你这样儿要是站在伦敦的街头，就是最最酷的行为艺术，一句话不说，就能赚不少钱。"

"是吗？那我就这样飞伦敦去，站着把钱挣了。"顺子也笑，"可惜啊，我这辈子可能也没机会去国外。"

"那可不一定，将来的事儿谁说得清楚？"钟清友说，"现在，此时此刻，我就想这路要是能立马变成平坦的沥青路该多好！"

"唉，估计快了吧。"顺子道，"我前两天听嘉禾叔说，好像上面要拨钱来乌山修路了，我们这片儿应该会是最快的。"

"真的啊？那可太好了。"钟清友高兴道，"如果把出山的路拓宽些，再全部铺上沥青，那以后进出山就容易多了！"

"应该可以吧，就是不知道什么时候能修好啊！唉，上面的事儿也不归我们管。咱还是再加把劲儿，把车弄出来吧！后面那些砖就让钟老四开农用车运上来，再这样跑两趟，你这车得废了，为了建个山泉池，那可亏大发了。"顺子说。

钟清友想想也是，真把车弄坏了，那可得不偿失。两人于是又开始想办法，钟清友从旁边捡过来几块大石头垫在车轮下，再上车使劲儿踩油门，捣鼓了很久，终于把车给开出来了。

钟老四开农用车运了两车砖上来，也在路上陷进去几次，但他有经验，很快就把车子开出来了。

"我听说你爸很快就要把这个茶园盘出去，你还在这儿建水池子干吗？"钟老四胡子拉碴，嘴里叼着烟盯着钟清友问。他是真弄不明白，这有钱人真这么不在乎钱？用奔驰车拉砖，要转手的地儿还使劲儿花钱。

"就算明天是世界末日，今天我依然会种我的苹果树。"钟清友瞟了钟老四一眼，挺直腰板继续搬砖。

"行，果然还是有钱人有情调。"钟老四掐灭烟头，开着农用车走了。

顺子却被钟清友这句话深深震撼，他站在原地，盯着钟清友的背影，怔怔地看了许久许久。这一刻，顺子才明白，钟清友的人生境界，果然比自己高出太多，估计自己的天花板都够不到人家的地板。

搬了一天的砖，钟清友累得腰酸背痛，吃完饭后他躺在沙发上休息，正闭目养神，手机发出召唤声，妈妈的电话进来了。

钟清友闭着眼睛接听了。刚放到耳朵边上，里面钟志国的吼声惊得钟清友从沙发跳起来："你这一天天地在山里瞎折腾什么？啊？明天老老实实给老子滚回来！"

钟清友再看了一眼手机上的名字，是妈妈的电话啊！怎么会是钟志国的声音？合着钟志国是故意用妈妈的电话来骂他的？本来就累了一天，还承受了村里人的各种嘲讽，心里早就不得劲儿，钟志国这是火上浇油！

"我就不回去！我就要留在乌山！想让我去公司门儿都没有，你趁早死了这条心！"钟清友毫不犹豫怼了回去，"要是能买到回伦敦的机票，我立马就飞回去！"

"你做梦！现在不可能有机票回去！你只有一条路，就是回深圳来，别在乌山给我丢人现眼了！"钟志国气得头顶冒烟，今天听嘉禾叔讲钟清友在山里做的那些荒唐事儿，真是越听越来气！

"那我也不会回深圳。我再说一遍，我就是丢人也是丢我自己的人，与你无关！我钟清友早就是成年人了，这辆车是妈妈送给我的，我有权支配它，想怎么使用是我自己的事儿，你无权干涉！还有，下次不要偷用我妈的电话，这样只会让我更鄙视你！"说完，钟清友挂断了电话。

"你！"钟志国气得把手机砸到沙发上，指着站在门口的许雅纯喊道，

"都是你惯的,你看看,他成什么样了!"

"好了好了,一会儿我来说他!"许雅纯给钟志国倒了一杯水端过去,柔声细语道,"我说了让我来给他打电话,你偏要用我的手机去打。早知道会是这个结果,干吗还要去跟孩子大喊大叫呢?"

"你就这么惯着他!二十五岁了,还这么不着调,一点儿正事儿不干,整天就知道跟我作对!我告诉你,从今天开始,一分钱都不要给他!断了他的粮,看他还嘴硬!"钟志国拍着桌子吼。

"好啦,志国,怎么老是跟孩子一般见识?他二十几岁只知道二十几岁的事儿,等他慢慢长大了,就不会这样跟你说话啦!我相信我的儿子是有想法、有能力的,只是我们要给他多一点儿时间去成长。"许雅纯依旧柔声细语道。

"二十五岁还没长大?要到什么时候才能长大啊?你看看公司里那些刚毕业的大学生,哪个不比他小?哪个不比他能干?就他一天到晚游手好闲,不学无术!"

"每个孩子的成长期不一样嘛!志国,别生气,一会儿我来跟他聊聊。"许雅纯像哄孩子一样哄钟志国。家里这两个男人,完全是一样的脾气,谁都不让谁,谁也不服谁,哄了这个又要去哄那个,真是太不让人省心了。

没过多久,许雅纯给钟清友打过去,不接。许雅纯给钟清友发了语音后,钟清友才接了电话。

"妈,以后如果你还让爸爸用你的手机给我打电话,那我可就连你的电话都不接了啊!"钟清友气呼呼道。

"行,以后妈妈把手机藏好。"许雅纯笑,"仔仔,你告诉妈妈,你真打算在山里长住下去?"

"如果不能回伦敦,我就在山里,反正我不会回深圳。"钟清友态度坚决道。

"那你可能要做好在山里长住的准备,按目前的情况,估计短期内是不可能出去了。你得有个心理准备。长时间住在山里,你能干吗呢?再过两个月就是采茶季,采完这一季,你爸就要把茶山转包出去,你留在那儿又有什么意义呢?"

"我不管，走一步算一步，我现在就想在木屋边上建个山泉池，养一些鱼。今天已经把砖和水泥都运上来了，明天我和顺子自己来砌水池，正好给自己找点儿事儿做。"

"行，砌好了你拍照给妈妈看看。"许雅纯说，她太了解钟清友了，这孩子只能顺毛摸。

"好，明天我给你现场直播！"钟清友很高兴，妈妈能支持，他更加坚定了建水池的信心。

大年初五，所有人都还在休假，钟清友就开始了自己在乌山茶园的第一个工程：建山泉池。为了让进度更快些，钟清友把钟翌晨也叫来了，钟翌晨又把女朋友马晓晴带来了，顺子也把妹妹燕子叫来了，五个年轻人一起上阵。顺子负责砌砖，钟清友和钟翌晨负责搬砖，马晓晴和燕子负责拌泥灰。燕子是拌泥灰的熟练工，马晓晴是城里姑娘，不太会干这些，燕子就让她在旁边打下手。

钟清友也从未干过这些，但他热情高涨，不会就学，搬砖要的是力气，而他有的是力气。五个人分工明确，协同合作。钟清友把手机架起来，全程直播给妈妈看。

许雅纯这一天走到哪儿都拿着手机，一秒不落地看着钟清友搬砖累得满头大汗，从未拿过农具的手居然能抡起把子平地。一天下来，钟清友除了吃饭喝水，几乎没有休息。大冬天的，衣服都湿透了。许雅纯看得心疼又欣慰，这孩子在家啥也不会干，怎么到山里去能吃这个苦？还主动去改造茶园环境？实在是匪夷所思。

一天下来，五个人把水池的底给做好了，明天开始就可以砌围墙了。

"累是真累，开心也是真开心！"五个人举杯庆贺。钟清友感觉自己的腰快要断了，酸得都直不起来了，可看着自己的劳动成果，又感觉十分满足，很有成就感。

"阿友哥，我给你捶捶背！"燕子收拾好了桌子，走过来对躺在沙发上的钟清友说。

"嘿，我又干活又做饭的，你都没说要给我捶背，怎么还跑去给他献殷勤了？"顺子坐在茶台前泡茶，故意拿白眼瞟燕子。

"你是辛苦,但阿友哥更辛苦,因为他以前没干过这些,今天这么繁重的体力活儿,他肯定累坏了!"燕子理直气壮道。

"不用不用,谢谢你燕子,我虽然有点儿累,但比起你哥根本算不了什么,我休息一晚上就好了。"钟清友哪敢让燕子给自己捶背啊,这一天下来,每个人都很累,他可不敢再剥削燕子。

"阿友哥,你是怕我哥吧?你不用怕,他就是喜欢开玩笑。"燕子走过来就要给钟清友捶背,吓得钟清友赶紧站起来往楼上跑,边跑边摆手道:"我还真怕你哥,怕他明天不给我做饭,那我得饿肚子了!"

"你看,你把人家吓跑了吧?"顺子笑道,"干吗非得这么拍人家马屁啊?燕子,你是不是看上阿友了?"

"胡说什么啊?"燕子气得脸都红了,转身对马晓晴说,"晓晴姐,我们明天不来了,让他们三个男人自己干,不理他们了!哼!"

马晓晴和钟翌晨笑了笑,没有吭声。

顺子和燕子的对话听得钟清友心里咯噔一下,燕子这一天对自己的各种殷勤照顾,他不可能不知道,但却没想到燕子有这心思。他关上房门,拨通了女友小朵的电话。

"你啥时候能飞过来啊,我一个人在这里一点儿都不好玩儿,他们都是一对一对的,就我是一个人。"小朵有些不开心。

"现在根本没航班,估计还得过些日子,你要不约上阿丹他们出去玩玩吧!"钟清友说,"告诉你,我今天开始在茶山上修山泉池了,准备弄好后在里面养一些鱼,夏天还可以游泳呢!"

"你还有这心思?你是想在茶山长住下去了吗?不打算飞回来了?"小朵一听这个更生气了,这哪像要飞回伦敦的人呢?分明是想留在茶山啊!

"这不是闲着没事儿吗?正好弄个山泉池来玩玩。我告诉你,这里要是能蓄点儿水,风景真是太好了,你要是来了,我能给你拍大片儿呢!"

"谁稀罕去你那个兔子不拉屎的大山里!"

"还真有一个城里的姑娘为了爱情来山里呢!在我们山里的学校当音乐教师!她来这里已经一年了,说特别喜欢这里,要在这里扎根了!"

"那是别人,反正我不会去,你趁早给我飞回来!"说完,小朵直接挂了电话。

嘿,这是怎么了?怎么突然间就生气了?我说错什么了?钟清友有点儿不解,手机一撇,直接趴到床上,累了一天,实在是太困了,不一会儿便呼呼睡去。

第二天七点多,钟清友就被顺子叫起来了,吃过早饭继续开干。上午过半的时候,钟嘉禾背着双手来到了茶山,看到五个年轻人正干得热火朝天,穿着单衣都累得满头大汗,他笑了笑,摇摇头,绕着正在修建的水池转了几圈,一句话没说,又背着手往山顶走去。

一周后,山泉池完工了,可以蓄水了!钟清友心情有点儿激动,他把从山顶接下来的水管打开,清澈的山泉水哗哗地流进水池,慢慢地铺满池底,再一点点上涨,半天时间,水池的水就蓄了一大半,钟清友把顺子带回来的锦鲤倒进去,水池即刻有了生机。

"蓄满水后,保持两边的进出水平衡,让池水一直在流动,这样水池里的水就是活水。这旁边再种一排樱花树,这边种些小点儿的桂花树,水池这边的平地可以搭建一个露天茶亭,可以在这里喝茶,烧烤,看星星。"钟清友围着水池边走边说。

"这个建议好!就在这里用木头建个地台,搭个茅草顶,建个最简单最自然环保的茶亭!"钟翌晨马上支持。

"我也觉得可以,以后咱们就可以经常在这里搞派对了!"马晓晴也很赞成。

"好是好,就是材料比较难搞,现在我们出不去,外面的人也进不来,这些东西我家里可没有现成的。"顺子说。

"这个材料我来找!"钟翌晨拍着胸脯说,"我记得镇上有卖户外防腐地板的,其他的估计也有,晓晴,我们现在就去找。"

"我和你们一起去!"钟清友马上跟着钟翌晨的车去了镇上。

找到镇上唯一一家卖户外防腐木地板的店,这家店里倒是什么都有,钟清友想要的基本上能一站购齐,就是价格有点儿贵。

"这价钱比年前涨了不少，阿友，要不咱再等等，等过些日子能出山去市里买，这老板看你着急想要就故意涨价呢！"钟翌晨把钟清友拽到外面悄悄说。

"不等了，我就想现在有空把茶亭建起来，在我走之前还能享用一段时间。就在这儿买了！"钟清友毫不犹豫就定了，只是在支付的时候有那么片刻的心疼，因为这大几万块转出去后，他支付宝里只剩下几千块钱了，连回伦敦的机票都买不起了。

但钟清友就是这样，想好了要做的事儿，绝不会反悔。

店家把东西送到山上后，三个大男人一时傻眼了，因为他们三个人根本不会做！如果要请人来做的话，又得花不少钱。可钟清友差不多要弹尽粮绝了，这几千块钱还要撑到回伦敦去。怎么办？

正当他们一筹莫展之际，钟嘉禾再次背着双手来到了木屋别墅。他慢悠悠地点燃一支香烟，看着已经蓄满水的池子，锦鲤自由游弋其中，好不快活，点点头道："真不错啊，山管人丁水管财，有山有水财运来！好！好啊！随着乡村振兴战略的推进，县上决定今年对进出乌山的路都要拓宽，铺上沥青，我感觉乌山的春天要来了！"转身看到堆放在地上的那一大摊木料，他笑呵呵问："阿友，这是要再盖一栋木屋？"

"我想在那边建个大点儿的茶亭，没事儿就坐那儿喝喝茶，晚上搞个烧烤，看看星星。"钟清友看着那堆木头一脸无奈道。

"这想法好，我支持你！"钟嘉禾笑呵呵道。

"嘴上支持有什么用？我现在缺的是建茶亭的师傅。"钟清友撇嘴道。

"缺师傅啊？我给你找。"

"我也能找，问题是我现在没钱请师傅了。"

"没钱？我看你用奔驰拉砖，眼睛都不眨去买这些木料，怎么会没钱？再说了，没钱找你爸爸要啊。你爸还能不给你？"钟嘉禾抖着眉头故意道。

"找他要？那我宁愿不建了。"钟清友愤愤地捡起一个小石子儿用力扔了出去，心想，就钟志国那个铁公鸡，打死也不会找他要钱。

"那你买这么些材料不是白白浪费吗？"钟嘉禾笑，"做事不考虑周全，就盲目去做，肯定是要吃亏的！"

"我自己做！"钟清友对着那堆木头踹了一脚，"我就不信，少了张屠夫，还吃不到净毛猪？"

"哦嚯，那敢情好，你能自己做？这可不是小工程，比你们建那个水池可复杂多了！"钟嘉禾笑得更欢了，这孩子还真是可爱，一腔热血爱逞能。

"哼，我慢慢儿做！"钟清友咬着牙说。他当然知道钟嘉禾是想看他笑话，他就偏要把这事儿给做成了！不就是在地上搭积木吗？小时候玩过太多了。再说了，反正现在也没事儿，就慢慢做呗。

"顺子，阿晨，你们去帮我找工具来，我要自己建茶亭！"钟清友振臂一挥，正式宣布道。

"阿友哥，你真厉害！"燕子立马拍手称赞。

顺子和钟翌晨相视一笑，觉得钟清友这是一时逞能，这么多的木料光是开料都很费劲，别说要自己建了。不过，顺子并不想打击钟清友的积极性，而是很配合地拉着钟清友来到厨房隔壁的工具间，指着里面已经积灰的那些工具说："这是当年你爷爷用来建房子的工具，很多年没用了，估计抹点儿油修一修还能用。"

"原来家里就有这些工具啊！"钟清友是真没想到，"还是爷爷懂我，什么都给我准备好了！"

钟清友二话不说，开始把这些工具往外搬，电锯、电钻、钉枪、刨子、榔头、铁锹、斧子，各种大小的锤子、锯子、凿子，应有尽有。电锯插上电呼呼转，完全能用。

工具有了，现在的问题是不知道从哪儿下手。钟清友看着这一堆工具，再看看那一堆木头，一点儿头绪都没有。他挠挠头，绕着水池转了一圈又一圈。水池里的水清澈见底，十几尾锦鲤在水中自由游弋，来来回回摇曳着尾鳍，真如神仙般自在。再看看旁边的空地，想着茶亭建起来后，自己也能在这里喝茶、赏花、烧烤、唱歌，吹着山里清爽的风，沐浴着和煦的暖阳，抱着吉他唱唱歌，画几幅乌山的美图，在许多人都被困在狭小的空间里无法出门时，自己能在这么美的世外桃源享受这一切大自然的恩惠，不就是山中神仙吗？

"当年你爷爷建这个房子的时候，主要是我在帮忙。"钟嘉禾踱步过来，站在钟清友身后说，"最开始建的就是厨房这两小间，后来你爸爸见你爷爷真要在山上长住，才请人来建了这栋大的木屋别墅，让家里人来了都能住下来陪你爷爷。阿友啊，你想在这里建茶亭是真好，你爷爷和你爸爸都没想过，包括这个水池也修得好，还是年轻人有想法啊！"

钟清友眼前一亮，转头看着钟嘉禾笑道："老叔，这么说你会建木房子？"

"当然，那个厨房就是我和你爷爷当年一起建的。"

"那敢情好啊！这个茶亭你来帮我们建，我们给你打下手！"钟清友惊喜地握住钟嘉禾的手，简直是找到了救星啊！

"帮你们建可以，我可是要收费的！"钟嘉禾背着双手道。

"行！等我们卖了茶叶就给你！"钟清友满口答应。

"可以，说好了，这钱你来支付，不是找你爸要的。"钟嘉禾激将道。

"打死我也不会找他要钱！今年采茶我来负责，收支都归我管！"钟清友想好了，为了自己这个茶亭，他就留下来过完这个采茶季，茶叶做好了就是钱啊！妈妈说了，采完这一季茶再转包出去，那这一季的钱，肯定得归他来收，好歹把建茶亭的钱赚回来，再把回伦敦的机票钱赚到手。

"行，你有这打算我就帮你建！不过先说好，我负责指挥，具体的事情你们几个年轻人来干，我这老胳膊老腿的，重体力活我可干不动。"钟嘉禾很爽快地答应了。

"没问题，你就负责指挥，我们三个人负责干，两个女生负责后勤保障。"钟清友也很高兴，这真是踏破铁鞋无觅处，得来全不费功夫。

钟清友把这个想法告诉了妈妈，妈妈表示全力支持。但有一个要求，就是希望钟清友能全程直播建茶亭的过程，让她在家里能看到。上次建水池是和妈妈连线，单独给她一个人看，这次妈妈要求能让更多人看到，希望钟清友到抖音平台上建个账号直播。

"我现在在家里没事儿也天天刷抖音，上面各种各样的视频，很多人在上面开直播。"

妈妈的建议让钟清友对抖音产生了很大的好奇。他之前在国外，没用过这个软件，来茶山后，看到顺子没事儿在刷短视频，他也就下载了，偶尔上去刷一刷，但并没有想过自己也在上面搞直播。妈妈的话让他豁然开朗，自己确实可以直播在茶山的生活，至少能让家里人来看他建茶亭的过程。

钟清友是个说干就干的人。他马上就去抖音注册了一个账号：乌山茶农，就记录自己在乌山茶园的生活。

钟嘉禾并没有立刻开工建茶亭，而是要求钟清友先根据自己的设想绘制一个茶亭的设计图。这对于钟清友来说太简单了，他的专业是艺术设计，绘图纸还不是小事儿一桩？下午他就把设计图拿给了钟嘉禾。

钟嘉禾拿着图纸到现场比对许久，让钟清友做了一些调整，再要求他画出具体的方位细节图，钟清友一一照办，又用一天工夫完成了所有的细节图。

有了这些图纸就可以开工了。第三天，钟嘉禾在木屋别墅前坐镇指挥，三个年轻人正式开工建茶亭。

按照钟嘉禾的指挥，各类工具先按秩序一一就位，根据钟清友的图纸来开料，先把用料准备妥当。三个人当中，顺子最会干这些活儿，钟嘉禾以顺子为主，钟清友和钟翌晨配合搬料，燕子和马晓晴负责后勤保障，端茶送水，做饭，清扫现场。在钟嘉禾的指挥下，五个年轻人配合默契，工作效率很高。一天工夫就把木料开好了，同时还把要建茶亭的地方平整好了。

钟清友也不忘遵照妈妈的指示，在抖音上开始直播建茶亭的过程。他把手机架在旁边，有空了再拿着手机凑近拍顺子干活儿，远景近景都给妈妈看清楚。电锯吱吱地旋转，锯出的木屑粉末在镜头前嗡嗡飞旋，一块块木料被裁锯妥当，再按顺序码放在旁边。

许雅纯抱着手机一刻不停地盯着，就连吃饭时间，她都舍不得放下，边吃还盯着手机看。钟志国最见不得整天抱着手机不放的人，许雅纯这几天的行为很反常，他很恼火。

他边夹菜边盯着许雅纯，眼睛里满是怒火。许雅纯紧盯着手机，根本没注意到钟志国的表情，依旧有一筷子没一筷子地吃着。

"把手机关了！"钟志国吼起来，"啪"的一声，筷子重重地拍在桌子上，震得桌上的碗筷都在抖动。

全神投入的许雅纯被吼声和拍桌子的声音给惊到了，她抬头讶然地看向钟志国，片刻后微笑道："志国，我在看咱儿子呢！你看，他在乌山建茶亭，自己动手建啊！前几天他刚在木屋前面建了一个水池，你看看，咱儿子现在多能干啊！这么高难度的技术活儿他都会干了！真是太棒、太不可思议了！"

"吃饱了撑的！建那些东西干什么？几个月后我就要把茶山盘出去，买家我都找好了，就差签合同了。"钟志国气得胡子都在颤抖，"你就这么惯着他，由着他胡闹！一天天的正事儿不干，不学无术！人家问我儿子现在在干什么，我都没脸说！你赶紧让他回来，马上到公司去上班！不然断了他的粮，不要给他一分钱！"

许雅纯脸上始终挂着微笑，不管钟志国怎么生气，话说得多么难听，她都能做到不愠不恼，心绪平和，思绪不乱。因为她深知吵架是解决不了问题的，对钟志国，她只能以柔克刚。

她拿起钟志国面前的汤碗，贴心地给他打了半碗鸡汤，轻轻放到他手边上，手自然地放到钟志国的手上，目光温柔地看着钟志国，微微一笑："志国，现在这个情况，我们没法去乌山，仔仔也没法出乌山，这段时间，他只能在乌山待着。我倒是觉得，这个时候他能有想法去对茶园进行一些改变，是好事儿。建个水池，做个茶亭，花不了几个钱，但仔仔能得到锻炼，能体会到其中的快乐和成就感，多好啊！总比他窝在那儿什么都不干每天就刷手机睡大觉强吧！再说了，万一哪天他把那里改建得很符合他自己的理想，他就想留下来不出国了呢？这不是更好吗？"

"好什么？就留在那个大山里能干什么？老爷子当年要回去，那是没办法，他年纪大身体不好，需要静养。他二十五岁就想在山里养老吗？想一辈子要老子养他吗？我告诉你，门儿都没有！他要是不自己努力赚钱养活自己，休想再从我这里拿走一分钱！你也一样，一分钱都不要给他！天天跟我犟嘴，说他出国没花我多少钱，一年几十万还没花多少钱？让他自己赚钱养活自己就知道生活的艰辛了！看看公司那些刚参加工作的年轻人，哪个不是拼命工作？就他二十五岁了还在啃老，游手好闲！就这样你还夸他！都是你惯的！"

许雅纯舀了半碗汤，慢悠悠地喝了两口，又吃了几口菜，才看向钟志国，细语柔声道："志国，建水池、做茶亭都是仔仔自己的钱，他没向我要一分钱。我承认，我是比较宠他，因为我只有他这么一个孩子，但我从不溺爱他。我支持他去追求自己的理想，我也相信仔仔是有想法、有能力的孩子，他能做出属于自己的一份事业。倒是你，这种高高在上的家长做派要改啦，儿子已经长大了，你首先得尊重他，和他平等对话，不能总想压他一头，命令他必须听你的，这样只会适得其反。"

"他不听我的听谁的？我是他老子！"钟志国瞪着眼睛拧着眉毛道，"留在山里可以去种菜，去养鸡，去茶园里松土拔草，他干了吗？净做些无用功！他现在建水池，做茶亭，说不定接手的人根本就看不上，到时候人家就给拆了！"

"我倒是觉得茶园挺好的，不一定非得转手。"许雅纯试探着说。

"留在手里你去管？每年都亏几十万进去。"钟志国没好气道。

"如果仔仔愿意留下来，就把这个茶园给他打理，有顺子在那儿陪他，还有嘉禾叔管着，我们也放心啊！总好过他飞回伦敦去，几年我们都见不到一面。"许雅纯说。

钟志国锁着眉头，盯着许雅纯看了好久，觉得她这话似乎有点儿道理。可转念一想，还是觉得不行，说："他留下来是肯定的，回公司上班也是必须的，没有别的选择。"

"我是说，只要他愿意留下来，先留在茶山也可以，然后我们再慢慢做他的工作，让他回深圳嘛！你现在硬要他留下来马上到公司上班，他肯定不答应，买张飞机票就飞走了，你能怎么样？隔着万里之遥，你连见一面都难，何谈其他呢？"

"他要出去我不拦着，但我警告你，不能再给他一分钱！断了他的粮，他自然就回来了！"钟志国三下两下把碗里的饭吃完，冷着脸上楼休息去了。

唉！许雅纯看着一桌的菜发出一声悠长的叹息，再也没有半点儿胃口。好说歹说，钟志国对仔仔的看法就是没法改变。这父子俩是真杠上了！

吃完饭，许雅纯继续盯着手机看钟清友建茶亭。

这几个年轻人是真卖力，吃完饭马上接着干，连午休都免了。还有那两个女孩儿，镜头里不时闪现，给他们端茶送水，送水果，服务真周到。许雅纯发现，儿子干活儿的时候脸上都是挂着笑的，干得很开心，几个年轻人一起干活儿，有说有笑的，气氛很欢乐。看得许雅纯都想去现场帮他们一块儿干。

　　许雅纯来到花园里，边喝茶边盯着手机看。中午的阳光照在身上暖融融的，本来许雅纯想在靠椅上闭目养神，但儿子的一举一动都牵动着她的心，她就半眯着眼睛，耳朵却紧听着手机里的声音。乌山的风好像有点儿大，手机里不时就有呼呼的风声，更多的是电锯的吱吱声，木头哐当掉落的声音，还有钟清友和他们的谈笑声。这些声音汇聚在一起，通过手机传到许雅纯的耳朵里，听得她很舒心，感觉儿子就在身边，心里很踏实。

　　"啊……嗷……"

　　突然一声惨叫打破了这份宁静和美好，许雅纯睁开眼睛从靠椅上惊跳了起来，瞬间趴到手机前喊道："仔仔，怎么啦？啊，怎么啦？"

　　视频中，钟清友已经被几个身影挡住了，许雅纯只看到几个人的背影，但那一声惨叫分明就是儿子钟清友的，她听得很真切。她一时心悸慌乱起来，对着手机不停地喊道："仔仔，怎么啦？啊，你怎么啦？"

　　视频那边一点儿反应都没有，突然，视频直播关掉了，许雅纯什么也看不到了。她慌乱了片刻，马上拨打了钟清友的手机，打了许久没人听。许雅纯吓坏了，心怦怦直跳，就连右眼皮都在突突狂跳，她慌乱得手脚无处安放，在花园里转圈，怎么办？发生什么事情了？片刻，她又打了顺子的手机，还是没人听！真是急死了！再打钟嘉禾的，依然没人听！完了，肯定是仔仔出事儿了！而且是大事儿！

　　"你喊什么？出什么事儿了？啊？"钟志国穿着睡衣站在楼上阳台，居高临下地蹙着眉头瞪她。他刚要入睡，被许雅纯那惊骇的叫声给惊醒了。许雅纯极少如此失态，一定是出事儿了。所以，他迅速从床上蹿起来。

　　"仔仔，刚才，好像，受伤了！"许雅纯脸色煞白，双手抚摸着心口，说话都不利索了。

　　"受伤？怎么受伤的？伤哪儿了？"钟志国一听也很紧张，披上外套立马从楼上跑下来。

"我不知道,我就听到他惨叫一声,然后电话也打不通。"许雅纯说。

"那就打嘉禾叔的。"钟志国马上拨打钟嘉禾的电话。

"打不通,没人接,我打了,顺子的电话也打了。"许雅纯揪心道。

"你不是一直在看他们直播吗?有没有看到他怎么受伤的?"钟嘉禾的电话还是没听,钟志国也开始有点儿心慌了。

"我刚才就眯了一会儿,就那一会儿工夫的事儿,所以没看到……"

"你看看你,一天盯着手机,关键的时候却什么也没看到!"钟志国气得咬牙。这逆子一天天就知道气他,可真要出事儿了,自己这心里却揪疼得紧。

钟志国也急得转圈,这里开车去乌山得四个多小时,真要出事儿自己赶过去肯定来不及。想来想去只有钟嘉禾和顺子是最方便的,可他们怎么都不接电话呢?

没办法,只能再打。可还是没人听。这下钟志国真慌了。要不是出大事儿,怎么可能都不接电话呢?

他快步跑回屋里,换上衣服拿了汽车钥匙冲出来,一把拽住许雅纯的胳膊就要去门口开车往乌山出发。两人刚坐进车里,钟志国的电话响了,是钟嘉禾打过来的。

"嘉禾叔,出什么事儿了?"钟志国急切问道。

"哎,没什么大事,你们不要紧张。我看手机都要被你们两口子打爆了。"钟嘉禾呵呵笑道。

"没事儿怎么都不接电话?雅纯说听到阿友的惨叫。"

"哎呀,都是我不好,我没拦住阿友,"钟嘉禾自责道,"刚才顺子去喝水上厕所,阿友就去电锯那儿,想要体验一把锯木板,他拿起木板去锯,结果一不小心把手指给锯了……"

"把手指给锯了?啊?"许雅纯一听差点晕过去,眼泪顿时就哗哗往外流,捂着嘴就开始哭,边哭边说,"那得赶紧送医院啊!赶紧……"

"没有那么严重,"钟嘉禾马上解释道,"是锯到了手指,不是锯掉了,就是受伤了,右手的大拇指被削掉了一块肉。"

"成事不足，败事有余！"钟志国一听只是皮外伤，揪紧的心这才放下来，嘴上却表现得很不以为意、很生气，厉声道，"嘉禾叔，不要管他，让他疼，让他受皮肉之苦，整天游手好闲，不学无术！嘉禾叔，你要替我好好教育他！"

"志国，你别生气。阿友这孩子啊，我观察了这么久，觉着还不错呢，是个有想法会干事儿的人。年轻人，说干就干，雷厉风行，蛮有魄力的啊！这点倒是挺像你的。呵呵，就是有时候做事考虑不够周全。不过，这个不怕，毕竟很年轻嘛，慢慢经历多了，他就有经验了，就会越来越好。我现在发现了，这孩子啊，得顺毛摸。"钟嘉禾笑道。

这一番话听得钟志国心里颇为激动，嘉禾叔居然能夸他？这让钟志国很意外，也有点儿惊喜。难道这个在自己眼里一无是处、在家里啥也不会干的浪荡子果真是有想法、有能力的人？

"嘉禾叔，阿友的伤怎么处理的？真的没事儿吗？"许雅纯抢过钟志国的手机急切道。

"雅纯啊，你放心，没事儿的，就是一点儿皮外伤，疼肯定是很疼的。我刚才给他做了伤口清洁和消毒，包扎好了，嘉木哥留下的药箱里什么药都有，好像就是为这个小子准备的。放心，没事。"钟嘉禾依旧笑道。

"没事儿就好，刚才我听到他惨叫吓死我了。"许雅纯擦了擦眼里的泪水，带着浓重的鼻音道。

"真没事儿，你放心。有事儿叔还能这么轻松跟你说话吗？"钟嘉禾道，"雅纯，你放心，阿友在山里肯定只会变好，不会变坏。乌山这么好的山水，这么好的茶园，嘉木哥守护了二十多年，现在阿友来了，我觉得这是天意，也是最好的安排。"

挂了电话，许雅纯和钟志国静静地坐在车里，两人四目相对，继而都露出了宽慰的笑意。

再说钟清友，这会儿正哈着气躺在沙发上呢！手指疼得钻心，什么叫十指连心，疼得铭心刻骨，他算是真正体会到了。上次扭了脚，那个疼比起这割肉的疼，那真算不了什么。刚才自己就是手欠，顺子走了，他就想试试那个电锯，结果刚锯了一块木头，第二块推上去的时候，就锯到手了，幸好他收得快，不然半个大拇指就给锯掉了。这伤口很深，半个大拇指指甲盖儿都被锯破了，流了好多血，差点儿就要痛晕了。要不是爷爷的药箱里有止血药，还要跑到镇上的卫生院里去，那可就更惨了，不知道要流多少血。唉，流年不利，干点儿活就弄了个血光之灾，看来自己是真不适合去做那些舞刀弄锤的活儿，老老实实用手机去拍视频、去直播吧！那些活儿就让顺子和阿晨他们干。

等那个痛劲儿完全消退后，钟清友才给妈妈回了电话。这事儿闹得让钟清友很没面子。他当然知道，钟志国知道这件事儿后，肯定又得骂他成事不足，败事有余！随便吧，反正他从来就不看好自己，他爱怎么想就怎么想吧！

于是，从这一天开始，钟清友就负责拍视频和做直播。他一个人忙不过来，就让燕子来帮他。晚上，他把拍好的视频剪辑好后，发到抖音上，不管有没有人看，权当记录生活吧！

镜头里，他主要是拍顺子，把顺子锯木头、铺地板、砌砖的细节拍得很美。顺子累得满头大汗，一滴滴晶莹的汗珠从额头滑落的样子很酷，再经过他的剪辑，空镜头加上乌山的美景，配上音乐，视频的表现力很强，大家看了都觉得太棒了！

# 第六章

　　一周后,茶亭的基本框架就搭建好了,地台也铺设好了,就差盖茅草顶和周边的装饰。钟清友每天坚持拍摄,每天更新两三个视频,一周就更新了二十多个视频,其中一个视频有近百万的观看量,一下子增加了上万的粉丝。许多人留言说太喜欢他们的茶园了,想到这样的茶亭里来喝茶。钟清友和顺子的抖音和微信好友都加爆了,两人一下子成了茶圈的小网红。

　　"哇!太好了!我们被很多人看见了!你看,他们都想来我们这里呢!我就说我们这里很好吧!"马晓晴很自豪地说,"我就知道我的选择是对的!"

　　"对,你是最有眼光的!"钟翌晨拥着马晓晴,甜甜地在她脸上亲了一口。

　　"你们俩行了啊,别动不动就在这里撒狗粮!"钟清友白了他们一眼,"还要不要做朋友?"

　　"就是,有未婚妻了不起啊?"顺子也跟着白了他们一眼。

　　"当然,就是了不起啊!就我有啊,你们都没有啊,怎么,不服来咬我啊!有本事你们也招个金凤凰到乌山来啊!"钟翌晨抱着马晓晴转着圈嘚瑟。

　　"我看你就是欠打!"钟清友扬起手就要去打他。结果一挥手就痛得嗷嗷叫,大拇指的伤口一扯就感觉要撕开,疼得厉害。

　　"怎么样?很疼吧!"钟翌晨幸灾乐祸,继续搂着马晓晴转圈,高调秀恩爱。

　　"欠收拾!"顺子跑过去扯着钟翌晨就挥拳,两人很快打闹成一团。

　　"干什么干什么!"几个人刚闹腾起来,身后就传来了钟嘉禾严厉的呵斥,"还不好好干活儿?就这点儿活儿打算干到什么时候?这两天就要把这个工作结束。接下来得为春采做准备了,眼看着就要开始采茶了。"

　　钟嘉禾一来,几个人立马恢复正经,大家互相做了个鬼脸,老老实实去干活。

"老叔，我们火了。"钟清友打开抖音给钟嘉禾看，"你看，这么多人看我们的视频呢！"

"哦？火啦？在哪里？"钟嘉禾马上凑过来，"我看看。"

"你看，上千人留言说想来我们的茶园喝茶。"钟清友打开留言给钟嘉禾看。

钟嘉禾没戴老花镜，看不清楚那些蚂蚁般细小的字儿，他皱着眉头，眯着眼睛，使劲儿盯着手机，许久，他看着钟清友问："这都是哪里的人在看呢？"

"全国各地的都有，还有海外的呢！他们都觉得我们的茶园很美，我们建的这个茶亭太好了，坐在天然的弥漫着茶香的山上喝茶，想想都很幸福！你看，这是他们写的。"钟清友滑动手机说。

"哦，那他们也来不了啊！这手机上写的话能有什么用呢？"钟嘉禾有点儿不能理解，这个"火"了是个什么概念。

"具体来说，就是让很多人知道我们的茶园，喜欢我们的茶园，将来粉丝多了，可以在上面卖茶叶，未来也可以让他们来乌山旅游。"钟清友说。

"能卖茶叶？"钟嘉禾眼前一亮，"那我们的茶叶销路就不愁了？"

"如果粉丝多，就不愁。但目前我们的粉丝还不多，只有一万多，远远不够。"钟清友说。

"那得有多少粉丝才够？"钟嘉禾问道。

"我觉得起码得有十几万、几十万吧！你看，有些人的粉丝几百万了，就开始卖货了。我们以后也要这么做。"钟清友说。

"好，太好了！阿友啊，那你一定要想办法，让粉丝增加到几百万！"钟嘉禾很郑重地拍了拍钟清友的肩膀，"我相信你！加油干！"

"这个……"钟清友一时语塞，怎么给自己挖坑了呢？自己是没多久就要飞回伦敦的人，干吗给自己挖这么大的坑啊？转念一想，也没事儿，能干多久就干多久呗，反正到时候茶园也是别人的，这些就转交给顺子去打理了。

这么一想，钟清友顿觉轻松，丝毫没有压力。一切都是凭着兴趣，觉着好玩儿就干，不好玩儿就不干。反正闲着也是闲着，那就先干着吧！

"顺子，咱的茶叶是不是没有注册商标？"钟清友问正埋头干活儿汗珠直淌的顺子。

"没有，这些年我们就没自己卖过茶叶，都被你爸承包了，要什么商标？"顺子直起腰，擦了擦汗珠子说。

"那不行，今年咱要自己卖，必须有商标。就叫乌山茶农，阿晨，这事儿交给你负责，你看多久能搞定？"

"这个你交给我还真对了，我这两年帮好多人注册了商标，不过我是收费的。"钟翌晨扔下木头走过来说。

"谈钱伤感情，咱之间怎么能谈钱呢？"钟清友白了阿晨一眼。

"谈钱伤感情，不谈钱要命，这个不能坏了规矩。"钟翌晨坚决道。

"行行行，少不了你的钱，先记账，顺子负责记账！"钟清友转头对顺子说。

顺子看着他们咧嘴笑："行，我都记着呢！"

"那我明天就开始来整理注册商标的事儿，快的话一个月左右吧！慢的话就不好说。"

"我要快的，这事儿你得给我负责到位，一定要赶在茶叶出来之前办好。"钟清友说。

"行，但得另外再加钱！你这个可是加急的。"钟翌晨道。

"没问题，找顺子记账！"钟清友大手一挥，"多少都成，顺子，你记账啊！"

"拉倒吧，阿晨，你这八成是白条！我可以告诉你，除了成本钱，你一分都拿不到！"顺子仰头大笑，"阿友现在口袋里能饿死老鼠，你想要他的钱，不可能！"

"没事儿，茶叶卖了就是钱，我不怕，你先记着。"钟翌晨也笑。

几个人乐颠颠打了一通嘴仗，继续埋头干活儿。钟清友继续拍视频。他做事儿很认真，而且追求完美。每个视频都是他亲自剪辑，燕子和马晓晴也会剪，但每次她们两个剪出来的视频钟清友一点儿都不满意，都得自己再修改，直到满意为止。

"阿友哥，你是处女座的吧，这么追求完美。"燕子说。

"对，我处女座的，我做事就是这样，要么不做，要做就要做好。"钟清友说。

"难怪你画画和唱歌都那么出色！"马晓晴赞道。

嘿嘿，这话钟清友心里听得真舒畅！这段时间和他们在一起，钟清友越来越觉得自己来到乌山是无比正确的选择。他不敢想象，如果自己没有来乌山，而是留在深圳家里和钟志国天天待在一起，那会是多么压抑憋屈、生无可恋的一段日子，那真是度秒如年吧！天天窝在家里面对钟志国那张臭脸，想想都可怕！感谢爷爷，让他能在这么美丽的世外桃源，度过这么美好的一段岁月。

钟清友的心里一股感恩之情油然而生，对爷爷，对乌山，对这段美好的岁月。心生美好，干活儿自然就更用心、更愉悦了，日子也就过得飞快了。

眼见着茶亭也按照自己的想法建好了，五个小年轻有事儿没事儿就在茶亭里喝茶、聊天，在星空下烧烤、唱歌，在山泉池边喂鱼、打趣，这样惬意的小日子，钟清友一边享受，一边拍成视频发到抖音上，收获了越来越多人的喜欢，粉丝也涨到了五万多，这样世外桃源的美好生活，对于被迫困在家里的许多人来说，就是最渴望、最期待的诗和远方。

# 第七章

一晃就到了采茶季，日子开始变得忙碌起来，钟清友跟着顺子每天都要去茶园查看茶树的生长情况，要考虑去找工人，还要请制茶师傅，要关注天气情况，计划好每一片茶园的采摘时间、制作时间，并做好统筹安排。

因为还是没有航班，无法飞回伦敦，尽管女友小朵总是催他，但钟清友也毫无办法。既然这样，钟清友就安心跟着顺子去打理茶园的事情。以前他以为采茶制茶很简单，没想到这么复杂、这么烦琐、这么辛苦。更要命的是，进入三月份采茶季后，乌山的天气就不好，时不时就阴天下雨，而且有时一下就是好几天，根本找不到合适的时间去采茶，可是错过了最佳采摘期，就会影响茶叶的质量，进而影响茶叶的价格，这是环环相扣的。

"现在有很多个问题无法解决。"顺子急得挠头，"因为疫情，外面的人进不来，往年外省的采茶工很多，今年少了，可是乌山这么多茶园，都等着人来采。工人少，工价就高，这样成本要增加很多。更糟糕的是，因为工人少，各家抢着要，工钱还在涨，现在已经涨到了去年的两倍。太离谱了！"

"那怎么办？贵也得采啊，不然叶子太老制作出来的茶叶质量就会下降，那就很难卖出好价钱了。"钟清友也很焦急，他可是要靠着这一季茶叶来创收的。

"按目前这样的成本来看，我们做茶都要亏钱，还不够成本。"顺子叹气道，"以前觉得没钱赚，现在是铁定要亏钱。"

"那有什么办法能不亏？或者说少亏？"钟清友问。

"除非不请别人采，我们自己采。"

"我们几个人能采多少？那太有限了，我们近千亩茶园啊！为什么不用机采呢？"

"我们一直都是人工采，不能用机采。"顺子说。

"不管了，我们先自己采，你把制茶师傅请来，我们抓紧时间采茶，能采多少算多少。"钟清友是真的急，这茶叶要是不能赚点儿，他可就惨了。

"师傅也难找，因为外面的人进不来啊！"顺子很无奈，做了这么多年茶，今年是最难的。

"那你就自己做啊！你做了这么多年，应该没问题吧！"

"我一个人做茶心里没底，再说了这么多茶，我一个人也做不过来，必须得三四个师傅一起做，还得没日没夜地做。"顺子说。

"我帮你，让阿晨也来，燕子和马晓晴也一起来，咱们五个人做，我就不信咱们就做不了茶。少了张屠夫，我们照样要吃到净毛猪！"钟清友说。

"阿友，制茶可是技术活，不是随便一个人就能做的啊！"顺子看着钟清友，觉得他想得太简单了。

"我知道是技术活儿，所以我们给你打下手，以你为主啊！你是学过的，你就好好琢磨以前师傅是怎么做的，就学着那样做不就行了吗？"钟清友鼓励道。

"唉，我从来没有一个人独立做过茶，我们这里一季能做大几万斤茶，数量不少啊！"顺子还是没信心。

"没事儿，我们就一批一批做，每天能做多少就做多少。尽量做好就行。"

"万一没做好呢？"顺子问。

"没做好就没做好呗，你放心，不管做成什么样，都不怪你，我负责！"钟清友拍着胸脯说。

"唉，我主要是怕你爸那儿不好交代，因为这些茶他是要拿去做礼品送给客户的，我们卖到外面的不多，主要是你爸那儿。"

"你放心，他今年要是从这儿拿茶，必须给钱，不给钱我就不给茶，咱们就卖到外面去，线上卖。"钟清友说。

"阿友，你敢这么做？这茶园可是你爸爸投资在养护的，我的工资也是他给的，你不给他茶能行？"顺子不敢相信地看着钟清友。

"我不管他以前怎么做的，现在是我在这里负责，就按我的规矩来办。钟志国要茶可以，优先给他，可以比市场价低一些，作为老客户兼大客户，这个没问题，但他必须给钱。这事儿我来跟他谈。"

"那行，你能做主就可以。"顺子心里还是不敢相信，钟志国肯定不会再拿钱来买茶，这茶园本来就是他的，凭什么不能拿茶呢？自己的茶园还要买茶，谁信？但眼前的事儿是抓紧时间采茶制茶，其他的后面再说。

"今年必须我做主！"钟清友底气十足，大手一挥，"吃过中饭后，咱们先自己动手，上山采茶！"说完，钟清友戴上草帽，学着顺子的样儿，把竹篓往腰间一系，还真像模像样。

午饭时，钟翌晨带着马晓晴来了，刚下车，他就拿着一袋资料欢快地跑进屋里来，对钟清友喊道："阿友，商标注册成功了！成功了！你看，批复文件在这里：乌山茶农！以后咱就可以用这个品牌来做包装了！"

"太好了！顺子，拿酒来，咱们必须好好喝一杯！"钟清友太开心了，"阿晨办事靠谱！我要敬你一杯酒！今后咱就是'乌山茶农'，所有的外包装都用这个名字，我还要自己设计一个logo（商标），设计全新的外包装，把'乌山茶农'这个商标隆重推向市场！还有，阿晨，你给我把'乌山茶农'这四个字做成大的水晶艺术字，放在我们茶亭的侧边，我要让'乌山茶农'光耀整座乌山！"

"没问题，交给我！"阿晨很爽快地答应道，"不过，钱你得先预支给我。"

"这个……你先去做，钱很快就会有的。"钟清友打哈哈道，心里却也在发虚，自己口袋里可是连四位数都快拿不出来了，必须得尽快想办法弄到钱来。

顺子从里面拿来一瓶茅台："这是嘉木伯留下来的，阿友，今天咱开一瓶，高兴！"

"爷爷就知道我在这里有喜事儿，茅台酒都给我留好了！"钟清友拿过来给每个人都满上一杯，酒香四溢，满屋飘香，"干杯！"

"阿友，我刚看了，里面还有好多呢！"顺子说。

"那太好了，留着我们开启一个个惊喜的时候喝！"钟清友举杯道，"中午咱们就喝两杯，下午要采茶，留着以后再喝。"

午饭后，正当五个人全副武装往茶园深处走去时，钟嘉禾带着一群年轻人上来了。看到顺子和阿友已经开始生产自救，自己动手，钟嘉禾很高兴，老远就对钟清友喊道："阿友、顺子，我给你们带援兵来啦！"

钟嘉禾加快脚步往上走，很快就累得气喘吁吁，一群年轻人脚步轻快，早就超过他先来到了钟清友面前，一个个乐呵呵地笑着，领头的钟玉茗道："顺子，阿友，我们来帮你们！"

"阿茗兄也来了，那太好啦！你们简直是天降神兵！"钟清友握着他们的手激动道，"顺子，你带他们回去拿工具，咱们今天就来大干一场！"

"如今外面的人进不来，里面的人也出不去，就连学校都改上网课了。"钟嘉禾走过来弯着腰喘气，"今年这个采茶季，是乌山历史上采茶工最稀缺的时候。这些年轻人，都被困在乌山，现在也无法外出打工。于是我就叫阿茗把他们召集起来，正好到你们茶园来帮帮忙。"

"谢谢老叔，谢谢阿茗兄，您真是帮了我们大忙了！"钟清友感激道，"阿茗兄、老叔，晚上我请你们喝酒，让顺子多做几个菜！"

"晚上你们得做茶，哪有工夫喝酒啊！最近你们可别再闲着，只要天放晴，就得抓紧时间采茶、制茶，时间可是不等人的！"钟嘉禾笑道，"等过了采茶季，我们再来好好喝酒！"

"行，我听老叔的。"钟清友指了指自己这身行头，说，"老叔，你看我这样像不像个采茶工？一天能不能挣到两百块？"

"想挣两百块那可得努力采茶啊！"钟嘉禾盯着钟清友上下打量了许久，点点头说，"你这个样子和嘉木年轻时候真像啊！活脱脱就是一个模子刻出来的！"

"你也觉得我像我爷爷？"钟清友吃惊道。

"是啊，太像了！你爷爷年轻的时候在家里干农活就这样打扮，完全是一个样啊！基因这东西真是太神奇了。"钟嘉禾拍了拍钟清友的肩膀，郑重道，"阿友啊，你爷爷没有白疼你！好好干吧！"

钟清友点点头，好像听明白了钟嘉禾的话，但又好像没有听明白。

十几个年轻人一起去采茶，这盛况在茶园里还是第一次出现。往年的采茶工都是中年阿姨，从来就没有年轻人愿意来采茶。大家都在茶山长大，每个人小时候都采过茶，所以很容易上手。

"我们采的是一芽两叶，不能采太粗老的叶子，否则会影响茶汤口感。"顺子采下一片芽叶对钟清友说，"用大拇指的指甲出力，食指配合，一掐就断。要轻采轻放，眼疾手快。"

钟清友是人生第一次采茶，感觉很有意思。鲜嫩翠绿的芽叶布满茶树枝头，举目四望，绿意无边，人在其中显得极其渺小。摘下一片芽叶，对着阳光，鲜绿的叶片脉络清晰延展，阳光透过叶片，鲜绿中透出了金黄，那一条条脉络颜色颇深，里面似乎蕴含着大量的水分和能量。

钟清友一边采茶一边录像，年轻人采茶神采飞扬，动作娴熟，有说有笑，难得放晴的日子，就连乌山的蜂蝶都变得忙碌起来了，绕着茶园飞舞奔忙。人多力量大，很快大家就都装满了背篓，顺子负责用大麻袋收集拿去晒青，一大袋一大袋地往山腰制茶车间挑去。

这是一个比较简单的制茶车间，里面有几台萎凋机、摇青机、揉捻机、炒青机和烘焙机，还有一层层架着用来晾青的大筛子，门口一大片空地用来晒青，早几天顺子就把架子搭好，把竹筛子摆了上去。

"凤凰单丛需要晴天采，这样能在午后阳光最好的时候晒青，晒青充足的茶才会有好的花香和鲜爽度。"顺子边把鲜叶撒到铺好的竹筛上边说。

"我们这么多茶，得采一个多月，不可能每天都有这么好的阳光吧？要是碰上阴雨天不能晒青怎么办？"钟清友在旁边录视频，边拍边问道。

"那也没办法，只能晾青，用萎凋机，鲜叶采下来就得马上做，不能闷在那儿，否则就闷坏了，没有鲜爽度，更没有香气。阴天做出来的茶，口感差很多。"顺子非常熟练地把鲜叶哗啦啦撒在竹筛上。

"晒青要晒多久？"钟清友的镜头扫过正沐浴在阳光下的茶青，片片鲜叶在阳光的炙晒下很快就开始萎蔫失水，变得软软的。

"不确定，看阳光的强度，根据叶片失水的程度来决定。"顺子说。

"全凭经验判断？没有一个具体的参考值？"钟清友问道。

"没有，都是凭经验。"顺子笑道，"阿友，你今天就是一个'问题'青年啊，不停地发问。"

"不懂就要问，"钟清友也笑，"孔子说，三人行必有我师，你现在就是我的老师。"

顺子笑而不语，继续晒茶青。钟翌晨和马晓晴负责把大家采好的茶青抬回来晒青，几趟来回，早已汗流浃背。忙到半下午时，燕子返回去做饭，做好饭还要负责送到车间这边来，因为做茶的过程是不能离开车间的。

钟清友一边拍视频一边跟着顺子，偶尔打打下手。下午四点多，顺子开始把晒好的茶青收进车间，一层层放好。采茶的人也结束采茶，跟着一起来做青。

"晒青后的茶青还要经过晾青、碰青、摇青，反复很多次，杀青后再去揉捻。"顺子说。

"晾青、碰青、摇青，为什么要反复很多次？"

"让茶青走水，叶片互相摩擦激发香气，叶片边缘受损产生红边，凤凰单丛的最大特点是绿叶红边，就是在做青的过程中摩擦产生的。做青是形成单丛茶色、香、味很关键的一步，也是制作单丛茶最复杂、技术性最强的工序。"顺子说，"最好的制茶师傅，就是能精准把握做青的工艺。"

"你的技术学到家了没？"钟清友笑道。

"还在努力精进中。以前我都没有独立制茶，都是跟着师傅一起做的。"顺子说，"道理我都懂，但能不能做好，我心里也没有底。"

"那怎么判断茶青可以揉捻了呢？"钟清友不解道。

"水分走得差不多了，杀青后的叶梗折起来不会断就可以揉捻了。"

顺子说得简单，钟清友却听得一头雾水。顺子不停地观察茶青的情况，再根据茶青走水的程度，一筛一筛拿下来碰青。

"阿友，跟我这样做。"顺子双手撮起茶青，由外往里，边抖动边翻转，"不能太用力，温柔地翻转，激活它，让它苏醒过来。"

钟清友学着顺子的样子，阿茗、钟翌晨和马晓晴也跟着，还有几个留下来的年轻人，也参与进来。很多人都是第一次做茶，都觉得很新鲜、很好玩，在不停翻转下，很快就感觉到胳膊酸了，腰也酸了。

碰青后，茶青苏醒了又沉睡，待茶青又萎下去后，顺子再端起筛子来摇青。他扎稳马步，双手紧握筛子两边，胳膊左右摇晃，筛子里的茶青则开始上下翻飞舞动，一片片绿叶犹如被施了魔法，稳稳地集中在筛子中间，只会上下唰唰地跳跃，没有一片叶子飞出筛子外面。随着叶片翻飞，空气里弥漫着浓浓的茶青的辛味，像青草的味道，但比那味道更复杂、更丰富。

钟清友觉得好玩，也试了一把，没想到茶青一点儿也不听话，一片片往外翻滚，不像顺子摇得那么匀称，茶青就集中在筛子里跳舞。其他人也跃跃欲试，顺子都让他们过了一把瘾。结果是茶青撒出很多，凌乱地铺了一地。这活儿看着简单，其实真难，是技术活儿。

"术业有专攻，我可是学了五六年了。"顺子像个老师傅一样，心疼地捡起散落在地上的茶青。

"这么多茶青，就靠我们这几双手来做青，做到天亮也做不好啊！"钟清友有些乏了，看着满车间的茶青说。

"是啊，茶青太多的时候，人工做青根本忙不过来，只能用这个。"顺子指着那个大圆桶机器说，"这个负责摇青。以前没有这些机器的时候，都是人工来做，包括炒青，都是用大铁锅，下面烧柴火，制茶师傅手工炒茶。现在有这些机器，制作起来省力多了。"

说完，顺子把碰青后的那些茶青倒进摇青机里，盖上盖子，按下启动键，摇青机开始哐哐运转。摇青后的茶青再倒进炒青机中开始高温炒青。这个大型的炒青机就像建筑工地上搅拌水泥的那个机器，不停地旋转，茶青经过高温翻炒杀青，叶片水分大量蒸发，青味儿挥发，产生花香蜜味，这也是很关键的一道工序。

杀青后的茶叶手感柔软，再经过揉捻成型，让茶叶中已焦糖化和果胶物质已转化的内含物渗出黏附在叶外，茶叶色泽因此变得油润，拆松薄摊后及时烘焙干燥，就得到了单丛毛茶。

经过一整晚的制茶，钟清友眼睛都熬红了，后半夜他实在是瞌睡得不行，但却不能去睡，必须紧盯着炒青机、揉捻机，容不得半点疏忽，不然茶叶可能就做废了。

"做茶不但是技术活儿,还是体力活儿啊!太辛苦了!"钟清友跌坐在椅子上长叹道。

"大少爷,是不是体会到了每一分钱都带着汗水的咸味儿?"顺子看着累瘫的钟清友笑道,"这样的工作,我已经做了六年。"

"辛苦辛苦!好在每年也就熬这么一季,如果是全年都这样干,真要累垮!"钟清友说。

"干一季,吃一年。"顺子说。

"真是这样,那也很值当,比任何工作都强。"

"这句话对拥有古茶树和高山老丛的茶农确实可以,但我们这个茶园,目前还做不到。因为我们是佛系做茶,佛系卖茶,高投入,低回报。"

"从今年开始,咱也要实现扭亏为盈!"钟清友站起身道,"钟志国财大气粗可以为我爷爷不计成本投入,但他绝对不会为我这样投入,所以这一季咱们得想办法盈利!"

"盈利?那你首先得从大客户下手。这个大客户就是你爸!"顺子笑。

"那必须从他下手,不然我们今年的本钱都赚不来!"钟清友捏着拳头说。

顺子笑着摇头,继续搬下一筛茶青,继续重复着碰青、摇青的程序。

钟清友看着车间里仅有的几台机器一整晚都在不停地运转,顺子、阿茗、燕子、钟翌晨几个人基本没有停歇,连轴转着在做茶,可白天采回来的茶青还是没做完。这工作效率实在太低了!如果是集中采摘,这点儿设备根本无法满足,为什么不能多买几台设备呢?这样不就能提高工作效率吗?

"顺子,我们茶园这么大,制作工期又紧,为何不多买些设备?"钟清友忍不住问。

"唉,你也知道我们是佛系做茶,每年都是慢慢做,你爸爸并没有打算在茶厂投入太多,这些设备就是满足最基本的制作需求。以前都没有买,现在就更别想啦!以前我建议咱们买一台毛茶的色选机,就是满足自己的毛茶挑选,就这个你爸也没同意,我们每年都是拿到山下或者市里去给别人挑选,后来很多时候我们就把自己要的毛茶留下来拿出去色选，其他的毛茶直接低价卖了。"顺子苦笑道。

"这些设备如果都买的话得多少钱？"钟清友问。

"要说这个投入对比志国兄其他的投资确实不算多，但对于茶农来说，就是很大的投资。这些设备加起来的话，也得一两百万。"顺子说。

"钟志国就是个奸商，对他自己的事业投资，他从来都是毫不吝惜，大手笔地投钱，茶山这里买几台设备一两百万而已，看把他抠搜的，这点儿钱都不出！"钟清友气得咬牙，脑海里却在飞速转动，怎么样才能让钟志国这个老抠继续投钱呢？

上午九点多，第一批茶出炉了，打开烘焙机的时候，钟清友闻到了那股熟悉的茶香味儿。顺子抓了一把去试茶。毛茶看上去还行，虽然有些碎了，挑拣一下就可以。再闻闻毛茶的香味，青味显，辛味也足，顺子的心里有些忐忑，这是他第一次独立做茶，心里根本没底。沸腾的开水冲进盖碗，再斟出茶汤，黄中带青，喝一口，涩味重，辛青味儿充斥着整个口腔，没有什么香气。完了，做青不到位。顺子放下杯子，颓丧地靠在椅背上，心里很失望。所有做茶的道理他都懂，但依然做不好茶。

"不好喝？"钟清友问道。

顺子无助地看着他，一声未吭。几个人都凑过来试茶，每个人分了半小杯，钟清友先放到鼻子下细细闻了闻，再浅尝一口，哇，又涩又麻，苦底十分明显，太难喝了！钟翌晨和阿茗喝了一口，也皱着眉头咂咂嘴，口感确实很不好。

"什么环节出问题了？"钟清友问道。

"做青、杀青没到位。"顺子说。

"那能补救吗？"

"我没办法。"顺子叹气道，"阿友，还是请师傅来做吧，我怕我把所有的茶都做废了。"

"问题是现在没地儿请师傅啊！"钟清友也急得挠头，"你把往年做茶的师傅请回来吧！咱们付双倍工资。"

"我打听了,今年外地的师傅来不了,师傅严重紧缺,他们在到处收茶青加工,根本不上门帮忙了。"顺子说。

"那咱们也得想办法解决这个问题。"钟清友说,"顺子,咱总结一下,究竟是哪个环节没做好,出了什么问题,要怎么调整,咱就一边摸索,一边做。"

"那可能要做坏很多茶,代价太大了。"顺子说。

"任何成功都有代价,但总不能因为有代价就不去做吧?那永远都不会成功。顺子,没关系,做废就做废,不要怕,咱一千多亩茶园呢,有的是茶青,做废一点儿怕什么?"钟清友说。

这话让顺子心里很感动,茶没做好,钟清友不但没有责备他,反而还宽慰他、鼓励他,顺子觉得很对不起钟清友,更对不起长眠在茶山的钟嘉木。

"其实也不算做废,就是口感差点儿,但还是能喝,顶多就是卖不起价格。"阿茗说,"我爸每年做茶虽然也请了师傅,但都会自己到现场盯着,我觉得可以让他来看看怎么能改进一些。"

"嘉禾老叔会做茶?"钟清友很吃惊,怎么没听顺子说过?

"做茶很辛苦的,要在这里熬通宵,嘉禾叔的身体吃不消的。早些年做茶,嘉禾叔会来盯几天,后来身体受不住就没来了,他自己家里的茶都是包给别人做,他现在基本不管。"顺子说。

"做茶确实很辛苦,这样吧,白天请嘉禾老叔来试茶,看看他怎么说。"钟清友的话音刚落,门口就走进来一个身影,背着双手,踱着慢步进来了。

"你们的话我都听到了,泡一杯来试试,我看看究竟哪里有问题。"钟嘉禾在茶桌旁坐下来,目光在几个年轻人的脸上一一扫过,最后定格在钟清友脸上,"阿友,做茶的感觉怎么样?"

"一个字,累!"钟清友仰头打了一个哈欠。

"累就对了,不累不苦不是做茶人!"钟嘉禾笑,"现在知道你爷爷这么多年守着茶山的不易了吧!从一棵苗,到长成一棵树,再从枝头的一片叶到杯中的一口茶,是天地的精华凝结,也是上天的恩赐所得,更是勤劳的汗水浇灌,没有一口茶是白喝的。"

顺子把茶汤端放到钟嘉禾跟前，钟嘉禾端起来看了看，又闻了闻，再低头喝了一口，顿时眉头锁成了一个大疙瘩。他抬眼看了一眼顺子，又低头喝了一口，才放下茶杯道："茶没炒熟，没炒透。你用多高的温度去杀青的？"

"两百四五十度。"顺子道。

"你今晚改用两百三十度炒，炒到闻起来没有臭青味，摸起来茶是软乎乎的，不能有扎手感。"钟嘉禾说。

"好。"顺子频频点头，"嘉禾叔，那这些没做好的茶怎么办？"

"怎么办？凉拌！先放着吧，不要管了，把后面的茶做好。"钟嘉禾说，"顺子啊，你跟着师傅做了五六年的茶，怎么还没学到真功夫？"

"师傅做茶的时候根本不说话，我问他们都不吭声，全靠我自己去看。"顺子叹气说。

钟嘉禾摇摇头，站起身背着手叹气道："没事，现在开始好好琢磨也不晚！"钟嘉禾背着双手走到门口，又转回来看着他儿子钟玉茗说："阿茗，你也跟着好好琢磨，以前你不愿意跟着做，现在正好没事儿，用点儿心。"

阿茗脸上全是无奈，看着外面的群山心中茫然。啥时候能回城呢？这大山里，他是真待不住。

天气放晴了两天就又开始下雨，十几个年轻人也只采了中山茶园里不到四分之一的茶，就是这些茶，已经让钟清友很头大。顺子没日没夜地在做茶，累了就在躺椅上小睡一会儿，阿茗也被钟嘉禾逼着在这里跟着学，钟翌晨是自己愿意，燕子负责后勤做饭，马晓晴要抽空回去给学生上网课，没课的时候她也来帮忙。总之是每个人都忙得筋疲力尽，就连钟清友也累得坐下就能睡着。可就是这样不眠不休地干了几个通宵，做出的茶却不尽如人意。后面顺子按照钟嘉禾说的，温度降低慢慢炒，做出来的茶还是有臭青味，加上阴雨天无法晒青，只能用萎凋机在室内吹风萎凋，茶汤的口感因此更差。顺子做得一点儿信心都没有了。

所以采了三天就又停下来了，但钟清友还是鼓励他，采下来的茶青总不能烂掉吧？做出来总比闷着好。钟清友还是那句话，做坏了不怕，都算他钟清友的。他把顺子做茶的过程全部拍下来了，剪成了一个个短视频放到网上，又意外收获了很多人的关注，抖音粉丝又涨了几万。没事儿的时候，他还试着在抖音上直播了几场，虽然每次只有几十人在线，但这种尝试很刺激，直播的过程和粉丝互动很开心，直播还有人刷礼物，还能涨粉呢。这可能是最近糟心时期唯一的收获。

晚上，钟清友和妈妈视频。刚接通，钟清友的样子就把妈妈吓了一大跳。许雅纯在视频里惊叫道："仔仔，你怎么胡子拉碴的？眼窝子都陷下去了，我的崽，怎么几天不见这么沧桑了啊？这几天采茶你都自己亲自在做吗？"

"那可不吗？你又不是不知道你那个抠门的老公钟志国，这么大一个茶山，设备却又少又简陋，集中采茶的时候怎么忙得过来？机器不够那不就得人力来上？今年又雇不到人，如果不是阿晨、阿茗带着一帮朋友来帮忙，估计这会儿你儿子得累死在做茶的车间里。"钟清友有气无力，一副惨兮兮的样子，他还故意把镜头对准自己几天没刮的胡子，刺激许雅纯的神经。

"设备不够要你自己做？"许雅纯瞪圆了眼睛，"怎么会这样呢？仔仔，你可不要把身体给累坏了，妈妈心疼死了啊！"

"妈妈，我估计这个采茶季下来，我得累废了，手脚都要累断了，腰也要坏了。唉，啥时候能飞回伦敦啊，我现在一刻也不想在这茶山里待着了。"钟清友一脸痛苦，眼角还挤出了几颗泪珠。

"仔仔，你多叫一些人去帮忙，工钱妈妈来出，你别自己干了，你就在山里玩儿就行，千万别把自己的身体给弄坏了啊！"许雅纯是真心疼，眼泪汪汪地看着视频里的钟清友。

"问题是你有钱现在也请不到人啊！整个乌山都等着人来采茶，外面的人又进不来，高速都封了，村口也封了，除了蜜蜂、蝴蝶和苍蝇、蚊子，其他谁也进不来啊！妈妈，我真的要累死了啊！"钟清友故意哇哇哭了几声。

"仔仔……那该怎么办啊？"许雅纯听这声音心都碎了，老泪长流地看着视频里憔悴不堪的钟清友，却又无计可施，只能对着手机边抹泪边长叹。

"妈，你让我爸再给茶山划拨两百万来买设备吧，这样我们就能提高做茶的速度，同时改进制茶的工艺，还能做到自己挑拣茶叶，自己包装，用自己的品牌来卖，我已经注册好了商标'乌山茶农'。"

"两百万？还要投入这么多吗？"许雅纯有点儿不敢相信。

"对啊，买设备、扩建车间加起来两百万肯定是要的。"

"你爸爸都找好了接手茶山的人，采茶结束就转手，他是不可能再投钱进去了。唉，仔仔，算了，咱不管了，等放开后你就赶紧回来，别留在茶山了。"许雅纯说。

"回去和钟志国待在一起？每天都看他的那张臭脸，那我宁愿累死在茶山！"钟清友一生气就中断了视频。

"仔仔……"许雅纯眼泪还没擦干，就听到钟志国下楼的声音。

"好好的哭什么呢？"钟志国看着许雅纯满脸不悦。许雅纯擦了擦脸上的泪花，心里却还是针扎般难受，想到儿子吃的苦遭的罪，许雅纯伤感地对钟志国说："志国，仔仔在茶山太辛苦了，你赶紧给茶山再增添一些制茶的设备，改善一下那里的制茶环境，让他们能顺利度过这个采茶季。"

"你疯了吧？我现在还投钱到茶山里去？马上我就要转让给别人了，我拿钱去往水里扔？我的钱是大风刮来的吗？"钟志国一听就生气，"又是那个成事不足，败事有余的小子跟你提的吧？都是吃饱了撑的，在山里给他闲的，放开后让他马上给老子滚回来上班！我早就让你断了他的粮，你是不是还在偷偷给他钱？"

"志国，你知道仔仔现在在茶山做什么吗？他自己在采茶制茶，每天没日没夜地跟着顺子一起干，人都累脱相了！你就一点儿都不心疼自己的儿子吗？他可是你的亲儿子！"极少发火的许雅纯愠怒道。

"那是他自找的！谁让他跑茶山去的？没人逼他去吧？是他自己非要跑去的吧？现在吃一点儿苦就嗷嗷叫，就要我给钱买设备，这么多年茶山都是这么过来的，怎么到他这儿就不行了呢？这是设备的原因吗？是他自己没能力！二十五岁了，什么事儿都干不好，就你一天天惯着他！吃点儿苦怎么啦？我年轻的时候没吃苦吗？我爸爸年轻的时候没吃苦吗？我爷爷年轻的时候参加韩江纵队闹革命，在乌山一带活动的时候，什么样的苦没吃过？就他受的这点儿苦跟我爷爷、我爸爸和我比起来，那还能叫吃苦吗？我告诉你，你少在他面前抹泪，他就知道你心软会惯着他，就在你这里卖惨，想从你这儿弄钱。他怎么从来都不在我跟前卖惨呢？他敢吗？"

"就你这脾气，仔仔都不愿意靠近你，怎么可能跟你卖惨呢？"许雅纯瞪着他。

"是啊，他就是专挑你这个软柿子捏。"钟志国语气强硬道，"你记住了啊，再也不能给他一分钱！否则我也要对你进行惩罚！"

许雅纯黯然垂泪，她不是怕钟志国发现自己拿钱给钟清友，而是现在她手头真的拿不出那么多钱来，她的钱都套在股市里，不然两百万根本不是问题。唉！

# 第八章

　　钟清友挂了妈妈许雅纯的视频后，心里虽然有点儿生气，但大脑却在高速运转，他知道钟志国不会给自己钱，妈妈那里也没法子弄出钱来，但他就是想把顺子说的这个买设备的事儿给做成了。想来想去，他给自己高中同学郑风云打了个微信电话。

　　"阿友，我憋死了啊！天天在家哪儿也不敢去！还是你好，留在伦敦很潇洒吧！"刚接通，郑风云就一副生无可恋的语气。

　　"唉，风云，我和你一样啊，兄弟，我也快憋死了！"钟清友道。

　　"你在伦敦也不能出门吗？"郑风云很惊奇道。

　　"兄弟，我年前就回来啦！已经被困在山里三个多月了！我现在已经成了一个地地道道的乌山茶农了！"

　　"还有这事儿？那你怎么到现在才给我打电话？过年你也没在深圳吗？"

　　"没有，我回来就在深圳待了一天，严格来说还不满二十四小时，我就逃回到山里了，然后就开始了原地静止的生活，一直到现在。你现在干吗呢？"钟清友问。

　　"我什么也没干，年前还经常去我们以前常去的地方打高尔夫，去酒吧喝酒，年后就困在家里了，我爸妈哪儿都不让我去，生怕我被病毒追击到，天天关在家里，真是像坐牢一样！我说，你在山里这么久，是不是要闲出鸟来了？女朋友也回来了吗？"

　　"她还在伦敦呢！我哪儿闲啊，兄弟，我快累死了！我现在是地地道道的乌山茶农，天天采茶、制茶、拍视频，每天忙得脚不沾地、魂不附体了。"

　　"你是不是戴着草帽、穿着解放鞋，脖子上挂条毛巾，肩上还扛着锄头？"

　　"差不多吧！反正你要是现在见到我肯定是认不出的，我亲妈都快不认识我了,我被劳动改造得面目全非了!"

"兄弟,你这是玩的变形计啊!来来来,快点儿视频让我看看。"

"要看我的变形计可以,不过可是要付费的!"钟清友笑,"我这里有个赚钱的项目,想着拉你一起来入股,把你继承的巨额家产拿出一部分来投资,怎么样,一起干吧?"

"投资?什么项目?"郑风云立马来了精神,这两年他还真没找到什么好项目。

钟清友想了想,得给郑风云画个大饼,不然他肯定看不上。沉吟片刻后,钟清友道:"乌山茶旅,就是把茶叶和生态旅游结合起来,我了解了相关政策,未来这项目肯定会火。"

"茶旅?阿友,你看看现在这情况,当下死得最惨的就是旅游行业,这项目风险大,我没兴趣。"郑风云马上摇头拒绝。

"你别这么目光短浅啊!当下这个情况很快就会过去的,短暂的停滞不代表未来不好啊!相反,这个疫情过后,大家肯定会更加热爱旅游,因为在家里都憋坏了,都想出去玩儿啊!何况我这里的茶旅项目,是原生态的青山绿水,结合茶文化一起来做的,这是一个具有巨大市场潜力的项目,你是我哥们儿,我才想到拉你一起来合作的。"钟清友说。

"哥们儿,你靠谱吗?你真愿意这个年纪就待在山里做项目,那跟和尚有什么区别?那地方能有深圳这里好玩儿?再说了,你爸不是等着你回家族的公司去当接班人吗?你怎么能去玩茶山的项目呢?"郑风云不太敢相信钟清友的话。

"别提我爸,你又不是不知道,我从小就讨厌他,我干什么都可以,就是不会去他的眼皮子底下工作。这个茶山的事儿我告诉你,现在就是我在管。我爷爷年前走了,他临终的时候希望我能接手茶山,当时我没有答应我爷爷,但现在我真的爱上了这里,你要是来了就知道,这里有多美多好。这里晴天是朗朗乾坤,雨雾天是人间仙境。这里风景如画,空气清甜,就连每天喝的水都是山泉水,吃的是天然氧吧里的蔬菜、自己喂养的鸡鸭,每天都生活在高净度的天然氧吧里,隔绝尘世的喧嚣,坐在山上看云蒸霞蔚,日升日落,瑰丽壮观,这就是世外桃源啊！繁华的生活我们只要回到都市就有，但得天独厚的乌山只有一个。乌山离深圳也就五个多小时的车程，离周边几个城市更是不到一个小时的车程，未来进出乌山的道路要整体提升，进出就畅通无阻了。所以，我要借着这个大好的时机，把这里的茶和美景带给更多人，让更多人认识乌山，享受乌山的美景，喝到乌山的好茶，也让乌山变得更好！"钟清友一口气说了很多，说得有些激动，连他自己都觉得奇怪，怎么能从自己的嘴里自然流淌出这些话。其实他自己都不知道，这几个月下来，他在潜意识里已经爱上了这个地方。

"钟清友，这还是我认识的那个钟清友吗？"郑风云吃惊道，"我记得你那时候口口声声跟我说，你向往的是国外的自由和奔放，你是要出国搞艺术的，你要定居在伦敦，坚决不要回国的，怎么一个回马枪直接杀回大山深处了？"

"郑风云，你少笑话我。我告诉你，我小时候就在乌山过暑假，我对这里很有感情的，只是我以前没发现而已。再说了，我爷爷临终前对我的嘱托，我觉得我不能让他失望，我要接过他的这份事业并且发扬光大。这就是我心里最朴素的愿望。一句话，你信不信我吧？信我你就投，不信就别投，当我没说。"

"我信，咱什么交情啊！你的话我怎么会不信呢？但是，我也不知道这具体要做什么？要投多少钱啊？"郑风云说。

"这个茶旅项目比较大，目前只能开始第一期项目，就是茶山的设备投入，大概要两百万，我觉得你完全可以投，股份我按'乌山茶农'茶产业这个单项给你算，我的茶园占地一千亩，已经经营了二十多年，目前年产茶叶五到六万斤，你占百分之二的股份。怎么样？"

"两百万？这点钱你直接找你爸爸要不就得了，还用得着找我？"郑风云很不解，钟志国在业内也是老大，两百万只是毛毛雨。

"这是我的事业，我不想让钟志国插手。"钟清友说。

"但这茶山原先也是你爸投资的，金主还是你爸爸，你能做得了主吗？"郑风云问。

"当然，现在就是我做主，他以前投资的钱只能算固定资产，每年我给他一定的收益回报。"钟清友很有信心道。

"那你让我想想，两百万确实不多，问题是我对茶一点儿都不了解……"

"你不需要了解，过了这段时间，你自己开车来山里看看，住几天你就明白了。还是那句话，你信我，就投；不信，我就找别人。"钟清友干脆道，他讨厌磨磨叽叽的人。

"成，我信你！这钱，我投了！"郑风云只考虑了一秒，爽快道。

"这就对了！果然还是我认识的那个风云。我今晚就把股份合同拟好给你，你签字后马上给我汇款，我们的项目即刻启动！"钟清友掩饰不住地高兴，郑风云的钱一到，他就有钱啦！哼，钟志国，咱们走着瞧！不要以为你不给钱，我就玩不转！我不仅要玩儿转，还要转得飞快！

说干就干，挂了电话，钟清友就打开电脑开始拟合同。刚才他只是跟郑风云画了个饼，具体落实到合同里，钟清友才明白，这事儿真不是那么简单，必须得考虑周全，关于这个茶旅项目，他得好好想想，要怎么做？如果真的落地，未来肯定还需要郑风云继续追投，或许还需要再拉其他人一起来入股，毕竟他自己口袋里确实没钱。钟志国的钱，他是一分都不想要，将来就算是钟志国自己要投钱进来，他也不会同意。他想好了，未来茶园的任何项目和投入，都将与钟志国无关，只能是他钟清友的，是合伙人的。至于之前的投入，他要按照钟志国转让给别人的价格，用分期付款的方式来慢慢偿还，最后把茶山的所有权全部换到自己名下。乌山，未来必须是属于他钟清友自己的事业。

理清了思路后，钟清友决定先把乌山的茶旅项目计划写出来，再写合伙人的合同。正当他翻找资料的时候，小朵的视频电话打过来了。

这几天忙着做茶，天天泡在车间里都没和小朵好好聊天，钟清友放下电脑来到床上，换了个舒服的姿势半躺着，开启和小朵的幸福时光。

"朵宝，刚睡醒啊？"钟清友看着还在被窝里的小朵宠溺道。

"嗯，刚醒就想你了。"小朵睡意蒙眬，揉了揉眼睛撒娇。

"那梦里就没想我？我可是连做梦都在想你的。"

"有啊，梦到你在山里要饭，衣衫褴褛的，还拄着拐杖呢，哈哈！"小朵闭着眼睛笑。

"真的啊？那你还真梦对了，告诉你，我在山里真开始要饭了，刚要到了一大碗饭，不然就没米下锅了。"

"真的假的？"小朵一听立马清醒了，她从被窝里坐起来，睁大了眼睛盯着手机里的钟清友，这才看清视频里的钟清友一脸胡碴儿，脸色憔悴，头发凌乱，整一个乞丐样儿，"你怎么变得这么丑了？像个流浪汉似的，几天没洗脸没刮胡子没好好梳理头发了？阿友，出什么事儿了？"

"要饭啊！你不是做梦梦到了吗？"钟清友摸了摸自己扎手的胡子，笑道。

"正经点儿，跟你说正事儿呢！"小朵杏眼圆睁，"你不是说在山里很舒服吗？怎么会变成这个样子呢？连饭都吃不上？"

"那可不，要不是我去化缘，就没米下锅了。不过你放心，明天开始就彻底扭转局面了，粮库充足，衣食无忧。"

"你说什么呢？我怎么听不懂？"小朵一头雾水，不知道钟清友葫芦里卖的什么药。

"大白话就是，茶山没钱了，我刚刚拉到一笔大投资，快恭喜我吧！哈哈！"

"你拉投资？钟清友，你在做什么？你不想回伦敦了吗？啊？"小朵一听震惊了，也生气了。

"现在也回不去啊！"钟清友说道，"我有个关于乌山的计划，你要不要听？"

"我才不要听你的什么鬼计划！钟清友，现在都到四月了，你回家都快四个月了，你知道吗？你当时跟我说，你回去后顶多半个月，过完年你就回来，现在都四个月了你还没有计划要回来！还在乌山拉投资，你是不是不想回来了？"小朵彻底愤怒了，钟清友这样做，明显就是没把她放在心里，一点儿都没有。

"我当时是想马上回去啊！可计划赶不上变化，根本没有机票回去啊！而且现在这个情况，还不知道什么时候能有机票。与其干等着，不如着手做好当下能做的事情，不然就白白浪费了时间，浪费了生命。"钟清友说。

"好，钟清友，那我再问你一句，如果过几天放开了，有机票了，你会不会马上买票飞回来？"小朵紧盯着钟清友的眼睛问。

钟清友下意识低下头，避开小朵的目光，沉默许久没回应。

"钟清友，你回答我，会还是不会？说话。"小朵强压着内心的怒火，瞪着眼睛问道。

"朵宝……"钟清友抬头看向她，内心的抗拒却在一点点起来，他知道小朵希望他飞回去，因为在国外的这几年，他们两个一直都在一起，感情如胶似漆。

"回答我。"小朵用力咬着唇，眼里早已溢满了泪水，其实钟清友的态度已经给出了答案，只是她还不死心。

"朵宝，我其实想对你说，现在这个情况，你也回来吧！"钟清友缓缓道。

"钟清友，你这个骗子！我恨你！"小朵哭着中断了通话。

钟清友怅然若失，本来因为拉到郑风云的投资而兴奋的心情，一下子又跌落到了冰点。他扔了手机来到外面阳台上，阴雨天的乌山，夜色漆黑得浓烈，什么也看不见，空气里都能拧出水来。飘忽的水汽中，分明能触摸到无数飞舞着的味道，有青草的甜味儿，有茶叶的青味儿，还有说不出的花香，混合在一起，形成了浓得化不开的独特味道。这种味道，是独属于乌山的味道。钟清友张开双臂，陶醉地深吸了一大口，他能感受到那些空气里飞舞着的精灵，正一个个欢悦地跳进他的身体里，进入他的细胞，融进他的生命循环中，带给他满满的欣喜和能量，真好闻，真享受啊！是的，他承认，就算放开了有机票可以飞回伦敦了，他也不想回去了，他爱这片山，爱这里的每棵树、每片叶、每朵花、每一只见过的和没见过的生灵，爱爷爷留给自己的这份弥足珍贵的财富，发自内心地热爱。

小朵，希望你能理解我。钟清友对着漆黑深沉的乌山，在心里默默祈愿。

片刻后，钟清友内心又充满了力量，想到自己的乌山计划，他转身回屋，关上房门，坐回到电脑前，开始认真地构想乌山的未来。当他终于把初稿写完时，窗外已经一片光亮，他又熬了一个通宵。"我要睡了，别叫我。"给顺子发了这条微信后，钟清友倒在床上，呼呼睡去，楼下房间里，顺子刚刚起床。

钟清友醒来已经是下午三点多了，这一觉睡得真沉、真香啊！乌山这里的地气就是养人，钟清友自从来到乌山，就再也没有失眠过，除了做茶的时候不能睡，其他时间只要倒床就着，而且是高质量的深睡眠。高中时期，他曾经有过很长一段时间的失眠，那时候很迷茫，也很焦虑，不知道自己将来要干吗，每天都生活在钟志国的高压下，逼着他要考大学，还必须学企业管理，坚决不让他学艺术设计。如果不是妈妈支持他出国，他肯定就抑郁了。出国后逃离了钟志国的高压，好长一段时间钟清友还是会半夜惊醒，做梦都是钟志国逼迫自己考大学，噩梦连连。用了很长时间，他才摆脱这种被压迫的恐惧，但很少能有这样忘我的深睡眠。没想到在乌山居然能睡得如此安稳无忧。细想起来，是爷爷给了他能量，是乌山的地气在滋养着他。乌山真是他的一块宝地。

"昨晚又熬通宵，你干吗呢？"顺子给他煮了砂锅粥端过来，热气腾腾，鲜香四溢。

"我在写这个，你看看。"钟清友把打印出来的计划书递给顺子。

顺子不可思议地接过去，他吃惊地看了钟清友一眼，然后就被计划书牢牢吸引了，一口气看完后，他激动得声音颤抖："阿友，你真想这么干？"

钟清友抬头看向顺子，边喝粥边点头。

"这……这也太宏大了！这能实现吗？"

"当然能！一步一步来，我一定要实现这个宏大的构想！"钟清友信心十足道。

"可是，这要很多很多钱的投入啊！你有吗？"

"我目前没有，但我相信后面肯定会有，只要有好的项目，大把的人拿着钱排队来投。"钟清友笑道，"告诉你，已经有人投了两百万！"

"这么快就有人投钱了？"顺子根本不敢相信，"谁啊？"

"我同学郑风云，一个专注于投资的有钱人。"钟清友回了一句，继续埋头呼噜噜喝粥，顺子做的砂锅粥，真是太美味了，内容丰富，鲜而不腻，百吃不厌。

"太好了！阿友，你这个计划对乌山来说简直就是划时代的改变，我建议你马上把这份计划书给嘉禾叔看看，他肯定会支持你，说不定能在政策上给不少扶持呢！"顺子兴奋道。

"好，我吃完粥就给嘉禾老叔打电话。"钟清友点头道，他本来也是这么想的。

"给我打电话有什么事啊！"钟嘉禾似乎是掐着点进来的，背着手站在大门口。

"嘉禾叔，你是不是有心灵感应，知道我们在想你，你就来了啊！来，快请坐！"顺子迎过去给钟嘉禾搬椅子，"嘉禾叔，阿友有个惊天计划要向您汇报！"

"惊天计划？说来听听，我看看有多惊天。"钟嘉禾坐下来满脸笑意地看着钟清友。这个染着黄毛还扎着小辫的浪荡子，看起来不着四六，没想到最近的表现很让他满意，果然年轻人不可小觑。

"老叔，等我喝完粥，我从昨天吃了晚饭到现在才吃，十六个小时没进餐，都快饿死了。"钟清友大口大口地喝粥，颇有些狼吞虎咽，像极了饿死鬼投胎，吃得那叫一个欢腾，额头上都冒出了汗珠子。

钟嘉禾不急不慢地抽出一支红双喜香烟，点燃了，深吸一口，然后缓缓吐出烟圈。坐在旁边，他静静地看着钟清友喝粥喝得呼噜响，那沁满了汗珠子的高挺鼻翼，还有那饱满的额头，真是像极了嘉木老哥啊！就连这吃相，都是如出一辙！看着浑身散发着青春力量的钟清友，钟嘉禾在心里感叹，这孩子一开始确实不讨喜，可这几个月下来，自己竟然越来越喜欢他了！那个开着奔驰拉砖的浑小子，居然一点点改变了这个十几年都没有任何变化的乌山茶园。修了水池，建了茶亭，开了抖音，还注册了"乌山茶农"商标。尤其是这几天做茶，亲力亲为，不眠不休，浪荡的外表下，这小子有一颗积极上进能折腾的灵魂！不错，真不错啊！难怪嘉木老哥那么喜爱这小子，没看错人！

钟嘉禾静静地抽了两支烟，眼看着钟清友把一大锅砂锅粥吃得一点儿不剩，不免咋舌，这小子是真能吃！脸上却溢满了笑意。

"说说吧，什么惊天计划？"钟嘉禾看着钟清友笑道，语气中都透着慈爱，少了往日的严厉。

"老叔，你看看这个。"钟清友把计划书递给钟嘉禾。

钟嘉禾皱了皱眉头，看这么厚的计划书？这小子还真能折腾人。好在他老花镜随身带着。钟嘉禾从夹克口袋里拿出折叠老花镜戴上，他用手指着那一行行字，开始仔细地看着计划书。越看他的眼睛就睁得越大，看完一页，他惊异地看着钟清友，用食指沾了沾嘴角，然后又低下头翻页接着看，再抬头时，更惊异地看向钟清友，沾了沾嘴角，又低着头翻页继续看，如此反复，直到把计划书一字一句全部看完。

他抬起头怔怔地瞪着钟清友，许久许久没有说话，脸上的肌肉却在不停地颤抖着，他摘下老花镜，皱纹堆叠的眼里早已溢满了泪水。终于，他颤抖着双手握住了钟清友的手，声音哽咽道："阿友啊，这个计划太好了，太好了，太好了啊！我在乌山生活了六十多年，当村支书十多年，我一直希望乌山能够发展成你写的这个样子，今天你终于把它构想出来了，写下来了，写得太好了！这就是我心里的乌山，也是你爷爷心里的乌山，是所有乌山人心里向往的乌山啊！阿友，你太有才了！你要是真能把这个构想变成现实，我代表乌山所有的村民感谢你！乌山所有的人都会感念你一辈子啊！"

钟清友握着钟嘉禾颤抖的双手，真切地感受到了来自钟嘉禾内心深处的震撼和激动。他自己在写这个计划书的时候，内心也是充满了澎湃的激情和力量，越写越激动，越写越睡不着，一直写到了天亮，一口气给写完了。这个关于乌山整体茶文化产业、茶旅产业和茶周边产业的构想，涵盖了乌山所有与茶相关的未来发展，以及整个乌山村的建设和改造。他的目标，是要把乌山打造得富裕美丽、文明生态，并且要可持续发展，走出一条以"茶"为核心的文化、旅游和科技综合产业的道路。未来乌山的村民不仅不需要出去打工，外面的人还要来给乌山村民打工。他构想的这个乌山，经济和社会发展要超过他在欧洲看到的最美丽的乡村，未来的乌山人要过上比欧洲农村人更闲适、更幸福的生活。

"老叔，这些美丽的构想、美好的愿景，以及接下来需要走的每一步，都需要你的支持。"钟清友也动情地说。

"无条件支持！只要是有助于乌山发展的事情，不仅我会支持，乌山村所有的村民都会支持！阿友，你大胆去干！前几天我去镇上开会，镇里的领导说，进出乌山的路要全面升级改造，没修通的要全部修通，修通了的要全部铺上沥青路面，实现乌山每个自然村村村通沥青公路，这个计划年底必须完成。还有，省里和市里接下来也要重点扶持乌山的茶产业发展，国家的乡村振兴战略真正要在乌山落地啦！你写的这个计划，正好完美契合了国家的乡村振兴战略计划。这个计划书你再给我打印几份，我要把它呈送给镇里、县里的领导看，我相信，他们看到后一定会和我一样震惊，也会非常高兴！我相信这个计划一定会得到他们的认可，未来在政策和资金方面，都会有很大的利好！"钟嘉禾说。

"好，我这就给你再打印几份。"钟清友马上点开手机，几步就飞奔上楼，几分钟工夫就从楼上下来了，手里拿着装订好的三份计划书，双手递给钟嘉禾。

"阿友，你真不愧是你爷爷的好孙子啊！"钟嘉禾接过计划书，郑重地拍了拍钟清友的肩膀。

拿着计划书，钟嘉禾并没有下山，而是往茶山上走去。细雨蒙蒙的茶山，每片绿叶上都凝结着晶莹的雨滴，土地也被浇透变得很湿滑，钟嘉禾穿着防滑胶鞋，撑着黑色的雨伞行走在茶山深处，他的身影在漫山的绿叶间缓缓移动。在茶山缥缈的雨雾中，他一个人来到了长眠在茶山的钟嘉木墓地前，颤抖着手打开那份计划书，然后戴上老花镜，一字一句地读给钟嘉木听。

他读得很慢，一边读一边落泪，读了许久终于读完了，他摘下老花镜，擦了擦眼里的泪花，无比欣慰道："嘉木老哥，听到了吗？这是你的大孙子阿友为乌山绘出的未来蓝图，他说他要把乌山变成他写的那个样子。你没看错人啊，阿友真的很适合乌山，这孩子已经爱上了这块土地，已经在构想乌山的未来了。以前你总跟我说要把茶园交给阿友，说实话，那时我觉得很不靠谱，一个二十出头的出国留洋的孩子，怎么可能会喜欢待在山里呢？现在看来，是我思想太陈旧啦，还是你有洞察力，有前瞻性啊！阿友这孩子，不仅能替你管理好这片茶园，更能带着我们整个乌山起飞啊！嘉木老哥，谢谢你啊！未来如果真能像阿友构想的这样，我们乌山人将世世代代感念你们一家人啊！从你的爸爸加入韩江纵队，带领乌山人闹革命开始，你们一家人就是我们乌山村的党员先锋队，是引路人，始终走在时代的前列。后来你离开乌山去省里读书，又留在省城工作，依然坚持每年回来帮助乌山发展，给乌山的困难群众捐款，几乎所有人都受过你的恩惠啊！再后来志国下海经商发达了，进出乌山的第一条公路是他出钱打通的，乌山周围的路也是他出钱修整的。你退休后选择回到乌山，名义上是养老，其实是在保护乌山，帮助乌山。现在，你的孙子阿友也回到乌山建设乌山了。嘉木老哥，你们一家四代人是在接力发展乌山啊！"

# 第九章

　　钟嘉禾往茶园深处走去的时候，钟清友和顺子站在木屋里看着他的背影慢慢隐没在茶山深处，两人心里都有说不出的感动。因为他们知道钟嘉禾为何而去，他们更知道，在乌山，钟嘉木其实一直都活着，活在每个乌山人的心里。

　　钟清友打电话把钟翌晨和钟玉茗叫来了，把计划书给他们每人发了一份。两人看完后也是一样震惊，没想到一个晚上的时间，钟清友能把乌山的未来规划得如此完美。

　　"阿晨，现在你需要的做就是把'乌山茶农'这四个水晶大字早日做好，并且负责安装到我们规划好的位置上。此外，我要注册'乌山茶农文化科技有限公司'，需要准备什么，怎么做，阿晨你全权负责，我配合你。"钟清友对钟翌晨道。

　　"'乌山茶农'这几个字还得过两天才能做好。你要重新注册公司吗？原先这片茶山是不是有所属的公司？"钟翌晨问。

　　"有，是在志国兄深圳一家公司里面，涵盖了茶叶经营项目。"顺子道。

　　"这么说钟志国其实也是有卖茶的？"钟清友疑惑地看着顺子。

　　"可能是吧，毕竟我们的茶产量还是不少，他说大部分都是作为礼品给送出去了，但肯定还是有一部分在卖的。每年做好茶，他会直接让人收走那些他不想要的毛茶，剩下的他让我拿去色选包装好就全部运到深圳去了，具体是卖是送，我就不知道了。"顺子说。

　　"不管了，我要单独注册一个'乌山茶农文化科技有限公司'，法人是我钟清友，我才不要从属于钟志国的公司。阿晨你马上就着手去做，越快越好。"钟清友说道。

　　"没问题。"钟翌晨点头。

　　钟清友转头看向一直沉默着的钟玉茗："阿茗兄，你愿不愿意加入我们这个草台班子？愿意的话，咱们就一起干。"

钟玉茗挠了挠头，脸上的表情有些复杂。说实话，他不愿意继续留在乌山，更不想一辈子还和自己的老父亲钟嘉禾一样困守在乌山，因为这里的发展太受限了。他在市里有一间属于自己的装修工作室，虽然赚不了大钱，但生活是没有问题的，而且能把孩子带到城里去上学，不需要窝在乌山这个小山村里，孩子的未来会更好。可是，现在这个情况，他也出不去，只能暂时留在乌山。每天没事儿干闲在家里也不行，老父亲虽然嘴上不说什么，但心里肯定是有看法的。钟清友的这个计划书，在他看来那真是美好的梦想，看起来很美，要实现那比登天还难，真不知道要到猴年马月。这个美好的梦想，也只有钟清友能想出来，因为钟清友背后有钟志国这个富豪爸爸，还有爷爷留下的这一千亩茶山，他的梦想有人买单。就算实现不了，对钟清友来说也无所谓，他的生活照样很精彩，在乌山，他享受的是远离尘世的宁静悠闲；回到深圳，他秒回到富豪少爷的挥金如土状态，香车豪宅，他应有尽有。

沉默了片刻，钟玉茗开口道："阿友，加入你们我能做什么呢？采茶我还凑合，做茶我是完全外行，你说的这个完美计划，我也帮不上忙。我在市里的装修工作室，年前还接了不少活儿，等着放开后就回去接着干呢！"

"阿茗兄，你要是加入我们，能干的事儿多了。比如我接下来要购买设备扩大制茶车间，我们要做自己的包装开始卖茶，不说未来的那些构想，就眼前这两件事儿就够忙活的了。但你要是不愿意我也不强求，一切都是自愿的。"钟清友说。

"我是这样想的，这段时间留山里我尽我所能来帮忙，能出去了，我就得马上回城里去，孩子也要上学，我也得回去工作赚钱。怎么样？"

"行，就这样。阿茗兄，目前我这个草台班子里的人都是免费劳力，是没有工资的，你能接受不？"钟清友笑道。

"没关系，管饭就行。"钟玉茗也笑了。

"那没问题，钱没有，饭管够，不仅管饭，还管酒，茅台都有。"钟清友豪气道，转头对顺子说，"顺子，从今天起，伙食费在原来的基础上每天加一百。"

"行，坚决执行，你说了就是。"顺子满口答应。

"那好，阿晨，你是乌山通，我要再买三套制茶设备，还有一台你说的那个茶叶色选机，要最好的那种，能够替代人工挑选各种茶叶，包括高端茶，你去帮忙物色联系，合适了我们一起去看。"钟清友对钟翌晨说。

"这个有，我知道源头厂家在哪儿，我马上和他们联系。阿友，你确定钱能到位？这个是要一手交钱一手交货的。"钟翌晨说。

"没问题，一周之内钱应该能到账。你先去联系。"

"这两样设备加起来估计要一百多万，阿友，咱们可以选择贷款分期，国家还有制茶设备购置补贴。不过是先购置后补贴，需要申请。"顺子提醒说。

"那太好了，这样我们的一期资金就会比较充裕。现在我的原则是能省则省，一分钱掰成两半来花。"钟清友笑道，转头再对钟玉茗说，"阿茗兄，你就跟着阿晨，他去哪儿你去哪儿，咱这两天先把'乌山茶农'这个招牌挂起来，同时把设备的事儿联系好，尽快到位。顺子，你负责车间的扩大，就用钢构搭建大钢板，和以前一样，趁着这几天不采茶把场地先扩一倍出来。设备来了，马上投入使用。"

把所有事情都安排好了，钟清友才想起自己把最重要的事情忘记了，给金主郑风云发合同。他把昨晚拟的合同又看了几遍，再到网上查找了相关法律资料，修改了一些措辞，本想直接就发给郑风云，想来想去还是觉得不妥，于是给法学硕士毕业的表姐文珊珊打了个电话，让她帮忙看看。

"阿友，你行啊！这么个草台班子你居然就开始融资了，你们真是一个敢想，一个敢投，你的公司主体都还没有，你根本不具备融资的资格啊！你这个合同，充其量只能算是个人借款，是一个借款合同。"文珊珊看完后忍不住大笑，"还有啊，你是真打算扎根在乌山不走了吗？居然还要增添设备扩大生产，真想把外公的茶园做大做强啊？"

"对啊，我就留在乌山了，我不打算走了，要在这儿扎根了，我把乌山二十年的规划都做出来了，五十年的愿景都设想好了，这只是我迈出的一小步。"钟清友说，"将来，我要把乌山建设得比欧洲小镇还要美，还要富有。"

"你做梦吧,阿友,乡村社会的事情不是你想的那么简单,你如果只是做自己的茶园生意,还比较简单,要是想做整个乌山的规划建设,未来肯定会遭遇很多困难,光是乡村社会的那些关系就够你糟心的,我劝你还是不要太幼稚,理想很丰满,现实是很骨感的。"文珊珊给他当头泼了一大瓢冷水。

"姐,你又没在乌山待过,你凭什么这么说?乌山的村支书嘉禾老叔看了我的计划书都感动哭了,他说会无条件支持我,国家正在推进的乡村振兴战略也会有很多扶持政策和资金,我的计划正好契合了国家发展战略,千载难逢的好机遇啊!你凭什么不看好?"钟清友很不服气道。

"阿友,你知道姐是做法律工作的,但你不知道我也在做乡村法律援助,这两年我就经手过很多乡村社会的纠纷,什么宅基地的侵占啊,老房子的拆迁啊,村集体财产的分配啊,还有兄弟分家啊,反正一点儿小事就能大打出手,争到你死我活。你这个毫无农村生活经验的公子哥想去做这个事情,真是无知者无畏。"

文珊珊的话确实给了钟清友很大的打击,因为这些是他未曾想过的,也是此前根本就不知道的,但真的像表姐说的这样吗?钟清友还是持怀疑态度,文珊珊现在就是说破大天,他也不会相信,因为他坚信的是自己对乌山规划的那个光明未来,不管怎样,他都要去做。要说有困难,那是肯定的,这世上哪有一帆风顺的事情呢?

"姐,你别说,你说的困难,我也知道会有,但我还是要做的。现在你就告诉我,我这个合同能不能这么写?不能的话要怎么改?"钟清友直接把话题拉回来。

"你是不撞南墙不回头。行,你要做你就去做吧,有你哭的时候。"文珊珊无奈道,"你这个合同现在只能写借款,等你的公司主体成立了,再以公司的名义签一个入股合同。就你这个草台班子,郑凤云还能给你投钱,真是钱多人傻。"

"小瞧我,哼,以后你想投都没机会。"钟清友回怼道,"少废话,你给我弄两个合同模板过来,我马上就要用的。"

"我收费的啊!给人家做法律咨询一次至少一万块,你是我弟,优惠一半，一次五千。"文珊珊笑道。

"行，先给你记着，将来一起给。说好了，从现在开始，你就是我'乌山茶农'的专用法律顾问。目前年薪一元，视公司情况酌情增加。"

"我真是欠你的啊！你就胡来吧，我马上告诉舅舅去。"文珊珊威胁道。

"好姐姐，你千万别跟我爸说。我倒不是怕他，主要是烦他，成天一副教训孙子的口吻教训我，我是真受够了。"

"你以为你这个事儿能瞒得住你爸？我告诉你，你在乌山的一言一行一举一动，什么时候逃得过如来佛祖的掌心？你再烦你爸，他也是这个家族的如来佛祖，我劝你啊，还是和如来佛祖搞好关系，不然哪天把你压到五行山下去，你就惨喽！"文珊珊笑道。

"你以为你能吓唬到我！我可是从小被钟志国吓大的！是他天天看我不顺眼，我哪儿哪儿都不如他的意。我就是要在乌山干出一番事业来给他看看，我就是要告诉他，不是所有人都必须按照他的安排去生活，我也有选择我生活的自由，我也有能力创造属于我自己的价值！我不是他钟志国的傀儡，我是我自己！"钟清友说得很激动，声音大得把他自己都给吓着了。

电话那头的文珊珊着实被钟清友这番话给震惊了！她是完全没有想到那个从小玩世不恭浪荡不羁的钟清友居然有这么强烈的反叛意识，居然有如此的决心和勇气要挣脱爸爸的束缚去做他自己想做的事情！这一刻，文珊珊也对钟清友刮目相看了。钟清友原来早已不是他们印象里那个不着调的钟清友了。

"阿友，就冲你的这份决心和意志，姐决定免费做你的法律顾问，以后你所有的合同、协议和法律相关的一切事务，交给姐，姐无条件支持你，分文不取。"文珊珊动容道。

"谢谢姐！我就知道你会帮我的！有空到乌山来，我亲自请你吃乌山的浮豆腐、鸡肠粉、走地鸡，喝乌山的山泉水，品乌山最好的单丛茶，让你享受女王般的待遇！"钟清友的心情顿时变得无比轻松愉悦了。

# 第十章

钟翌晨和顺子做事相当靠谱,三天后就找到了现成的制茶设备和色选机,钟清友去现场看了货,当场就拍板买了。郑风云的钱也到账了,一切都是那么顺利。只是在扩大制茶车间这件事儿上,钟清友改变了原先的想法,他决定暂时先用这个场地,等到采茶季结束后,他要着手把这块地方重建。目前这个钢构钢板结构只能搭建一层,太浪费土地资源了,乌山可以说是寸土寸金,这个地方完全可以建成两层的厂房,使用面积扩大一倍,以后做茶旅体验项目用得上。

设备买回来了,"乌山茶农"四个水晶大字也在水池边安装好了,晚上亮起灯,在高空都能看到这几个熠熠生辉的大字。

四月八日这一天,又一个重磅消息传来:武汉解封了!这意味着大家终于可以出门了,高速路口、各地的路障都清除了,被禁足了几个月的人们终于可以自由流动了。周边大量的采茶工开始涌进乌山,乌山的年轻人也收拾行囊返回城市去工作了,钟玉茗就是其中一个。

采茶工不缺了,设备也有了,可是天公却不作美,时不时就是阴雨天气,请来的两个做茶师傅也只是做做停停,关键是做出来的茶质量很一般。没有太阳,不能晒青,做出来的茶香气不好,茶汤青味太重,口感很差。这成了困扰钟清友和顺子最大的难题。眼看着中山的茶园采摘过半了,剩下高山的茶园和那些古树,要是再做不好,那今年的损失就太大了。

"对于高山茶和古树茶,如果制茶工艺好,茶叶的价格可以提高一半,如果制茶工艺不好,则要降低一半都不止。"顺子说,"往年这些高山茶都是被你爸直接拿走,古树茶拿一部分,其余留给你爷爷喝。阿友,今年如果按你说的不给你爸,你要自己卖,那这个质量就很关键,做好了一斤可以大几千,做不好可能就只有几百块。"

"相差这么大？"钟清友震惊道。

"对。嘉禾叔家里的那几棵古树，有一年就是这样，错过了最佳采摘期，叶片太老再加上阴天采摘，制作不到位，原本能卖几千块一斤的，后来只卖了不到一千一斤，损失太大了。"

"那我们怎么办？今年这些高山老丛和古树是我的王牌，必须做好。"钟清友说，"顺子，咱一定要想办法。"

"办法也不是没有，"顺子想了想说，"我知道有个专门研究和推广单丛茶的高人，他能把没做好的茶重新做好，还能把普通的中低山茶通过拼配，大大提高茶叶的质量和口感，他是单丛茶制作技艺的非遗传承人，也是潮州工夫茶艺的省级代表性传承人。如果能请他到我们茶山来指导做茶，我们的茶肯定能做好，还能拯救我们现在没做好的茶。"

"真有这样的高人？他是谁？在哪里？"钟清友精神一振，眼里顿时充满了希望之光。

"他叫叶天羽，经常全国各地飞，听说这几天在深圳参加茶文化活动。"顺子说，"我们乌山人都说叶天羽是大忽悠，个性很强，很难请到。以前他会经常来乌山，这几年比较少。"

"真有这么神，我一定要把他请到乌山来。"钟清友说，"我现在就回深圳一趟，亲自去找他。"

"阿友，你别冲动，他根本就不认识你，你很难走近他的，更别说请他来乌山了。"顺子劝道。

"只要我能见到他就有希望，我也正好想回深圳一趟。"钟清友说走就走，去楼上随便收拾了一下，背上包拿上车钥匙就下来了，"顺子，我估计回去两三天，这几天你一个人盯着，我们随时保持联系。对了，做茶的视频要坚持拍，我这里还有几个剪好的视频，这几天还是保持更新，你拍的让阿晨和燕子帮忙剪辑，剪好发给我看。"

"你都不知道叶天羽在哪儿呢，你就这么盲目地跑回去？"顺子追着他的脚步问道。

"没事儿，只要他在深圳，我就能找到他。你放心，等我的好消息。"

钟清友信心十足，关上车门，他对顺子挥了挥手，车子很快就消失在弯曲的山路上。

　　车子停在深圳家门口的时候已经是下午六点半了。钟清友推开门进去时，妈妈许雅纯正端着菜从厨房走出来，看到他的那一瞬间，整个人都呆愣在原地，使劲儿眨了眨眼睛，再转身看了看，确定不是幻觉，才惊喜地呼喊道："志国、志国，仔仔回来啦！"

　　许雅纯放下菜，小跑着冲过来，张开双臂紧紧地抱住了钟清友，泪眼巴巴地念叨着："仔仔啊，想死妈妈了！回来怎么也不提前跟妈妈说一下呢！想妈妈了是吧？"

　　"嗯，可想可想妈妈了，所以我一刻也不能等，立马开车就回来了！"钟清友拥抱着妈妈，这一刻感觉真的太幸福了！妈妈身上的味道是那么熟悉好闻，妈妈的怀抱那么真实温暖。

　　"我就知道你是想妈妈了，妈妈也想你啊！在山里待了这么久，憋闷坏了吧！"妈妈抚摸着他的脸，眼里满是温柔慈爱，"快让妈看看，瘦了，瘦了……"她转头就对着厨房大声喊道："梁姐，再炒两个菜，再把冰箱里泡发好的海参和红豆炖了，给仔仔当夜宵。"

　　"妈，我已经不吃夜宵了，我在山里每天都是早睡早起，作息规律又健康。"钟清友拥着妈妈往客厅走去，看到钟志国换了家居服正从旋转楼梯上下来，依然是一贯的满脸严肃状，丝毫没有许久未见儿子的惊喜表情。

　　"爸……"这个字钟清友都喊出口了，却硬生生被钟志国那副永远对他不满的表情给逼了回去，于是喊到一半，后面的声音被钟清友给吃回了肚子里，钟志国压根儿就没听到。

　　来到餐厅落座后，钟清友一抬头，发现钟志国还是那么狠厉地盯着自己，心里的火气瞬时就被顶到胸口，刚刚被妈妈温暖的那点儿幸福感很快就消融殆尽，再也不想多看钟志国一眼，故意别过脑袋拉着脸看向别处。

　　"吃饭吃饭！"许雅纯及时打破冰冷的气氛，给父子俩盛了汤，看着钟清友柔声道，"仔仔，你要是提前告诉妈妈，妈妈就会多准备几个你爱吃的菜。你先吃着，梁姐再炒两个你爱吃的菜：香煎小黄鱼、葱爆牛肉。"

"这么多菜还不够他吃？多大了还得惯着？"钟志国心里也憋着一股无名之火，瞪着许雅纯训斥道，"都是你惯的，回到家见到老子连招呼都不打，连叫都不会叫一声！"

"叫了叫了，我都听到了，是你没听到。"许雅纯立马打圆场道，"志国，儿子几个月在山里吃了不少苦，好不容易回来了，你就不能态度好点儿吗？"

"山里有人伺候，好吃好喝不少，怎么就吃苦了？他是享福去了！"钟志国厉声道，"不要以为逃到山里去就能逃避问题和该做的事情，我告诉你，现在回来了，就老老实实去公司上班，别再搞那些没用的。"

"我说过我不会去公司上班的，你别再对我抱有幻想了。我已经决定在乌山做茶文化产业和茶旅项目了，计划书我都写好了。新的制茶设备我也已经买了，等这一季的茶做好，我就要在网上直播卖茶。今年，你如果还要茶，得按市场价来买，当然，量大从优。"钟清友面无表情地看向钟志国。

"整个茶山都是我的，我要茶还要按市场价来买？"钟志国被气笑了，但依然板着脸道，"钟清友，你有本事去赚外面市场的钱，只会算计你老子的钱也算本事？只不过是换一种方式啃老。"

"没错，茶山是你投资的，按照你之前的经营模式，账面上一直都在亏本。在乌山的这几个月，我仔细了解了这些年你对茶山的投入和支出。每年卖掉的毛茶大概是六万斤，都是一百多、两百多的价格，这部分收入大概有一千万，支付茶山的承包费和管理费、采茶制茶的工费，还有顺子的工资、爷爷的养老费，还不够。当然，你拿走了全部的高山茶和古树茶，你说你是当礼品送给客户了，所以没有纳入茶山的收益，这部分是你自己赚了，但茶山亏了。如果按照市场价，至少值大几百万。你拿去当礼品，却不纳入茶山的收入，总说茶山是亏损的，我以前一直当真，实际上根本不是这么回事儿，茶山亏的那部分，成了你的免费礼品。这些好茶是不是真的免费送了，只有你自己心里知道。"钟清友神情鄙夷地看着钟志国，心里却在骂，真是个奸商，茶山明明赚了钱，却天天叫着在亏钱。

钟志国被钟清友这一番话深深震住了！他怔怔地盯着钟清友看，脸上的严厉在一点点褪去，讶异的神色慢慢地从他眼神里透射出来，但他始终绷着，不想让钟清友看到自己内心的巨大震撼。他看似不露声色的外表下，内心早已在奔腾翻涌：几个月不见，这小子长本事了！居然会算茶山的经济账了，看来要留在乌山这事儿是要动真格的了！

前几天听嘉禾叔说钟清友给他看了对乌山建设规划的计划书，说构想得十分完美，嘉禾叔说乌山的未来就靠阿友了！钟志国心里是持怀疑态度的：一是觉得钟清友也就是心血来潮，三分钟热度，过几天遇到困难，他自然就会退缩；二是他认为乌山再怎么发展也就那样，纵使有一千亩茶园，每年的收益也大不到哪里去，根本不值得投入过多的时间和精力；三是他当然还是希望钟清友能子承父业，未来把深圳的物流公司做大做强。

现在看钟清友这架势，似乎是铁了心要留在乌山了。不仅自作主张融了资，还买了设备，开了抖音，拥有了一定的粉丝数。钟志国不得不承认，这短短四个多月时间，钟清友在乌山还真是成长了很多。本来对于他私自融资这件事儿，钟志国是要找钟清友算账的，这好歹也是他打下的江山，钟清友居然连告知都没有，就私自做主去找人融资，完全是无视他这个投资者的存在，就凭这一点，他就可以直接让钟清友从乌山滚回来。

但是许雅纯的话及时掐灭了他的这个念头。许雅纯说："你要是这点儿自由都不给仔仔，真把他逼回伦敦去了，他三年五年甚至八年十年都不回来，你的茶园不仅会变成别人的，就连公司将来都得交给别人。咱就这么一个宝贝儿子，你辛苦一辈子为了什么呢？阿友现在愿意留在乌山，还在想办法经营茶园，建设乌山，这是多好的事情啊？你怎么就不能站在儿子的角度想一想呢？总是板着脸骂他，换个角度去看儿子，其实他是很优秀、很有能力的孩子啊！连嘉禾叔都夸他了，你怎么就看不到呢？"

或许是该换个角度和这头犟驴沟通了。

钟志国不紧不慢地喝了一口汤，又吃了几口菜，用餐巾纸擦了擦嘴角后，才抬头看向钟清友，语气依旧威严道："你看的是这两年的产量和收益。前十年，茶叶产量很少，基本是净亏损，十年后才开始有产量，这两年产量才有这么高，二十年综合下来，这座茶山还是净亏损的。当然，我从来不计较这些，为了你爷爷，我花多少钱都愿意。但现在不一样了，你爷爷走了，我肯定不会再让茶山亏下去。我说了，我要转让，买家都找好了，四千万，十年的合同，每年我净得四百万。"

"每年四百万我给你，你要买茶按市场价，量多从优。"钟清友语气淡定道。

"你确定你能支付得了这四百万？这可是我的净利润，其余茶山所有的开销都是你自己负责。"钟志国板着脸，内心却在偷笑。

"这个你别管，亏了算我的，反正我每年给你四百万，其余赚多赚少都是我的，你无权再分走一分钱。"钟清友态度坚决道，"我要三十年的承包权。"

"三十年？胃口不小啊！行，那咱们就签个对赌协议，三十年以每十年为一个周期，一个周期结束后进入下一个周期，交的利润要上浮百分之十。"钟志国说，"还有个前提条件，如果连续亏损三年，你就得乖乖回来公司上班，从此不再去外面胡闹。"

"我同意。"钟清友面无表情道，心里却是乐滋滋的，一年四百万而已，就算后期上浮百分之十，一年也才四百多万，钟志国，你就等着后悔吧！茶园现在正是丰产期，每年至少能产茶十万斤，如果能提高茶叶质量，每斤均价只要能到五百以上，每年保守估计就有五千万的收入；即使按现在的收购价，均价两百左右，也有两千万，除去所有的开支和交给钟志国的四百万，至少能盈利两三百万，这稳赚的买卖，凭什么拱手让给别人？赚了钱，他就把这些钱投入茶旅项目中，形成一个良性的循环。

"茶山由你承包后，具体的事情都由你决定，我只有一点要求，重大的投资、融资和规划，需要向我汇报，我有知情权，也有一定的决策权。"钟志国说。

"这个不可能，既然是我承包了三十年的经营权，那我就有权决定一切，你无权干涉，无权过问。你要是把茶园转包给别人，你还能去插手别人的事情吗？你就把我当别人。"钟清友坚决反对，毫无余地，他是绝对不会同意钟志国再插手自己的任何事情的。

"你……"钟志国气得鼻子都在颤抖,这个犟驴就是不知好歹,老子这样还不是想在关键时候帮你把关!

"好了好了,吃饭吃饭。"许雅纯看气氛不对,适时地站起来给钟志国夹菜,完美地挡住了钟志国的视线,阻断了父子俩之间的目光交锋,及时化解了一场火药味十足的父子战争。"一家人在一起好好吃饭,多难得啊,赶紧吃,饭菜都凉了!"给钟志国夹了菜,许雅纯又接着给钟清友夹菜,"仔仔,多吃点儿这个小黄鱼,妈妈特意买了很多,你回去的时候多带一些到乌山,让顺子给你做,好吃着嘞!"

吃完饭,钟清友扎进自己的房间里,关上房门准备打电话找叶天羽老师。还没开始,妈妈许雅纯就端着一盘水果推门进来了。

"妈妈,你进来得先敲门。"钟清友面露不悦道。

"好好好,是妈妈考虑不周,我敲门。"许雅纯好脾气地又退了出去,在外面敲了敲门。

钟清友很想拒绝不让妈妈进来,想了想还是不忍伤妈妈的心,于是说了声:"请进。"

许雅纯笑盈盈地推门进来,她坐在钟清友旁边的沙发上,把水果盘放到茶几上,拿了几个樱桃给钟清友,满心关爱道:"仔仔,你这次回来是不是有什么事儿?"

"嗯,我要找个人。"钟清友应答着接过樱桃,依旧低头翻手机。

"找谁啊?"

"叶天羽。"钟清友边吃边回答。

"你要找工夫茶大佬叶天羽?"许雅纯吃惊道。

"对,你知道他?"钟清友吃惊地抬起头看向妈妈。

"当然,叶天羽可是工夫茶界如雷贯耳的人物,他到处推广凤凰单丛,以前每年的茶博会他都会来参加。这几天他在深圳吗?"许雅纯问道。

"我听顺子说他到深圳来参加活动了。妈妈,你认识他吗?有没有他的联系方式?"钟清友语气着急,巴不得下一秒就找到叶天羽。

"我认识他,他不认识我啊!"许雅纯笑道,"你找他做什么呢?"

"拜师学做茶。"

许雅纯听了简直目瞪口呆！晚上吃饭的时候钟清友说要承包茶园每年交利润，已经严重刷新了她的认知，没想到还有更让她震惊的。这孩子在茶山待了几个月是真的对茶走火入魔了吗？居然还要拜师学做茶。

"妈妈，你别这样看着我，我没有开玩笑，我是在给我们的茶山找出路。这么多年，我们拥有这么大的茶园却从来没有用心经营过，一个好的师傅都没有培养出来，顺子做的茶质量太差了，请来的师傅技术也很差，我这个不懂茶的人喝他们做的茶都觉得很难喝，你说这样的茶在市场上怎么能够卖到好价钱？所以必须认真学习做茶，提高茶叶质量，把质量做好才能有好的市场和未来。山里那些自己有茶园的人大部分都是自己做茶，有的做得好，有的也做不好，做得好的师傅不可能来帮我们做茶，想来想去，只有找叶天羽老师，听说他能化腐朽为神奇，不仅能做好茶，还能把别人没做好的茶重新做好。我们那么多茶都没做好，损失很大的。"钟清友看着妈妈很认真地说道。

"你问问你爸能不能找到他吧，他和茶界的人有接触。"许雅纯被儿子这个认真的样子打动了，这孩子用心工作的时候真是太帅太可爱了。

"不要，问他我还不如找别人。"钟清友赌气道，"我说过我不会让他再插手我的任何事情。"

许雅纯慈爱地拍了拍儿子的肩膀，笑道："仔仔，你爸其实真不是你想的那样，他也是这个世界上最爱你的人，你们啊，就是脾气都倔，从来就不好好说话。"

"我和他八字不合，尿不到一个壶里去。"钟清友愤愤道。

"行行行，别生气，你自己慢慢找吧。"许雅纯摇摇头出去了。

许雅纯来到茶室，看到钟志国正在一边泡茶一边看新闻，她走过去在旁边坐下来，拿过遥控器把电视声音关小了。

"干什么呢？别影响我看电视。"钟志国瞪着许雅纯说。

"志国，你知道仔仔突然回来是干什么吗？"许雅纯问道。

"干什么？"钟志国依旧盯着电视。

"找叶天羽老师。"

"找他干什么？"钟志国瞟了一眼，继续看电视。

"拜师学做茶。"

"呵，真有出息，居然想学做茶了。"钟志国笑道。

"我看他是认真的，你和叶天羽老师熟不熟？"

钟志国没有正面回答，而是勾起嘴角笑道："凭他这个样子想做叶天羽的徒弟？人家收徒门槛很高。你想想你儿子对茶接触才几天？懂多少？想做叶天羽的徒弟，痴人说梦呢？"

"哎呀，你就帮帮仔仔吧！他既然想做事，你为什么不能成全他呢？总比他什么都不做好吧！你看看我们身边，多少浪荡公子，整天就知道吃喝玩乐，我们的儿子能主动去经营茶园建设乌山，多难得啊！"

"他要是敢做个浪荡公子，我肯定打断他的两条腿！你不要总是用最低标准来要求他，这样他怎么能长大？既然他自己要去找叶天羽老师，你就让他自己去找，他又没来求我帮忙，你着什么急？慈母多败儿！"钟志国厉声道。

许雅纯长叹一声，无可奈何，家里这两个男人，什么时候才能和谐共处呢？

# 第十一章

钟清友打了很多电话找自己身边的朋友,居然都只听过而不认识叶天羽老师,有些人见过,但并不熟悉,搞了半天还是没有联系到,怎么办呢?钟清友急得挠头。最后,钟清友不得不打电话给顺子,让他打听清楚叶老师明天参加活动的地方,他决定自己去现场直接找叶天羽。

第二天,钟清友八点半就来到了深圳茶文化交流中心。顺子昨晚告诉他,今天九点叶天羽老师在这里参加活动。八点半的茶文化交流中心门口很安静,只有两个工作人员站在门口。钟清友随意地在门前走着,眼睛却紧盯着大门口的来车,昨晚他在网上查找了叶天羽老师的资料,也看了很多照片,他希望一会儿自己能一眼就认出叶天羽老师。半个小时很漫长,钟清友不知道自己来回走了多少圈,看看时间,还剩十分钟。等人的滋味真的不好受,尤其是等一个你从未见过,人家也根本就不认识你的人。

终于,一辆黑色的商务车进来了,第一个下来的人穿着一件黑色中式对襟衫,身形魁梧,走路外八字带风,最让人过目不忘的是那双厚实的大耳朵,还有那豪爽的笑声。钟清友仔细一看,此人不正是网上看到的那个叶天羽老师么?于是小跑着奔过去,想毛遂自荐,没想到叶天羽根本没停留,被一群人簇拥着往里面走去。

钟清友被工作人员拦着要求戴上口罩并且扫码才能进。等他扫码进去,发现里面是工夫茶文化交流会。台上已经布置好了茶席,主持人一番介绍后,叶天羽开始表演工夫茶二十一式冲泡法。钟清友坐在最后面,目光透过缝隙越过重叠的人群,紧盯着叶天羽的一招一式,这么讲究地冲泡一杯茶,钟清友还是第一次现场看到。二十一式的冲泡过程大约需要七分钟,叶天羽坐在台上全神贯注,动作行云流水,直到出汤完成,他才抬头微笑地面向观众,手势一挥,说了一句:"请喝茶。"接着,叶天羽自己端起一个小杯闻了闻,又啜饮了三口，再倒掉杯中残余茶汤，摇了摇空杯，闻了闻杯底，最后把杯子放回茶盘中，这才微笑谢宾，二十一式完成。

喝个茶这么复杂？钟清友不解地看着台上的叶天羽，主持人开始与叶天羽对话，钟清友脑海里却写满了疑问，埋头在手机上查看叶天羽老师的资料：国家级非物质文化遗产潮州工夫茶艺省级代表性传承人、凤凰单丛茶制作技艺代表性传承人、天羽工夫茶文化交流中心主任，致力于潮州工夫茶的传承和推广。叶天羽的这些头衔钟清友都不感兴趣，他只想知道，叶天羽真的能让做废的茶重生吗？真的能提高茶叶的口感和质量吗？

台上叶天羽老师在详细介绍工夫茶的二十一式冲泡法，介绍凤凰单丛的特点，旁边还有几个人在提问，不知不觉就过去了一个小时，活动似乎没有结束的迹象，不知还要持续多久。钟清友的肚子却在咕咕叫唤，一大早出门，什么东西也没吃，这会儿又渴又饿，好想到前面去喝杯茶吃点儿东西，可这里没有一个人认识他，也没有他的位置。钟清友环顾了一下周围，看了看台上的叶天羽，估计还要很久才能结束，于是起身出去找吃的。

他小跑着到附近去匆匆吃了一个汉堡，喝了一杯可乐，等他回到现场，顿时傻眼了！活动结束了！叶天羽早已离开了这里！起了个大早，眼看着就找到了，却扑了一场空！早知道自己就是饿晕在现场也不能离开啊！钟清友气得就差扇自己！他拉住现场一个正在清场的工作人员问："请问叶老师去哪儿了？"对方摇摇头："我不知道。"唉！钟清友急得跺脚！

他冲到门口，正好碰到刚才那个主持人进来，赶忙拉住她问："请问叶老师去哪里了？"

"叶老师去广州参加下一个活动了！"对方留下这句话匆匆而去。

"广州？广州哪里？"钟清友快步追上去问。

"琶洲会展中心。"对方头也不回，边走边说。

钟清友来不及说声感谢，一路狂奔出去，开上车就直奔广州了。唉，又得开车两小时，到了广州，再见到叶天羽，肯定得死守着，寸步不离。钟清友心里铆着一股劲儿，时不我待，今天必须找到叶天羽老师。一路疾驶，本以为能赶在叶老师的前面到达，没想到高速上堵车，又耽误了一个小时，等钟清友赶到琶洲会展中心的时候，已经是下午三点半，活动早就开始了。钟清友扫码进场，在最后找了个座位，台上叶天羽在一边泡茶，一边讲工夫茶文化，和上午的活动内容差不多，虽然是受疫情影响刚放开，现场却是座无虚席。

好不容易等到活动结束，叶天羽被一群人拥着进了电梯，钟清友狂奔过去，却被人挡在外面不让进电梯，理由是人太多，等下一趟。

"叶老师！叶老师！"钟清友踮起脚朝电梯里面喊，"我是钟清友，我找你有要紧的事儿！叶老师……"

叶天羽往外面看了一眼，电梯门正徐徐关上，那个扎着小辫的小伙子是谁？好像并不认识？

钟清友站在电梯口愣了几秒，转身就往楼梯跑去，他们肯定是去楼下地库停车场了，一路狂奔下去，那辆黑色的商务车正好从身边开走。钟清友记住车牌号，开上车一路追赶，一直追到一家专门吃潮州菜的酒楼下，叶天羽被一群人领着上楼去吃饭。

钟清友停好车往楼上走，穿着旗袍的迎宾小姐带着职业性的微笑走过来问道："先生，请问您有预订吗？"

"没有。"钟清友伸长脖子看着叶天羽他们上了二楼。

"对不起，没有预订我们这里没有余位。"

"我和刚才上去的那些人是一起的。"钟清友赶紧说道。

"请问是在哪个包厢？"迎宾小姐问道。

钟清友一时语塞，想了想随口说了一个数字："208。"

"先生，对不起，我们这里没有208包厢。"迎宾小姐看着他，刚才挂在脸上的招牌式微笑消失了。

"他们是哪个包厢，我就是哪个包厢。"钟清友说。

"先生，没有受到邀请就请回吧！"迎宾小姐翻了个白眼站回到了原先的位置。

"你！"钟清友差点儿就骂出声儿，一个迎宾而已，居然也敢狗眼看人低！大爷我要不是为了找人，才不稀罕踏进你这个破饭店，吃个潮州菜而已，了不起啊！

可纵然心里有一万个不甘心，钟清友还是被拦在了门外不让进。想想自己什么时候受过这个委屈啊，在深圳随便去哪里吃饭，任何时候都是最高待遇，什么级别的私厨大餐自己没吃过？唉，真是落毛的凤凰不如鸡！没想到找个人这么难！要不是为了那一大片茶园，钟清友真想打道回去了！

没办法，钟清友只能钻回车里。这次他吸取了上午的教训，哪儿也不敢去，老老实实待在车上盯着门口等待叶天羽从里面出来。他把车座位放倒，想眯一会儿，可肚子又在咕咕叫唤，是真的很饿啊！这一天从早上到现在，就只吃了一个汉堡，饥肠辘辘，早就前胸贴后背了。他翻了翻手套箱，里面还有一袋饼干，两瓶矿泉水。这些东西平时他基本连看都不带看一眼，这会儿却如获至宝，赶紧拿来充饥。

正吃着，手机响了，妈妈的电话打进来了。

"仔仔，找到叶老师了吗？"许雅纯问。

"找到了。"钟清友边嚼饼干边说。

"真的啊，那太好了！仔仔你真是太能干了！"许雅纯高兴坏了，"聊得怎么样？"

"不怎么样。"钟清友神情黯然道，"妈，你别问了行吗？我都快饿死了。"

"怎么回事儿？饿了就去吃饭啊！"许雅纯一听儿子饿了，立马着急起来。

"不敢去吃，我得蹲在这儿等叶老师。就这样吧，我先挂了！"钟清友根本不想说话，强行挂断了电话。妈妈再打来，钟清友直接就给按掉了，真烦人！

大约一个小时后，叶天羽从里面出来了，身后还是跟着那群人。他们立马上了车，钟清友一刻也不敢耽误，马上跟上去，本以为他们要送叶老师回酒店休息，没想到又来到了一个小区。车子钻进地库，钟清友想跟上去，保安问他找几栋几号房，业主是谁，钟清友想了想，随口说了个楼栋和房号，没想到保安居然让他进去了！

前面的车子停稳了，一群人又进了安全门，钟清友停好车奔过去，不知道门禁密码，只好等在外面。又是漫长的等待。回到车里，钟清友眼皮子直打架，一天下来，真是疲乏交加。叶天羽五十多岁了，居然精力如此充沛，从上午参加活动一直忙碌到现在，钟清友不得不佩服。

他开着车窗，在车里躺着闭目养神，耳朵却时刻在关注外面的情况。也不知道过去了多久，听到一群人说话的声音，他一骨碌坐起来，果然看到叶天羽下来了，一群人边走边聊，然后上车离开。钟清友又是紧跟其后。

车子拐过几条街后，终于来到了一家酒店，叶天羽从车上下来，一个年轻人给他拉着行李箱送他上楼。钟清友停好车风一般奔跑进去，没想到又被门口的保安拦住了，让他扫码登记测体温，各种操作后他才被允许进入，等他走进去，叶天羽早已不见人影。钟清友只好来到前台，说找叶天羽有重要事情，软磨硬泡下，前台终于给叶天羽房间打了个电话，得到允许后才告诉钟清友房号。

钟清友来到1108房间门口，刚想伸手敲门，又缩了回去，追了一天了，真要见到了，钟清友心里还是有点儿忐忑。他深呼吸了几下，整了整衣服，摸了摸心口，尽量让自己平静下来，然后才敲响了房门。几秒钟后，房门打开，叶天羽正打着电话，看到钟清友时点了点头，嘴里笑呵呵地应答着："好，没问题，没事没事，不客气。再见！"挂了电话叶天羽看向钟清友："你找我？"

"叶老师，我是钟清友，特意从乌山赶到深圳找您，然后一路跟到琶洲，从琶洲又跟到这里，实话告诉您，我今天跟了您一整天了。"钟清友语速很快，显得有点儿语无伦次。

"跟了我一整天？哦，我想起来了，上午在深圳电梯里看到过你，没想到你一直跟到这儿来了。找我什么事儿？"叶天羽盯着钟清友上下打量起来，看到他扎着的黄毛小辫，不由得又露出了笑意。

"叶老师，我是乌山茶农的园主，我那里有一千亩茶园，可是我请的师傅做不好我的茶，今年已经做坏了不少茶，我需要您的帮助，我想向您拜师学做茶，拯救我的茶叶。"钟清友斗胆直言，说完不安地盯着叶天羽的眼睛，生怕被拒绝。

"那个'乌山茶农'就是你打的招牌啊？"叶天羽又笑了，声音很洪亮，

"进来吧！"说完，叶天羽往房间里走去，钟清友心中大喜，赶忙跟着往里面走，并顺手关上了房门。

"对，就是我不久前注册的，没想到您这么快就知道了。"钟清友心中一下子信心倍增。

"年轻人果然不一样，你们家这么大的茶园，这么多年居然没有自己的商标，确实不应该。不过，你爸爸钟志国根本也没把这个茶园放在眼里，没想到你居然愿意去经营。"叶天羽在茶台上坐下来，开始泡茶。

"叶老师，您之前就对我家里的茶园有了解？"钟清友惊喜道。

"你们家在乌山拥有的茶园算是很大的，只是一直没有用心去做。当年你爷爷是在那里养老，你爸爸就把那些茶叶大部分当礼品拿去送人。这么多年，你爸爸留下了不少高山古树茶。"叶天羽边泡茶边说。

叶天羽的话让钟清友越发讶然，敢情叶天羽老师不仅对茶园很了解，而且对钟志国更了解，难道叶天羽和钟志国很熟悉？那昨晚妈妈怎么说不认识呢？

"叶老师，您认识我爸爸？"钟清友忍不住问道。

"当然，你爸爸可是乌山人的骄傲，不仅是你爸爸，你爷爷、你太爷爷，都是乌山的骄傲。我虽然不是乌山人，但我二十几岁的时候曾经在乌山待过很长一段时间，所以对乌山的历史和重要人物都很了解。要讲乌山的历史，你太爷爷和你爷爷都是绕不开的关键人物啊！"说话间，茶已经泡好了，叶天羽做了一个请的动作，示意钟清友喝茶。

这一天都没吃饭，钟清友根本不敢喝茶。好巧不巧的，钟清友的肚子这一刻突然咕咕大叫起来。

"不瞒叶老师，我这一天为了跟着您，只吃过一个汉堡，刚才在车上等您的时候实在太饿了，就吃了两块饼干充饥。"钟清友不好意思道。

"那不行，赶紧吃饭！"叶天羽被钟清友的韧劲儿打动，马上要给钟清友点外卖。

"没事，叶老师，我在您这里泡个方便面吃就行了，这样更快。"钟清友去吧台上拿了一盒泡面，打开倒上开水，坐下来继续和叶天羽聊天。他可不想浪费一分一秒的宝贵时间。

"那你先吃块牛肉干补充一下体力。"叶天羽从包里拿出几块牛肉干给钟清友。

"谢谢叶老师,您还随身带着这个能量棒呢!"钟清友马上打开吃了起来。

"我每天要喝大量的茶,包里必备的就是饼干和牛肉干,不然胃受不了。你以后也要这样,出门就得带这些。"

钟清友边吃边点头。看着叶天羽,钟清友感觉他们似乎认识很久了,根本就没有任何陌生感,而是有种"与君初相识,犹似故人来"的熟稔感。顺子说叶天羽老师很高傲,很难接近,根本就不是啊!眼前的叶天羽老师不仅不高傲,而且很平易近人,很和蔼啊!

吃了两块牛肉干,钟清友感觉自己回魂了,泡面也好了,他呼啦啦三五下就吃完了一碗面,看得叶天羽都忍不住笑起来,反复劝他慢点儿吃。不过,钟清友这个样子他倒是很喜欢,和他自己年轻的时候很像。说干就干,不拖泥带水,爽快。

钟清友抽了一张纸巾,擦了擦嘴,马上从包里拿出自己带来的茶样给叶天羽:"叶老师,您看看我的茶叶,这几个袋子装的茶样是不同时间采摘制作的,我觉得都有问题,不好喝。"

叶天羽一一打开袋子闻了闻,然后从箱子里拿出四个盖碗和四个评茶用的杯子,把茶样分别倒进盖碗里开始试茶。叶天羽拿起刚烧好的水,准备注水时看着钟清友道:"计时四分钟!"说完给四个盖碗先后注满水,盖上盖子。

钟清友打开手机计时器,屏幕上的数字在快速跳动,钟清友忍不住问道:"叶老师,要闷这么久吗?"

"对,这就是审评茶的方式,四分钟后出汤就能知道茶的优劣和存在的问题。"叶天羽说,然后盯着钟清友道,"是谁让你来找我的?"

"我听说您不仅能做好茶,还能把做废的茶叶重新做好,我就决定来找您了。他们都说您很难找,就是找到了也很难请。不管多难,我都要试一下,现在见到您,我觉得和他们传说的完全不同!您就像我的老师,一点儿也不陌生,更不高傲,他们为什么那么说您?"钟清友不平道。

"一般人找我，我是不理会的，因为我的时间很宝贵，不可能什么人都理，那是浪费我的生命。"叶天羽道。

"那我太荣幸了！我在您眼里居然不是一般人。哈哈！"钟清友高兴得像个孩子。

"'乌山茶农'这个商标注册得好，我第一次听说就觉得背后这个人是有想法的，后来听说是钟志国从国外回来的儿子，嗯，我其实已经关注你啦！"叶天羽说。

"我太高兴了！您也对'乌山茶农'这个商标感兴趣。叶老师，您能收我为徒吗？我是真心诚意要跟您学做茶的，不管多贵的学费，我都交！"钟清友站起身，双手作揖就要行拜师礼。

"打住打住，先别着急行礼，想学做茶可以，想当弟子可没那么容易。"叶天羽摆手道，"时间到了，准备出汤！"

说完，叶天羽一手拿着一个盖碗同时出汤，两个出完又出另外两个，动作非常优雅。

"去拿四个勺子来。"叶天羽吩咐道，眼睛盯着杯中的茶汤。

钟清友从吧台那儿拿来了四个勺子，叶天羽接过去，一个茶汤中放了一个，然后拿了一个小杯，快速地从第一个杯中舀了一勺，闭着眼睛啜了一口，又从第二个杯中舀了一勺，又闭着眼睛啜饮，如此快速地尝完了四杯茶汤，然后皱着眉头咂了咂嘴，一声未吭，接着又把刚才的动作重复了一遍。

"把那四个咖啡杯都拿来，每个杯子里装点儿冷水。"叶天羽吩咐道。

钟清友马上照做。杯子摆放在茶台上，叶天羽把四个盖碗中的茶叶倒出来放到杯中，再把茶叶拨开，每一片都仔细看了看，说："这第一杯是鸭屎，阴天中午采，做青不到位，杀青不太足，加上没有见到太阳，无香且带青味，茶汤闷涩混沌，苦底明显；第二杯是白叶，晴天下午采，有晒青，但走水不均匀，杀青不到位，花香不纯正，滋味不爽；第三杯是白叶，是雨后放晴再采，有晒青，还是做青不充分，杀青不太足，微香稍涩；第四杯是鸭屎，傍晚四五点采，晒青不足，热风萎凋，做青还算到位，杀青不到位，花香明显，但茶汤欠透亮，滞涩味显，喝起来齿间有阻滞感。你的制茶师傅最大的缺点就是做青工艺不行，杀青没有掌握好温度和时间，可惜了这片东北坡的好茶园啊！"

简直是神人！所有的判断都是对的！采摘的时间、茶叶的品种，甚至是茶园的朝向，全对！这段时间采摘的就是东北坡的那一片，断断续续采摘的，就是这几个时间点。没想到叶天羽居然能根据茶汤和叶底判断得如此准确！这一刻，钟清友完全被叶天羽征服了！不过，更让他震惊的还在后面。

"叶老师，您好像在我们的采摘和制作现场啊！怎么能分析得如此准确呢？"钟清友问。

"经验，喝过的茶足够多，看过的叶底足够多。"叶天羽笑，"目前，乌山的很多师傅做茶，都会出现这样的问题，大部分师傅不知道阴雨天怎么做茶，即使是好天气，不少人也做不好茶。乌龙茶是六大茶类中制作工艺最复杂的，凤凰单丛又是乌龙茶中香气最丰富多样的，要真正做好，并不容易。"

"叶老师，您看我这些茶还能不能拯救？今年我已经和我爸订下了合约，茶园由我来负责经营，每年给他四百万的利润，其余自负盈亏。如果都做成这样的品质，那我肯定得亏到裤衩都没了。叶老师，您当我'乌山茶农'的顾问吧，我给您顾问费和干股两个点！"钟清友恳请道。

叶天羽看着钟清友，眼底溢满了笑意："你这片茶园只要茶叶质量稳定在正常值，一年的利润至少五六百万，如果能加上拼配工艺，利润可以再翻一倍。未来的增长空间很大。你要是好好经营，大有可为。"

"我也是这么认为的！"钟清友激动地握住叶天羽的手道，"叶老师，我想在乌山做好茶产业的同时发展茶旅文化项目，同时开发单丛茶的现代茶饮品牌，整个计划书我都写好了！现在国家大力推进乡村振兴战略，乌山将迎来千载难逢的大好机遇，据说今年就要把进出乌山的道路全部提升，实现村村通沥青公路。路通了，进出方便了，我们的茶叶也更好卖了，外面的人也容易进来了，一进一出，双向循环，加上网络助推，乌山的未来将会是一片光明啊！"

"我也听说了，确实是千载难逢的大好时机。"叶天羽点头，"乌山的核心产业就是茶，依托茶发展茶旅，开发单丛茶现代茶饮品牌，不仅仅是开辟了旅游项目，也进一步促进了茶叶的销售，打开了其他农产品的商机，可谓是一举多得。"

"叶老师,您明天能不能抽空跟我去一趟乌山,我们真的太需要您的指导和帮助了!"钟清友再次恳请道。

叶天羽打开手机看了看天气预报,再翻了翻自己的行程安排,说:"明天正好是晴天,你让茶园多叫一些采茶工,在下午一点到三点集中采摘,我们明天一早从这里赶回去,大约要六个小时,赶到乌山正好可以开始做茶。明晚我们要打通宵战。"

"太好了!谢谢叶老师,我这就去安排!"钟清友再次握住叶天羽的手,激动得双手颤抖,心在狂跳,幸福来得太突然了,没想到叶老师真的答应了自己的请求!真是天助我也!

"晚上好好睡一觉,明早七点起床,七点半吃早餐,八点准时出发!"叶天羽说。

"遵命!叶老师,我这算不算拜师成功?"钟清友对着叶天羽敬了一个礼,调皮道。

"不算,拜师是要有拜师仪式,要有见证人的。你跟着学茶,可以算学徒!"叶天羽笑道。

"遵命,师父!"钟清友一本正经道。

"现在只能叫老师,拜师仪式后才能叫师父。不过,你能不能成为我的弟子,那得看你学得如何。不是所有的学徒都能成为弟子的哟!我对弟子的要求是很高的。"

"我一定好好学习,争取早日成为您的弟子!"钟清友宣誓道。

叶天羽看着他笑而不语,眼神里却满是欢喜。这个小伙子,见到的第一眼,他就打心眼儿里喜欢,说不出来为什么,可能就是他的性格和做事的方式很像年轻时候的自己吧!在他身上,叶天羽仿佛看到自己年轻时候的影子,那股用不完的热情和干劲儿,那种对未来满怀期待的美好憧憬,那种想方设法、说干就干的雷厉风行,真好。

钟清友哼着歌离开了叶天羽的房间,到前台开了一间房住下了,洗完澡刚想躺下去,电话响了,拿起来一看,是郑风云的。

"这么晚了,什么事儿啊?"钟清友直接问道。

"你这个重财轻友的家伙,钱拿到手了就把我忘记了,回了深圳也不跟我说一声。"郑风云佯装生气道。

"那你这个投资商还想我早请示晚汇报不成?两百万就想让我提供这样的服务,那是不可能的。你鼻子够灵啊,我就在深圳待了一个晚上,睡了一觉而已,你怎么就知道呢?"

"要不然我能叫郑风云?没这点儿本事还敢给你投资?"郑风云大笑,"怎么样,找到叶天羽老师了吗?"

"当然,我想做的事情必须得做成!我今天追着叶老师从深圳一路追到广州,从会场一路追到酒店!叶老师真是个神人啊,什么茶做工怎么样、什么时候采的、在哪个山头及哪个方位、树龄多少,他只要喝一下看下叶底就全部知道!他答应明天和我一起去乌山,现场指导我们做茶!不仅如此,他还答应做'乌山茶农'的顾问!"钟清友忍不住炫耀自己这一天的巨大收获。

"真的这么神吗?我之前也听说过,但从没见过!我明天也赶去乌山,我也要去看看叶天羽老师怎么做茶的!"郑风云内心巨大的好奇心也被激发起来了。

"行啊,你正好过来看看我的茶山,不过我有些担心。"

"担心什么?"郑风云不解。

"担心你来了就不走啊!然后咱们一山二虎,天天争斗,你死我活。"钟清友笑道。

"臭美吧你,什么样的好地方我没去过,乌山还能留得住我?我就是作为你的投资商过去实地采采风,看看我的钱是不是会打水漂。"郑风云立马端起架子道。

"肯定漂,你未来将看到你的钱多得随便漂。今天叶老师说,茶叶质量提高,我的收益可以翻倍;如果加上拼配工艺,还可以翻倍!你怎么这么有眼光啊,郑风云,这将是你做的人生中最正确的一笔投资!"

"如果真是这样,我的投资可以追加,我要占到你茶园的一半股份!"郑风云大笑。

"一半?你可真敢想,但这是不可能的。未来的茶旅项目和现代茶饮品牌你可以考虑，那是个全新业态，明天你来了，咱们好好聊。"钟清友说。

"行，咱们乌山见！你把定位发给我。"

挂了电话，钟清友给郑风云发了定位，想起该给女友小朵打个视频电话，上次吵架后两人再没视频过，发信息小朵也爱理不理，真生气了。电话打了半天，小朵就是不接。没办法，钟清友没时间和小朵生气，就给小朵发了很长的一段语音，把今天自己找到叶老师的全过程向小朵汇报了一遍，又描绘了一下未来的美好蓝图，希望小朵能考虑回来和他一起建设乌山。发了这段话后，钟清友倒头就睡下去了。

# 第十二章

一觉到天亮，睡得真舒心。钟清友精神大好，吃过早餐和叶天羽一起出发去乌山。钟清友开车，叶天羽坐在副驾，两人似乎是多年好友，一路上聊得十分投机。叶天羽给钟清友讲自己学茶做茶的故事，钟清友听得很认真；钟清友跟叶天羽讲自己小时候跟爷爷在乌山的经历，讲自己留学的见闻，也讲自己和钟志国的分歧，叶天羽听得很用心，始终颔首微笑。

下午两点半，车子稳稳地停在了乌山茶农的制茶车间外面。叶天羽推开车门下车，迎接他的是漫山的清透阳光和热烈的掌声，顺子、燕子、钟翌晨、马晓晴，还有十几个采茶工人都聚集在车间门口。听说叶天羽要来，大家都很激动，期待了一整天。

"叶老师，这些都是刚采下来的茶青。"顺子指着眼前空地上架起来的一大片竹筛子，里面均匀地铺着刚摘下来的鲜叶，在正午的阳光下熠熠闪亮。

叶天羽点点头，绕着这一片竹筛子转了一圈，眼睛犀利地扫过每一片鲜叶，他在一个架子前停下来，抓起一把茶青看了看，对钟清友说："这几个架子上的茶青搬进去。"

钟清友马上往里面搬，顺子、马晓晴、燕子、钟翌晨也都跟着搬。

叶天羽抬头看了看太阳，又看了看时间，对站在那儿的采茶工人说："你们再去采一个小时，采的时候动作要轻，一芽两叶，不能多采。"说完，叶天羽又绕着晒青场转了几圈，钟清友跟在后面问："叶老师，晒青要晒多久？晒到什么样的程度？有没有一个明确的数据？"

"数据是死的，太阳是活的。每天的太阳都不一样，空气中的湿度、温度都不同，所以不能一概而论，得按照实际情况来定。你看这一筛茶青，现在开始走水了，叶子在一点点软下去，等到叶子完全贴着底，失水百分之十五左右，就要收进屋里晾青。晾青就是让叶子重新活过来，然后我们再去浪青。

茶，其实和人一样，做茶就像训练一个人：晒青就是让它跑起来，流汗；晾青就是让它休息，恢复体能；缓过来了，再训练，俗称死去活来。"叶老师笑。

"叶老师，这个过程我们都知道，但是具体做到什么程度是最好的，我就把握不准，这也是茶叶口感差的原因。"顺子困惑道。

"所以说细节决定成败。尤其是制茶这样的传统工艺，好的师傅靠的都是经验，而经验很多都是个人对细节的把控，细节做不好，懂再多的道理都没用。"叶天羽指着旁边的茶青问顺子，"你看这几筛走水到位了没？"

顺子抓起叶子看了看，说："还可以再晒一会儿。"

"不需要，收进去，已经贴底了，再晒就失水太多，影响茶叶的香气了。"

顺子立马听话地搬进车间里。叶天羽也跟着走进了车间，看到这一排新购买的设备，还有那一台很高的八层茶叶色选机，叶天羽点头："设备不错啊！好茶园，好设备，没有理由不把茶做好。今晚你们跟着看，跟着做，不懂就问，这一个晚上下来，掌握好几个关键点，你们就能把茶做好。"

"嗯，谢谢叶老师！"顺子使劲儿点头，脸上藏不住的期待和激动。以前的师傅从来不会主动告诉他怎么做茶，就是你主动问，他们很多也不开口，生怕自己的功夫被别人学走了。

钟清友坐下来要给叶天羽泡茶，叶天羽笑了笑把他支开："我来泡。其实，好茶也要会泡，潮州工夫茶艺就是一杯茶汤的艺术，直白来说就是教你如何把茶泡得好喝，而且是让每个人能喝到自己想要的口味。因为每个人喝茶的要求不同，有的人喜欢喝浓的，有的人喜欢喝淡的，有的人喜欢喝香气好的，有的人喜欢喝滋味醇的。这辈子，我就做了一件事：伺候茶。把茶伺候好了，就是把人伺候好了；把人伺候好了，你与这个世界的关系就融洽了。概括起来四个字，就是'茶和天下'。"

这番理论再次让钟清友和顺子他们瞠目结舌，喝了十几年的茶，第一次听说泡茶还有这样的高深学问。整个乌山，谁不会泡茶？谁又不是天天喝茶？沸水冲茶，盖碗泡茶，讲究的顶多用把朱泥壶来泡，但也没听说能泡出各种滋味来。

"茶汤的口感不就是取决于茶叶的质量吗？"钟清友疑惑道，"茶叶好，茶汤就好喝；茶叶不好，茶汤还能好喝不成？"

"茶汤的口感是取决于茶叶的质量，但好的冲泡方法能给茶叶质量加分。好的茶艺师能把几百块的茶泡出上千块的口感，反之，错误的冲泡方法会降低茶叶的质量。好了，这是你们要学会的下一个技能，今天我们重点是如何把茶叶做好。走，去看茶青。"叶天羽喝了几杯茶，起身去看茶青。

早先收进来的茶青已经再次苏醒了，叶天羽搬下来放到架子上，开始浪青。他双手捧起茶青，轻轻抖动往自己身边翻动。全部碰青完毕后，他抓起一把茶青闻了闻，继续轻轻翻动，然后又闻了闻，说："可以了，让它们休息一下。"

钟清友早就架起摄像机开始拍摄，他要把叶老师做茶的过程全部录下来，以后可以反复看，反复学。顺子抓起茶青闻了闻，钟清友也过去抓起茶青闻了闻，不解地看着叶天羽。

"碰青就是要激活它，平衡叶片内的水分，给鲜叶能量。闻到一股刺鼻的青味就放下，等到味道差不多消失了，再继续下一次，重复三次，最后就摇青，彻底激活它们，让茶叶里面的物质跑起来，燃烧能量，让鲜叶通过碰撞氧化发热，鲜叶内的物质分解，让叶片边缘摩擦碰撞和静置。这样重复几次，直到闻起来味道是鲜甜的，但是不能起香，否则做出来的茶就没香气了。你们按照我说的，把另外几个簸箕里的茶青做一下。"叶天羽说。

大家一拥而上，每人搬下一簸箕茶青开始学着叶天羽的样子碰青。叶天羽在旁边来回走动，最后停在顺子的身边，看了一会儿，叶天羽开口道："手法要轻，这个时候一定不要太重。你要始终在心里记住，茶就像一个人，你用心温柔对它，它很开心，回馈给你的也一定是好的；你要是不用心对它，甚至很粗野地对它，它回馈给你的，一定也是不好的。"

钟清友也在用心感受这个过程，碰青结束后，他闻了闻茶青，果然有股刺鼻的青味儿。叶天羽走过来，抓起来闻了闻，说："可以了，让它休息。"

如此反复四次，最后摇青，叶天羽又示范了一遍，让顺子来摇，摇了许久，顺子停下来，叶天羽抓起茶青闻了闻，说："没到位，继续摇。"顺子又开始摇，茶青在簸箕里翻飞舞动，顺子的胳膊开始发酸，他才意识到，平时自己根本没有摇这么久。

叶天羽又抓起茶青闻了闻，然后对钟清友和顺子说："你们都闻闻，就是这个味道，鲜甜味，没有刺鼻的青味，但还带一点微微的青气，就是有香味没香气，一定要记住这个味道。产生这个味道后，五簸箕的茶青归堆在一起开始发酵，今天天气好，估计四个小时就够。"归堆后的茶青很厚，过了一会儿，叶天羽摸了摸茶青中间，迅速从中间掏出一个圆洞，说："天气热中间需要散热，温度要和周围一样保持均匀，天凉可以更厚一点，保持一定的温度和湿度。发酵到茶青能闻到辛甜味，拿一枝茶芽立起来，梗枝坚挺而叶片成倒扣汤勺形，叶片边缘鲜红，叶脉清晰透明就好了。不能出现香气，有香气就过了；还有青气就没发酵好，得继续发酵。"

"叶老师，闻味道就是最关键的吧？"钟清友问。

"对，这就是关键。所以做茶的时候师傅是不能休息的，根本停不下来，必须不停地闻味道。你们这么大的茶园，机器加人工配合，师傅对每个步骤的茶青味道掌控就决定了茶叶的口感和质量。"叶天羽说，"工人可以多一些，但是把关的制茶师傅不能多，一两个就可以。"

顺子的表情有些凝重，叶天羽说的那些味道，他闻起来感觉不太明显，是不是自己的嗅觉不行？或许这就是自己做不好茶的原因所在？顺子说出了自己的困惑。

"那是你没有找准这个味道的特点，反复闻，强化大脑对这种味道的记忆，牢牢记住它，时间久了，你就能辨别了。"叶天羽说，"这些都是训练出来的。"

听了这话，顺子又有信心了。他开始埋头碰青、摇青，反复找叶老师说的那个味道。叶天羽又来到外面，把新采回来的茶青铺开在竹筛子上晒青，午后的阳光温润，还能晒最后这一拨茶青。

忙到太阳下山，所有的茶青都收进车间里晾青，钟清友才感觉自己很饿了。燕子已经把饭菜送了过来，大家在车间里匆忙吃完晚饭，继续浪青，为了确保今晚能做完这些茶，钟清友让几个采茶工人也留下来帮忙。

发酵好的茶青开始高温杀青。车间里各种机器的声音混在一起，隆隆作响。叶天羽把杀青机预热到230摄氏度，茶青放进去开始翻炒。叶天羽一边盯着杀青机，一边看时间，十分钟后，他抓起一把茶青捏了捏，再折了折，说："可以了。取出炒青鲜叶，捏成一团紧握，在手里能感觉到鲜叶里面的水分要从手指缝隙里流出来，折起来不会断，就好了。你之前的茶叶我喝了，杀青的温度太高，外面炒焦了，里面还没炒熟，水分又失去太多，所以青味重，涩味显，碎茶多。现在这个程度放进揉捻机，就不会揉碎，能揉出很好看的条索。"

顺子不停点头，确实如此。钟清友拿着笔在旁边记，好记性不如烂笔头，这些关键的点都必须记下来。

一晚上通宵达旦做茶，叶天羽就在椅子上眯了一会儿，全程都在来回走动，每个环节都反复教大家，毫无保留，倾囊相授。所有人都被叶天羽的敬业和无私感动了，学得很认真，做得很到位，没有丝毫的马虎。

早上八点多，第一批茶烘焙出炉了，叶天羽亲自试茶。开水冲进盖碗的那一瞬间，香气溢散而出，茶汤澄黄明亮，鲜爽甜润！

"这是我们茶园里有史以来最好喝的一杯茶。"顺子感叹道，"叶老师，您把这鸭屎香的味道做得太好了！花香、果香都有，滋味也有，有香有韵，阿友，这茶批发价都得翻一倍，零售得过千！"

"同样的茶叶，口感居然有这么大的差异！太神奇了！"钟清友也惊叹，"叶老师，您觉得这茶现在能卖多少？"

"毛茶五百以上，成茶八百以上，零售一千二以上！这个价都不愁卖！"叶天羽说，"你们就以这个为标准，每次做茶就按这个流程，记住一定要闻味道，每做完一个步骤都要闻，反复闻，要让自己的鼻子比警犬还灵敏。"

"叶老师，那阴天怎么做出这样的味道？"顺子问。

"用大暖黄灯，模仿太阳光照，完成晒青的步骤，其他的一样。阴雨天做茶，很多人是用萎凋机吹热风来做，那样的效果并不好，最好的办法就是人工设置一个太阳，模拟晴天的日照和微风对流，让叶子经过晒青。不晒青的茶，没有鲜爽度，凤凰单丛现在比岩茶好喝的关键点，就是因为我们是在采摘下来后第一时间进行晒青，茶青没有被闷到。武夷山因为是世界自然遗产保护区，山上不能住人，所有的茶叶采摘后得打包运到山下去做茶，这几个小时对茶叶的口感影响很大。所以，我们要把凤凰单丛的优势特点做好，让这种鲜爽的、带有自然花香的茶，经过我们的制作工艺，能保持这个鲜明的特点。"叶天羽说。

"叶老师，这几天都是晴天，下次阴天，您再来一次吧，手把手再教我们一次。"钟清友恳请道。

"行，如果能抽出时间来，我就过来。"叶天羽爽快答应，"经过这一个晚上的学习，你们应该掌握了全部的关键点，如果后面还遇到问题，可以在线咨询，我有问必答，有求必应。"

"太感谢叶老师了！"顺子握住叶天羽的手感激道，"我跟着其他师傅做了六年的茶，不如跟您这一个晚上学到的多。"

"叶老师，辛苦您了！要不要先去休息一下？"钟清友问。

"先出去走走吧，现在也睡不着。"叶天羽活动了一下胳膊说。

"那我带您去山上看看，正好向您汇报一下我对乌山的整体规划。"钟清友转头喊顺子，"顺子，一起去。"

"叶老师，我要在这里打造茶旅走廊，山下建茶旅小镇、酒店式民宿，集吃住玩乐购于一体。未来还有制茶体验、茶文化研学，把整个乌山的每个角落都开发出来，利用起来，让乌山的村民都实现在家门口就业，再也不用离乡背井外出打工。"三人顺着茶园往上走，钟清友边走边介绍。

"好是好啊，就是投资太大。你说的这些都是要砸钱进去的，而且不是一点儿钱，是很多钱。你想过吗？"站在半山腰，叶天羽极目远眺，青山苍翠，云雾缭绕，不得不感叹这片山是真好，得天独厚的地理环境孕育出具有独特山场韵味的单丛茶。

"想过了，我决定分三期来做，第一期做茶旅走廊，把路修好；第二期做茶旅小镇，生态度假；第三期做茶文化研学和制茶体验。一步步来，不需要一次性投入过多。后面我还要做单丛茶饮，类似于喜茶那样的连锁，拓展凤凰单丛茶的外延，占领年轻人的市场。"钟清友说，"村里的路也需要全面提升，包括村容、村貌都得提升，我就是想打造一个类似于欧洲小镇那样的乌山，有山有水，有钱有闲。"钟清友说。

"可以，敢想敢干，这才是年轻人嘛！年轻就是胆和敢！想好了就去做。"叶天羽赞许道。看着脚下的这片茶园，叶天羽蹲下去，扯了扯茶树底下的杂草，又用手挖了挖土壤，抓起一把土捏碎了仔细看，再放到鼻子旁闻了闻，说："小钟，你这中山的茶园想要效益，必须加强管理，翻土、施肥、物理灭虫，都要做到位，不能这样野放生长。高山的茶园不用施肥，只要做好常规管理，保持土质松软就行。"

"我有打算，以前是嘉木伯要野放，不让翻土，不让施肥，说会水土流失，污染下面水库里的水源。"顺子说。

"翻土盖杂草，施肥后先用薄膜覆盖在表面，这样能防止杂草漫长，也不会水土流失。你们要用有机肥，不会污染水源。你们这样野放的茶很珍贵，千万不能用普通肥料。现在有些茶园用牛羊粪，我建议你们用麦麸、豆粕这些原料来沤肥，再和新山土拌在一起，除草翻土后铺在茶树下面，增加养分和微量元素。两年一次就可以，不用太频繁。"叶天羽说。

"好，我知道有人在做这样的有机肥，可以买到。"顺子点头道。

"你们这么大的茶园，要考虑以后采摘成本的问题。今年的采茶工是不是很不好找？价格很贵？"叶天羽问。

"是，今年人少价高，我们的茶叶利润被压缩了很多。"钟清友说，"疫情防控没放开的时候，我们几乎找不到工人，有些人就漫天要价，三四百一天的都有。"

"你们可以用一部分茶树来做试验，把茶树修剪割平，以后就可以用机器采，现在外面低山茶都是这样操作，又快又省钱。你们中山靠下面的那部分可以先试试。"叶天羽指着下面的茶园说。

"叶老师，这样做的话茶叶肯定减产啊！"顺子说。

"头几年会减产，但是后面就不会，把采茶成本算进去就更划算。如果再考虑做茶的天气因素，机采的优势就更加明显了。一个熟练的机采工人能抵得上三十个人工手采。在乌山采茶，天气是很金贵的，抓住了好天气来做茶，每斤茶可以多卖三分之一的价格，量大算上去是很可观的。"叶天羽说，"往后人工肯定越来越贵，而且面临着采茶工越来越少的问题，你们必须考虑这个成本。"

"我觉得叶老师的分析很有道理，顺子，我们可以先用最下面那部分来做试验。"钟清友点头。

正说着，远处的山路上一辆白色的汽车正徐徐开来，钟清友这才想起郑风云昨天说来没来，难不成是他？这一天一夜忙着做茶都忘记郑风云了。钟清友马上给郑风云打电话，很快就传来对方的声音："到了到了，我都看到'乌山茶农'几个字了。"

"你怎么现在才来？不是昨天就要到的吗？"钟清友问。

"车行半路，遇见损友，耽误一宿，见面了再说。"郑风云挂了电话。

很快，车子就停在制茶车间外面。钟清友小跑下去迎接郑风云，发现车上还有一个人。

"这是我半路去吃饭，偶遇的损友董剑明，阿明。他听说我要来你这儿，一定要跟着来，所以就到现在才到。"郑风云笑道。

董剑明从车里钻出来，热情地和钟清友握手："风云跟我说他投了一个朝阳产业，说未来能数钱数到手软。这么赚钱的生意，我肯定要来看看啊！"

"阿明正拿着资金找项目呢！正好瞌睡碰到了枕头，我一说他非得死乞白赖跟着我，甩都甩不掉！"郑风云搂着董剑明的肩膀说。董剑明笑着踹了郑风云一脚。

"欢迎欢迎！"钟清友高兴地把他们带到叶天羽面前隆重介绍了一番。没想到这两个人对叶天羽也是仰慕已久，尤其是董剑明，拉着叶天羽的手不放："早就听说叶老师是茶界大佬，没想到在这儿碰到了，三生有幸！"

钟清友带他们参观了制茶车间，介绍燕子和钟翌晨跟他们认识，然后大家又一起往山上走，边走钟清友边向他们介绍自己建设乌山的计划。刚苏醒的乌山沐浴在初升的朝阳里，万道金光洒满了茶园，叶芽被晨光唤醒，晨露挂在叶尖上，犹如钻石般璀璨。极目远眺，这一片广袤的绿色，层层叠叠，随着山势起伏，幻化出最优美的幅度和曲线，真正美得令人陶醉，无法用语言来形容。

"果然是世外桃源啊！空气里满是清甜的味道，感觉每一次呼吸都在清洗我肺里的污浊，太舒服了！"郑风云张开双臂深呼吸，完全沉醉其中，"没来以前我真以为你是在美化你的茶园，来了之后我觉得你形容得还远远不够，确实太美了，太舒服了！"

"是啊，这片山的地理位置太好了！四周环绕，中间腹地平缓，连接村庄不远，下面就是水库，得天独厚啊！"董剑明也一眼就爱上了这里，"阿友，我也投资入股，给我个机会，让我加入你们的队伍。"

"行啊，后期我做茶旅、茶饮，你们有钱都可以来投，咱们一起来开发乌山、建设乌山！"钟清友爽快答应。

叶天羽看着这几个朝气蓬勃的年轻人，颔首微笑，心里不由得感叹：年轻真好啊！世界就是属于年轻人的，因为打开新世界大门的钥匙永远都掌握在年轻人的手中。

忙碌了一晚上，钟清友决定带叶天羽和刚刚赶到的郑风云、董剑明去镇上吃乌山的特色美食："咱们去吃乌山的浮豆腐、鸡肠粉、艾叶果、苦刺汤，再来一只乌山白切走地鸡！浮豆腐是用清晨刚做好的豆腐，放油锅里现炸到外焦里嫩，就着刚摘下来的薄荷叶蘸白醋吃，薄荷的清凉配上豆腐的焦香，爽！鸡蛋卷心菜炒鸡肠粉，弹牙鲜甜。最好吃的是白切走地鸡，肉质紧实有嚼劲，和外面的鸡肉完全是两种味道。艾叶果是当季的，春天的味道，你们一定要尝尝！""好！"提议一出，大家欣然应允。

路上，钟清友对坐在副驾驶的叶天羽问道："叶老师，我之前做废了的那些茶您能帮忙拯救吗？我听很多人说你可以起让废茶起死回生呢！"

叶天羽笑了笑，沉默了片刻道："现在你们集中精力做好当下的茶，做废了的那些，有两个选择。第一个放着，放五年以上，让它自然转化，到时候青味褪去，花香入汤，口感也不错。"

"五年？时间太长了。"钟清友摇头道，"我现在必须尽快变现，我需要钱，没办法放五年。第二个选择呢？"

"第二个选择，你可以直接卖给我。"

"多少钱一斤？"

"你有多少量？"

"大概有五千斤毛茶。"

叶天羽比了一个手势："这个价，色选好了给我。"

钟清友想了想："行！叶老师，您做我们乌山茶农顾问这事儿您算是答应我了啊！就我之前向您说的条件，年薪我给您这个数。"钟清友也比了一个手势。

叶天羽笑了笑，继而点了点头，说："做茶主要是顺子在做，你也得系统地学习一下茶文化。过了这个采茶季，你就报名开始学。我那里下个月开始第三期师资班学习，每个月上三四天课，连续上一年。"

"好。"钟清友点头道。

"以后茶园管理好了，茶叶长势好，每年中山的茶园可以采两季。其他人中低山的采三季甚至四季，你采两季就行，增加一季夏茶，可以做成单丛红茶。到时候夏季采茶我来指导你们做，这个品种的红茶口感可以超越目前市场上所有的红茶口感，不仅甜润还有鲜爽度、有花香。市场价不比单丛低。如果养分充足，冬天也可少量采摘做成'雪片'，市场行情也不错。"叶天羽说。

"那真是太好了，谢谢叶老师！"钟清友欣喜若狂了，"要是能再增加一季甚至两季的茶叶收入，那我的盈利就更可观了！郑风云，太便宜你了啊！"

"咱什么感情，怎么能说这话呢！你这是实现股东的利润最大化，说明公司的潜力无限啊！哈哈！"郑风云笑得如花般灿烂。

"我迫不及待要入股了，阿友，赶紧增发股份，我要入股！"董剑明从后面扳住钟清友的肩膀说，"虽然我才认识你不到一个小时，但我已经完全信任你了，不需要任何考察，我现在就得投你！保守起步投资五百万！"

"哈哈，没问题，很快就能让你如愿以偿！"钟清友简直心花怒放了，叶天羽老师一来，真是所有的好事儿都来了啊！看来叶天羽老师就是自己生命中的大贵人！

# 第十三章

有了叶天羽手把手的指导，顺子终于掌握了做好单丛茶的关键细节，制茶工艺得到了前所未有的提高，茶叶质量非常稳定，每一次试茶钟清友都很满意。后面遇到阴雨天气，不得不继续采茶制茶，叶天羽又亲自上了一趟乌山，手把手教导钟清友和顺子在阴雨天如何做出有花香不涩不闷、味道依旧鲜爽的单丛茶，两人又解锁了困扰大多数乌山人的制茶难题，成功化解了阴雨天无法做好单丛茶的魔咒。此外，叶天羽还教顺子用炭火焙茶，毛茶经八层色选后，干净匀整，条索紧结完整，再经过炭火烘焙，香韵、滋味俱佳。

在做茶的忙碌间隙里，钟清友一直坚持拍摄视频，发布在抖音上。很多次采茶、做茶、焙茶时，钟清友都坚持架起手机全程开直播。原生态的茶园美景和传统的制茶工艺，吸引了很多人围观。尤其是几棵古树开采的时候，顺子坚持要举行隆重的开采仪式。选择吉日吉时，每一位采茶女腰间都系着红绸，在敲锣打鼓声中攀登高梯，为古茶树采下一片片鲜嫩的茶叶。直播古茶树开采，又为乌山茶农圈了一大批粉丝。很多网民从未见过采茶还要这么隆重，都觉得十分好奇，直播间的人气暴涨，粉丝数量也激增，快突破十万粉了。这些围观的粉丝里面，大部分是来自全国各地的单丛茶爱好者，其中最铁杆的粉丝是两个女人：一个是钟清友的妈妈许雅纯，一个是钟清友远在伦敦的女友小朵。

许雅纯每次在线钟清友都知道，因为钟清友熟悉妈妈的抖音号。许雅纯看钟清友的直播，不仅全程在线，而且经常给他刷礼物，有几次还刷了"嘉年华"，是乌山茶农妥妥的榜一大姐。许雅纯在后台刷礼物的时候，偶尔会被下班回来的钟志国看到，钟志国每次假装漫不经心地从她身边走过，然后就借机站在许雅纯的后面盯着手机看一会儿。每当这个时候，许雅纯就会骄傲地告诉钟志国："志国，你看看咱们的儿子，真是越来越能干了！现在做茶有模有样了啊！真是没想到啊！上次我和仔仔视频聊天时，仔仔告诉我，叶天羽老师对他们太好了，倾囊相授，毫无保留，还叫仔仔去他的师资班学习呢！仔仔说他要好好学习，一定要成为叶老师的弟子！"

钟志国面无表情，看了一会儿说："万里长征才开始了第一步，能不能把这些茶卖出去，变成真金白银，这才是最关键的。我倒要看看，他如何把这么大体量的茶全部卖出去，光靠网络真的能行？"

"我觉得能行，你看看现在这个直播间最多的时候能在线上千人呢！你们线下做生意，什么时候能同时上千人进店的？而且这些人都是不断滚动的，一拨又一拨，不停地进新人，就这样的人气卖茶叶，那还不是很轻松的事儿？"

"你想得美，直播间进进出出的人那都是看热闹的，真正能转化多少？再说了，你说的这个上千人同时在线，那是很少很少的时候，大部分时间都是几百人甚至几十个人在线，哪有那么多人啊？看着近十万粉丝，能转化的其实并不多。"钟志国说。

"你怎么知道有时候是几百人甚至是几十人在线？哦，原来你也一直在看仔仔的直播呢。"许雅纯转头看着钟志国偷笑。

"我看他直播？我可没那个闲工夫。"钟志国转身就上楼去了，留给许雅纯一个倔强的背影。

死鸭子嘴硬！许雅纯看了一眼钟志国，抿嘴偷着乐。她当然知道，钟志国表面上对钟清友严厉得不近人情，骨子里当然是望子成龙的，对钟清友的情况，他一直在默默关注。

小朵对钟清友的关注，钟清友是不知道的。因为小朵从未告诉过钟清友自己在用抖音，钟清友也从未告诉过小朵，他在抖音开直播。他天真地以为，远在地球另一头的小朵，根本就不知道抖音这个新生事物。

小朵也是偶然间发现钟清友的抖音号的。因为那次和钟清友吵架后，她赌气很久没理他，一次参加朋友聚会的时候，大家在讨论国内有这么一个新手机应用，小朵也好奇地下载了，居然一下子就刷到了钟清友。她果断关注了乌山茶农，开始躲在世界的另一头每天窥探男友的茶山生活。

钟清友微信跟她留言汇报每天的事情，小朵经常故意不回，偶尔给他回一个白眼的表情，后来她把钟清友每天的语音汇报和抖音发的视频联系起来，果然都是一样的。再后来看到阿友每天都在坚持直播采茶制茶，有时候通宵达旦，小朵开始心疼钟清友了。早先因为他不想回伦敦和他置气，现在国外的疫情越来越严峻，而国内却控制得很好，父母也在不停地催她回国，小朵心里也开始出现了动摇：自己要不要回去？

在这样的思想斗争下，小朵对钟清友的视频和直播越来越关注了，几乎是一场不落，有时候看钟清友的直播看得都睡过去了，等到她醒来后，钟清友居然还在直播。小朵被钟清友的敬业和坚持感动了：那个曾经放荡不羁、钟爱艺术的阿友，怎么会对在山里做茶这件事儿这么执着呢？小朵实在有点儿想不明白。

但是，小朵依然对钟清友不冷不热，钟清友说十句，她依旧只回一两句。嗯，她还是无法原谅他的一去不回，这么不守信用，把她一个人丢在异国他乡，只能说明钟清友对她不是真爱。

钟清友现在沉迷于做茶无法自拔，加上拍视频和直播，每天忙得恨不得能有三头六臂，根本无暇去照顾小朵的情绪。他决定等过了采茶季，自己再找个时间飞过去，亲自把小朵带回来，反正无论如何，他是不打算离开乌山了。

但是，钟清友没想到的是，采茶季过了之后，他更忙了，因为他要忙着直播卖茶了，同时还报了叶天羽老师的工夫茶艺师资班学习，别说飞去伦敦了，现在他连回深圳的时间都没有。

乌山茶农真正开始直播卖茶的第一天，钟清友心里是比较紧张的。之前所有的铺垫，其实都是为了这一天。茶叶的包装，钟翌晨按照钟清友的设计，找人做好了。绿色的外壳，是乌山起伏的山峦，中间印着乌山茶农的标志，简洁美观，很有辨识度，钟清友对自己设计的这个外包装很满意。

第一天直播卖茶，最多时在线近千人，后来就只有一两百人，到后面几十个人，钟清友和顺子播了一整天，快十个小时，嗓子都讲哑了，效果并不理想，总共卖出不到十斤茶，按照叶天羽老师的定价，每斤一千二。一天的营业额一万来块，与他们想象中的相距甚远。平时看着人气挺好的，怎么会卖不动呢？钟清友很苦恼。

下播后，钟清友吃不下饭，明明很饿，但就是没胃口，满腔的热血被当头浇灭了，本以为第一天开播怎么着也得卖个十来万的茶吧，没想到还不到十分之一，太失望了！

正气馁的时候，叶天羽的电话进来了。

"小钟啊，直播情况怎么样啊？"叶天羽笑着问道。

"叶老师，卖不动啊！看起来人不少，可转化率很低啊，照这样的销量，我的茶怎么能卖出去呢？唉！"钟清友沮丧道。

"第一天开播，有这个成绩已经很好啦！你知不知道，很多人第一天开播一单都卖不出去，你这样算是非常好的业绩了！"叶天羽鼓励道，"不过，你如果改变一下营销手段，销量应该会有很大的提升。"

"怎么改变？"钟清友急切问道。直播带货是个新生事物，钟清友完全没有任何经验，就是凭着一股子热情和初生牛犊不怕虎的勇气，不知深浅地一头扎了进去。

"你卖的每单的量太大了，都是一斤半斤地卖，这样不行。你把包装改小，五十克一罐，可以一罐一罐地卖，量少价低，然后再送一泡试喝，不满意包退。首播要多送福利，五十克的你可以卖得更低点儿，为的是吸引第一批顾客，然后让这些顾客转化成你未来的固定客户群。只要茶好，他们喝了肯定会回购，这样累积下来，慢慢建立稳定的客户群，你的茶就会越卖越好。还有，网上要卖，线下也要卖，你得充分利用你自身的人脉去卖茶，做大客户的生意，这样才能走量。你爸爸以前其实也不仅仅是送茶，他也卖，卖大客户，大批量走货，资金回笼快，销售成本低，你也要这么做。"叶天羽说。

"好，谢谢叶老师！"

"还有，你直播间的布置不好看。你白天就在露天直播，用茶山做背景，但是要有好的茶席，配上几把好的朱泥壶，把格调档次做起来；如果是晚上，你得有个专业的棚，得把背景布置好，设计这块儿你懂的，花点儿心思去做。从长远来看，你需要培养几个漂亮的茶艺师去直播，一边泡茶一边直播，一边喝茶一边直播。你和顺子偶尔去播，慢慢退到幕后，总体来说，你的首播是成功的，不要泄气，加油！"

叶天羽说的这些是十分中肯的建议，也是目前钟清友他们直播中真正存在的问题。钟清友是真没想到叶天羽老师对直播也这么懂，看来叶老师真是个与时俱进的非遗传承人。

钟清友和顺子根据叶天羽的建议做直播复盘，一一找问题，写出解决方案。最后发现必须搭建一个专业的直播间，而且还不能太小，要满足后期的发展需要。

查看了木屋别墅前后左右的地形情况后，钟清友决定在水池的正对面、木屋别墅的右手边上，搭建一间玻璃木屋，四周都用钢化玻璃，屋顶依旧用木头、钢瓦加茅草，这样的结构建起来简单快捷。玻璃的墙体白天让茶山成为最美的背景，晚上既可以用茶山的夜幕做背景，也可以用设计好的布帘做背景，配上灯光，想要什么样的背景都可以。

说干就干，钟清友画好了设计图，马上召集钟翌晨来负责报建和施工。钟翌晨正忙着给单丛博物馆做建馆资料，忙得脚不着地。不过，他还是抽空来给钟清友帮忙。钟清友爱折腾在整个乌山是出了名的，从第一次用大奔拉砖头开始，后来建了水池，修了茶亭，买了设备，现在又要建玻璃木屋。早先还说要重建制茶车间，未来还要打造茶旅走廊、茶旅小镇，真是个会折腾的主啊！钟翌晨打心底里佩服钟清友，他相信，乌山因为有钟清友，注定要发生翻天覆地的变化。

顺子忙着去改茶叶的包装。五十克一罐，还有很多六克一包的小包装。古树茶全部用小罐装，六克一小罐，八小罐一盒，精品精装。第一批包装出来后，钟清友带着茶和包装下山进城，来到了叶天羽的工作室，和他一起来的还有燕子。

燕子马上就大学毕业，她决定不出去找工作，就留在乌山，加入钟清友和顺子的创业团队里，跟着他们一起在茶山做茶、卖茶。这几个月下来，燕子已经爱上了茶园的生活，更重要的是，她被钟清友的热情打动，被他一步步建设茶山的行动感染。在钟清友的伟大构想中，她似乎看到了乌山美好灿烂的未来，看到了自己的家乡未来美丽富裕的样子，看到了这个山村令人热爱和向往的明天。她决心把自己的青春融进这份值得期许的伟大事业中，跟着钟清友干，她很有信心，也很开心。

曾经，她对钟清友心怀幻想，后来她听顺子说阿友早就有女朋友了，而且是和他一起出国留学的女孩儿，是高中同学，他们青梅竹马，门当户对。燕子觉得自己就是异想天开，这是完全不可能的事儿，所以很快就把这份感情深藏心底。对阿友的喜欢，她还是一如既往，但再也不会有任何奢求了，只要能在他身边工作，她就觉得是一种莫大的幸福。

"叶老师，我把燕子带来先上一期您的短期培训班，学会基本的泡茶和审评茶，接下来的直播卖茶，燕子将是我们乌山茶农的主力，您给她速成一下。"钟清友对叶天羽说。

"真正学茶是没办法速成的，相反，学得越多会觉得自己欠缺得越多。"叶天羽笑道，"我研究茶已经三十多年了，始终还是觉得自己在学习的路上。如果只是想学会基本的冲泡，一期课程三四天下来就能掌握，回去再好好练习；审评茶一期三四天，也是掌握基本的方法，以后在实践中不断练习。"

"好，我一定好好学。"燕子很虚心，"让叶老师费心了。"

"学习这个事儿，师傅领进门，修行在个人。老师倒不费心，费心的是你自己。能不能学好，主要看你自己用心不用心。"叶天羽把燕子上下打量了一下，"学茶最基本的要求，首先不能喷香水，不能染指甲，不能化浓妆，着装要求简单素雅、大方得体。茶就是人在草木间，与自然融为一体是最好的状态。"

燕子下意识看了看自己的指甲，这是前不久和马晓晴一起去镇上做的美甲，也是她第一次做。"我一会儿就去把美甲卸了。"燕子脸红了。

"衣服以浅色系的中式茶服为好。"叶天羽看着燕子穿的牛仔服说。

"一会儿就去买。"钟清友马上说。

"行，明天刚好有冲泡课，先上这一期吧。"叶天羽点头。

"这些包装是我新设计的，根据不同茶叶的档次设计了好几款，叶老师您给我看看。"钟清友打开大袋子，拿出各种各样的包装，摆了一桌子。

叶天羽一个个摆放到跟前，仔细看了看，再打开拿出茶叶闻了闻，又用盖碗来试茶，试完后，点头道："不错，高、中、低的档次有区分，包装也好看。这样的小罐、小袋包装，以后一定是主流。凤凰单丛在本地市场卖，都是大包装，因为本地人一天至少喝三四泡茶，投茶量大，很费茶，所以要用大包装。但是直播主要是销往外地，凤凰单丛作为一款小众茶，外部市场还在培养期，需要培养茶客的喝茶习惯，小罐茶和小包装茶才是最适合他们的。量少价格低，更有销售优势。"

"感谢叶老师的建议，今晚我们直播就用新包装、新定价。"钟清友说。

"好好做，粉丝基础很不错，再好好培养培养，把这些人往高端茶的方向发展，未来你那些高山古树茶也能在网上卖出好价钱。"叶天羽说。

钟清友不停点头："但愿如此，我现在就是需要早点儿变现：一是仓库压货太多，没地方放；二是急需资金回笼。有钱了，我才能去扩建茶厂，并且规划下一步的茶旅项目。"

"不要急，一步一步来，饭是一口一口吃的，事儿是一件一件做的。"叶天羽看着钟清友道，"只要方向对了，你离目的地就会越来越近。上次我跟你说的利用身边的资源卖茶，你去做了没有？"

钟清友摇头："没有，让我去找我爸卖茶？那我宁愿不要。"

叶天羽笑而不语，转身拿出一小袋茶投进盖碗中开始冲泡，第一水醒茶后，幽幽的茶香弥漫，第二水出汤后，叶天羽做了一个手势请钟清友和燕子喝茶。

"感觉这茶汤怎么样？"叶天羽问道。

"口感很不错，有香有韵，茶汤润滑，喝着有兰香蜜韵呢！这是高山蜜兰吗？"钟清友闻了闻杯底道。

"这就是你给我的那些茶。"叶天羽笑道。

钟清友瞪圆了双眼："那个做坏了的蜜兰又闷又涩，喝起来牙齿间有阻滞感，很难喝啊！怎么会变得这么好喝？这完全不是一款茶啊！叶老师，您真的能让做坏的茶起死回生啊！您是怎么做到的？"

"起死回生是需要时间和智慧的，一两句话说不清楚。但最重要的一点是，必须充分了解这些茶，知道它们经历了什么，再用心去化解这些茶在制作过程中遭受的不友好待遇，让它们得到释放和解脱，回归它们本该有的纯正品质。还是那句话，就是要把'茶'当人来对待，温柔以待，细心以待，友好以待，才能收获茶的良好回馈。"

钟清友似懂非懂："太深奥了，我还是没听懂。"

"没听懂很正常，以后慢慢学你就会懂的。你学茶才多久，能有现在这个感悟力已经很好了。等你到了我这个年纪，肯定什么都懂了。"叶天羽笑。

回到乌山，钟清友和顺子继续直播。换了包装和定价后，销量果然有了提升，一晚上直播下来，卖出了上百斤的茶，这是一个非常喜人的变化。下播后，钟清友和顺子连夜进行复盘，总结直播过程中的一些问题。钟清友觉得必须请几个懂后台运营的人来，还有后续的发货售后，也必须有专人去管理，现在就他们仨在做，根本忙不过来。

"叫阿茗回来吧！"顺子说，"我听嘉禾叔说，现在阿茗哥在城里的生意不好做，我们给他开高一点儿的工资，让他能够满足日常的生活需求，另外再给一些股份。"

"可以，我是担心他不愿意回来，当时他走得很坚决，还带了好几个人一起走。"钟清友说。

"如果在家里能赚钱，谁愿意离乡背井去外面打工？嘉禾叔也老了，阿茗哥能回来他肯定很开心。"顺子说，"明天嘉禾叔来了，我跟他说。"

"行，叫嘉禾叔来吃午饭，我好些日子没见到他了。"钟清友点头道，"我太困了，我先去睡了。"

钟清友起身离开，却发现顺子依旧捧着手机在甜甜地傻笑，脸上的表情和平时很不一样。

"顺子，你干吗呢？"钟清友看着顺子问道。

"没，没干吗呢！你先去睡吧，我等会儿。"顺子盯着手机不放，脸上露出难得的幸福甜蜜。

直播累得半死，复盘后居然还有心情玩手机？肯定有情况。钟清友走到顺子身后，发现顺子在和一个女网友聊天！

"你在网恋啊！顺子，你胆子好大！不怕遇到骗子啊！"钟清友愕然不已。

"什么骗子啊！这是我们的顾客，她说收到第一次买的茶，太好喝了，想来我们茶山看看。"

"你们聊多久了？居然这么快就要奔现？"

"很久了，从你直播我做茶开始，她就关注我了。"顺子一脸甜蜜，"她很喜欢喝茶，以前喝的是岩茶，喝到凤凰单丛后，被单丛的香气和山韵吸引了，再加上我们视频里拍的茶山美景，她说她要来这里看看。"

"她是哪里人？"钟清友充满了好奇，坐下来问道。

"山东济南的。"

"这么远啊！你们这是千里姻缘一茶牵啊！顺子，你的好运要来了！"钟清友拍了拍顺子的肩膀激动道。

"你看，这是她的生活照，长得不错吧！"顺子骄傲地打开手机里的照片给钟清友看。

"真不错，珠圆玉润，不说倾国倾城，也是青春靓丽，关键是你们有共同语言啊，都是爱茶人士。"

"是啊，我真没想到她能对我有好感。是她主动加我主动追我的，我根本不敢迈出这一步。人家的条件那么好，山东济南人，住在省会的姑娘，家里的独生女，我都担心她来了这里会很失望，感觉我们会见光死，所以又不敢答应让她来。"顺子脸上的笑容消失了，取而代之的是忧虑。

"怕什么？她来了要真觉得不好，那就算了，说明她还不是你的菜；万一人家是真喜欢这里的山、这里的茶和这里的人呢？她就爱上了这里，爱上了你呢？那你不是就天上掉下个林妹妹，从此人生美满了吗？"钟清友拍着顺子的肩膀打气道。

"是啊，但这样的概率也就不到一半吧，还有一大半是失败的可能。"

"不要怕，大胆答应她来，我们做好充分的接待准备，保准让她爱上这里，爱上你！放心，我一定帮你实现这个愿望！"钟清友信心满满。

"阿友，你真有把握她会爱上这里，爱上我吗？"顺子还是很担心。

"有，我觉得这就是你命定的姻缘，月老的红线已经给你牵好啦，你得牢牢把握住！"

"好，有你在，我就有信心了！"顺子眼神坚定地说。

"她确定了来的时间,你要马上告诉我!"钟清友再次拍了拍顺子的肩膀,上楼睡觉去了。

冲凉的时候,钟清友忍不住唱起了歌儿,好久没有这么开心了。他是真心为顺子高兴,这个意外之喜比他自己拉到了几百万的投资还要开心。因为顺子为这片茶山付出了太多的时光,他的青春都留在了这里,陪伴爷爷,守护茶山,这些年的孤独寂寞,只有顺子自己心里清楚。如果这个女孩儿真的能成为顺子的女朋友,那将是网络直播带来的第一个大收获,比卖多少斤茶的意义更重大。太好了!太好了啊!裹着浴巾出来,钟清友突然很想小朵,好久都没有和小朵好好聊聊了,小朵一直都在生他的气,不冷不热的。此刻,他脑海里全是两个人在一起耳鬓厮磨的甜蜜。于是,他马上拿起手机给小朵打视频电话。

"干吗啊,这么晚还没睡?"小朵接听了,却是板着脸训他。

"想你啊,睡不着。"钟清友躺在床上,胳膊撑着脑袋慵懒道。

"赶紧睡觉吧,直播那么久不累吗?"小朵语气缓和了点儿,关心道。

"累啊,累得腰酸背痛,要是你在给我按摩按摩就好了,可惜我现在就是孤家寡人一个。"钟清友可怜兮兮道。

"活该,谁让你不回来的?留在山里有什么好啊?赶紧飞回来。"小朵马上说道。

"唉,我现在就是想飞回去都不可能了。你看,乌山这里的规划刚开始,我根本不可能离开。"

"乌山没有你就不转了?这么多年你没在,人家不是也转得很好吗?地球少了谁不照样转?不想回来就不要找借口!"小朵一听就生气了。

"不是不想,是真的不能。朵宝,你得理解我,在乌山,我找到了自己的价值,这里会因为我变得更美好,你懂这种感觉吗?"

"我不懂,我也不想懂!说到底你还是不想回来。那你就留在那里吧,咱们这样远隔万里的恋爱,你觉得还有意思吗?"小朵赌气道。

"当然有意思啊!我每天想到你就觉得很开心,我知道你有一天肯定会来到我身边的。对了,我告诉你一个神奇的故事,顺子通过抖音直播认识了一个山东女孩儿,他们恋爱了!要奔现了,你说缘分是不是很神奇?"

"不要跟我讲这些，我不想听。"小朵黑着脸挂了电话。

真不懂事儿！看我以后怎么收拾你！哼！钟清友把手机往床头柜上一扔，钻进被窝里睡觉，很快就沉入了梦乡。

睡梦里，楼下一阵嘈杂声传入耳朵里，钟清友睁开眼睛，瞥一眼床头的时钟，十二点半了，好家伙，一觉睡了八个小时。起床拉开窗帘往楼下看了一眼，钟翌晨带着几个工人正在从车上往下搬材料，玻璃木屋要搭建了。动作真快啊！钟翌晨办事儿就是靠谱。钟清友心情大好，马上穿衣洗漱下楼去。

"阿友，我帮你选了个日子，明天宜动工，材料都拉来了。师傅说三天就能搭建好，室内再整理一下，估计一周后就能投入使用了。"钟翌晨撩起白色的T恤衫，不停擦额头上的汗珠，脸上满是笑容。

"好，你选了就行。"钟清友走过去搂着钟翌晨的肩膀，"辛苦你了阿晨，你就是我的基建部长，交给你，我放心。走，进去喝杯茶。"

"我得先喝一大杯水，我太渴了！"钟翌晨不停擦汗，"这玻璃用的是双层中空钢化的，铝材也是最好的，山里比较潮湿，这样密封性好，和你这个木屋别墅一样，经久耐用。唯一的缺点就是贵，费钱。"

"硬件的投入一定要选好的，贵点儿值得。"钟清友拉着钟翌晨来到客厅里，给钟翌晨倒了一大杯温开水，"先解解渴，吃颗糖。"

正说着，钟嘉禾背着双手进来了，看到钟清友和钟翌晨都在，笑呵呵道："阿友，你主动约我吃中饭，这可是你到乌山来的头一次。以前每次吃饭，我都是不请自来。"

"老叔，您这是批评我，以后我要多向老叔汇报工作，多邀请老叔上来吃饭。"钟清友边泡茶边说，"不过，我还是喜欢老叔每天没事儿巡山就上来，和以前一样，咱们能天天一起吃饭。我爷爷在的时候，您是这样；现在，您也要和以前一样啊！"

"好，这话我爱听。"钟嘉禾笑得很开心，"不过，今天你约我来，肯定是有事儿的，说吧，我喜欢听。"

"没事儿就不能邀请您来吃饭啊？我就是好些天没见您，想您了！"

"这话我也爱听。你想我，那我再忙也得上来。说吧，是不是又有什么新打算？"钟嘉禾眉开眼笑，钟清友现在真是成熟多了，会说话，越看越让人喜欢。

"老叔，今天我有两件事儿向您汇报：第一件事儿，就是之前说的，扩建制茶车间，把原先那个地方建成两层，大概四千平方米；第二件事儿，我希望您能让阿茗哥回来帮我，我给他开工资，还给股份。"

"第一件事儿我觉得可行，你们现在制茶的技术很过硬了，扩建车间按程序去报批报建就行，我全力支持；第二件事儿嘛，你自己和阿茗谈，他要是愿意，我无条件支持。"钟嘉禾点燃一支烟，吸了两口，"我也要告诉你一个好消息，我把你的方案交给镇里的领导看了，他们都觉得非常好，又交给了县里的领导。县里的领导看到很高兴，准备到你这里来实地调研了！据说省里有对口扶持的专项资金，正在找这样的项目呢！更让人高兴的是，进出乌山的道路重修就要开始了，阿友，国家推进的乡村振兴战略终于要在乌山落地了，咱们乌山的春天真的来了！"

"太好了！老叔，咱们这是天时地利人和都齐了啊！"钟清友兴奋道，"万事俱备，东风已来，老叔，我要马上把阿茗哥叫回来，您到村里去发动发动，号召年轻人回来，接下来我这里也需要很多人。"

"没问题，如果你真的能解决他们的就业，给他们好的待遇和福利，我相信肯定有人会愿意回来的！"钟嘉禾说，"你准备一下，后天县里、镇里的领导会一起下来你这里调研，你要好好汇报一下，尤其你现在做的直播卖茶情况，他们现在对这块儿很感兴趣！都说这是未来发展的方向。"

"行，我好好准备。"钟清友满口答应。

"开饭啦！"顺子在厨房那边高声喊道。

"走，去吃饭。"钟嘉禾站起来往厨房走去，走到门口他停下来举目四望，眼前的这块平地，不知不觉居然发生了这么大的改变。原先就是一整块平地，什么也没有。这才半年的时间，这里就修建了水池、茶亭，挂上了"乌山茶农"的水晶大招牌，右手边又即将建起一间玻璃木屋，不远处的制茶车间很快也要改建，未来还有茶旅走廊、茶旅小镇、茶旅酒店……这一切都是因为阿友的到来，一个人改变一座山，一个人改变一个村，阿友真有想法，真能折腾，嘉木老哥是真有眼光啊！

钟嘉禾转头看了一眼身后的钟清友，满脸笑意地拍了拍他的肩膀，目光在他的小辫上停留了片刻，又盯着他的耳钉看了几眼，说："阿友，你这头发要是能整一整，和顺子、阿晨那样，可就太好了！还有这耳钉，最好还是拿了。后天县里镇里的领导过来，你要是能让他们看到一个更稳重的你，政府的资金或许会给得更多些啊！"

"我这头发和耳钉还能影响到他们投资的金额？"钟清友半信半疑，摸了摸自己的小辫和耳钉。

"阿友，咱这山里的人都很传统，思想也没有你那么解放。按理说，你留什么样的头发戴不戴耳钉都是你的自由。但如果和政府的领导打交道，咱们还是稳重为好，你的思想可以飞扬，头发就不要飞扬了。好不好？"钟嘉禾笑道。

"这个……我考虑考虑！"钟清友又摸了摸自己的小辫。这头发是上高中后他开始留的，当时他就是为了显示自己的叛逆，故意留头发气钟志国的。没想到留了之后，他觉得很帅，还特意去染黄了，当时差点儿没把钟志国给气出病来，口口声声要把他赶出家门！耳洞是去国外后打的。这么多年，这个造型就是他钟清友的个性标志，如果没有了，那还是他钟清友吗？他真的要为了一点儿钱而放弃做自己吗？但刚才钟嘉禾的话让他有些触动：你的思想可以飞扬，头发就不要飞扬了。没想到这个看起来很古板的老头，还能说出这么时髦的话来。

说实话，这一刻，钟清友被钟嘉禾的话打动了，他真的要好好考虑是不是该给自己换个形象。

顺子做了一桌子好菜，还给钟嘉禾准备了白酒，阿晨和几个工人也一起留下来吃饭，十来个人，很是热闹。阿晨说他下午还有事儿，坚持不喝酒。顺子忙前忙后，累得连口热饭都没有吃到，等他终于坐下来吃饭时，钟清友端起酒杯充满感激道："顺子，今天我要衷心地对你说声谢谢！感谢你每天任劳任怨、忙里忙外，感谢你对我的体贴和关心。你不仅在生活上无微不至地关心我，还在事业上尽心尽力地帮助我，没有你的全力支持和帮助，就没有我在乌山的这一切！按辈分，我得叫你叔，但我一直叫你顺子，我觉得你就是我最好的兄弟！是我最信赖的家人！我干了！"

"好！说得好！"钟嘉禾鼓掌道，"顺子，这酒你得喝。"

"我……我喝，"顺子端起酒杯，看了看钟清友，眼眶倏然间泛红了，胸中心潮翻涌，"阿友，你言重了，我应该感谢你，感谢你爷爷，感谢你爸爸，一直把我当家人，如此信任我，帮助我。我早就把自己和这片茶山融为一体了。乌山茶农在，我就在；我在，乌山茶农就在。"

钟清友和顺子相视一笑，眼底都闪动着泪花。

"顺子，你尽快去找一个人来接替你做饭，以后做饭和家里日常的这些事儿，就另请人来做，你专门负责管理茶园、做茶、直播；阿晨，你把外面的那些杂事儿推掉，以后也常驻我这里，做我的基建部长和后勤采购、发货管理。"钟清友看向钟嘉禾，"还有阿茗哥，我今天就给他打电话，让他也回来，老叔，你觉得我这样安排怎么样？"

"很好！阿友，你真是你爷爷的好孙子，仁义！你真是你爸爸的好儿子，睿智！"钟嘉禾频频点头夸赞道。

"嗯，我像我爷爷，我很高兴；但是我和我爸不一样，他就是个商人。"

"阿友啊，你爸爸很了不起的，他是个商人，但他也是个关心家乡发展的热心人啊！你爸爸也为乌山做了很多贡献的！"钟嘉禾边吃菜边说。

"他赚了那么多钱，为家乡做点儿贡献不是应该的吗？老叔，你知不知道，我接手这个茶园，钟志国是要收取我的利润的，每年四百万！"钟清友道。

"傻小子，你这是捡了大便宜啊！给别人，他可不止收这点儿利润。"钟嘉禾笑。

"那我是他儿子啊！我第一年接手，没有经验，也不懂茶，我什么都是从零开始，他怎么就一点儿都不体谅我？"钟清友愤愤道，"我还要去拉投资，我现在到处都需要钱，他不仅不给我钱，还要收我的利润，哪像是我亲爹？"

这话说得一桌人都看向钟清友。

"好了好了，喝酒喝酒！阿友，你要的做饭阿姨，我给你找来，我身边就有两个现成的人选！"钟嘉禾摇头，阿友啊，终究还是年轻啊！

"好，谢谢老叔！"钟清友也把酒满上，一饮而尽。

饭后，钟嘉禾离开了，钟清友给钟玉茗打了一个很长的电话，和他聊自己对乌山的规划，聊直播带货的未来，聊阿茗回来之后的发展，说得阿茗很心动。他回去之后因为疫情影响一直无法正常开工，入不敷出，很是焦心。不过，他跟钟清友说，还是要考虑考虑，回家和老婆商量一下再回复。

挂了电话，钟清友去了趟洗手间。站在镜子前，他左瞧右瞧自己的小辫和耳钉，想着钟嘉禾说的话，再考虑到后天领导要来乌山考察，他盯着镜子里的自己看了许久许久，最后终于心一横，头也不回地冲出门去。

顺子正在指挥工人们搭建玻璃木屋，抬头看到钟清友旋风一样冲出来，跳上钟翌晨的车子，让钟翌晨给他开车。顺子追着车子喊道："阿友，你去哪儿？"

"镇上！"钟清友甩下一句话走了。顺子还想追着问，车子已经蹿出去很远了。看着风一般远去的车子，顺子摇摇头，眼前堆成山的材料，只有指挥工人们加快速度干，这个玻璃木屋，是急等着用的。阿友说要自己亲自来指挥，现在却一声不吭开车跑山下去了，真是任性。

太阳快下山的时候，钟清友和钟翌晨一起回来了。直到他走到顺子跟前，顺子才认出是他，不由得惊呼道："阿友，你真把小辫剪了啊！还是很帅，不对，是比之前更帅！真的，嘉禾叔看了肯定会很高兴，你赶紧和他视频一下！"

"明天他就会上来，我到时候给他一个惊喜，你不许告诉他！"钟清友叮嘱道。

"行！你这样完全变了一个人，这个样子很接地气，更像嘉木叔了，真正是我们乌山人了！"顺子盯着他的短发笑道。

"我也觉得挺好，洗头发很容易了，每天冲一下就完事儿了，不像以前那么麻烦了！"钟清友摸了摸自己的短发，虽然还是有点儿不习惯，但他对自己这个样子还是比较满意的，至少不会丑。嗯，这也证明了，只要长得帅，什么发型都可爱。

"好处肯定不止这一点，我觉得你这样的发型可以用一个成语来形容，叫'英气逼人'！"顺子笑道。

"应该叫'帅出天际'！"钟清友故意甩了一下那根本不会飘动的短发，再用手摸了摸前额，抛出了一个睥睨天下的眼神，这一刻，他相信自己就是这座山最靓的崽！未来，他要成为整个乌山最靓的崽！

晚上下了直播，钟清友和女友小朵视频，小朵差点儿不认识他了！

"怎么突然间把头发剪了呢？"小朵问。

"反正你也不在身边，我不用每天耍帅了，就剪了。"钟清友淡淡道。

"少来，你留小辫是为了给我看吗？那不是你自己喜欢吗？"小朵撇嘴。

"我现在喜欢短头发，方便。"钟清友说，"听说你那边现在情况不太好，很多人都在往国内跑，你是不是考虑早点儿回来？"

"我才不想凑这个热闹呢！现在机票贵得要死，以前是出国一票难求，现在是回国一票难求，唉！想回去也回不去了。"小朵叹气道。

"机票的事儿你不用考虑，只要你愿意回，我来想办法给你弄机票。"钟清友说。

"十万块一张的票啊！你是中奖了，还是挖到宝了，这么大方？"小朵瞪圆了眼睛道。

"我没中奖，也没抢银行，但是为了我的朵宝，我可以倾尽所有。"钟清友深情道，"朵宝，我真的希望你能早点儿来到乌山，这里比你在视频里看到的还要美千倍万倍。外面的世界病毒肆虐，乌山这里却岁月静好，洁净的空气和水，晴天有清透的阳光，朗朗山河，壮丽秀美；雨天有澄澈的雨水，云雾缭绕，犹如仙境。这里是纯净的世外桃源，相信你来了肯定就不想走了。"

"别想骗我去山里，我还没到养老的时候，我现在就愿意待在繁华的都市里，过灯红酒绿的生活。"小朵故意道。

"行行行，你不想回我不勉强你，但我相信你肯定有一天会爱上这里的。"钟清友自信满满道。

第二天刚睡醒，钟清友接到了钟嘉禾的电话，告诉他领导们决定在明天下午两点半到乌山茶农来考察，让钟清友做好接待准备，重点是谈对整个乌山的未来规划。

"好,没问题!您放心,我一定让他们满意!"钟清友激动得从床上蹦起来,他感觉自己浑身都充满了干劲儿,虽然每天从醒来就忙到闭眼,中间几乎连吃饭的时间都没有,但他一点儿都不觉得累,反而像打了鸡血一样,有使不完的劲儿。

正在他唱着歌儿刷牙洗脸的时候,手机响了,上面显示"钟志国"三个字。

钟清友愣了一下,很久没接到钟志国的电话了,自从上次吵架后,总是妈妈跟他视频联系,钟志国几乎没有给他打过电话。钟清友猜不透钟志国找自己有什么事儿。但如果没事儿,钟志国是不会给他打电话的。

电话响了很久,在即将挂断的时候,钟清友终于接听了。

"什么事儿?"钟清友开门见山道,连一句"爸爸"都没叫。

钟志国明显不高兴了,停顿了片刻后语气冷冷道:"茶叶卖得怎么样了?"

"挺好,不用你操心。"

"就靠你们这样直播,什么时候能把那么多茶卖完啊?"钟志国问。

"说了不用你操心。你有什么事儿直说。"

这一刻钟志国真想把电话给扔了!这要不是自己亲生的,钟志国发誓,这辈子都不会搭理这个小崽子!但他还是忍了,谁让这冤种是自己亲生的呢?

"我要一批茶叶,高山老丛,你现在的量我全包了。"钟志国说。

"什么意思?怕我卖不出去,可怜我?"钟清友毫不领情。

"卖不卖吧?"钟志国强忍着怒火道,"全部按批发价,每斤八百。"

"价格太低,不卖。"钟清友翻了个白眼,在心里骂道:奸商。

"你那儿保守估计有八千斤以上,这个价一次性走货,你是合算的。包装好,半个月后开始出货,两周内出完。"钟志国说,"我知道你需要钱,这个给现钱,不抵你上交的利润。"

钟清友掐指一算,六百多万的收入,能够有现钱,这生意确实可以做。但钟志国怎么能一次性要这么多茶呢?难道又是拿去送礼?

"你一次性要这么多茶干什么？你是送礼，还是倒卖啊？"钟清友问。

"这是我的商业秘密，你无权知道。"钟志国也故意卖关子。

"哼，不知道就不知道，我还不稀罕知道。"

"那就这么说定了，给你半个月的时间准备，再给你半个月的出货时间，总共是一个月的时间，把所有的高山老丛都给我包装好，发货到我指定的地方。"钟志国说。

"行。"钟清友答应道，再怎么讨厌钟志国，也不能跟钱过不去。

挂了电话，钟清友马上下去把这个消息告诉顺子，顺子一听有这么大交易量，高兴得欢呼："真是太好啦，这可比我们天天在直播间卖轻松多了！"

"直播间卖得会越来越多的，你看我们这几天的销量已经上涨了很多。等燕子回来，我们再招几个年轻的女孩儿来当主播，从上午一直播到凌晨，必须把销量搞上去。"钟清友说，"这次的量这么大，得抓紧时间把茶叶精选复火，包装生产好，保证质量。我猜钟志国要这么多茶，可能一部分是他自己藏着，大部分是卖给他以前的老顾客。我们今年的茶叶质量要比往年都好，按理我是可以涨价的，看在他是我爹的情分上，我就以这个优惠价给他。"

"阿友，这个价钱可以了，关键是一次性能走这么大的量。以前我也是只管做茶，志国兄都是这样一车一车往外拉。今年他还能要这么大的量，说明他的客户是很稳定的，这可是我们的大主顾，得好生伺候，何况他是你亲爹。就算不是，你都得把他当亲爹对待。"顺子笑道，"你放心，这事儿我有经验，一个月保准出货完成。"

"果然有钱就是爹啊！"钟清友长叹一声，"我饿了，顺子，做饭的阿姨来了吗？"

"来了，正在厨房呢，我让她准备开饭。"顺子往厨房走去。

四菜一汤端上来，口味还不错，钟清友很满意，对顺子说："这下你可以正式从厨房下岗了，咱们一心一意做茶、卖茶。老叔刚才打电话给我，说明天下午两点半县里镇里的领导要过来实地考察，我们得好好准备一下。"

"好，环境卫生我负责，其他的你负责。"顺子边吃边说。

钟清友点点头，突然想到顺子那个网恋的对象，扒拉了一口饭问道："你女朋友什么时候来?"

"还没确定呢!最近这么忙,我也不催她,等我们这里忙完这阵子再说。"

"打铁要趁热,谈恋爱也一样,你得上点儿心,好不容易天赐的缘分,必须抓住啊!"钟清友叮嘱道,"明天领导来这儿,我也必须得抓住这个机会,机不可失,时不再来啊!"

顺子怔怔地看着钟清友。平时看着放荡不羁的一个人,关键的时候总是能精准把握,钟清友果真是天生具有领导天赋的人。

"那你的女朋友什么时候来乌山啊?"顺子边吃边问。

"她估计短期内是来不了了,现在这个情况,国外疫情越来越严重,在外面的人都想跑回来,机票根本买不到。"钟清友摇头道,"还是我们乌山好,空气清新洁净,什么事儿都没有,从来不用戴口罩。这里就是世外桃源啊!我觉得你那个山东的女朋友一定会喜欢这里的。"

"那可就太好了!"顺子心里那个美啊,笑得脸上都起褶子了。

# 第十四章

　　领导说来就来。钟清友、顺子、燕子和阿晨,还有阿晨的未婚妻马晓晴都来参与接待了,他们早早就站在路口,等着迎接领导们的到来。这是乌山茶农第一次正式迎接领导,也是这座山头第一次得到领导光顾,这对于乌山茶农和钟清友来说,都是十分重要的时刻,是具有里程碑意义的一天。

　　下午两点半,两辆国产的越野车往山上开来,崎岖不平的山路,车子一颠一颠地开得很慢。让领导感受一下山路不平的滋味儿,或许能加快这段山路的修建。钟清友心里想。

　　果然,领导下车第一句话就是:"这路得快点儿修啊,上个山屁股都给颠疼了!"

　　"文县长真是为民着想的好领导!"钟嘉禾站在旁边说,"文县长,这就是为乌山写出宏伟构想的年轻人、乌山茶农的掌门人钟清友!"

　　"后生可畏啊,我知道你很年轻,没想到这么年轻!"高高瘦瘦、戴着一副眼镜的文县长走过来握着钟清友的手道,"听说你是从英国留学回来,主动要留下来建设乌山的?"

　　"对,刚来的时候,我只是想继承我爷爷的遗志,把茶园管理好;后来在嘉禾老叔潜移默化的影响下,我觉得可以把乌山建设得更好。因为乌山有得天独厚的自然条件,这里山清水秀,空气清甜,漫山碧绿,茶香弥漫,结合我们的茶产业和优越的自然条件,打造茶旅项目,是水到渠成的好事儿。"钟清友说,"我听嘉禾老叔说,进山的路都要重修。只要路通了,做好茶文化相关配套,乌山的茶旅一定能火爆起来。"

　　"你的计划书马镇长和黄书记看了之后很激动地交给我,说让我一定要仔细看。我认真看了,很惊讶你是不是早就得到了上面的信息。你怎么能这么准确地抓住省里接下来要推出的乡村振兴战略?修路,打造茶旅小镇,大力发展单丛茶文化产业,依托茶文化产业和茶旅项目来推动山村振兴,整体提升山村基础设施建设和文化产业建设,让山村面貌焕然一新,并让山村真正具有造血功能,实现可持续发展。"文县长眸光深邃,看着钟清友道。

"省里的这个规划太好了!"钟清友听了很兴奋,"我只是顺应这个时代的浪潮,结合我自己对山村的未来想象,写出了这份计划,没想到能得到领导如此高的评价,受宠若惊!"

"年轻人果然是具有超前的眼光和思维啊!"站在文县长身后的黄书记说,"向文县长汇报一下,钟清友的太爷爷曾经是韩江纵队在乌山的领导人,山下那个韩江纵队指挥所旧址就是他太爷爷当年的家。小钟是红色革命家的后代啊!"

"难怪有这么先进的思想!"文县长再一次握着钟清友的手,用力地摇了摇,眼神里满是欣赏之光,"你太爷爷当年就走在时代的前列,现在,你也要和你太爷爷一样,领着乌山人一起来建设乌山、发展乌山、造福乌山!好样的!"

"现在他们这些年轻人自己在抖音上直播,通过短视频的方式把乌山的美景和茶叶推出去,得到了很多人的关注,已经有十几万的粉丝,开始直播卖货了,销量也越来越好!"旁边的马镇长也适时说道。

钟清友见马镇长给自己使眼色,马上向文县长汇报自己拍短视频和直播带货的过程,文县长很感兴趣,不停地点头称赞。

钟清友领着三位领导往茶园深处走去,一边走,一边交流。走到爷爷的墓地附近,钟清友拿出早就绘好的乌山未来规划图景给领导们看,几位领导一看都眼神发亮!真不愧是艺术设计专业的留学生,这规划图画得宏伟壮观、秀美无比!两条茶旅栈道蜿蜒伸展在碧绿的茶园中间,从山脚一直延伸到乌山山顶。山顶火红的杜鹃花海,迎风起伏。宽阔处还摆上一张小茶桌,游人可以坐在微风习习、茶香弥漫的茶园里慢饮细酌,红泥小火炉里炭火正旺,欢声笑语似乎要从画面里飞跳出来,好一幅惬意的暖阳饮茶图!再看山脚下的村庄,道路整洁,房屋有序,绿树掩映下,茶居民宿酒店,灰瓦白墙,依山而建,错落有致,远景近景,虚虚实实,仿若人间仙境!

"不错不错，小钟为乌山绘就的未来蓝图太好了！"文县长把图递给黄书记，说，"就把这个图放大，放在进乌山的大路口，这就是我们努力的方向。"

黄书记接过去端详："真不错！马镇长，我看可以马上放大挂出来！我们镇党委政府里面的宣传栏也挂上！"

马镇长双手接住，看了看，说："好！回去就挂起来！"然后小心地卷起来，递给了后面的工作人员。

大家继续边走边聊，听钟清友介绍自己在茶园里的趣事，领导们不时发出爽朗的笑声。转了一圈后，文县长对茶园的管理很满意，指着茶树周边的植被说："果然绿水青山就是金山银山啊！你们这一片茶园是真正的宝藏，藏在这么好的山林间。现在许多山头都在过度开发，把原来的山林砍了种茶树，生态破坏很严重。其实，好的生态环境才能有好的茶叶，现在很多人还没有意识到这一点。小钟啊，刚才听你讲你爷爷二十多年一直坚持原生态种茶，我听了很感动啊！太难得了，你们这么一大片茶园，完全可以成为乌山生态茶园示范基地！马镇长、黄书记，我看这个牌子不日就可以给乌山茶农挂起来！小钟啊，你切记切记，一定要保护好你的茶园，千万不要使用化肥农药，不要过度采摘，不要破坏周边的树林去种茶，这些都是你爷爷留给你最宝贵的财富。将来打造茶旅走廊、茶旅小镇、茶旅酒店也不能过度开发，一定要在保护好生态环境的基础上来做。任何破坏生态的行为，都是竭泽而渔、饮鸩止渴啊！"

"县长您放心，我一定谨遵您的教诲！我不会忘记我爷爷的话，要像保护自己的生命一样来呵护这片茶山，要像保护自己的眼睛一样保护山下的水库。茶，就是人在草木间，只有与自然和谐共生，才会有最好的茶。"钟清友说。

"有你这话我就放心了。不仅这茶山你要管理好，乌山村你也要参与管理和建设。"文县长看向钟嘉禾道，"嘉禾老叔，我看你完全可以把钟清友作为你的接班人来培养啊！将来你退下来，钟清友就是乌山村最好的接班人啊！"

"好，我也有这个想法，只是还没来得及向县长、书记和镇长汇报呢！"钟嘉禾马上说道，满脸笑意地看着钟清友。

钟清友一时不解，疑惑地看着钟嘉禾：接班人？这事儿可从来都没听说过。

"小钟，你的茶旅走廊、民宿酒店投入都不少，这个资金来源你有保证吗？"马镇长边走边问。

"应该没问题，我身边有几个朋友是做投资的，但是，如果能得到政府的支持，那肯定就更好了！"钟清友回答道。

"省里有个专项对口帮扶资金，大概有几百万，不算多，但也能解决一些资金缺口，主要还是你自己得有资金来源。另外，生态茶叶示范基地，这个也有一部分专项扶持资金，都需要你们提交资料得到验证后才能拨款。"黄书记说。

"需要什么资料，我们马上就来整理。"钟清友把阿晨拉过来，"这位是我们乌山茶农的第一秘书长，也是单丛博物馆古茶树建档的主要人员钟翌晨，我的好兄弟。"

"我说阿晨对你怎么那么熟悉。"马镇长笑道，"我第一次听说你的名字，就是阿晨告诉我的，他经常去镇政府办事。原来你们是好兄弟。有阿晨给你做这些，肯定没问题，他可是我们镇上的一支笔，很多大的材料都是他负责。"

"他现在不仅是我的秘书长，还是我的基建部长、采购部长，未来直播带货的售后服务这些我都交给阿晨去管理。他办事，我放心。"钟清友笑道，"顺子负责茶园管理、做茶和直播；燕子后勤管理、直播带货；马晓晴老师是乌山茶农的候补队员，时不时就来给我帮忙；老叔是我们的总领导；我是乌山茶农的总负责人，目前专注于短视频的拍摄和各平台的运营。这就是目前我们乌山茶农的草台班子，我们正在大力招兵买马，希望能有更多的年轻人加入我们的队伍。"

"都是'90后'，好啊！打开未来新世界大门的钥匙，永远都掌握在年轻人的手里！"文县长走得浑身冒汗，停下来解开蓝色的夹克衫，双手叉腰，驻足观看：山下翡翠般碧绿的乌山水库犹如一颗珍稀宝石镶嵌在这片群山之中，峰峦起伏的凤凰山脉绵延缥缈，一座座青山首尾相连，散落在山腰、山间的各个村庄，偶有袅袅炊烟升起。人间仙境，莫过于此啊！

"乌山真是个好地方啊！"文县长感叹道，"小钟，你太爷爷当年为了革命而牺牲，你爷爷守护乌山二十年，你爸爸为建设乌山出力，现在，你继续为乌山人民造福。你们一家四代人，一直在建设乌山、发展乌山，了不起啊！乌山的人民会永远记住你们的！"

"我们都是乌山人，无论走到哪里，都不会忘记自己的根。建设乌山是我们的使命！"这一刻，钟清友内心激荡着一股巨大的荣誉感和使命感。

"小钟不错！"文县长用力拍了拍钟清友的肩膀道。

大家回到木屋别墅前，看着正在搭建的玻璃木屋，钟清友向文县长汇报直播带货的近期和远期目标，并把扩建茶厂的想法一并汇报了。文县长听了很开心，点头道："因地制宜来建设，最好结合未来的茶旅栈道和茶文化体验一起规划，把建筑设计得更有美感，和周边的山水融为一体。小钟，你是艺术设计专业，这个你最拿手啊！"

"文县长高屋建瓴，我来好好想想，把茶厂的外观好好设计一下。设计好了，我先给领导们审核。"钟清友说。

"你们两个好好把把关。"文县长转头对黄书记和马镇长道。

"一定，一定！"两人频频点头。

领导们满意而归，钟嘉禾留了下来，他在客厅里的太师椅上坐下来，从口袋里掏出一盒红双喜，抽出一支烟，在烟盒上敲了敲，点燃深吸一口，满足地吐出烟圈后，笑容可掬地看着钟清友："阿友啊，你今天的表现太出乎我的意料，和领导的对话很得体。尤其是你这发型，太帅了，我要重点提出表扬！我看得出来，文县长和黄书记、马镇长对你都非常满意，你的第一次考核满分通过了！今天文县长的话你也听到了，他们和我的想法不谋而合，就是希望你能成为我的接班人，先加入乌山村党支部来。阿友，你得积极向党组织靠拢，入党申请书这两天写好交给我！"

"老叔，这个通知来得有点儿突然。"钟清友挠挠头，"我还没有思想准备呢。"

"给你一个晚上的时间准备，明天写入党申请书。按年龄我今年就要卸任这个村支书，但一直没找到合适的接班人选。现在你成长起来了，领导也初步考核了，你不可推卸。随着乌山道路的规划升级，村容村貌也得规划升级，这就涉及整体设计和一些拆迁问题。阿友，这事儿你得帮老叔去做。"钟嘉禾说。

"这个工作我不擅长啊！"钟清友一听马上退缩，这可是个十分难啃的骨头，他怎么能做得了这个呢？

"整体设计你不擅长？"钟嘉禾瞪了钟清友一眼。

"设计我可以做，但拆迁工作我做不了。"钟清友说。

"谁天生就会做拆迁动员工作？谁不是一步步锻炼出来的？乌山村的村容村貌改造设计你得好好想想，涉及拆迁工作我们一起去做。你年轻，精力旺盛；我年纪大了，力不从心了。乌山村的整体规划和拆迁建设工作，就是组织交给你的第一个任务，你一定要交上满意的答卷来。"钟嘉禾认真道。

"可是……"

"没有可是了，我给阿茗打了电话，支持他回乌山，加入你的团队。不仅他自己回来，他手底下还有几个年轻人一起回来，你的队伍很快就要壮大起来了！"钟嘉禾说。

"阿茗哥能回来当然太好啦！"钟清友高兴道，"我们运营团队实在太缺人了。"

"阿茗回来后，你把具体的工作安排好，让阿茗和顺子去做，你就抽时间去村里转转，我们好好商量接下来要做的事情。记住明天写好入党申请书交给我，一定要手写的啊！把字写端正写漂亮，不能有错别字！"钟嘉禾叮嘱道。

这下捡了个烫手的山芋！看着钟嘉禾离去的背影，钟清友很是无奈。本来今天领导带来这么多的好消息，是很令人兴奋的一天，可嘉禾老叔做出的这个安排，让钟清友实在不敢答应。怎么感觉事情突然间有点儿不受自己控制了呢？

晚上是燕子直播，销售和前几天一样，比较平稳，每天卖一两百斤茶。下播后，钟清友跟妈妈视频，把今天领导来的情况跟妈妈说了，许雅纯听到最后忍不住捂嘴大笑，这实在是太匪夷所思了，居然要仔仔入党，未来当乌山的村支书？这个弯儿连她这个当妈的都拐不过来。

"仔仔，我觉得你不用怕，试试又没关系，大不了干不好中途不干了嘛！"许雅纯鼓励道。

"那怎么行？干一半不干？那不让人笑话？不仅笑话我，更会笑话我爷爷和我太爷爷，我可不能给老祖宗丢人！我还是现在就直接拒绝，不干！"钟清友说。

"那你直接拒绝人家就不笑话你了？你太爷爷和你爷爷遇到困难可从来没有退缩过，你这还没干就退缩了，人家照样笑话你！"许雅纯道。

"照你这么说，我只有干了？不干还不行？"钟清友表情很痛苦。

"当然，你必须干，而且还得干好！"钟志国突然从后面探出脑袋说道。

"妈，先这样，我挂了。"钟清友把手机移开就要挂断，钟志国的话和他的人一样，都是十分令人讨厌的。

"仔仔，你剪头发啦？"许雅纯像发现新大陆一样惊喜道。刚才钟清友一直离镜头很近跟她视频，屏幕里连他的脸都装不下，根本没看到头发。

"对，昨天刚剪的，怎么样，帅不帅？"钟清友故意甩了甩根本不会飘飞的头发。

"帅极了，我儿子比以前更帅！"许雅纯笑道，故意偏过头去让站在身后的钟志国看视频里的钟清友。

钟志国眯着眼睛扫了一眼，发现钟清友是短发，而且染回了黑色，耳朵上也不戴耳钉了，嘴角瞬间露出了满意的笑容：这小子终于走上正轨啦！

"你要是能把乌山村的规划设计和建设做好，今年茶山的利润不仅不用上交，我再划拨五百万给你做投资，怎么样？"钟志国看着视频中的钟清友说。

"不怎么样！"钟清友翻了翻白眼，心里想：想用钱来砸我啊？晚了！
"我有投资人，不缺钱！"

"不缺钱好啊！那就更要把乌山村的事情办好！经营好茶山只是你个人的事情，并不值得骄傲；如果你能把乌山村借着这次乡村振兴的机会重新规划设计建设好，那才是真值得骄傲！到那时，你的功劳不会输你太爷爷和你爷爷。乌山村的历史上也会给你记下浓墨重彩的一笔！"钟志国说。

"行了，就这样，我挂了！"钟清友马上挂了视频，最讨厌听到钟志国的说教，动不动就是一副教训人的口吻。

这事儿压在心里让钟清友很烦恼，照钟志国的意思，这活儿还真得接，不接还不行？嘉禾老叔的意思也是这样，领导们似乎也是这个意思。可这活儿肯定很不好干！他虽然从未干过，但就是用脚趾想都想得到。村里乱搭乱建的情况本来就比较严重，到时候要拆迁肯定很难，每一件都是得罪人的事情，他怎么干得了这样的事儿呢？想想都头大。

已经凌晨一点多了，整座大山都沉睡了，只有天幕上的星光在精神抖擞地放射着光芒。钟清友压根儿睡不着。他下楼去，看到顺子正好收拾完，准备睡觉去。

"我睡不着，你陪我坐会儿。"钟清友在爷爷坐过的太师椅上躺下来，沉沉叹气。

"第一次听你说睡不着，你不是倒头就睡吗？"顺子在他旁边坐下来，"为今天嘉禾叔的话发愁啊？"

"是啊，我觉得你比我适合当这个村支书啊！老叔为啥不选你？"钟清友看着顺子苦笑，"你是这里土生土长的人，对村里每个人都熟悉，所有的情况你也很清楚，你当最合适。明天我就向老叔推荐你。"

"我要是有那个能力还用你说？"顺子笑，"阿友，以前我没看出你有这潜质，但今天你和领导们对话，我觉得你可以！而且，你是个敢想敢干的人，嘉禾叔就是看中你这一点。你是不知道，村里的事情有多复杂，像我这样耳根软的人根本做不了他们的工作，我没那个杀伐果断劲儿，你有。所以，你根本不用担心，你一定能做好的！我觉得你遗传了你太爷爷和你爷爷的性格，是天生的领导者。"

钟清友被顺子逗笑了："我是天生的领导者？！"

"对，阿友哥，我也觉得你可以的。"燕子也从房间里出来了。

"这么说你们都看好我？"

"对，嘉禾叔的眼光向来很准。你一定可以的！"顺子和燕子异口同声。

"行吧，既然你们都这么相信我，那我就干！"钟清友振臂一挥，信心十足。

成大事者不拘小节，钟清友不敢说自己是成大事的人，但他确实是个不拘小节的人。可以用奔驰拉砖，可以为自己的任何想法买单，可以兜里穷得就剩一块钱，依然要坚持自己的梦想。这就是他最与众不同的地方，也是他最为自己骄傲的地方。

钟清友认为，男子汉大丈夫，不为五斗米折腰，这是保持基本的尊严。但要活得有尊严有价值，就要有能力赚到丰厚的财富，同时也要为百姓为社会做有价值有意义的事儿，就像爷爷和太爷爷那样，青史留名。绝对不能像钟志国那样，眼里只有钱。

思想通了，行动自然就有效了。钟清友美美地睡到自然醒，吃过午饭后，开始认真写入党申请书。按照嘉禾老叔说的，用手写。许久没写这么多字了，钟清友感觉自己写得不好看，第一遍写得不满意，撕掉重写。写了三遍，最后一遍才觉得满意了。正当他写完入党申请书，钟玉茗的电话打来了。钟玉茗说他和妻子商量好了，决定他先回去加入钟清友的团队，老婆孩子先留在城里，因为孩子要上学。跟着钟玉茗一起回来的，还有两位乌山村的年轻人钟广胜和钟培新，他们是跟着钟玉茗一起出去的，现在也愿意跟着钟玉茗一起回来。

"太好了！阿茗哥，你能回来真的太好了！"钟清友激动道，把昨天领导来视察茶园的事儿跟钟玉茗详细讲述了一遍。

"我们的未来相当可期啊！阿友，咱们一定要好好干！"钟玉茗也很兴奋，感觉美好的未来在向自己招手。

挂了电话，钟清友把入党申请书用信封装好，他要下山去村里，到村委会去亲手交给嘉禾老叔。从木屋别墅下到村里，现在的路面坑洼不平，开车像开蹦蹦车，走路可以走小路，但很崎岖窄小，很不好走。在钟清友的规划图中，从村里上山的步道，沿着小溪修木栈道，以后上山下山步行可就太舒服了。钟清友走在窄小的山路间，想象着不久的将来，这里是一条平坦宽阔的木栈道，一直通向山顶，两边是触手可及的茶树、桃树、樱花树、杜鹃花丛，徜徉其中，一切烦恼都能被消解。想想都觉得美啊！走着走着，钟清友果真觉得自己就在花海栈道中，一路嘴角上扬，心情美美地来到了村委会。

"老叔，我来递交入党申请书啦！"钟清友双手拿出装着入党申请书的信封，恭恭敬敬地交到了钟嘉禾的手上。

"行动很快啊！"钟嘉禾笑得眉眼都挤在一起，招呼钟清友坐下来，"阿友，快坐！这是理事长钟有才，这是会计钟大彬，都认识吧！"

钟清友一一问好，见过几次，但没有太多交集。

"村主任钟建军一直身体不太好，年纪也大了，今年身体更不行了，完全没办法来上班，村委会就我们这几个人，所以呢，阿友，我们急需你加入，来推进很多工作。昨天文县长、黄书记和马镇长都在，文县长亲点你来参与乌山村的规划和建设，这是一项光荣伟大的工作，也是一项很有挑战性的工作。你年轻，有想法，有干劲，有能力，也有执行力，所以你来干是很合适的。昨天回来后我和马镇长做了汇报，马镇长的意思是，你先到村委会担任副主任参与工作。"钟嘉禾对大家宣布。

"行，我听老叔安排。"钟清友点头。

"这是组织安排的，不是我个人安排的。"钟嘉禾笑道，拍了拍钟清友的肩膀，"好好干！走，咱们到村里去走走。"

钟嘉禾带着钟清友，钟有才和钟大彬也跟在后面。对于这个新加入的年轻人，他们两个还是有点儿看法的。这个用奔驰车拉砖喝过洋墨水的公子哥，真能干好村里的工作？将来是不是得把整个村子都给拆了重建？呵呵，往后可有好戏看了。

一直走到村东头那片水塘边，钟清友绕着大水塘走了几遍，再看看周边荒芜的田地，对钟嘉禾说："老叔，这池塘里养鱼了吗？"

"有鱼，不过这个池塘水浅，养的鱼不大。好几年都没有捞鱼了。"钟嘉禾回答道。

"水浅没关系，能养鱼就行。我们可以把这个池塘打造成垂钓区；那边的田地整理一下，做成共享菜园体验区、水稻插秧收割体验区；再弄一块地出来做成儿童乐园区；那边山脚下做成烧烤区，土窑烤走地鸡，烤地瓜、玉米、鸡蛋，让游客自己烤，旁边建一些茶亭喝茶。这样将来茶旅栈道开通后，来乌山旅游的人就能留下来，在这里体验茶山的美和种田垂钓的乐趣，周末能住上两天，村里的民宿就有生意了，餐饮也有生意了，山里种的蔬菜、养的鸡鸭是城里人最喜欢的,村民就能实现在家门口赚钱,不用再外出打工了,孩子也不用当留守儿童了。"钟清友边走边说。

"这个要是能实现就太好啦!没有茶园的村民也能在家赚钱,不用再离乡背井去打工了。"钟嘉禾点头道,"你看,那些田地都荒着长杂草了,年轻人不在家,地也没人种了,很可惜啊!"

"这个要实现并不难,但需要把田地归拢起来统一规划,有收益了大家按面积来分摊。"钟清友说。

"这个没问题,你看荒着也是荒着,能利用起来总是有收益的。土地本该是农民的命根子,可是单纯在家里种地根本没办法养活一家人,所以年轻人都不愿意种地。"钟嘉禾说。

"未来的新型农旅,把农业和文化、旅游结合起来做,收益就比传统农业要好很多。就像我们准备打造茶旅项目一样,把茶叶和文化、旅游结合起来做,前景就要广阔很多。"钟清友指着一栋老房子说,"老叔,我看中了村后那栋靠山的老房子,那里很适合改建成民宿,前面保持老房子的风格,里面进行改建,后面依山再扩建一部分,打造一个很有特色的酒店民宿,我的定位是走高端路线。"

"那个老房子是二十世纪六七十年代的村小学所在地,已经破败很久了,因为在村后面也就没被拆掉。整个建筑只剩下一个框架,里面的墙壁都坏了,你要想改建的话,投入很大,几乎是重建。"钟嘉禾说,"这是村里的,不是私产,你想要按规定来租赁,你自己考虑清楚有没有价值。"

"我就是要这个老房子的外观和架构,内部全部都要重新改建。老房子这么破败地放着确实没有价值,但是用现代的工艺重新打造,保留原有的风格,又具有现代房子的舒适度,就很有价值了。唯一的缺点,就是费钱。"钟清友说。

"是啊,这些建设都需要钱!好在现在国家有政策,对乡村振兴项目有很大的扶持力度,阿友,你们这代年轻人真是生逢其时啊!有这么好的政策支持,可以把自己的梦想融合到乡村振兴的建设中来,只要你敢想敢干,就能在时代的浪潮中成就自己的一番伟业。"钟嘉禾感叹道,"昨天看到你绘就的乌山未来蓝图，我回来后激动得一夜都睡不着，那么美的乌山，我真的一辈子都没想过啊！现在你们就要把这个愿景变成现实了！那幅蓝图等镇里挂上后，我让有才在我们村委会的大门口也挂上去！"

"这个民宿做成功后，村里的那些老房子我们可以租赁过来，或者让村民用老房子参与入股，一起来做中式民宿。老叔，在村容村貌的建设上，我也有一些大胆的想法。"钟清友说，"我的基本目标是，村里的道路要通到每家每户的门口，直白说，就是家家户户门口都要能过车、能停车。村里的主干道要绿化，种树种花；村祠堂前的小广场要绿化，建成小公园。我太爷爷留下的那两间房，作为韩江纵队乌山村指挥部旧址也要重修，完善历史资料，做成乌山村民的一个爱国主义教育基地，让后人都能真正了解那段历史，记住所有曾经为乌山牺牲和奋斗过的老前辈。还有现在的村小，也要扩建要重修，给所有的孩子一个更好的学习环境。"

"行，我都赞成，你的规划设想都很好。不过，真正施行起来肯定会有阻力，你也要有思想准备，因为会损害到一些个人的利益，需要时间去做工作，不能操之过急，激化矛盾。你记住一句话，我们是为乌山村造福，是解决问题的，不是针对某个人，一切都要从大局出发。过几天等文件下来，我要召集在家的所有村民开个动员大会，到时候你一定要来参加，你亲自动员大家。"钟嘉禾说。

钟清友点头同意。既然要干，就要干好，他在心里给自己打气。

两天后，钟玉茗果然带着钟广胜和钟培新回来了，马上投入到了工作中。钟清友开始布局全平台运营，除了抖音、B站、小红书、微信公众号、视频号、微博、淘宝、拼多多、京东等全部上线，乌山茶农的销售全渠道铺开，具体由钟翌晨和钟玉茗负责，人手不够继续招兵买马。

安排好这些后，钟清友打电话给郑风云和董剑明，让他们抓紧时间来乌山，召开第一次股东大会。

郑风云和董剑明早就在等着钟清友的召唤，接到电话后即刻开车赶往乌山。见到钟清友的第一眼，郑风云愣是没认出来！他瞪圆眼睛仔细看了许久，才靠近钟清友，摸了摸他的短发道："哥们，你这是被逼的还是自愿的？怎么完全换了一个人啊？搞得我都不认识了！"

"这样不好吗？"钟清友反问。

"前后反差着实有点儿大，你这是要从外到内把自己从艺术男转型成乌山茶农？内外兼修？"郑风云盯着他问。

"你说对了，就是要内外兼修。我现在就是乌山茶农，专业学茶、做茶、卖茶。这叫干一行爱一行，爱一行专一行。明白不？"钟清友笑道。

"有点儿明白，又有点儿不明白。"郑风云笑道，"不过看你这个样子，我对你就更有信心了！阿友，你果然是个干事儿的人！"

晚上，几个人坐在茶亭里看着满天繁星，吹着习习晚风，比城市里的空调房舒适太多了。钟清友把绘好的乌山图景和乌山村农旅规划图、乌山茶农民宿图一一在郑风云和董剑明面前铺展开来，指着图景对他们详细讲述自己的规划，再讲到领导带来的政策和利好消息。郑风云和董剑明听得两眼放光，两人异口同声道："这个项目必须投啊！这么好的机遇，千载难逢！"

"还有一个更好的消息，要不要听？"钟清友边泡茶边故意卖了个关子。

"当然要听，快说！"

"刚刚说的项目和这个比起来，那完全是个小儿科。"钟清友端起杯子喝了一口茶，"这个项目需要你们两个在深圳先试点推。"

"你倒是说什么项目啊！"郑风云着急道。

"本土新式茶饮。类似喜茶、一点点那样的，我们做鸭屎香奶茶，用我们自己的一手茶原料。我自己的茶园里挑拣出来的茶头就可以用来做新式茶饮的原料。我仔细研究了，也和叶天羽老师探讨了，这些茶头，在传统的茶叶经济中，并没有得到很好的利用，最常用的是拿去做茶包，还有很多基本是当废物处理，价值极低。其实像我们这样的中高山生态茶园里的茶头，质量是很好的，内含物质很丰富，用来做新式茶饮是最好的原料。这块如果能开发好，整个乌山的中高山茶头我们都可以收购过来，物美价廉，市场价值很大。"钟清友说。

"这个真的可以有！"郑风云马上拍手赞成，"喜茶、奈雪的茶、一点点、古茗等这些茶饮，现在几乎每个城市每个角落都有，体量惊人。但凤凰单丛目前却没有一家新式茶饮。鸭屎香奶茶，这个名字本身就很有卖点，就像猫屎咖啡那样，名字的巨大反差让它天生就足够有吸引力。鸭屎香在外面的知名度也够高，是一款网红茶。唯一的难点就是要让这个品牌的奶茶真正占领年轻人的市场，我们要找准市场的切入点。"

"风云说得很对，这些工作需要你们两个去做，包括市场的选址布局，从哪里入手。我只能留在乌山，每个月还要去潮州上课。叶天羽老师的课我一节都不能落下。一个月后我们要准备采摘夏茶做单丛红茶，叶老师会到山上来亲自指导，外面的事儿，只能靠你们两个了。"钟清友说。

"我本来还想做个纯粹的股东，坐等分钱呢！没想到还要亲自参与市场调研和开发！阿友，你可真能给人挖坑！"董剑明假装不满。

"你要是不愿意现在可以退出啊！"郑风云立马说道，"我都愿意跟着阿友干，你凭什么不愿意？"

"我不是不愿意，我是想坐享其成啊！"董剑明笑。

"那你可以选择做梦。"钟清友道，"梦里什么都有。"

"我现在才明白，我是被你们两个绑架了，上了贼船下不了啊！"董剑明假装叹气道。

"那可不，这个贼船可不小！"钟清友笑道，"上来了，就别想下去，你们都得跟我一起走到底！"

"行，以后我就叫你钟船长，贼船的船长！我以后是不是就再也没有自由了？"董剑明问道。

"自由诚可贵，事业价更高。若为理想故，二者皆可抛。为了咱们共同的理想，努力干吧！"钟清友说。

# 第十五章

正当钟清友全情投入自己的事业规划中时,钟志国和许雅纯突然从天而降,两人开了一辆加长的商务车来到了乌山木屋别墅。

钟志国下车后被眼前的景象震惊了!这才半年的时间,别墅前俨然换了一个世界!大水池里正在汩汩冒喷泉,茶亭里几个年轻人在泡茶聊天,玻璃木屋里开着补光灯正在直播,不远处的制茶车间正在重建。好家伙,曾经寂静的乌山居然变得如此忙碌!

"志国兄、雅纯姐,你们怎么来了?"顺子眼尖,忙从玻璃木屋里跑出来迎接。

"阿友呢?"许雅纯到处找儿子,目光搜寻了一圈,根本没看到。

"阿友这两天去叶老师那儿上课了,今晚回来。他知道你们过来吗?"顺子问。

"没跟他说,临时决定过来的。"钟志国说,指了指车上,"顺子,你找几个人去把车上的东西搬下来。"

"好嘞!"顺子马上去招呼几个小伙子过来搬东西。

打开车门一看,好家伙,满满一车子的东西,这是把整个家都搬过来了吧?里面连跑步机都拉来了,还有衣服、吃的用的一大堆。

"雅纯姐,这是阿友让你们拉过来的?"顺子边搬边问。

"我自己给他整理的,他在这儿也得运动,跑步机早就想给他运过来。还有他的一些衣服、鞋子什么的,你看看他就固定穿那几件衣服,都快穿破了。山里买东西也不方便,各种吃的我都给你们买足了。"许雅纯说。

"您想得真周到。"顺子嘴上说着,心里却在想,这么多衣服鞋子,阿友以前可真臭美。

钟志国楼上楼下转了一圈,就沿着山坡去钟嘉木的墓地,大黄狗欢快地跟在他的身后。一路往山上走，钟志国发现茶园的杂草被清理了，统一被新土覆盖着，一些新土上面盖了黑色薄膜，防止杂草过快生长。每棵茶树旁边都插着一根小木棍，木棍上绑着一张黄色的纸，上面粘着一些黑色的飞虫，这是物理灭虫。茶园管理井井有条，茶树的生长态势明显比以前要好很多。最下面那片茶树被修剪得很平整，估计是考虑用机采了。这让钟志国内心感觉很欣慰，这小子是真的在用心做事。

来到爸爸的墓地前，钟志国举目四望，夏日斜阳下，群山苍翠，巍巍绵延，这是一道天然的屏障，也是无形的阻隔。曾经为了带领村民过上好生活，为了走出这座大山，他的祖父献出了自己年轻的生命；后来，他的父亲为了走出大山，十几岁就跋山涉水去外面求学。他们家经过两代人的努力，才真正走出了大山；经过三代人的打拼，才真正在大城市有了一方天地。再后来，为了守护大山，父亲退休后又回到山里生活了二十年。他虽是乌山人，但他不在这里出生，更没有在这里长大，只是年少时偶尔跟着父母回来看看。如果不是父亲退休后执意要回来，估计他和这座大山的联系就很少了。

可是，让他万万想不到的是，他自己的儿子，钟家的第四代，一出生就在深圳蜜罐里长大的钟清友，原本一心要定居海外的浪荡子，却从伦敦直接来到了乌山，主动选择留下来经营茶园建设乌山。这个惊天大逆转，刚开始，他是真的不理解。他有自己的公司给儿子继承，事业可谓蒸蒸日上，前途一片光明，可那逆子就是不要，宁愿回到山里来。现在，看到眼前这一切的变化时，他才算真正理解了。

大山里的人，在环境恶劣、生存困难的年代，不得不拼了命走出去，那是为生存而战，为理想拼搏。时代发展到今天，经过三代人的努力，他家早已摆脱了生存困境，实现了财富自由，赶上了国家振兴乡村的伟大战略，从小生活在蜜罐里的儿子主动回到山里，愿意把自己的青春融进时代的洪流中，去实现自己的理想，是多么好的一件事儿啊！这和当年爷爷带领乡亲们革命是一样伟大的。钟志国决定，从现在开始，他要全力支持儿子的事业和梦想，要尽自己的能力参与到儿子的事业中来。

"爸爸，您的心愿就要达成了，仔仔正在替您一步步去实现。乌山，很快就会变成您希望中的那个乌山。您最后对我说,仔仔是个能成事儿的人,以前我是真不相信。现在,我相信了。这孩子的骨子里,确实镌刻着他太爷爷的基因,不走寻常路。以前,我总希望他能按照我的规划去生活,希望他未来能做我的接班人。今天我才认识到,是我自己错了。每个人都有他的人生,有他的使命,有他该走的路。您放心,从现在开始,我再也不会逼他做任何事情了,我会尽我所能,成全他的梦想。"钟志国擦了擦墓碑上的灰尘,掌心抚触着墓碑上依旧崭新的刻字,不知不觉泪湿眼底,"爸爸,您能安息在这里,我很安慰;现在仔仔继续在这里奋斗,正如您所愿!放心吧,这孩子肯定会越来越好的!"

迎着瑰丽的晚霞,吹着清凉的晚风,钟志国回到了木屋别墅。远远地就看到钟清友的车子开回来了,父子俩在别墅门口狭路相逢。

"回来了?"钟志国停下脚步看着钟清友问了一句。

"嗯。"钟清友应了一声,径直去了屋里,并没有一句问候。

钟志国内心有些失落,他已经把姿态放低了,这孩子却依旧对他冷若冰霜。

钟志国心里有些落寞,跟着钟清友往楼上走去。

"妈妈!妈——"钟清友三步并作两步往楼上边跑边喊,"妈,我回来了!"

这欢快的呼唤让钟志国心里越发难受,对比之下,他这个当爸爸的真是太失败、太没存在感了。开了五六个小时的车,山路在修,十分难走,给这小子把半个家都拉来了,他心里却只有妈妈。

"仔仔!我的崽哟!"许雅纯闻声从房间里跑出来,张开双臂把儿子抱在怀里,满心幸福道,"想死妈妈了呀!快让妈妈看看……"

许雅纯从头到脚细细地打量钟清友,恨不得连毛孔都要拿放大镜看清楚,上上下下、左左右右、前前后后都看了一遍,心疼地摸着钟清友的脸说:"仔仔,瘦了哟,你看这眼角都有皱纹了啊!毛孔也变粗大了,没好好吃饭,更没好好睡觉,这可怎么行啊。你这样要把身体搞坏的啊……"

"哎呀,妈,我很好啊。我就是这两天去上课很忙,在潮州也没睡好,我在乌山可是每天都睡得很香呢！我都胖了好几斤了！你还睁着眼睛说瞎话，说我瘦了，我都要减肥了！"钟清友把许雅纯往房间里推。

"我就知道你需要，所以我给你都搬来了！你看！"许雅纯指着房间里那台已经摆放好的跑步机说，"在山里你得坚持运动锻炼身体，不能只顾着工作。你的衣服我都给你带来了，有运动服，有休闲服、西服，你衣柜里的那些衣服我差不多都给你搬来了，还给你买了一些新的。"

看着眼前的情景，钟清友惊愕得愣在原地。原本他就几套换洗衣服，衣柜都是空的，这下好了，全都挂满了，大部分都是白色和蓝色系的，整理得井井有条，衬衫、T恤衫、运动服、裤子、运动鞋、帽子一应俱全。还有那台庞然大物跑步机，在家里的时候就被闲在角落里吃灰，居然给搬到山里来了。

"妈，你这是把家都搬来了吗？"钟清友摸了摸挂起来的衣服，笑着说，"那你是打算让我在乌山扎根，不准备让我回去了是吗？"

"那不是，妈妈随时欢迎你回家，但乌山现在不是你的常驻地吗？那必须跟家里是一样的，家里有的，这里也要有。山里买东西不方便，所以我就给你把能想到的都买来了，要是还缺什么，你跟妈妈说，我再给你买了送过来。"许雅纯说。

"妈，这些衣服真够我穿一辈子了，不要再买了。我在山里两三套衣服就够，用不了这么多衣服。"钟清友笑道。

"你这孩子胡说什么啊！衣服穿起来会坏会旧，还会褪色的，得经常换。你出门得注意自己的形象，不能太随意。"许雅纯看着钟清友身上的衣服说，"这件衣服颜色太深了，穿得显老，你少穿黑色的，白色的、蓝色的衣服穿上有活力，你看妈妈给你买的都是这个颜色。"

"妈，白色的太容易沾上茶渍，不容易清洗，颜色深的好打理。"钟清友搂着许雅纯的肩膀，来到阳台上坐下来，乐滋滋地说道，"妈，我已经在叶天羽老师那里上了三次课了，每次三天，我已经掌握了潮州工夫茶二十一式的冲泡方法，吃完饭我给您泡茶喝，就用二十一式来泡。"

"我的崽都这么厉害了啊！我太骄傲了！"许雅纯高兴得拍手夸赞，转头对一直站在身后的钟志国说，"志国，你看咱儿子多有出息，二十一式都学会了！"

钟志国一直站在那儿看着钟清友没吭声，脸上始终保持着难得的微笑。儿子确实成熟了，成长了，尤其让他满意的，是儿子发型的改变，现在这个样子，才是他心目中想要的儿子。

"阿友，爸爸也有话跟你说。"钟志国在钟清友的旁边坐下来，目光坚定地看着钟清友，"首先，爸爸要向你道歉，这么多年，爸爸对你的态度比较粗暴，总是希望你能按照我的想法去做，逼你做你不喜欢做的事情，这是爸爸不对，爸爸向你道歉！"

什么？这是自己听错了吗？钟清友愕然得两眼发直，完全不敢相信自己刚才听到的这一番话是真的。钟志国居然会主动向自己道歉？这是发生什么了？许久许久，钟清友都不敢相信自己的耳朵，直直地看着眼前的钟志国。

"你爷爷说得对，你是个有想法、有能力、能成事儿的孩子，爸爸为你做出的选择和努力打心眼里觉得骄傲！你正在实现你太爷爷和你爷爷没有实现过的梦想，你是好样的，很了不起！是我们钟家的骄傲！"

这番话如一道闪电般击中了钟清友的内心。他的泪水不争气地夺眶而出，无法控制地汹涌而下。二十五年了，从他记事开始，这是第一次听到来自爸爸钟志国对自己的肯定。从小他听到的都是爸爸对自己的呵斥、训责和不满意。随着他的慢慢长大，上了初中之后，钟清友对钟志国的打击式教育一次次进行强烈反抗。很多时候，哪怕钟志国说的话是对的，他也要故意对着干，就是为了对抗而对抗，无关对错！父子之间的关系一度紧张到剑拔弩张，不可调和。在父子对抗的这些年里，他试图逃离，出国上学，甚至想定居国外，其实无数次他都在向钟志国证明，他想证明给爸爸看，希望爸爸看到自己的优点。能得到爸爸的肯定，一直是深埋在他内心最强烈的愿望啊！

当这一刻突然降临时，他内心瞬间溃败成河。他哭得像个孩子，泪水滂沱而下，那是他压抑了二十多年的委屈啊！有谁知道这么多年他内心的苦？一个不被爸爸肯定的孩子，内心是何等自卑啊！无论他做什么，他都觉得自己不够好，很多时候在事情没有开始前，他都会不自觉地有不好的心理暗示，觉得自己是做不好的！幸亏他有爷爷的鼓励，有妈妈的撑腰。如果不是爷爷和妈妈一直在给他力量，支持他去拼去闯，去坚持自己的梦想，他真的不知道自己会长成什么样。

许雅纯也泪眼婆娑，这么多年儿子心里的苦她看得一清二楚。这么多年夹在两个犟种之间，她也心累啊！一边是老公，一边是儿子，她都要安抚好，这两个男人，终于都长大啦！她感动得每一个细胞都在歌唱。她走过去抱着哭得鼻涕眼泪糊了一脸的儿子，摸着他的头无比心疼："好了，好了，仔仔，你爸爸终于认识到自己的错误了，你该高兴啊！仔仔，这一局你可是完胜！我儿子是完胜将军！"

"扑哧——"妈妈的话让钟清友流着泪笑出了声儿，他抽了几张纸，把脸上的鼻涕眼泪擦了擦，看着爸爸钟志国道，"爸，我也要向您道歉，这些年我也不该故意气你，故意和你对着干。"

"好了好了，都过去啦！"许雅纯笑道，"今天是我们家值得铭记的历史时刻，因为你们两个在这一刻真正长大了！摒弃前嫌，化干戈为玉帛，将来父子同心，携手共进！我们家将进入一个发展新纪元！"

钟清友和钟志国相视一笑。

"仔仔，其实你不知道……"许雅纯深呼吸了一下，想继续讲下去，却被钟志国故意打断："好了，去吃饭吧，估计楼下早就在等我们吃饭了！"

许雅纯看了一眼钟志国，钟志国微微一笑，示意她往楼下走去。许雅纯使劲儿眨了眨眼睛，把溢满眼底的泪水逼了回去，做父母的心，只有经历过才能明白这份辛酸和不容易。

来到餐厅，满桌子丰盛的菜肴，都是乌山的特色菜：薄荷配浮豆腐、炒鸡肠粉、白切走地鸡、炒野猪肉、砂锅小鱼仔、苦刺炒鸡蛋……钟志国环视了一圈，看着顺子问："嘉禾叔呢？没叫他来吃饭？"

"我跟嘉禾叔说过你们来了，他本来是要上来的，后来说晚上要开会，没办法来了。这会儿他正在一家一家登门做工作呢！估计一会儿就会给你打电话。"顺子说道。

果然，顺子的话刚落，钟志国的手机就响了，是钟嘉禾的电话。

"嘉禾叔，我让顺子去接你来吃饭。"钟志国直接道。

"我没空上去,你们吃完饭一会儿一起下山来村里,阿友也得来,你让他准备一下,晚上要发言,你最好也讲一讲。"钟嘉禾说。

"我就不讲了,让清友讲就好了。"挂了电话,钟志国看向钟清友,"嘉禾叔让你准备一下,晚上村里开会要发言。"

钟清友点头,早几天就说了要开会,他心里已经想好了要讲的内容,不过此刻听钟志国这么说他心里还是有点儿紧张。不要怕,钟清友,你就按照自己的思路去讲就行!他在心里给自己打气。

许雅纯很满意地看着钟清友,夹了一块白切鸡放进钟清友碗里,说:"仔仔,多吃点儿。"

"晚上是面对所有在家的村民开会,这样的会议好像很久都没开过了。"钟志国像是在自言自语,"我爸爸刚回到乌山的时候,经常去召集村民们开会,后来很长一段时间村里每个月都会开理事会和村民大会,形成了惯例。再后来我爸爸身体不好了,会议就不怎么开了。是该召集村民一起开个大会了。"

说完,钟志国深深看了一眼钟清友,这一眼看得钟清友心里又紧张了。今晚要面对钟志国发言,这在钟清友二十五年的人生历程中,可是第一次。这要是放在以前,钟清友都恨不得把钟志国赶走。可现在不一样了,钟志国已经向自己承认错误了,而且说会全力支持自己的事业。这样的话,钟清友就更得好好讲了,争取让钟志国多投点儿钱进来。

吃完饭大家一起下山,只留燕子和阿晨在直播。钟清友开车,许雅纯坐在副驾驶,钟志国和顺子坐后面,钟玉茗和其他几个人开另外一辆车。路上,许雅纯盯着认真开车的钟清友,对他现在的形象很满意,想到儿子每天在山里这么辛苦认真地工作,她既欣慰又心疼。几天前,她还主动和钟清友的女友小朵联系过,作为妈妈,许雅纯内心十分希望小朵能和阿友在一起,这样阿友身边就有人陪伴。可小朵似乎并不愿意回来,而且电话里对钟清友留在国内不回去陪她很有意见。直觉告诉她,钟清友和小朵的感情出了问题。其实,从钟清友要留在乌山不回去时,她就已经意识到这一点了。

"仔仔,你和小朵还每天联系吗?"许雅纯问。

"我都忙得恨不能变成两个人，哪有时间天天和她聊天啊？而且我们有时差，根本没办法每天聊。"钟清友边开车边回答道。

"那你也要抽时间和小朵联系，现在国外情况不太好，劝她早点儿回来。"

"我劝了，她根本不听啊！"钟清友说，"算了，不提她了，随她去吧，我现在忙得根本没时间顾及她。"

"傻儿子，再忙也要学会照顾女孩子的情绪。你是男人，男人得有男人的担当。"许雅纯笑道。

"妈，小朵肯定会回来的，只是迟早的事儿。你就别操心了。"

"那就好，她能回来我可就真放心了。"许雅纯又笑了，儿子的话，她总是毫无理由地相信。

车子停在村委会门口，还没进去就听到里面人声嘈杂，院子里早已坐满了人。钟嘉禾坐在最前面的那张桌子前，闷着头抽烟，旁边几个人也是愁眉紧锁，村民们七嘴八舌在议论，现场犹如赶大集般轰轰作响，一片混乱。

钟志国走在前面，钟清友和许雅纯紧随其后，后面还跟着顺子、钟玉茗等人。看到这么多人一起进来，村民们的目光都聚焦过来，钟嘉禾也起身迎过来，很热情地握住钟志国的手道："志国啊，你回来得正好！今天咱们在家的村民都来了，这么多年我们第一次这么集中来开会，一起商量咱们乌山村的建设规划。"

"好，我也是来参会的村民。"钟志国说。

"志国，你可是咱们村走出去的大老板，一会儿你得说几句。"钟嘉禾说。

"今天我不说，让阿友说。"钟志国笑着看了看旁边的钟清友。

"那行，咱们就坐下来开始吧！"钟嘉禾说着招呼大家落座。

"各位村民请安静！"钟嘉禾拿起话筒，人群迅速安静下来，"今天召集大家来是要告诉大家一件大事儿，一件大好事儿，我们山村也迎来发展的春天了！现在国家的政策好，要大力推动乡村振兴，外面人家已经有成功的经验了，我也去看过，现在终于轮到我们乌山村了。我们得抓住这个机会，把我们的山村建设好，发展好，具体要朝哪个方向发展，要发展成什么样儿，这个就让年轻人来讲！阿友大家可能不一定认识，但他的爸爸钟志国、他的爷爷钟嘉木大家一定都认识。阿友去年刚从英国回来，这半年多都在茶山上，现在是我们乌山村委会的副主任，这是县里的领导和镇里的领导点的将。阿友对我们乌山村的未来有一个非常宏伟的计划，领导看了都说好！现在就请阿友给我们讲讲！鼓掌欢迎！"

钟嘉禾讲得很激动，村民反应很平淡，掌声稀拉零落，大家只是面无表情地看着钟清友。还有几个村民在交头接耳，窃窃私语，那眼神里分明是各种不相信。

钟清友站起身，接过钟嘉禾手里的话筒，清了清嗓子，目光扫视了一眼人群，在座的基本是中年以上的老叔老伯和阿婶阿姆，年轻人极少，他想了想说："各位老叔、老伯、阿婶、阿姆、阿兄、阿嫂，我是钟嘉木的孙子钟清友。今天我要先给大家看几个视频。"说完，钟清友示意坐在一边的顺子打开电脑和投影仪。

"啪——"一道光线投射过去，村民们前面的白墙亮了起来，视频开始播放。

起伏的山势绿草绵延，犹如铺陈的一张巨大绿色地毯，沿着山势蜿蜒逶迤，山脚下的村庄花团锦簇，房子色彩斑斓，红的、黄的、绿的、蓝的，在艳阳下光芒四射。乡村公路犹如一条黑色的玉带从山脚下穿行而过，悠闲的人群有的躺在草地上晒太阳，有的骑着单车在畅行，微波漾漾的湖面上，有人在荡舟歌唱……清透洁净的环境，每个人的脸上都洋溢着幸福的笑容。

"给我们看这个干什么？这和我们有什么关系？"视频还没放完，就有人叫嚷道。

钟清友朝着那个叫嚷的人看了一眼，拿起话筒道："这是欧洲的一个小镇，现在是度假网红地，很多中国人都愿意去那儿。我想把我们乌山村也打造成这样的度假旅游之地。"

"这怎么可能？我们的山上都种草，让我们都吃草吗？"一位阿婶问道。

"当然不是。我们有茶，这是我们的宝贝。我们就打造茶旅，把栈道修到山顶，让游客穿行在茶山，沐浴在茶香之中。山脚下的闲置土地开发出来做成共享菜园、共享农田，池塘垂钓，沙坑淘宝，土窑烤鸡……让走进乌山的人都舍不得离去，至少周末两天在这里能玩得非常开心，吃我们的走地鸡、绿色蔬菜、特色艾叶粿，住茶山民宿，再购买我们的茶叶、蜂蜜和其他土特产……"说完，钟清友示意顺子播放下一段视频。

照片一张张滑动，人群中开始发出阵阵笑声，然后笑声越来越小，到慢慢消失，人群安静下来，又出现小小的骚动，一两声嘘声响起来，最后是长时间的安静。

"刚才大家看到的，是我们村里的现状。道路崎岖不平，卫生脏乱无序，还有不少阻断道路的乱搭乱建，这些都是必须整改的。我也知道，我们不可能一下子就达到欧洲小镇那样美丽，但我们可以做到卫生、整洁、有序。在这个基础上我们再来美化，房屋外立面翻新，屋前屋后种花种草，有条件的，可以把家里闲置的房子改造成民宿，将来肯定能赚钱——一个晚上两三百，坐在家里就能轻松赚钱。"钟清友说。

"做梦呢？山里这么远，路又不好，谁来这里住？"一位老叔撇嘴说。

"现在看起来是梦，很快就不会是梦了。现在进出山的道路在扩建，一年后就能修好，到时候进出山方便了，我们的茶旅做起来了，这一切就自然实现了。"

"你说得容易，钱呢？谁出钱？空嘴说白话谁不会？"

"茶旅投资政府有一部分专项资金，我找了几个合伙人一起投资，一期一期来做；村容村貌的整改主要是政府出资，我个人出一部分，再去募集一部分；个人想投资改建民宿的，可以申请小额贷款。每一个环节我都想好了，我要把咱们村打造成这样——"

钟清友说到这里，顺子适时打开了第三段视频：村前村后绿树红花，道路平整，路旁鲜花簇拥，房子白墙灰瓦，改建后的中式民宿酒店古色古香，清新典雅；池塘边男人在垂钓，沙坑里孩子在嬉闹，土窑旁烤鸡正出窑，共享菜园中妈妈们在摘菜，茶旅栈道直通山顶，杜鹃花开满山头，天池周围茶亭里游人在悠闲品茗，孩子们在山顶草甸上追逐奔跑……

看完后，人群沉默了，钟清友从他们的眼神中看到了向往，但更多的是怀疑。对美好生活的向往，是每个人本能的追求。但实现的过程千辛万苦，未必是每个人都能坚持的。钟清友要做的，就是带领村民把心中的向往变成现实的拥有。

人群很安静，钟嘉禾和钟志国都不约而同地看向钟清友。钟清友沉思片刻，继续说："我很小的时候，就听我爷爷跟我讲太爷爷的故事。相信在座的老叔很多都知道我的太爷爷。我的太爷爷钟礼平是韩江纵队的一员，当年带领村民闹革命，就是为了让大家能过上幸福的生活，后来不幸牺牲，年仅三十六岁；我爷爷钟嘉木退休后回到乌山，为了守护这片山水不受破坏和污染，他坚持了二十多年，如今长眠在山上；我的爸爸钟志国，为乌山修路建祠堂，不计成本保护这片山水。我是钟家的第四代，原本我从未想过自己会和这片山水有什么联系，但命运就是这么神奇，去年底把我推向了这里。在我最想离开的时候，疫情把我困在这里，我想走也走不了。我想这可能也是我太爷爷和爷爷的期望，冥冥之中，是他们让我留下来。就这样，我一直待在山里。每天在山上转悠，听顺子讲茶叶，看顺子管理茶园，也听嘉禾老叔讲村里的故事。在我一点点改变我的茶园的时候，突然有一天，我站在茶园的最高处突发奇想：这么美的山水，如果能把它建设得和欧洲小镇那样，该多好啊！如果进出山里的路能畅通无阻，进出方便快捷，我们的茶山能开发旅游，山下能有民宿，让城里的人来了就不想走，在这里喝茶、买茶、旅游、休闲、度假，盘活我们闲置的房屋和土地，把村民养的鸡鸭、种的青菜都能卖上好价钱，实现大家在家门口就业、赚钱，再也不用离乡背井外出去打工，孩子不用做留守儿童，老人也不会成为空巢老人，那该多好啊！从那一刻起，我坚定了改变乌山的决心，于是我写了一份计划书，交给了我的投资人，也给了嘉禾老叔。后来嘉禾老叔递给了镇里的领导，然后县里的领导也看到了，于是他们来茶山找我，很支持我的想法。领导们带来了利好的政策消息，国家的乡村振兴战略也推进到了山村，我们这里一定会发生翻天覆地的变化，视频里的蓝图一定会变成现实的。我相信，你们也应该相信。"

钟清友说完，人群中有了响动，大家又开始交头接耳，台下嘈杂一片。

"时间不早了,大家有什么想法可以提出来。"钟嘉禾对着人群大声道。

"村庄要是真的能变得那么美那么好,我支持阿友!"一位阿叔站起来支持道。

"好!阿强的觉悟很高!"钟嘉禾笑着表扬道。

"我家里有多余的房子,想改建民宿,能申请贷款吗?"一位阿婶也站起来问道。

"可以,符合条件的,政府都会支持!"钟嘉禾说。

"阿友,我问你,这村里改建修路,肯定要拆掉一些房子,到时候拆掉的怎么补偿?重建的地方在哪里?我看你照片上拍到我家的房子,总不能把我的房子拆了让我没房子住吧?那我可不会同意!"一位中年阿婶也站起来,情绪有些激动。

"阿兰,你别激动,村里的规划涉及拆迁的,都会有补偿。具体情况要具体分析,你放心,你家的房子要拆肯定会给地方让你重建。"钟嘉禾走过去劝慰道。

阿兰脸色很不好,这房子才建了四五年,刚住进去不久就要拆,就是她同意拆,她老公也不会同意的。

"反正我不同意拆我的房子。"阿兰铁着脸说。

"要是拆我家的房子,我肯定也不同意。"旁边坐着的另外一位阿婶也撇嘴道。

人群开始七嘴八舌地大声议论,阿兰越说越激动,挥舞着手在人群中叫嚷,在她的影响下,很多村民也跟着哄闹起来,现场一下子变得混乱起来。

看着眼前嘈杂叫嚷的村民,犹如几万只蜜蜂在狂飞乱舞,钟清友只觉得耳边嗡嗡炸响,表情也变得凝重起来。这还没说到拆迁的事儿,情绪就这么激动;真要拆起来,那可真不知道会发生什么。难怪嘉禾老叔说这是难啃的骨头啊!

"好了好了,大家要是有什么想法,可以私底下和我交流,但是我必须告诉大家一点,改是一定要改的,因为只有改我们村才会有发展,只有改才会有未来!村庄的整体规划方案我们已经上报给了领导,方案一旦通过,我们就要着手来做，希望大家配合。散会！"钟嘉禾看着闹哄哄的人群，脸色铁青，眉头拧出了一个大疙瘩。

散会后回到木屋别墅，钟清友心情有些沉重，坐在那儿一声不吭。

许雅纯看了看时间，十点半，想起晚饭前钟清友说要用二十一式泡茶给她喝，走过去拍拍钟清友的肩膀道："仔仔，妈妈今晚还没喝茶呢，你给我们泡杯茶喝吧！"

钟清友看了看时间，慵懒地窝在沙发上，兴致索然，不太想动。

"我也想喝茶了，阿友，泡吧！"顺子说道，"我给你起炭炉。"

"我也想喝，泡那株东方红吧！试试今年的新茶。"钟志国说。

"行，那就泡吧！"钟清友起身去洗手，"就来个家庭版的工夫茶艺，没有完整的二十一式，简单一点。"

顺子起炭炉非常熟练，几分钟就好。以前钟嘉木在的时候，每天都要起炭炉泡茶。老爷子喝茶非常讲究，水、火、器都要好，水必须是乌山的山泉水，火必须是泥炉烧榄炭，器一定要用潮州手拉朱泥壶配小白杯。朱泥壶老爷子最爱的是枫溪百年老字号老安顺章氏家族的，尤其是老安顺第四代传人章燕明的壶，钟嘉木最为喜欢，收了不少章燕明的壶。经常用的有燕明的平安壶、西施壶、紫晞壶，这几把壶现在依旧摆放在茶台上，和他在的时候一个样。

起好了炭炉，顺子从储藏室取出了三小袋不同年份的东方红单丛，新茶、三年茶、五年茶，按年份一一摆放在茶台上。钟清友净手后来到茶桌前坐下，看到茶桌上摆放好的茶器，还有旁边在呼呼燃烧着的榄炭，记忆中爷爷坐在这儿泡茶的情景又浮现在眼前。多么熟悉的画面，一切似乎都没有变，只是那个泡茶的人换成了自己。

钟清友深深地呼吸了一下，强行把自己从记忆里拉回。炭炉上玉书煨的盖子开始噗噗跳动，水已经开了。钟清友开始温杯洁具。今天用的是爷爷生前最喜欢的那一把——章燕明的平安壶。经过长时间的精心滋养，这把壶已经包浆，朱红色的壶身莹润如玉。沸腾的水注入壶中，盖上盖子，淋盖暖壶，注入三个呈品字形摆放的白杯中，再快速滚杯。

钟清友这一套动作很娴熟，看得钟志国和许雅纯眼睛发亮，大为意外。两人默默对视，嘴角不觉露出满意的笑容。果真是士别三日，当刮目相看，这孩子以前在家里是极少泡茶的，现在居然泡得如此有模有样，相当专业啊！

进入状态后，钟清友的心很快就静下来了，眼底心里只有眼前这泡茶。叶天羽老师说，只要你在泡茶，你的心就要完全放空，任周围是谁，你都要做到空无一人，只有这款茶在和你对话。钟清友渐入佳境，刚才的那点儿愁绪早已烟消云散。他细心地剪开装茶的小袋，把茶叶轻轻倒入素纸上，拿起来轻嗅其味，然后双手各执素纸的一角，把茶叶移到已经完全燃烧至灰白的炭火上，左右移动炙烤几下，再上下轻晃几次。如此反复再嗅其味，感觉香气略升，方纳入壶中，再拿起玉书煨，高冲低注，刮沫淋壶，快速出汤再次滚杯，太白醒梦之后茶香四溢，接着再重复刚才注水出汤的动作。关公巡城、韩信点兵之后，三杯茶汤橙黄明亮，灯光下能清晰看见茶汤表面浮动的油光，这是好茶汤才有的特质。

"请喝茶！"钟清友抬起头看向大家，挥动右手，很优雅地做了一个"请"的动作。

"太好了！太好了！"许雅纯看得简直入了迷，连连拍手称赞，"仔仔，你刚才泡茶的样子，真是太帅了！安静、沉稳、忘我般从容，这才多久，你居然能把工夫茶艺学得这么好！"

钟清友抿嘴一笑，继续道："请喝茶！"

许雅纯、钟志国、顺子三个人每人一杯，钟清友作为泡茶者，第一杯是不喝的。

"这是今年的东方红？"钟志国喝了一口，不可思议地看向钟清友，又闻了闻杯底的留香，香韵十足，"茶汤甜、柔、滑、香，喝完喉头甘润顺滑，回味无穷啊！比往年的水更甜爽，非常明显！"

"再喝第二水，会更甜柔鲜爽，回甘持久，齿颊留香。"钟清友的表情开始骄傲了，今年的茶叶质量比往年可是好太多了。

第二水钟清友加了一个杯子，自己也品了一杯。果然甜润柔滑，唇齿留香，回甘持久。

"今年的制茶工艺不错啊，很有进步！"钟志国喝完第二杯后，伸出大拇指给顺子点赞。

"这是阿友的功劳,费尽心思把叶老师请到山上来手把手教我做茶,让我掌握了关键环节的关键技术,后来叶老师还在线指导我。做这株茶的时候,我很担心,提前一天跟叶老师沟通,他指导我看着时间、日照去采摘,从采摘、晒青、晾青到碰青、摇青、杀青,他全程在线指导我,每个环节我都力争做到最好,最后果然不负众望。这款茶出来后我很满意,确实比以前的要好喝。"顺子汇报道。

"叶天羽果然名不虚传!"钟志国点头道。

"那是当然,这茶汤好喝,茶好是基础,我泡得好也是重要的一环。叶老师说,凤凰单丛有三个半师傅:一个制茶师傅、一个拼配师傅、一个烘焙师傅、半个泡茶师傅,我现在是那半个泡茶师傅。"钟清友笑道。

"对对对,你是很好的泡茶师傅!给这泡茶加分很多!"许雅纯马上说道。

钟清友笑了笑继续泡茶。他稳稳地注水,再慢慢地贴着杯沿出汤。许雅纯看他注水时总是先拉高水注再放低沿着壶边缘慢注,出汤时又总是要先倒掉一点儿再注入杯中,忍不住问道:"仔仔,为什么要先拉高水注啊?出汤时为什么要先倒掉一点儿啊?"

钟清友正在注水,根本没有回答她,而是一心一意专注泡茶,心无旁骛,直到出汤完成,他才看着许雅纯道:"妈妈,我刚才在注水出汤,是不能回答你的问话的。"

"为什么?"许雅纯很不解地看着钟清友。

"因为泡茶要用气,中途不能泄气,一说话就泄气了,一泄气就影响茶汤的口感。"钟清友说。

"这么玄?还用气泡茶?"许雅纯笑道,"第一次听说。"

"我以前就听叶天羽说过这话,觉得他是故弄玄虚,外面还有人说他装神弄鬼。"钟志国笑道,"没想到他教你们泡茶也是这么说的。"

"这是有科学依据的,不是故弄玄虚。"钟清友认真道,"你看,我一说话水流就会有中断,注水不流畅会导致茶汤口感不柔滑,不信咱们试试。"

钟清友拿起玉书煨故意边说话边注水，水注断断续续粗细不均，出汤力度不均匀，时大时小，大家一喝，茶汤果然没有前面几杯柔、滑、顺，同样一泡茶，口感瞬间差了许多。

"还真是如此，以前没有对比不知道，这对比一下，居然这么明显。看来叶天羽说的用气泡茶是真实的，不是故弄玄虚，更不是装神弄鬼。"钟志国忍不住笑起来。

"不实践没有发言权，这都是实践中总结的宝贵经验。"钟清友一脸严肃道，"我们对叶老师那是佩服至极的！他不仅懂泡茶、制茶，更绝的是会拼配。他是从单丛茶的种植、制作、拼配到冲泡全都精通的茶人，而且还研究茶器，研究水，对茶他是无所不通。他最先征服我的，不是他的制茶技术，也不是泡茶技术，而是他鉴定茶叶的技术。一款茶，他只要看茶汤和叶底，就能准确判断出这款茶的种植海拔、种植方位、采摘的时间、制作时的天气，树龄多少年，基本无差。他还能看图识茶，就是拍照片给他看，他也一样能判断出这些因素。"

"这太神了！"钟志国惊呼道，"认识他很多年，这是头一回听说。"

"志国兄，你早就认识叶天羽老师了？"顺子看着他惊奇道。

钟志国自知说漏嘴了，看了看钟清友，马上改口道："叶天羽的名气如雷贯耳，只要做茶、爱茶的人，都知道他的名字。"

钟清友也看了钟志国一眼，没有吭声，而是继续低头泡茶。心里却在想：如果真的早就认识叶天羽老师，怎么不早点儿请人家来指导做茶？钟志国就是爱吹牛。

"仔仔，那你现在回答我刚才的那两个问题吧。"许雅纯笑道。

"妈妈你真是爱学习的人，你不仅观察得仔细，还是个爱思考的人。"钟清友夸赞道，"高注起香，低注出韵，壶嘴开头的那一点儿水倒掉，是因为那部分茶水比较淡，有水味，倒掉这部分是为了保持茶汤口感浓淡均匀，口感饱满。"

"哦，原来是这样！你泡茶的每个动作都是有深意的，不是表演作秀。我看现在有些茶艺师表演动作很花哨，什么凤凰三点头忽上忽下，我喝过那个茶汤，不好喝。"许雅纯说道。

"潮州工夫茶艺没有凤凰三点头，因为那样泡出来的单丛茶汤肯定不好喝，注水太急，忽上忽下，茶汤口感一定不顺不柔，口感粗糙阻滞。"

"对对对，就是你说的，茶汤很粗糙、不润滑。你泡的茶喝起来就很舒服，茶汤丝滑甜润，回甘持久。以前我喝你爸泡的这款茶，没有今天你泡的好喝！志国，你也得学会泡茶，不然可惜了你那么多好茶。"许雅纯笑道。

"我没时间，你去学吧，学了以后在家你负责给我泡茶。"钟志国也笑。

"好，仔仔你教我。"许雅纯马上说道。

"没问题，妈妈，泡凤凰单丛你只要掌握了两个关键点，在家里就能泡出好喝的茶来。"钟清友说。

"哪两个关键点？"许雅纯好奇道。

"就是注水和出汤，注水要稳、慢、顺，出汤要低、缓、细，反复练习，就能泡出好喝的茶汤。"

"太好了！我明天就开始练，你负责指导我。"

"行。叶老师说，茶就像一个人，你温柔以待，它也会对你很有爱。切忌简单粗暴、急不可耐。"说完，钟清友故意看了一眼钟志国。

钟志国的脸上立马现出尴尬之情，他当然听得出来钟清友是在暗讽他。

四个人一晚上喝了三泡不同年份的东方红，新茶鲜爽甜润，陈放了三年的茶滋味醇和，五年后的茶汤果香明显，越喝越甜。好茶堪比好酒，让人上瘾，陶醉其中，不忍离去。大家都喝得冒汗，感觉热气沿任督一直升到头顶，通体舒泰，回味无穷。有人说晚上喝茶会影响睡眠，那是喝的茶不够好，不够老。好茶、老茶不仅不会影响睡眠，反而能助眠。喝到身体微微冒汗，再洗个热水澡，倒头就能入睡。

钟志国和许雅纯回到房间后却兴奋得久久不想睡。今晚儿子的表现太让他们开眼界了！这孩子学茶不久，却完全换了一个人！以前浮躁、任性、叛逆，现在温和、谦逊、稳重，真是脱胎换骨！而且钟清友口口声声不离叶老师，时刻把叶老师的话挂在嘴边上，看得出来，他很信服很崇拜叶天羽，叶天羽对他的影响很大。

以前，很多时候钟志国在深夜里想到钟清友这么不听话，都会重重叹气，觉得自己教子无方，失败无能。他深信那句话：任何事业的成功都无法弥补孩子教育的失败。那时候，每次看到钟清友扎着黄毛小辫，戴着艺术耳钉，他就无法控制内心的怒火冲冠而起，就忍不住要训他、骂他，甚至想揍他！每次都难以避免一场父子冲突，过后失望的潮水就从头至脚把他彻底淹没，让他感觉自己太失败了！家财万贯又如何？事业有成又如何？孩子不成器，一切都是浮云！现在终于好啦，儿子走上正道啦！而且学茶学得有模有样，整个人都脱胎换骨，真是太好了！这一定是爸爸在天之灵保佑的结果！是钟家老祖福荫的结果！当然，除了爸爸的保佑，他还要感谢一个人，这个人就是叶天羽！他拿起手机想给叶天羽打个电话，一看时间已经凌晨一点了，还是下次当面感谢他吧！

## 第十六章

　　进出乌山的道路提升建设开始全面铺开，建设期间交通很不方便，许多路段只有一车道进出，每个转弯处都有人在值岗，以免车辆在视线盲区发生交通意外。如此一来，小车进出乌山就很不方便，很多人改为开摩托车进出，倒是快了很多。钟清友没摩托车，所以非必要不外出，一心一意拍视频做直播，乏了就上山走走，去村里转转。

　　直播带货每天从上午十一点播到晚上十二点，中间不停播，主播轮流吃饭。钟清友也偶尔客串直播一两个小时，主要是顺子和燕子播，还有钟玉茗带回来的几个小伙子也在接受培训，每天的数据都比较平稳，一天几十万销售额，多的时候有过百万。这样的销售额，目前是单丛茶带货头部主播水平，顺子都被县里邀请去参加电商主播大会发言，已经是乌山的网红了。其他平台刚开始铺开，还在养号期，等粉丝积累到一定的数量才能开始带货。以后全平台开始带货，乌山茶农肯定会成为县里、市里甚至是省里的头部主播，钟清友有这个信心。

　　钟清友去村里时，钟嘉禾说只要村里的规划方案得到上面领导的批复，就开始对乌山村进行大刀阔斧的改造。钟清友也在等待这一天。

　　夏天的乌山真是避暑胜地。当城里人都热得只能在空调房里吹冷气的时候，乌山茶农的半山腰上白天只有二十五六摄氏度，晚上不到二十摄氏度，睡觉还要盖被子。夏季的风似乎根本就没有吹到这里，亚热带的暖湿气流也格外温柔，不带丝毫酷暑。钟清友从小在深圳长大，知道深圳夏天的滋味：那就是一个巨大的蒸笼，白天热得你无处可躲，晚上也让你无处可藏，除了空调房，哪里都是远方。不知道是不是小时候跟爷爷到乌山过暑假的日子太短暂，他对乌山的这种凉爽没有特别深刻的记忆，直到现在身在乌山才真正体会到这种极致的舒爽和惬意。这一刻，他真正理解了爷爷为什么能在乌山住二十年，爷爷守护乌山，守护茶园，乌山也呵护着爷爷。真好。

郑风云和董剑明在完成新式茶饮的市场调查后，专门来到乌山。进山的时候一路在修路，两个人开得很慢，有些恼火。

"要是一直都是这样的路进山，别说让人花钱来旅游，就是贴钱给人家，人家也不来！"郑风云握着方向盘嘟囔道。

"这是黎明前的黑暗，修好了就顺畅了！"董剑明说，"就当慢下来欣赏山里的风景了。"

"你倒是心态好。"郑风云摇头。

"那是一定的，暂时的慢，就是为了将来的快。这和我们投资是一样的道理，前期的市场调研、行业分析，数据了解得越详细，过程就越慢，但这是为了后来的快，所以急不得。"董剑明胸有成竹。

"你说得有道理，不枉你虚长我几岁。"郑风云说。

"那是，人生没有白走的路，每一步都算数。你看钟清友在山里住了半年多，就比你成熟多了。"董剑明道。

"我也觉得奇怪，钟清友怎么进山后就完全变了，从头到脚、从里到外都变了，要不是亲眼所见，我是真不敢相信。"郑风云感叹，"读书的时候，钟清友最大的理想是去国外定居，离开他爸，再也不回来。没想到不仅回来了，还进山当了茶农！还把我们也拉了进来！这变化我到现在都还没完全反应过来。"

"这说明你对钟清友并不了解，你只看到他的表面，而不懂他的内心。"董剑明说，"钟清友骨子里就是个干事儿的人，当年他想定居国外，是想做他自己；现在回来当茶农了，也是想做他自己。事实证明，他已经走在成功的路上了。你看，天时地利人和，他都有了，成功指日可待。"

"确实，咱们都来了，他可不就成功一半了吗？"郑风云笑道。

两人一路说说笑笑，时间也就过得很快。折腾一天，夕阳西下的时候两人终于到了茶山，一下车两人就张开双臂惊呼起来："哇，这也太舒服、太美丽了吧！这天然凉爽惬意的大氧吧，人间仙境啊！"

放眼望去，夕阳下乌山被瑰丽的晚霞笼罩，赤霞橘光从西边的天幕铺洒下来,透过云层形成丁达尔效应,一道道七彩的光束照在山头,浓绿起伏的茶山犹如披着彩色纱衣的绿色波涛,美得令人沉醉。凉爽的山风轻抚脸颊,满含负离子的清新空气净润心肺,尘世的烦恼瞬间就消融殆尽,身心都变得轻盈起来。

"我爬过许多地方的山,见过许多地方的人,看过许多地方的风景,呼吸过许多地方的空气,唯有乌山的这一切,让我备感惬意,心生留恋啊!"董剑明闭着眼睛陶醉道。

"行啊,乌山不仅能洗涤你的心肺,净化你的心灵,还能激发你的灵感,让你变成一个散文家了!"钟清友笑道,"就冲你这份赞美,我同意你在这里多住两天,第三天再走。"

"多住两天?我告诉你,我得在这里住两个月,等到夏天的酷热彻底结束我再回去。"董剑明说。

"睁着眼睛说瞎话,明天我们就得回去,约好了要和腾达的黎总见面的。"郑风云马上提醒道。

"你真扫兴!这么开心的时候谈什么工作?让我陶醉一下会死啊!"董剑明使劲瞪了郑风云一眼。

"行行行,你接着陶醉吧!阿友,咱们进去谈正事儿!"郑风云拉着钟清友进屋。

董剑明马上就不陶醉了,拔腿跟着郑风云和钟清友进了屋。

钟清友坐下来给他们泡茶。郑风云拿出写好的市场调查报告给钟清友。这份调查报告钟清友在手机上已经看过一遍了,再次翻开后,他还是认真看了起来。郑风云和董剑明请了专业的市场调查团队,对新式茶饮的市场进行了详细的调查和分析,数据翔实,实例丰富,分析到位,新式茶饮的市场前景非常可观。

"这事儿能做,而且可以马上开始。"郑风云说,"我们地址都选好了,就在腾达大厦附近开第一家。我们锁定腾达的员工,尽量争取成为腾达的下午茶供应商,只要拿下腾达,其他公司就容易多了。有了几家大公司做依托,再加上自由市场拓展,我们出道就是巅峰!"

"腾达公司能拿下来吗?这可是块巨大的蛋糕。"钟清友问。

"事在人为嘛!我仔细打听了,凤凰单丛的新式茶饮市场上目前还是空白,我们最近调制出来的口感比其他的奶茶好太多了,试喝后的反馈都非常好,市场接受度肯定很高,我对我们的产品非常有信心!所以明天和腾达的黎总谈我也是势在必得!"郑风云信心满满。

"那可太好了!"钟清友两眼发光,"这个开局非常不错啊!给你们记一等功!"

"阿友,我打听了,腾达的马总一直喝的就是你们家的茶啊!你怎么从来都没告诉过我们?"董剑明盯着钟清友问道。

"你确定?"钟清友愕然道,"我从来没有卖过茶给他们啊!"

"千真万确!据说喝了很多年了。马总喝的都是你们家的古树茶。"董剑明肯定道。

"哦,那我知道了。"钟清友恍然点头道,现在他终于知道钟志国这么多年把好茶弄哪儿去了,原来钟志国走的是如此高端的路线,还总对外说茶叶都是拿去送人了。难不成钟志国和腾达的马总关系非同一般?想到这里,钟清友突然觉得自己之前真是小看钟志国了。如果真是这样,钟志国可是深藏不露啊!

"阿友,你知道什么了?"郑风云问道。

"没什么。"钟清友招呼他们喝茶。

晚饭吃了乌山的特色走地鸡、浮豆腐和鸡肠粉,还有茶山周围自己种的绿色有机青菜。郑风云和董剑明都吃得很满足,直呼乌山的草都是清甜的。

晚上三个人继续研究新式茶饮的市场布局和茶旅公司的构建,还有茶旅酒店民宿的建设。钟清友把自己画好的设计图在大长桌上铺开,白墙灰瓦的古朴房子依山而建,阶梯顺着山势逶迤而上,房子错落有致,移步换景,中间亭台楼阁点缀,配以各式花窗,江南水墨意境拉满,犹如在大山里构建了一幅水墨江南画卷。这样美的设计一下子就吸引了郑风云和董剑明。

"阿友,你真不愧是学艺术设计的,这建筑和这片山融合得太完美了,简直就是大山里的一件艺术品。"郑风云赞叹道。

"确实很美。"董剑明也频频点头,目光始终无法从画面移开,"不过这样的建筑会不会造价很高啊,我们毕竟是建酒店,不是建艺术品,要考虑性价比。"

"比一般的房子建筑造价稍高,但总体成本可控,具体建筑成本核算在三百万左右,共三十六间房,全部用凤凰单丛各大香型来命名。"钟清友说,"我们既然在建,肯定要打造自己的特色风格,正好利用这块闲置的老房,结合这片山势,在不破坏山体和生态的基础上,打造一座具有艺术美感的民宿酒店,让来乌山旅游的人具有超乎寻常的住宿体验,这是我的追求。"

"超乎寻常的住宿体验我也想要,不过这价格能做得起来吗?普通民宿酒店也就三四百,贵点儿的五六百,咱这个定位是多少?"郑风云问道。

"我们这个定位是中高端客户,平时定价在五百以上每晚,节假日翻倍。"钟清友说。

"听起来不高,但不知道市场接受度能有多高。除了外观,内部配套也是很有讲究的,这个也很费钱。"董剑明说,"咱这里除了茶,还有什么文化元素吗?"

"主打的就是凤凰单丛茶,有茶,有器,还有冲泡技艺,我和燕子都在用心学习潮州工夫茶艺,到时候我们可以培训员工,定期做茶艺表演,推广茶文化,带动我们自己的茶产业。我们的受众一定是爱茶人士,未来我们也要做凤凰单丛茶的研学体验,包括种植、制作、冲泡,把茶、器、技完美结合起来。"

"阿友,听你讲这些我还是云山雾罩,因为我们不懂茶,对茶文化更是一知半解,但我们相信你,你说怎么干就怎么干。我们的目的是赚钱,你的目的应该也是赚钱,不能只为了玩情怀。"董剑明说。

"当然,情怀也是需要经济来滋养的,酒店民宿的回本期可能长一点儿,估计五年左右,但能带动我们的茶叶销售,扩大乌山茶农品牌效应,对我们的新式茶饮也是很好的助推,所以总体来说,我们的回报比是可以的。"钟清友分析道,"目前来看,我们主要的增长点应该是在新式茶饮,这个市场潜力最大。你们回去先做起来,好的话我们马上复制到其他城市,做出品牌后就招加盟商。"

"我看行,这个路径最快,咱们的目标是三年时间覆盖岭南主要城市。"郑风云赞同道。

三个人一直讨论研究到深夜十二点半,顺子和燕子都下播了,他们一起吃完夜宵才散去。敲定了方案后,第二天下午,郑风云和董剑明火速返回深圳,开始把鸭屎香奶茶推向市场。

郑风云和董剑明刚走,顺子握着手机激动地跑来找钟清友:"阿友,阿友,我女朋友施文说买了机票要来乌山!明天下午四点就到揭阳潮汕机场!"

"好事儿啊!赶紧做好接待准备!"钟清友激动地拍了拍顺子的肩膀,"咱们乌山终于引来了金凤凰!顺子,好好想想,一定要把她留住!"

"这个我一点儿经验都没有,你得帮我!"顺子满眼渴望地看着钟清友。

"这是你女朋友,我怎么帮?"钟清友笑道,"她喜欢什么你就送什么呗!"

"她就喜欢茶,资深茶客,尤其喜欢凤凰单丛。"顺子说。

钟清友想了想,问道:"她是不是没见过单丛茶的制作?不懂单丛茶的冲泡?"

"对,这些她都没见过,也是第一次到岭南来。"

"那这样安排——"钟清友笑着附在顺子的耳边悄悄说了一通。

"可以,我觉得这样她肯定会很开心。"顺子两眼放光。

"你们悄声说什么啊?有什么话还要背着我说吗?"燕子走过来不满地看着他们俩,"你们是不是没安什么好心?"

"我们能有什么坏心思呢?燕子,你未来的嫂子就要来了,明天开始你可得好好表现啊!能不能成功就看你的了!"钟清友道。

"关我什么事儿啊?这得看我哥的表现,人家又不是冲着我来的。"燕子道。

"要是冲着你来的可就麻烦了!"钟清友笑道,"你得给你哥助力啊!不仅你要助力,我们都要助力,争取把人留下来,让你哥从此过上幸福的生活。"

"这个可以有,我肯定助力。不过还是得看我哥的表现,毕竟人家是冲着我哥来的,哥,加油啊!"燕子拍了拍顺子的肩膀。

"你们这样搞得我压力很大,本来我就紧张,这下更紧张了。"顺子神情怯怯。

"紧张什么?你是乌山茶农的制茶大师、茶园管理师,凤凰单丛直播带货的头部网红,你现在的身份可是非同一般。明年我就给你申请凤凰单丛制茶技艺传承人,从县级到省级,最后到国家级,未来你就是真正大师级的人物,你得有自信!"钟清友用力拍了拍顺子的肩膀道。

"你这么一说我瞬间有自信了!"

"必须有!这些都是你实打实拥有的个人IP,是你真正的财富!我跟你讲,施文来了,我一定让她重新认识你!"钟清友胸有成竹地看着顺子。

"好,有你在,我就更有信心了!"顺子握着拳头道。

大家都被顺子的样子逗乐了。确实,自从直播带货后,顺子整个人的气质都变了,变得比以前有自信,也比以前能说会道了。刚开始直播的时候,顺子会怯场,语言表达并不是很顺畅,钟清友总是带着他,和他一起直播,两人直播后每次都会复盘总结。顺子平时也会刻意加强普通话的练习,慢慢直播就越来越顺畅了。钟清友不在的时候,他也能一个人直播,后来燕子也加入直播,大家互相促进,互相学习,每个人都在锻炼中进步成长,直播的状态越来越好,业绩也在不断增长。

为了迎接施文,顺子组织大家大扫除,把直播间、茶亭、别墅里里外外都清扫了一遍,还特意给施文精心准备了一间套房,床褥都是全新的,床头摆放着顺子从山野间采回来的野花,修剪茶树时特意留下来的有艺术感的茶枝,插在一个古朴的陶罐中,挂上几张小小的卡片做点缀,放在房间的一角,整个房间立马生机盎然。环顾整个房间,顺子很满意,钟清友检查后也觉得不错,就连燕子都觉得好。

"哥,没想到你还有这份细腻,以前怎么没发现啊?"燕子俯下身闻了闻床头的野花,羡慕道,"原来这就是恋爱的酸臭味儿啊!"

"你学学顺子,从网络的汪洋大海里打捞一个如意郎君来。"钟清友说。

"我不敢，网上骗子太多。唉，眼前倒是有一个中意的，可人家早就心有所属啊！"燕子看着钟清友调侃道。

"你可是我姑姑，不能乱了辈分。"钟清友揶揄道。

"杨过不就是和姑姑在一起吗？借口。"顺子捶了他一拳。

"人家是大侠，我是清友啊！"钟清友也不客气捶了顺子一拳。

"那你倒是叫姑姑啊！从现在开始，你只能叫姑姑，不能叫燕子，没大没小！"燕子瞪了钟清友一眼道。

"行，姑姑，你得去直播了！"钟清友喊道，"阿茗哥在喊你了！我和顺子要去机场接你未来的嫂子。"

燕子白了钟清友一眼，转身下楼去了。钟清友和顺子收拾了一下，一起下楼开车往机场赶去。

"阿友，你真不担心你女朋友一个人在伦敦吗？"路上，顺子突然问道。

"担心什么？她又不是小孩子，我们在伦敦都生活四五年了。"钟清友淡淡道。

"担心她移情别恋啊。外面的世界那么纷繁复杂，你们长期分开，别人很容易乘虚而入啊！"顺子着急道。

"你真是皇帝不急太监急，我从来不担心她移情别恋。"钟清友看了一眼顺子，大笑起来。

"那你就是不爱她，或者不是很爱她。"顺子说。

"不能说不爱，我们在一起四五年了，感情是很深的。我不担心是因为我知道我自己在她心里的分量，她要是移情别恋，那是她的损失，因为她很难找到比我更好、更适合她的人。我这么品行良好、才华横溢的青年才俊，她上哪儿去找？而且我很专一，我在和她恋爱的时候，从未和别的女孩儿有任何暧昧行为，这些她都知道的。"

"你哪儿来的自信啊？"顺子疑惑地看着他。

"我自己培养的啊！我自我认知到位啊！我对小朵说，如果我不爱你了，我一定提前告诉你；我要求她也一样。如果她有更好的选择，我祝福她，说明我已经被她超越了，那我得自我鞭策，加倍努力，在各方面争取新的突破，然后遇到下一个更好的！"钟清友说。

"说起来容易做起来难啊！我第一次恋爱失败，就是因为我回到乌山，她留在深圳，她移情别恋后我好几年都无法走出失恋的阴影，也不敢轻易进入下一段感情。这次和施文的恋爱，一是因为她很执着，二是因为你的鼓励。如果不是你鼓励我，我可能不敢接受她的追求，我觉得我配不上人家。我身陷大山，家里情况也不太好，给不了人家想要的生活。"顺子说。

"顺子，你很优秀，你必须有这样的自信。身处大山不是缺点，未来还会变成我们的优势；你有一技之长，不对，你有四技之长——种茶、制茶、泡茶、卖茶，还做得一手好菜，会管家，会照顾父母。你全身上下都是优点，你是不可多得的青年才俊，有眼光的女孩儿都会被你吸引。你的家庭情况会越来越好，再说真正美好的生活是两个人共同创造的，你有创造美好生活的先决条件，所以，你值得被爱！"钟清友说着停下了车，前面正在修路，只能一车道轮流通过，许多车正在等待通行。

"好，你这么说我又有自信了！"顺子衷心道，"阿友，谢谢你！是你改变了我，改变了我的生活，让我和我的未来变得越来越好！"

"还会更好的，相信我，相信乌山茶农，更要相信你自己！"钟清友会心笑道。

"嗯，相信相信的力量！"顺子握拳给自己加油。

此刻的顺子太需要信心了！因为越接近施文，他内心就越忐忑不安。虽然钟清友列举了他一大堆的优秀技能，夸他是不可多得的青年才俊，可是他心里还是自卑的，尤其是即将面对从遥远的北方省城飞过来的女朋友。他特别害怕自己不够优秀，害怕施文见面后对自己不满意，他已经被抛弃过一次，他无法接受感情上的再次失败。此刻钟清友的每一句话都是他的强心针，让他怯弱的内心激起了一股昂扬的力量！我很好，我值得被爱！我会成功！顺子在心里反复默念这几句话。

正在拓宽提升的山路确实不好开，坑坑洼洼不说，许多地方还遇到堵车。好在钟清友留足了时间，赶到机场时，飞机刚刚落地。两人在国内到达口等待施文出来，顺子又开始紧张了，不停地在原地打转，走来走去，明显有些焦灼。

"淡定，刚才我跟你说的那些话在心里默念一百遍！如果现在手上有本子，我就让你抄写一百遍，就像小时候老师罚我抄写一样。"钟清友搂着顺子的肩膀道。

"钟老师，你好严厉啊！"顺子笑道。

"对你这样不听话的学生必须严厉，不然你不长记性！"钟清友依旧搂着顺子的肩膀打趣道。

两人开着玩笑，远远看到里面走来一个女孩儿，皮肤白皙，微胖身材，眉眼清秀，推着大行李箱，目光在人群中搜寻着。

"来了来了！"顺子立马挣脱钟清友的手，激动地朝着女孩儿喊道，"施文，这里！这里！"

施文看到顺子，笑意飞上脸颊，露出两个可爱的小酒窝，她朝着他们挥了挥手，加快脚步走了过来："你好，顺子！"声音清脆悦耳，十分好听。

钟清友站在那儿，看着顺子飞奔过去迎接施文，那欢快的脚步，比任何时候都轻盈。顺子接过施文手里的行李，两人对视了一下，都有些腼腆、施文笑了笑，主动给了顺子一个拥抱。顺子抱着施文，心在狂跳，这种被爱拥抱的感觉太美妙了，他已经很久很久没有这样和女孩儿拥抱了。虽然已经在网上聊了很久，可直到这一刻，他才感觉到这份爱的真实。施文比视频里更好看，白得发光的皮肤滑如凝脂，尤其是笑起来的两个小酒窝，太有感染力了！他拥着她，闻着她发丝上薄荷的味道，几乎要陶醉了！她微胖的身材拥在怀里软绵绵，就像婴儿般舒服！就是她了！此生就是她了！顺子不舍地放开了施文，拉着她的手来到钟清友面前："施文，这就是我经常跟你提起的，我们乌山茶农的开拓者钟清友！我们都叫他阿友！"

"阿友好！我一眼就认出你了，比视频里更帅气！"施文主动和钟清友握手。

"欢迎你，施文！你是我们乌山茶农飞进来的第二只金凤凰。"钟清友笑着说。

"那第一只是谁？"施文笑着问道。

"第一只金凤凰是马晓晴,钟翌晨的未婚妻。你们都是具有超前眼光的人,我特别佩服你们!你们就是巾帼豪杰!"钟清友一本正经道。

"你这话让我突然觉得自己好伟大!"施文爽朗地笑道,"我第一次来岭南,第一次进茶山,第一次和网恋对象奔现。"

"你的第一次都给了顺子,"钟清友故意挤了挤眼睛看着顺子,"顺子,你是上辈子拯救了银河系吧,这辈子才有这么好的女孩儿主动来找你!"

"嗯嗯嗯,一定是这样!感谢老天让我上辈子拯救了银河系!"顺子满脸幸福地笑道,拉起施文的手说,"走吧,我们直接回乌山!"

"好!"施文点头道。

钟清友开车,顺子和施文坐在后座。上车后,钟清友说:"你们随意啊,我绝不回头看,我现在就是一个纯粹的司机。"

"别贫嘴了,快走吧!"顺子捶了一下钟清友的肩膀,转头一看,施文白皙的脸颊早已通红一片。

钟清友十分安静地开车,他信守自己的承诺,不回头看,给顺子和施文极大的发挥空间。但是,他的耳朵却一直关注着后面的动静。顺子此刻坐在后座,幸福地握着施文柔软细腻的手,目光一刻也不舍得离开施文,幸福地傻笑着。他是个嘴拙的人,平时话语就少,一紧张更不知道要说什么。直播带货后,他的表达能力提高了,讲和茶有关的东西,他很熟练;可是谈恋爱这种技术活儿,他是根本就不会。这会儿面对施文,他有一肚子的话,却不知道该说什么,只知道傻笑。

车子很快就上了高速,钟清友发现后面一点儿动静都没有,真是替顺子着急,这人关键的时候怎么这么没用呢?这会儿怎么能冷场呢?又等了很久,发现后面还是没有动静,钟清友实在忍不下去,开口道:"施文,从这里回去大概要两个多小时,进山的路在全面提升,目前正在施工阶段,要半年多时间才能修好,下次你再来只要一个多小时就能到山里了。我们乌山村也在进行新时代山乡建设,融合乌山茶农的茶旅项目,配套茶旅酒店,未来我们茶山的旅游资源开发出来后,乌山的面貌会焕然一新。那时候到乌山旅游的人肯定要预约,不预约的进不来。我的目标是要让乌山茶旅、乌山茶文化研学变得一票难求！"

"哇，那太好了！"施文赞叹道，"茶山真能发展成这样，那可是为老百姓造福的大好事儿！"

"必须发展成这样，也一定能发展成这样！"钟清友信心满满道，"我现在要着手打造好乌山茶农的特色名片，第一张名片就是坐在你身边的顺子，他将成为乌山茶农的第一块金字招牌：从茶叶的种植到管理、制作、拼配、冲泡，全过程都专业的人。今年我就要着手给顺子申请凤凰单丛茶制作技艺县级代表性传承人，以后到省级、国家级，顺子就是大师级人物了。第二张名片就是乌山茶农的有机茶、高山古树茶，好的制茶师傅制作的名丛名茶，这是珍稀资源。第三张名片就是乌山茶旅，配合茶文化宣传、特色茶旅民宿酒店，打造独特的茶文化旅游体验。第四张名片是乌山茶农特色新式茶饮：鸭屎香奶茶，我们已经在深圳铺开。配合这四张名片做好产业集群建设，从茶、技、器，到文化、旅游、消费的所有配套，把乌山茶农茶叶核心产区乌山村打造成新时代乡村振兴的特色示范村，让乌山村民实现在家门口就业……"

钟清友一口气把自己对乌山的整体规划全部说完了，顺子听得有些尴尬，觉得钟清友太会吹牛了，第一次见面跟人家说这些干吗呢？好几次都想打断他，被施文阻止了。因为施文听得很认真，不停地点头表示认同。

"你真是乌山茶农的好领导！"施文说。

"他现在是我们乌山村委会的副主任，是真正的领导了！"顺子补充道，"不仅要管茶山的建设发展，还要把整个山村的建设发展都抓起来。"

"阿友真是年轻有为。"施文又笑了。

"其实顺子才真正是年轻有为，他是一个很了不起的人。"钟清友说道，"本来他是在深圳上班的，为了照顾父母不得不回到山里，一待就是七年，现在估计要待一辈子。这么多年，他在茶山上学习种茶、管理茶园、制作茶叶，什么都干。这是一项孤独的事业，一般人真干不了，山里很多年轻人都不愿意干这个，而是选择外出打工，外面的世界更精彩。所以，顺子就是我们乌山茶农的宝藏。施文，你是慧眼识珠啊，茫茫人海里找到了这宝藏！"

"嗯，我也觉得是这样。"施文很满意地看了一眼顺子，"我们就是因茶相识,凤凰单丛让我一见钟情,乌山茶农的高山老丛让我念念不忘。喝了乌山茶农的茶,我就再也不想喝其他茶了。后来顺子给我介绍的古树茶,更是让我回味无穷。我现在对凤凰单丛是不离不弃了!"

"你说的这个体验太精准、太精彩了!中国工程院院士刘仲华曾说,喝凤凰单丛茶,第一杯一见钟情,第二杯念念不忘,第三杯不离不弃!你的评价和他是神同步!"钟清友大笑道。

"这么说我对凤凰单丛的评价是院士级别的了!"施文听后也大为高兴。

大家都笑得心情舒畅,车里的氛围顿时轻松愉悦起来。三个人一路畅聊,十分惬意。就连平时嘴拙的顺子,也不再拘谨、能说会道了。山路有些颠簸,偶尔还要排队通过,这些在轻松的谈笑中,很快就过去了。

进山之后走走停停,终于在太阳下山前来到了乌山茶农的木屋别墅。钟清友把车停稳,刚推开车门,就听到大锣鼓声响了起来:"咚咚咚——锵锵锵——"锣鼓声越来越密集,气势越来越恢宏,犹如万马奔腾,排山倒海,浑厚磅礴。

施文下车后被眼前这阵势彻底惊呆了!她呆愣在原地,瞪圆了眼睛看着那些列队表演的小孩儿,居然一个个都身着大红的节日盛装,正在专注地表演。正中间那个打大锣鼓的男孩儿犹如指挥千军万马的领袖,双手挥动鼓槌,动作挺拔,节奏铿锵,姿势帅气。在他的统领和指挥下,唢呐、铜锣、二胡等演奏者完美配合。虽然不知道演奏的是什么曲目,但这种古老的锣鼓乐和管弦乐配合形成的打击乐形式,施文是第一次亲眼所见,听得简直有点儿入迷了。一曲结束后,施文忍不住拍手叫好!接着,又一群小孩儿跳进场地开始了表演,他们身着红、黑、黄不同的演出服,头上戴着各式很有特色的帽子,画着脸谱,手里拿着木棍,边跳边敲,不时还翻身腾跃,边跳边喊,十分有趣。

"这表演的是什么节目?"施文忍不住问道。

"刚才表演的是潮州大锣鼓,现在表演的是英歌舞,都是我们这里的非遗项目,一般是在过年的时候走街串巷表演,或者有大型的民俗活动时做专场表演,今天是专门迎接你的到来。因为你是我们乌山的贵客,必须搞一个盛大的欢迎仪式。"顺子说。

施文听了心里特别感动，她知道这是顺子对自己的重视和爱。一路上，她已经充分感受到了顺子的用心和钟清友的热情，这一刻更是被眼前的节目深深震撼。

"欢迎施文姐来到乌山！"燕子和马晓晴跑过来，热情地拥抱着施文，后面一排男生也热烈鼓掌。

"施文，刚才的节目喜欢吗？"马晓晴问道。

"喜欢，孩子们表演得真好！"施文由衷道。

"这是我来乌山小学工作后专门打造的节目，我把学校里的这些留守儿童召集起来，利用课余和周末的时间学习，花了一年多的时间学习排练，终于成形了！这是第一次用来接待贵宾！"马晓晴说。

"你是学校的老师？"施文吃惊道，"你是不是阿友说的乌山飞进来的第一只金凤凰马晓晴？"

"你真聪明，一下就猜着了！"马晓晴笑道，"你是飞进乌山的第二只金凤凰！"

"以后肯定会有越来越多的金凤凰飞进乌山的！"钟清友走过来说，"你们几个小伙子，都要向顺子和翌晨学习啊，快点儿招来金凤凰！"

"阿友，你自己的金凤凰呢？什么时候飞进来！"钟玉茗趁机问道。

"我的金凤凰很快就会飞进来的，我是名草有主的人，你们得抓紧啊！"钟清友笑道。

"吹牛吧！你女朋友在国外能跟着你飞到乌山来？我才不信！"钟翌晨说。

"那咱们打赌？"

"赌就赌，赌什么？"钟翌晨笑道。

"赌你瘦二十斤。"钟清友拍了一下钟翌晨的大肚皮，这家伙近来又胖了不少，体重管理完全失控，有时候直播让他露个脸，那个大脸一个手机屏幕都装不下，实在是胖得有点儿过分了。

"行，你赢了我减肥，你要是输了呢？"钟翌晨问。

"我输了我减肥啊！我也胖了好几斤。"钟清友笑道。

"好,一言为定!你要是输了你必须减十斤,我输了我减二十斤。"钟翌晨说,"大家做证啊!"

开心地嬉闹了一阵,饭菜已经准备好了,大家簇拥着施文往餐厅走去。大家在大圆桌旁落座,施文和顺子坐在主位上,钟清友、钟翌晨、马晓晴、钟玉茗分坐两边,其他人按秩序坐好。本来钟清友邀请了钟嘉禾过来,可钟嘉禾今天要去县里开会,没空参加,这个晚餐也就成了年轻人的天下。

虽然是在家里招待施文,但钟清友让顺子安排的却是最高规格的潮州菜,请了专业的潮州菜师傅上门来做。潮州菜以海鲜为主,选材广泛,制作精细,作料讲究,清淡素雅,品种繁多。现在在任何城市吃潮州菜,那都是极高档的,也是极贵的。但只要离开了潮州本土,吃到的潮州菜都不是最正宗的,因为食材的地域属性决定了本土潮州菜的正宗血统。

第一道上来的是潮州卤水拼盘——狮头鹅翅拼鹅掌、鹅肝和鹅肠,配以蒜醋蘸食。顺子夹了一块鹅翅,蘸了点儿蒜醋再放进施文碗里,贴心道:"这是用饶平浮滨的狮头鹅卤制的,你尝尝。"

施文吃了一口,惊喜道:"肉质紧实,肥而不腻,蘸了白醋,就变得爽口了,真是美味!"

"鹅肠更爽脆,你尝尝。"钟清友补充道。

顺子马上又给她夹了一截鹅肠,同样是蘸了蒜醋。施文吃完两眼放光:"果然爽脆,嚼起来嚓嚓响,和我们北方的卤味完全不一样!太好吃了!"

"这才刚刚开始,后面还有很多好吃的。"顺子笑道。

"今天算是有口福了!"施文幸福道,"你们看我这体形就知道,我是个'吃货',对所有的美食我都没有免疫力,吃本土的潮州菜还是第一次。这第一道菜就把我征服了,真是名不虚传。"

接着又陆续上了冻膏蟹、炭烧响螺、生腌草虾等海鲜类名品,每一道菜都让施文惊叹,刷新了她对海鲜的认知。"我们北方人吃海鲜,大多数都是爆炒,各种作料放一大堆,完全吃不出海鲜的本味。这里吃到的海鲜都是原汁原味的,鲜甜无比。果然好的食材,只需要最简单的烹饪方式,这才是真正的高级。"施文说。

"我们这里虽然是山区，但距离海边不远，站在乌山的顶峰都能看到南海，所以这里吃海鲜很方便，加上山里的特色美食，我们这里是集合了山的味道和海的味道。潮州菜的精细和清淡，最大限度地保持了这些食材的原汁原味，各种作料的搭配，又赋予了它们新的内涵和风味，让一些原本普通的食材变成了可口的美味。"钟清友介绍道，"比如我们这道菜叫护国菜，你猜猜这道菜的食材是什么？"

"青菜叶？"施文看着碗中做成了太极图的碧绿菜羹道。

"对，是青菜叶，你能猜出是哪种青菜叶吗？"顺子道。

"白菜叶？"施文看着顺子和钟清友道。

顺子摇头，钟清友也摇摇头。

"菠菜叶？"施文用调羹尝了一口道。

"地瓜叶，也就是大家说的红薯叶。"顺子笑道。

"地瓜叶能做出这么美味的羹汤来？"施文又尝了一口，不可思议道，"我分明吃到了海鲜的味道。"

"你说得不错，这里面确实加入了虾肉糜和菌菇高汤来调制，但这道菜的主食材就是地瓜叶。传说南宋末年，宋帝赵昺逃难到此地，饥肠辘辘之际，到路过的一户农家讨吃的。农家里也没有什么吃的，主人只好从地里摘了一些地瓜叶做成了一碗蔬菜羹，没想到赵昺吃得狼吞虎咽，觉得这是人世间最美味的食物，后人便把这道菜命名为护国菜。后来随着生活水平的提高，护国菜的制作加入了更多配料，成了一道美味的名菜。"钟清友介绍道。

"原来如此，这是一道有故事的菜。"施文笑道。

"不仅菜有故事，我们乌山的茶也有故事，而且和宋帝赵昺很有关系。"钟清友说，"我们这里最古老的那棵古茶树就叫宋种，已经有七百多年，传说也是当年赵昺逃到此地种下的，后来才繁衍出这一片山脉的凤凰单丛茶。所以，我们乌山和宋帝赵昺有着很深的渊源。"

"所以说凤凰单丛茶也是有故事的茶。"施文又笑，"现在都流行讲故事，故事讲得好，品牌的传播力就很强。不过我认识凤凰单丛，并不是从故事开始，而是源自一款叫'鸭屎香'的茶。当时就觉得这个名字很奇特，好奇心驱使我去试一试，这一试就一发而不可收，彻底入了凤凰单丛的坑了。后来在直播间认识了顺子，喝了你们的茶后，才知道自己之前喝的茶只是最低的入门级，这喝的茶档次上来了就下不去了。果然应了那句话：由俭入奢易，由奢入俭难啊！"

"这怕什么呀，你今后就是我们乌山茶农的一分子了，这辈子都有喝不完的好茶！"马晓晴笑道，"你是因为被单丛茶吸引而和顺子走到一起，我是和阿晨恋爱后再被单丛茶吸引来到乌山，现在也是对凤凰单丛不离不弃，一日不喝就像丢了魂一样不得劲儿。"

"你们这叫殊途同归，哈哈……"

美食慰藉心灵，好茶滋养身心。大家吃着，喝着，聊着，愉快的时光飞逝而过。

晚饭后，大家一起品茗，万籁俱静的夏夜里，坐在乌山的星空下，一群年轻人围炉夜话。钟清友用榄炭烹清泉，表演了潮州工夫茶二十一式。从备器、生火、净手、倾茶、温杯、炙茶、纳茶、醒茶，到滚杯、高冲、关公巡城、韩信点兵，一招一式，优雅恬静。泡茶时的钟清友仿若变了一个人，和下午那个调皮爱开玩笑的钟清友全然不同，泡出来的茶也格外好喝，柔甜、顺滑、细腻，回味无穷。

"这是我喝过最好喝的凤凰单丛，没有之一。"施文感叹道，"没喝过你泡的茶时，我觉得我泡的已经很好喝了；今晚喝了你泡的茶，我觉得我泡的茶水太粗了，简直不能忍！阿友，我也要学潮州工夫茶艺，我要让自己每天都能喝到最好喝的凤凰单丛茶。我要拜你为师！"

"没问题，不过说好了，学习都是要交学费的，我学潮州工夫茶艺交了几万块的学费。你要是只学冲泡课，几千块就行，我来教你！"钟清友说。

"可以，交了学费才能学得会，我懂这个道理的。"施文爽快道。

"你真是个明白人，只有交了学费才会好好用心去学，所以学费必须交。这样，我就在山上开个班，你们都参加，我给你们的学费打五折，三天的课程，每人两千。"

"阿友哥，你真够黑的，都是自己人你还收钱！"燕子鄙夷道。

"那必须收,人家施文都没觉得贵,你嚷嚷什么?"钟清友回嘴道。

"施文姐那是不好意思,再说了,你还没毕业呢就收这么高的学费,你够资格吗?"燕子问。

"当然够资格!叶老师早就让我们开班,我班上同学早就回自己的茶馆里开班了,我这还算落后的呢!你们都是我第一批学员,我就打五折,未来等我毕业了,可就不打折了啊!"钟清友笑道。

"行行行,我报名!"钟玉茗举手道,"清友老师,我支持你!"

"我也报名!"钟翌晨也举起手来,他还抓起马晓晴的手,说,"这里再加一个!"

其他几个年轻人也都举起手来,大家都愿意跟着钟清友一起学。

"成!那就这么愉快地决定了!明天上午咱们在直播前先上课,九点开始上到十一点,燕子当我的助教,到时候学费分你一半。三天的课程,主要是实操课,只要用心学,好好练,包你们学下来就能泡好茶。"钟清友信心十足道。

"那太好了!我这次来真是收获满满!"施文拍手叫好。

"这次不仅让你学会泡茶,还要让你学会制茶。制茶师傅是顺子,他要不要学费我不管,反正我的学费不能少。"钟清友看着顺子笑。

"我不像你唯利是图,我免费教施文。"顺子说。

"施文,你要小心哟,免费的东西往往是最贵的。"钟清友道。

"就你坏心思最多,我可不是你。"顺子追过去假装要打钟清友。大家被顺子的表情逗乐了,都笑成一团,年轻的笑声在乌山的夜空中久久回荡。

施文在乌山的第一个晚上,睡得特别香甜。第二天早上醒来后,她吃过饭如期上钟清友的工夫茶冲泡课,都是干货。钟清友手把手教他们如何选壶拿壶,如何拿盖碗不烫手,如何滚杯洗杯,如何注水出汤。大家反复练习,两个小时很快就过去了。下午,顺子带着施文上山识茶、采茶,手把手教她制作单丛茶。让她真正体会到从一片叶到一杯茶的重生,体会到凤凰单丛茶制作工艺的复杂和讲究。在学茶、采茶、制茶的过程中,顺子精益求精的工作态度再次让施文刮目相看,佩服之至。她从一个茶叶爱好者,秒变一个茶文化爱好者,从爱喝茶变成爱研究茶了，开始从源头了解凤凰单丛茶的历史，在学习中懂得潮州工夫茶艺就是一杯茶汤的艺术。

顺子还抽空带施文去村里转，钟清友绘就的乌山村未来规划图就挂在村委会的大门口，顺子指着图给她一一讲解，施文也被钟清友的规划折服。两人一路走一路聊，施文对这个山村的未来充满了期待。两人走到祠堂门口，正好遇到从外面回来的钟嘉禾。

"嘉禾叔，这是我的女朋友施文，我跟您提过的。"顺子隆重介绍道，"施文，这就是我跟你多次提到的乌山村党支部书记钟嘉禾，我们乌山村的引领者。"

"嘉禾叔好！"施文很大方地和钟嘉禾握手，"总听顺子提起您，今天很高兴见到您！"

"你就是顺子在网上认识的那个姑娘？"钟嘉禾不敢相信地看着施文，眼前这个白白胖胖的女孩儿真招人喜欢，眉眼带笑，两个酒窝甚为生动，按面相来看，这个女孩儿长得一副旺夫相。

"对，就是我，施文。"施文始终笑意盈盈。

"真好，长得好，有福气！顺子，你小子捡到宝了啊！来来来，上家里坐，去喝杯茶！"钟嘉禾热情地说道。

"嘉禾叔，我们下次去您家里，今天我要带施文去我家里看望父母。"顺子说。

"对对对，应该去你家里，让你父母高兴高兴！快去！"钟嘉禾点头道，马上又问，"哪天有空来家里吃饭？"

"明天上午施文就要回去了，下次有时间再来。"顺子回答道。

"这么着急就要回去啊？"钟嘉禾明显有点儿失望，"那什么时候再来？来一趟怎么不多住几天？让顺子带你四处去转转啊。"

"嘉禾叔，我是请假过来的，已经住了快一周了，那边的工作比较忙。等下次再来，我就多待几天。"施文说。

"下次来就不是多待几天了，是要长住这里。两人觉得合适了，满意了，就可以考虑结婚了！顺子也老大不小的了，他父母早就盼着抱孙子呢！施文，叔问你一句话，你对顺子满意不？对乌山这里满意不？"钟嘉禾认真地看着施文道。

"满意，叔，对顺子、对乌山我都满意。"施文的脸颊飞起红晕，她看了一眼顺子，说，"不过我要回去做通父母的工作，他们对我远嫁这件事儿还不太同意。"

"这个情况也可以理解，父母总是不希望女儿嫁得太远。顺子，这个事儿就看你的了，你得抽空去施文家，争取把她的父母接到乌山来看看。等我们这里的路修通了，茶旅栈道建起来了，酒店民宿建好了，村里的改造都完成了，我想每个人来看了都会喜欢的。施文，未来乌山是要变成最美丽的山乡的，阿友说这里要赶超欧洲小镇，变得富裕、美丽、文明，我想很快就能实现这样的梦想。"钟嘉禾满脸憧憬道。

"嗯，我也相信。"施文点头道。

"好，相信就好！相信就会变成现实。"钟嘉禾很满意地看着施文。

告别钟嘉禾，顺子带着施文来到了自己家里。其实，这一刻顺子心里还是有点儿忐忑的，他本来不打算这么快带施文来见自己的父母，是施文主动提出来要到家里看看，顺子为这事儿还专门找钟清友商量。当时钟清友想都没想就说："带她去啊！怕什么？丑媳妇迟早要见公婆。哦，不对，应该是丑公婆迟早要见儿媳妇。"

"我是怕施文看到我父母的情况被吓跑了。"顺子担心道。

"会跑迟早都会跑，你还想瞒人家一辈子？顺子，自信点儿，我觉得施文不是那样的人，看得出来她是真心喜欢你，也是真心喜欢乌山，喜欢凤凰单丛茶。这样的女孩儿，一般都很纯朴、很善良，她看中的是你这个人，爱屋及乌。你放心，大胆带她回家去见父母！"钟清友拍着顺子的肩膀道，"万一不行，大不了到网上再找一个嘛！"

"胡说什么呢？"顺子立马跟他急了。

"行行行，我胡说，我胡说，施文不是那样的人，放心吧！"钟清友强行把他推出去。

钟清友这话算是让顺子吃了定心丸。可真把施文带到家门口的时候，他心里还是有点儿忐忑。

来到家门口,顺子的父母早就等在门口迎接了!听说儿子带女朋友回来,他们激动得一夜都无法入睡,把家里上上下下、里里外外全部清扫了一遍。顺子的爸爸虽然不能干什么,但他拄着拐杖在帮忙。顺子的妈妈虽然很累,可是高兴啊!这一天盼了六年多啊!自从顺子从深圳回到乌山,他们两口子就觉得对不起顺子,是自己耽误了儿子的前程,耽误了儿子的婚事!现在顺子终于找到女朋友了,无论如何也得给人家留下个好印象啊!

"爸、妈,施文来了!"老远顺子就叫道。

"叔叔、阿姨好!我是施文,"施文快步走过去握住顺子父母的手,把带过来的礼物放到顺子妈妈手里,"叔叔阿姨,我带了一点儿老家的阿胶糕给你们,你们每天记得吃一两片,这个对身体非常好!"

"哎呀,谢谢!这么老远来还给我们带礼物,你可真有心啊!"顺子的妈妈感动得眼眶发红,紧紧握着施文的手不放松。顺子爸爸因为说话不利索,只能激动地看着施文,不停地点头说:"好!好!好……"

"来,坐!"顺子妈妈扶着施文往屋里走去,陈旧的餐桌被擦得锃亮,上面摆放着洗好的荔枝、番石榴、大青枣,各种本地新鲜的水果摆满了一桌子。"文啊,吃水果,来!"妈妈拿了荔枝和大青枣给施文,施文双手接过来,顺子很贴心,赶紧给施文剥荔枝,边剥边说:"这是最后一拨荔枝了,这个品种叫糯米糍,吃起来的口感像糯米那么软甜,肉厚核小,你尝尝。"

施文接过顺子剥好的荔枝,放进嘴里咬了一口,惊喜道:"真好吃,鲜甜爽口,太新鲜了!我第一次吃到这么新鲜的荔枝,是刚从树上摘下来的吗?"

"是,荔枝果园就在山下不远处,我们经常自己去果园里摘,边摘边吃,一树一树的荔枝,红红的,一大串接一大串,把树枝都压弯了,吃不完,根本吃不完。"顺子笑道,"在岭南,吃荔枝的时间很长,五月份开始就吃妃子笑,六月份吃桂味,七八月吃糯米糍,这三个品种是不同月份中最好吃的。吃不完我们就把它们晒成荔枝干,做成荔枝罐头,泡荔枝酒。荔枝的营养和美味,岭南人把它利用得淋漓尽致。"

"我最喜欢吃荔枝了!小时候读到苏东坡的'日啖荔枝三百颗,不辞长作岭南人'，我就想，荔枝真的那么好吃吗？每天吃三百颗都吃不厌？后来又读到杜牧的'一骑红尘妃子笑，无人知是荔枝来'，更对荔枝充满了想象。可是我在北方，小时候物流还不发达，很难吃到荔枝；后来能吃到了，但那个味道并不好，估计是路程太远运输时间长，导致荔枝不新鲜、不好吃了。今天这些真的是我吃到的最好吃的荔枝，没有之一！天哪，我真想去荔枝园里边摘荔枝边吃，实现荔枝自由！"施文边吃边说。

施文这席话，逗得顺子的父母都忍不住笑起来，这孩子太可爱了！顺子看施文吃得那么满足，更是忍不住咧嘴笑起来。施文这样子真是个十足的"吃货"，不过她这样顺子是真喜欢，率真、爽朗、不做作，尤其是笑起来很有感染力，让人感觉生活是那么美好，没有丝毫烦恼，这样的女孩儿谁能不喜欢呢？

"在乌山，你可以轻松实现很多自由，比如喝凤凰单丛的自由，吃潮州菜的自由，吃荔枝的自由，吃龙眼的自由，吃杨梅的自由，吃枇杷的自由，吃杨桃的自由，吃香蕉的自由，吃青枣的自由，吃凤梨的自由，吃火龙果的自由，吃柑橘的自由……这些都是本地产的水果，便宜又好吃，吃不完根本吃不完。"顺子笑道，"你晚两天回去，我明天把工作安排好，带你去荔枝园摘荔枝！"

"以后有机会再去吧！我那边的工作亟须回去处理。乌山简直就是'吃货'的天堂！我爱乌山！"施文张开双臂欢呼道。

"那就早点儿嫁过来，'吃货'的理想就能马上实现了！"顺子趁机道。

"成，我回去好好说服我爹娘，时机成熟，我就通知你飞过去。他们如果要聘礼，你得准备好啊！"施文看着顺子道。

"没问题，我肯定准备。"顺子马上答应，继而贴着施文的耳际悄声问道，"大概要多少，我好提前准备。"

"这个……几十万是要的吧！"施文仰头笑。

"你得跟你爹娘打个预防针，让他们不要定得太高，否则我……"顺子一副为难的表情看着施文。

"那得看你的表现啊！你表现好，可能我父母一高兴一分彩礼都不要，还会给我一大笔陪嫁；表现不好的话可就不好说啰！"施文边吃荔枝边说。

"那我就有信心了，我的表现肯定能让你父母满意的！"顺子不停地给施文剥荔枝。

顺子的父母坐在旁边，看着儿子和女朋友幸福斗嘴，一开始有点儿紧张，后来就眉开眼笑了，对施文这个开朗大方又爱笑的女孩儿十分喜欢。这么好性格的女孩儿能嫁过来，真是这个家庭的福气啊！

"文啊，吃，吃……"顺子的妈妈普通话说得很拗口，只能不停地招呼施文吃水果，始终笑眯眯地看着施文。

顺子的妈妈要留施文在家里吃饭，顺子说晚上还要直播，没办法在家里吃饭，妈妈才依依不舍地送他们出门。看着施文挽着顺子的胳膊，妈妈的眼眶都湿了，等施文走出去了，她还迈着小碎步跑过去，不舍地拉着施文的手，叮嘱道："文啊，早点儿回来啊！妈妈在家里等你！"

这话就像自己的父母盼着孩子早回家一样，听得施文鼻子酸涩，不停点头："好，好！"

"一定啊，一定早点儿回来！"妈妈似乎不放心，又拍着施文的手说了一次。

"嗯，我记住了。"施文眼眶泛红道。

两人走出去很远，转头还看到顺子的父母站在路口张望。"妈妈，你扶着爸爸回去吧！快点回去！"顺子朝着妈妈喊道。

妈妈点点头，挥了挥手，依旧站在那儿一动不动。

"阿姨，回去吧！"施文也挥手道。

"不应该叫阿姨，应该叫妈妈！"顺子说，"刚才我妈分明是对你说，妈妈等你回来的！"

"那得给改口费，没有改口费不能随便叫妈妈。"施文笑道。

"好好好，下次我一定叫我妈准备好！"顺子忙不迭地点头。

两人一路说笑打闹、你侬我侬地回到了木屋别墅。

施文在乌山的这一周，是顺子回到乌山七年来最愉快的时光。爱情是有魔力的，能让人激情四溢，斗志昂扬，容光焕发，仿佛换了一个人一样。这几天的顺子就是如此。施文就像生命中突然照进来的一道光,让他的世界变得灿烂无比。施文的陪伴,让他觉得自己的身体充满了能量,有用不完的劲儿;他每天直播、发货,陪施文去山上采茶、制茶、学泡茶,监督制茶车间的工程建设,忙得脚不沾地,但是一点儿都不觉得累。施文的到来,让他看到了生活的希望和未来,看到自己未来生活的幸福与美好。他甚至憧憬着,将来让施文的父母来乌山,和他们生活在一起,两人多生养几个孩子,双方父母含饴弄孙,其乐融融,这样的人生该是多美好啊!

把施文送走后,顺子的工作热情依旧高涨,没有丝毫消减。中山的茶园因为管理到位,采摘过后翻土除草追加有机肥,物理除虫,长势比以前好了很多。钟清友把茶叶生长的情况拍给叶天羽看,嫩绿的芽叶在阳光下闪闪发亮,长势十分喜人。

"再过三天可以采摘下来做成单丛红茶,你们要不要尝试一下?"叶天羽说。

"可以啊,不过我们没做过单丛红茶,需要您上山来亲自指导。"钟清友回复道。

"没问题,三天后我下午四点左右到,你们组织采茶工在三点左右采茶,采回来马上晒青。现在太阳炙热,不要晒太久,大概三十分钟,得时刻盯着。"叶天羽说。

"没问题,一切按照您的指示来,我们是不是又要熬夜做茶?"钟清友问道。

"对,红茶的发酵时间比较长,不过晚上我们可以打个盹,小睡一会儿。"叶天羽说。

"好,我陪您一起,我叫顺子跟着,还有几个年轻人也想跟着学。"钟清友说。

"行,你们尽量多一些人参与进来,我把原理和步骤都示范给你们看,关键点都把握好以后就能自己做了。"叶天羽说。

"好,我来安排,就等您来传经送宝了。"钟清友高兴道。

钟清友把这个消息告诉大家后,所有人都很期待。用凤凰单丛的原料做成单丛红茶，这对于乌山茶农是个挑战，也是全新的尝试。尤其是叶天羽说夏季的茶青做成单丛红茶更好喝，因为内含物质多，只要把晒青和发酵做好，能让单丛红茶不仅茶汤甜，而且汤中会带明显的花香。而如果把夏茶做成单丛茶，茶汤口感会比春茶差很多，茶汤水会比较粗、硬，容易产生苦涩感。

# 第十七章

三天后,叶天羽如约来到乌山。因为乌山在修路,中途多用了将近一个小时,来到乌山已经三点半了。钟清友原本打算安排叶天羽先休息,休息一会儿再来做茶。

叶天羽摆摆手,说:"先看茶青,抓紧时间晒青。"

大家在叶天羽的指挥下,把刚刚采下来的茶青全部摊开在竹筛上晒。已经晒青的那部分,叶天羽抓起来闻了闻味道,又看了看叶梗,说:"这些马上收进去摊开晾青,让茶梗的水分输送到叶片,补充平衡水分,需要两三个小时。然后再用热风萎凋八小时以上,让茶叶失去水分。明天早上太阳刚出的时候,再把萎凋好的茶叶让弱太阳光复晒,时间十到十五分钟,再上萎凋槽萎凋到折梗不断,叶子软得贴着筛子了,揉搓不烂再来做青。"

小伙子们即刻行动起来,把一个个竹筛子往里面搬。叶天羽在晒青区转悠了一圈,看着下面正在扩建的制茶车间,笑着对钟清友说:"你这栋房子建起来,再把'乌山茶农'这个大招牌挂到墙上去,在山下很远就能看到,是乌山标志性的建筑啊!将来茶旅栈道修好了,来乌山的人都必须经过你的茶园到山顶去看日月星辰,你这里就真是风水宝地了!"

"未来我想结合茶旅做凤凰单丛茶文化大学堂,叶老师,您来当我们的总顾问,咱们一起做。"钟清友说。

"你这个想法很好,凤凰单丛茶现在还停留在农副产品的阶段,未来我们要把它打造成一个文化产品。农副产品的附加值很低,文化产品的附加值就高了,所以凤凰单丛必须走文化赋能的产业振兴之路。"叶天羽点头道。

"柴米油盐酱醋茶,琴棋书画诗酒茶,这前后两个不同的'茶'字,其实体现的就是完全不同的境界。第一个'茶'就仅仅是农副产品,生活所需;第二个'茶'就是您说的文化产品,诗意的享受。我们要转型,就要把'茶'文化的故事讲好,让喝茶享受的是一段诗情画意的美丽时光……"钟清友说。

"你的理解很正确,就是要走这条路。潮州工夫茶本身就是高品质的生活方式,核心价值是'和、敬、精、乐',倡导的是和谐、尊贵、精致、快乐的生活体验。在古代是贵族的生活,现在走进寻常百姓家,这是好事儿,说明我们老百姓的生活水平有了很大的提高。所以,未来的消费一定要分层,我们的产品要有明确的定位,乌山茶农要做出品牌,讲好自己的品牌故事,这才是你的核心竞争力。"叶天羽说,过了片刻,他看着钟清友问道,"你爸爸现在很支持你做茶吧?"

"对,他上次来这里时态度一百八十度大转变,不仅支持我留在乌山做茶,而且还跟我道歉,说以前对我的态度不好,从今往后会大力支持我的事业。我都奇怪了,他怎么会突然变得这么通情达理?是不是年纪大了,突然良心发现了呢?"钟清友笑道。

"其实你爸爸也是个了不起的人,不过是因为你们之前沟通不畅,彼此之间有些误解。现在他看到你在乌山的成绩,肯定会支持你的啦!"叶老师笑道。

"叶老师,你和我爸很熟悉?"钟清友很吃惊。

"你爸爸虽然主业是做物流生意,但他手里有这么大一个茶园,早年都是野放式生长,人也大方,好茶随便送,这样的人朋友遍天下啊!"叶天羽笑道,"以前他没想靠茶叶赚钱;现在你来了就不一样了,你把茶当作主业,所以你的管理模式和经营模式完全不同,我想这肯定也颠覆了你爸爸的想象。尤其是你对茶山和村庄的整体规划,这个太赞了,你爸爸肯定是没想到的。"

"好像是这样的,反正他现在很支持我,还说要给我投钱。叶老师,说实话,我是不太想让他投资的,我不想再被他掌控。"钟清友说。

"他投资是入股,只占很小的股份,掌控的人还是你自己,你怕什么?"叶天羽道,"你现在各方面建设都需要钱,你为什么要拒绝他?"

"叶老师,你和我爸也是朋友吗?"钟清友再次问道。

"我说了,你爸爸朋友很多。"叶天羽笑道,始终没有正面回答钟清友,"走,进去看茶青。"

说完，叶天羽转身就进了临时搭建的棚子里，茶青的香味在空气中弥漫，刚刚被晒蔫儿的茶青在阴凉处又渐渐苏醒了。叶天羽抓起一把茶青闻了闻，又看了叶梗，说："继续摊凉，让茶青充分回水。红茶要做得好喝，制作工序要综合乌龙茶、白茶、红茶三个茶类制作工序。"

顺子一直跟在叶天羽身后，不解地问道："叶老师，做红茶这么复杂吗？"

"对，这样做出来的红茶才会有花香。"叶天羽边走边说。

顺子跟着叶天羽又来到外面，太阳光非常耀眼，站在晒场上只觉得热气蒸腾，不一会儿就浑身冒汗。叶天羽的脚步很快，走路带风，他边走边看，偶尔停下来抓起茶青闻闻，看下叶梗，大声招呼道："搬进去！"

后面的小伙子赶紧奔跑过来，马上搬到里面阴凉处去。就这样反复许多次，叶天羽在晒场和棚子里来回走，晒得满脸通红，汗水从头顶直往下淌，那件白色的对襟衫也湿透了。钟清友晒得眼睛都睁不开，找了一顶草帽戴上，给叶老师也戴了一顶。把采摘的茶青都晒青完成了，叶天羽才回到屋里喝了一口水，说："吃饭！吃完饭接着干！"

饭菜端上桌来，叶天羽吃饭很快，十来分钟就吃好。钟清友和顺子本来吃得很慢，见叶天羽吃得那么快，也只好狼吞虎咽三下五除二把肚子填饱，擦擦嘴跟着叶天羽马上回到制茶车间。

经过晒青、晾青后，茶青开始热风萎凋，萎凋时间很漫长，还要不时去翻动。一个晚上，叶天羽都没怎么睡。朝阳初升，万道金光洒满了乌山，八点左右的时候，叶天羽让大家把昨晚萎凋好的茶叶全部搬出去晒。看着沐浴在初阳下的茶青，叶天羽抓起来闻了闻，抬头对钟清友和顺子说："这一道工序就是决定茶汤是否鲜爽的关键。"

十多分钟后，茶叶全部收进去做青，等茶叶开始吐出青味后再揉捻，揉捻一小时左右，进入发酵机，温度在二十八到三十摄氏度，发酵机相对湿度八十五度，发酵八到十个小时。茶叶进入发酵机后，他才在钟清友给他铺开的折叠床上躺了一会儿，倒下去就听到了呼噜声。

钟清友也困得睁不开眼睛，靠在椅子上睡了一会儿，刚要做梦被手机振动吵醒了，是女友小朵的视频电话。

钟清友来到外面，接通了小朵的电话。

"怎么这个时间打电话呢？这个时间正常我都在睡觉啊！"钟清友困得眼睛都睁不开了。

"所以偶尔要不正常一下，看看你究竟在干吗！"小朵嘟着嘴巴道，"让我看看你房间里，是不是一个人？"

"我连房间都没进，昨天到现在都在临时搭建的车间里做茶，你看——"钟清友把手机切换到后面的镜头，对着车间里扫了一遍，"看到了吧，叶老师都睡在车间里，还有顺子和其他人，一晚上都在车间里做茶呢！我们在做单丛红茶，叶老师特意过来手把手教我们。"

"这么辛苦干吗呢，赶紧飞回伦敦来吧！"小朵说道。

"别胡说了，我现在不可能飞回伦敦去，外面情况那么不好，你趁早回来吧！"钟清友说。

"现在我也不可能回去啊！票也买不到，门都不敢出，天天都窝在家里，烦死了。"小朵很无奈。

"这样，你安心在家待着，我给你找机会买票，买到了你就回来。"

"别傻了，现在机票太贵了，我爸妈也这么说，我觉得没必要，十几万一张的票，平时能买几张头等舱票呢！"

"只要能买到，钱你不用管。我来想办法。"

"没办法，就这么贵也根本买不到票，我听说有人直接从国内包机过来接人，而且根本不是有钱就能办得到，因为禁飞了。"小朵长叹道，"阿友，我是不是只能在这里等死了，我有点儿害怕！"

"别怕，你现在就在家待着，哪儿都别去，尤其是人多的地方。我让人先给你寄一些吃的东西过去。"钟清友说，"只要能买到票，你马上就飞回来。我告诉你，前不久顺子的女朋友来乌山了，她答应要嫁到乌山来，她说乌山就是她理想中的'吃货'天堂！她太爱这里了，这里风景好，美食多，水果随便吃！"

"你就是说破大天去，山里也没多好；我就是回去了，我也不会待在山里，我肯定留在深圳。"小朵撇嘴道。

"那是你没来，来了你肯定爱上这里。等你来的时候，我们这里的茶旅栈道肯定都建好了，山里的路也修好了，村庄也规划好了，酒店民宿都建起来了，到时候你来了就不想走了！"钟清友笑道。

"那是你自己在做梦，可不是我。"小朵依旧不信。

"你会喜欢这里的，不，你会爱上这里的，我相信。"钟清友信心十足道。

挂了电话，钟清友回到里面躺下去，等他醒来，发现叶天羽已经在和顺子对发酵完成的茶叶进行解块了，第一拨做好的单丛红茶已经烘焙好了，打开烘焙机，红茶的香味马上飘散开来。

"试茶！"叶天羽抓了一小把投进盖碗中，沸水高冲，刮沫，出汤，茶汤橙红明亮，喝完后，叶天羽笑着看向钟清友和顺子，问道，"感觉怎么样？"

"鲜爽甜润，确实不错！"顺子咂了咂嘴回味道，"茶汤中花香明显。"

"这口感确实和我之前喝过的红茶有很大区别，有明显的花香，很鲜甜。"钟清友也回味道。

"这就是反复晒青的效果。"叶天羽说道，"一般做红茶不太注重晒青，就是直接萎凋，所以没有花香，缺少鲜爽的口感；经过反复晒青，才能激发茶叶中的活性物质，做出花香，增加鲜爽度，所以口感很鲜甜。这就是单丛红茶的最大特点。这个茶放一个月后再喝，口感更好。我建议你们在给老客户的茶叶中免费配送一两泡单丛红茶，直播间里一个月后再上新，这款红茶可以和中山单丛价格一样。"

"能卖到这个价格？"钟清友不敢相信。

"对，放一个月后口感不输金骏眉，这个价格性价比很高！另外，你高山的水仙不要单独卖，按照这个配方去拼配，拼配好之后再二次焙火，这样所有中山茶都能有高山韵味，价格都能翻一倍甚至更多。"叶天羽说着就写了一个拼配单子给钟清友，"先拼配十斤，焙火后试喝，再给我试喝；试喝过关，再拼配一百斤，焙火后再试喝；然后再拼配一百斤……这样反复试验，等到完全稳定后你可以大量来做，比如一次一千斤以上。"

"太好了，谢谢叶老师！"钟清友如获至宝，"当时在您那里上拼配课的时候我就想回来自己拼配，试了几次都感觉不太好。原来是配方不行！顺子，咱们按照这个方子来配试试看，感觉不好喝可以调整。叶老师，我们可以根据自己想要的口感来调整这个比例吧？"

"理论上是可以的，但目前你还不能。你想怎么拼配，把单子先给我看，我确定后你再来做，这样失败的可能性比较小。不然，你的茶可能会被你弄坏很多，我可不想看到你暴殄天物。"叶天羽笑道。

"好，谨遵师命！"钟清友调皮道。

叶天羽心情好，在乌山多待了两天，不仅手把手教钟清友和顺子做单丛红茶，而且还帮他们把拼配的茶样做好完成焙火，试喝后做了微调，再焙火，确定好了再让钟清友和顺子照这个拼配比例去做一百斤，为了确保质量，叶天羽交代他们每次都只做一百斤，不要贪多。

掌握了这个拼配的法宝后，乌山茶农又推出了新产品"夜木兰"，这款单丛茶喝起来高山老丛的韵味很足，因为有高山老丛水仙做主料，茶汤甜润饱满，喉头回甘持久，满口生津。性价比很高，比之前的中山普通茶贵百分之五十，但茶叶的质量却能媲美高山古树，直播间上架后，钟清友作为主推产品。为此，钟清友又专门拍了好多视频去推广，让燕子在乌山的山野间演绎潮州工夫茶艺，还邀请了一些爱茶人士到乌山来开茶会。每个品鉴过这款茶的人，都赞不绝口。一时间，这款茶成了乌山茶农的明星产品，许多茶叶店争相备货。顺子不得不减少直播的时间，专心在车间里做拼配。为了确保质量，他一刻都不敢放松，而且这个配方比例，叶天羽特别交代过，属于乌山茶农的保密配方，绝对不能让其他人知道，否则就没有竞争力了。

钟清友粗粗计算了一下，光是夏季做的红茶产量和拼配带来的收益，就让乌山茶农这一年的收益要增加两成以上！这些利润，都是叶天羽老师手把手交给他们的，所以，钟清友决定从这些收益中专门给叶天羽老师计提成。当他把这个想法告诉叶天羽的时候，叶天羽在电话那头爽朗地笑起来："你怎么算都行，有多少钱你也不用给我，就继续投资在你的茶旅项目中，我看好你！看好乌山茶农！"

"那太好了！感谢叶老师支持！"钟清友太开心了，叶天羽对自己如此支持，他越发坚定了要把乌山茶旅的项目做好的决心！

单丛红茶做完了，拼配的工艺也稳定了，钟清友抽空回了一趟深圳。郑风云和董剑明负责的新式茶饮已经开张，就在腾达公司的附近。钟清友来到店里转了一圈，店员并不认识他，郑风云和董剑明不在，钟清友压根儿没告诉他们，就悄摸摸进了店里。三个小年轻穿着统一的工作服，头上还戴着印有"乌山茶农"字样的帽子，正在忙碌地制作奶茶，门口排着长队在等着买奶茶，外卖员不停地进来取货，步履匆匆。看起来市场打开得很不错，年轻人接受度很高。

"哥，您要喝哪款？扫码手机上可以直接点。"钟清友刚进来坐下，店员就走过来招呼他。

"好，我试试。"钟清友用手机扫了一下桌上的二维码，里面马上显示店铺产品，有好多种鸭屎香奶茶：有牛奶冰饮的，也有牛奶热饮的，还有冷萃加水蜜桃味道的，配料都是高山鸭屎香单丛、鲜牛奶、新鲜水果；为了丰富奶茶的品种，也有部分绿茶奶茶、水果奶茶，等等。钟清友选了鸭屎香奶茶冷饮和热饮各一杯试试看。两杯一起买打八折，还挺划算，一杯也就是十八块。鸭屎香奶茶冷饮爽口，但茶香淡了很多；热饮茶香浓郁顺滑，牛奶口感也丝滑，奶香加茶香，感觉热饮比冷饮好喝。坐在店里半个小时，钟清友统计了一下卖出去的量，半小时超过了三十杯，平均一分钟一杯。三个店员相互配合，一刻都没得停歇，照这样计算，每天开店十二小时，除去早晚两个小时人比较少，其余时间人流都挺多，就算平均每天能卖出五百杯，一天不到一万的营业额，实际上可能还没有这么多的量。一个月刨去店租、人工、水电等各种成本，每个月能盈利的并不多。当初觉得这个盈利模式很可观，如今来看，觉得一般。如果能批量复制，做加盟，未来卖茶底配料，或许能成为一个增长点。

钟清友把郑风云和董剑明叫出来，三个人在餐厅的包间见面。钟清友把自己看到的店铺销售情况分析了一下，郑风云和董剑明结合这段时间每天的店铺销售情况，觉得钟清友分析得对，很赞同钟清友的观点。三人一致同意：做品牌，招加盟商，这是新式茶饮的唯一盈利模式。

品牌的构建必须宣传，钟清友让郑风云和董剑明多招几个年轻人来做短视频推广，注册抖音号、微信视频号、微博视频号、小红书号、B站账号等，全平台开始推。任何商业模式的打开，前期的开拓都必须下苦力，一个是在产品开发上，一个就是在营销推广上。如今是自媒体时代，对于年轻人来说，就是八仙过海，各显神通。你有多大能耐，可以尽情去折腾。只要敢想敢干敢闯，总有一条路会被你走通。

"阿友，我们之前就想着给你投资坐收渔利的，现在怎么成了自己创业，还得亲力亲为，这活儿咱可没干过啊！"郑风云托着苦脸说。

"是啊，你也知道，我们之前都是只管投钱，剩下的事情就不管了；现在可好，咱不仅要投钱，还要亲自上阵、亲自管理、亲自创意加策划，这太累人了！哥们可不是干这个的料啊！"董剑明也叫唤道。

"看看你们两个没出息的样子！"钟清友敲着筷子道，"你以为就你们是养尊处优，不食人间烟火长大的吗？我之前不是和你们一样吗？我那时候又干过什么呢？懂茶吗？会拍短视频吗？会做茶、会泡茶吗？我除了会弹吉他、会画画、会打高尔夫、会花钱，我啥也不会啊！可现在呢？我除了不会生孩子，我什么都会了啊！我不仅会做茶、会泡茶、会拍短视频、会直播、会教学生，我还会给茶园锄草施肥、会和村民打交道……不要把不会当借口，正因为不会，所以就有无限可能。我用我这快一年的人生经历告诉你们，在乌山做的这些事儿，胜过我之前生命的总和，真正让我感觉到活着的意义和价值！兄弟们，躺在父辈的江山上吃喝玩乐那是最低级的生命状态！只有自己凭实力打下的江山才真正有价值！以前，我爸爸总觉得我不争气，不拿正眼看我，动不动就斥责我，瞧不起我，你知道现在怎么样了吗？"

"以你为骄傲？"郑风云问。

"对，就是这样！不仅如此，他还亲自到乌山向我道歉，说以前是他不对，态度不好，从今往后他要支持我的事业，给我投资！你说，你们就说说，这种感觉你爽不爽？爽不爽？"钟清友一脸骄傲道。

郑风云和董剑明对视了一眼，钟清友这小子可真是变了！变得越来越自信，越来越牛气了！那眼睛里放射出来的光芒都自带光环，这种感觉他们还真是没体会过。拿着老爷子的钱可劲儿造是很爽，不过被老爷子骂的时候那也是真窝囊，还半句嘴都不敢。

"干也可以，不过还得是以你为主，毕竟你现在有经验了。"郑风云说，"我和阿明可以执行，但总体策划什么的还得是你。"

"这个没问题，我的意思是你们得动起来，不能开个店放在这儿你们就不管了，还照样和以前一样吃喝玩乐。咱们得想办法做品牌，做大做强，把市场做起来，明白吗？"钟清友说。

"行，没问题。"董剑明拍着胸脯说，"咱们就按照阿友说的，再招几个人来推广咱们的新式茶饮。阿云你家里那个办公场地很宽敞，咱们就在你那儿弄两间来办公，也不用去外面租了。"

"没问题，反正空着也是空着。咱们得先把思路捋顺，不能盲目进行啊！"郑风云说，"阿友，我觉得咱们得做有故事的视频推广，就是搞剧情式的短剧，这个我喜欢。"

"这个可以，咱们好好想想，以什么样的故事核心来讲，然后请人来写剧本就行。"钟清友点头道。

"那就这么定了，故事核心就是品牌的核心，这个阿友你来定。"郑风云马上又把球甩给钟清友了。

"行，没问题，我们都想想。"钟清友笑道。

三个人闲扯了几个小时，明确了接下来的工作方向和具体任务，散会，各回各家。

钟清友又是在晚饭前突然空降到家。妈妈许雅纯正在花园里赏花，看到钟清友的车停在家门口，高兴得奔跑过来抱着儿子紧紧不放："仔仔，你怎么又给妈妈这么大的惊喜啊！我昨晚做梦梦到你回来了，我还以为自己是太想儿子了才会做这样的梦，没想到是美梦成真啊！快让妈妈看看，哎哟，晒黑了，瘦了，是不是工作太累了啊！我天天看你们的视频和直播，又是做红茶，又是开发新产品，我的仔仔真是太能干啦！可是不能累坏了身体啊！"

许雅纯捧着钟清友的脸，就像儿子小时候一样，仔细地打量着，上上下下都不放过，心疼得不行。

"妈，我好着呢！快让我进屋吧，我饿了。"钟清友撒娇道。

"哎呀，那赶紧开饭！周姐，马上开饭啊！清友回来了！"许雅纯拉着钟清友的手走进偌大的别墅，对在厨房里忙碌的阿姨说道，"再多做几个清友爱吃的菜！"

来到大客厅里，钟清友惬意地在欧式大沙发上躺下去，舒服得喟叹一声："还是家里好啊！家里的沙发就是我的温柔乡，妈妈的怀抱就是我最温暖的港湾。回家真好啊！"

"那就在家里多休息两天，别急着回去。"许雅纯坐在儿子身边，握着儿子的大手掌道。

"妈妈，我也想啊，可是我不能啊，我明天一早就得赶回去。大家都在忙，我怎么能躲在家里享清福呢？"钟清友坐起来抱着妈妈说，看了看周围，才想起没看到钟志国，"我爸还没下班？"

"唉，最近你爸也忙，经常不回家吃饭，现在这个形势港口受限制，很多货柜都出不去，你爸头发都愁白了。仔仔，你爸爸也不容易。"许雅纯叹气道。

"大形势如此，我们只能接受，不能着急，慢慢来吧！你让爸爸别那么较真，年纪大了也要注意身体。"钟清友说。

这话被刚进门的钟志国听得清清楚楚，顿时感动得老泪纵横。好几天没回家吃晚饭，没想到回家居然看到儿子回来了。钟志国轻咳了一声，许雅纯马上走过来迎接他，边接过他手上的包边说："志国，你是不是也知道儿子回来了？看来父子也是有心灵感应的啊！"

钟志国笑了笑，没说话，换了鞋往客厅走来。

钟清友起身走过去，发现几个月不见，钟志国真的老了很多，两鬓的白发那么明显，脸上的皱纹也多了，尤其是脸色很不好，黑眼圈深重，整个人看上去憔悴不堪，一下子像老去了十岁。以前看钟志国总觉得他很强大，咄咄逼人，似乎永远都是高高在上的样子；今天却突然感觉眼前的钟志国矮了很多，那种气势一下子就没有了。钟清友的心猛然抽疼了一下，他鼻腔发涩，叫了一声："爸爸！"

"哎，回来就好，回来就好！"钟志国点头应答着，却不敢看钟清友，而是故意避开他的眼神，径直往沙发走去，他强忍着眼底的酸涩，不让老泪流出来。刚才听到钟清友叫自己的一刹那，他的情绪喷涌而出，泪水差点儿就夺眶而出了。太久没听到儿子这么亲切地叫自己了，或许也是自己老了吧，这么容易感动，容易落泪，这可不是什么好事情。钟志国深吸一口气，转身便稳稳地坐在了沙发上，恢复了平静。

"今天怎么有空回来？"片刻后，钟志国看着钟清友问道。

钟清友马上走过来，在钟志国的侧边坐下来，开始汇报道："茶山的夏季红茶刚做完，新产品开发也完成了，直播间的销量很稳定，一切都上轨道了，所以我就抽空回来看看这边的新式茶饮的情况。刚和阿云阿明见面谈过，明确他们接下来要做的事情，忙完了就赶回家来吃晚饭。"

钟志国欣慰地点点头，儿子果然成熟了，做事有规划有方向，事业已经有声有色了。

"很好，听说你们拼配出了一款新茶，直播间卖得怎么样？"钟志国问道。

"挺好的，单丛红茶也卖得不错，现在还有不少二级分销商找我们拿货。"钟清友把带回来的红茶和拼配新茶拿出来，"一会儿晚饭后我来泡给你和妈妈喝。叶老师说这个红茶过一个月再喝口感会更好，不过现在我就觉得很好喝。"

"以前夏季我们从来不采茶，因为夏茶不好喝，汤水粗、涩、硬，凡是对单丛有追求的人，都不会喝夏茶。叶天羽把夏茶做成红茶这个是真没想到。红茶的产量有多少？"

"我是有选择地采摘了一部分，毛茶两三千斤。"钟清友说，"价格和春季的中山单丛一样，目前来看粉丝接受度很高。这一项就给我们今年增收不少。"

"这是额外的收入，你得感谢叶老师。"钟志国笑道，"听说他还教你们拼配茶叶，这可是他的看家本领。行业内的人都说，叶天羽的拼配能化腐朽为神奇，一般人是学不会的。"

"这说明我和顺子不是一般人。"钟清友一脸骄傲道,"我把红茶和拼配茶的额外收入给叶老师专门计回报了,叶老师说不拿钱,继续投资在我的茶旅项目中,算股份。"

"你小子算是碰到贵人了!"钟志国说,"叶老师这么支持你,你的乌山茶农如虎添翼啊!"

"对,我也是这么觉得。"钟清友说,"以后叶老师将是乌山茶农的大股东,我未来还要和他合作茶文化大学堂,让他当总顾问。"

"行,好好干吧!以前是我对茶的认知不够。现在看来,未来茶产业会越来越好,前景十分广阔。"钟志国很欣慰地说道。

"吃饭啦!"许雅纯的声音从餐厅传来,"志国,阿友,快来吃饭!"

父子俩边说边笑着往餐厅走去。

# 第十八章

钟清友是被钟嘉禾的电话紧急召回乌山的。

难得回一趟家里,钟清友在许雅纯的说服下打算多住两天,陪陪父母,因为第一次感觉爸爸钟志国老了,这让钟清友对爸爸有了心疼,想多陪陪他。一家三口坐在花园里享受下午茶的时候,钟嘉禾的电话打来了。钟清友嗯嗯啊啊接听了一通,挂了电话就起身收拾行李,说:"我得马上赶回去,嘉禾老叔说明天有领导来茶山,说专门要和我面谈。"

钟志国和许雅纯面面相觑,订好的晚餐又去不成了。

"行,妈妈给你装些海鲜回去,山里吃这些不方便。"许雅纯马上去厨房给儿子装吃的。

钟志国一时手足无措,不知道自己该干什么,内心更多的是不舍,从来没有如此强烈地希望儿子能在身边多陪陪自己,自己是不是真的老了?以前这小子出去多久,他内心都不会有太多感觉,可今天却十分不舍。

"上次买茶的六百多万早就打到你们账上了。后面投资建设需要钱你随时跟我说,三五百万我随时能周转。"钟志国跟在钟清友的身后,边走边说。

"有了那六百万,现在暂时不缺钱了。目前茶叶卖得不错,郑风云和董剑明也投了钱进来。如果需要我会告诉你。"钟清友回答道,心里想起妈妈说爸爸这段时间的生意并不好做,于是停下脚步,转头看着钟志国道,"谢谢爸爸!"

这句话差点儿让钟志国老泪横飞,内心翻涌的情绪喷薄而出,眼眶瞬间就泛红了!儿子真的懂事了,以前从来没有说过"谢谢爸爸"这样的话!钟志国停住脚步,怔怔地看着钟清友,强压着情绪才没让眼泪流出来,但是半天却说不出一句话来。直到钟清友上楼拿了行李箱下来,他还愣在原地,一动不动像个雕像似的站着。

"志国，你怎么啦？"许雅纯走过来摇了摇他的胳膊。

钟志国这才回过神来，尴尬地笑了笑，说："儿子来去如风啊，我有点儿不适应。"

"没事啦，以后我们多去乌山看儿子就好了。来，仔仔，这些是妈妈专门给你挑的海鲜，拿回去赶紧吃了。"许雅纯把两大袋东西拿到钟清友的车上。

钟清友本想说乌山什么都有，海鲜也不缺，想了想这就是妈妈的爱，是不能拒绝的，于是抱着妈妈说："谢谢妈妈！妈妈的味道走到哪里就带到哪里！"

"对喽，你在哪里，妈妈的心就在哪里。"许雅纯拍着儿子结实的肩膀幸福地笑道。

"爸爸，你要注意身体。"钟清友本想拥抱一下爸爸，但还是没有，只是看着他说了这句话。钟志国是期待那个拥抱的，那个和给许雅纯一样的温暖的拥抱，可是并没有，心里于是有了些许落寞，自己在孩子心里终究还是不如妈妈那么亲密。不过，这样已经很好了，儿子第一次对他有这样关心的话语，他很满足。

钟清友在爸妈的注视下驱车离开，一路直奔乌山，晚上八点多，他到达了乌山木屋别墅。钟嘉禾坐在客厅等他。

"阿友，你终于回来了，你再不回来，我都急死了。"钟嘉禾见到他终于松了一口气，"来，我跟你说……"

钟清友被钟嘉禾拉着坐下来，开始听钟嘉禾的安排。钟嘉禾一边讲，钟清友一边点头一边记录，不时眉头紧皱。钟嘉禾说了足足半个小时，终于交代完了，喝了一口茶，说："就这些，你自己想一想，明天和领导交流的时候要怎么说。反正现在领导们对你的期望很高，对乌山村的期望更高，希望我们能作为新时代乡村振兴建设的示范村，从村容村貌到村集体经济发展，都得是先行示范村。我的压力很大，但因为有你在，我觉得这压力能得到化解，你可以挑起这个重担！"

"老叔，挑这个担子没问题，我当初把对整个乌山村的规划设计交给你的时候，我就做好了这个心理准备，但我需要村民和领导们的共同支持。因为光有我个人的努力是远远不够的。"钟清友说。

"我知道,上面也知道,明天领导来了你就这么跟他们说,要说具体,每个方面都要说到、说透。村里的改建尤其棘手,需要各方面的支持,否则很难进行。"钟嘉禾面露难色道。

"好,我一会儿再把相关的问题都列出来,明天具体来谈。"钟清友说。

钟嘉禾离开后,钟清友一个人沉思了许久,阿姨给他煮好的牛肉粿条都忘记吃了。直到顺子和燕子下播了,钟清友才感觉自己也饿了,跟着顺子他们一起吃了夜宵。

第二天上午,镇里的黄书记和马镇长带着一拨人再次来到乌山茶园,他们是带着好消息来的,也是带着期望和使命来的。

钟清友和顺子带着所有人站在直播间门口欢迎领导们的到来。看到玻璃木屋里的直播设备后,黄书记频频点头:"年轻人果然是掌握了打开新世界大门的钥匙啊!乌山茶农已经是我们县里茶叶销售的头部主播了,上次我去县里开会,文县长再次在会上表扬乌山茶农,表扬我们镇在直播带货领域走在全县的前面,这让我脸上很有光啊!小钟啊,好好干!把体量再做大,做成全市甚至是全省的头部主播,火出圈,让所有人都知道乌山茶农,知道凤凰单丛,知道乌山村,那你真是大功臣啊!"

"我们正在朝着这个方向努力!"钟清友说,"我们茶园的有机认证听说已经下来了,有机茶园示范基地是不是也批下来了?"

"今天我们下来啊,就是给你们带来喜讯的!你看,农科所的同志也来了,乌山茶农的茶园有机认证下来了,县里的有机茶园种植示范基地也批下来了,对口支援项目也确定了,茶旅走廊的建设扶持资金已经划拨到镇里了,项目进行公开招标后,就可以开始建设了!"马镇长宣布道。

"哇,太好了!"大家听了都很振奋,热烈鼓掌。

"你对乌山村的建设规划,镇里经过实地调研,做了一些调整,重点是对村中心空置破败的老房子进行整改,有价值的保留并修复,无人居住也无法修复的要拆除重新规划,私搭乱建的房子坚决拆除,老年人活动中心、老人食堂、五保幸福楼、村图书馆的规划建设由县里、镇上负责筹资,村史馆和韩江纵队指挥所合并在一起进行修缮……"马镇长从包里拿出文件交给了钟清友。

钟清友听得很认真,不敢放过任何一句话、一个字,拿到文件时,他又认真翻阅了一遍。文件上批注得很详细,每一件事儿都很明确,表述也很严谨,但还有一些具体问题没有说明。看完后,钟清友把自己昨晚列举的问题一一向领导陈述:

第一,村民的房屋拆迁补偿问题;第二,拆迁安置问题;第三,对于坚决不愿意拆的村民的处理;第四,村里的道路铺设资金问题;第五,乌山村小学扩建提升改造的资金问题……

黄书记和马镇长听到这些问题,脸色也很严峻。每一个问题后面都需要钱,而且还不是小数目。

"你提到的这些问题,我们之前已经考虑过,这些问题只能在进行的过程中,具体问题具体对待,一步一步来。小钟啊,你年轻,干事儿有想法,有魄力,但在村庄的改建中,你必须记住一点,千万不能硬来,要善于从外围去做工作。说到底,村里的乡亲都是一家人,打断骨头连着筋,这样的关系有利,也有弊,看你怎么去做工作。思想通了,一通百通;思想要是没通,处处碰壁。所以,干事儿之前,思想工作要做通。你和老书记钟嘉禾相互配合,有事儿你多请教,多思考,不能蛮干,要学会巧干……"

黄书记这一席话说得钟清友云山雾罩,眉头紧锁。领导的话好像什么都说了,而他好像又什么都没听懂。具体要怎么干?他一点儿都不知道。

"黄书记,咱们乌山村的村容村貌改建,什么时候开始?相关资金能到位多少?"钟清友问道。

"县里的意思是现在就可以全面铺开,和茶旅走廊的建设一起开始。"黄书记说,"你也知道,进出乌山的道路已经修了几个月了,年底就要全面完工。路通了,到时候进来的人就多了,我们要向外展示的,肯定得是新时代、新山村、新面貌,这也是乡村振兴的目的和意义所在。我们乌山不能落后,不仅不能落后,还要走在前面,争取成为全县的乡村振兴示范村。我把你绘就的乌山未来蓝图拿到县里给领导们看,他们都大加赞赏,非常期待看到乌山未来蓝图的实现。小钟啊,你的设想很好,现在到了实际落地的时候了。资金方面，县里和镇里都会划拨，村里的乡贤、华侨也可以组织捐款，支持家乡建设发展，他们是很愿意的。我们要善于利用多方面的资源，集中力量办大事、办好事。"

几位领导参观了直播间，又去正在改建的制茶车间工地看了看，黄书记不停地点头称赞："不错，这个制茶车间建起来后，你们就是乌山最大的制茶厂了。我听说叶天羽曾过来专门指导你们做茶，你们的制茶技艺有了很大的提高，茶叶的品质越来越好。前不久又做了单丛红茶，小钟啊，你是拜叶天羽为师了吗？"

"对，我是叶天羽老师的学生，他是我们茶山的顾问，所以叶老师几次过来手把手教我们做茶。"钟清友汇报道。

"好啊，名师出高徒，叶天羽在推广凤凰单丛茶方面确实做出了显著的贡献，不过……"黄书记看了一眼钟清友，呵呵一笑，再话锋一转，"你还年轻，多学习总归是有好处，不过为人处世还是要低调，高调做事，低调做人，前途不可限量啊！"

钟清友点点头，感觉黄书记似乎话里有话，难道他对叶天羽也有看法？

领导们提议往茶山走走，沿着山涧小溪一路往上。溪水潺潺，清冽甘甜，溪边的植物都长得郁郁葱葱，沐浴着山野清透的阳光，吹拂着山间凉爽的清风，目之所及一片碧绿的世界在眼前铺展、延伸，犹如穿行在绿色的海洋。

"茶旅栈道就沿着这条山间溪流曲折延伸到乌山顶端，一直抵达天池，两边再种上杜鹃花，想象一下，春满山坡的时候，这里就是红花绿茶，是花的海洋、茶的世界，空气里都是茶香、花香。这样的人间仙境谁来了都会陶醉，每个人都将沉醉不知归路……"钟清友边走边说。

"栈道尽量修宽一点儿，免得到时候这里拥堵得要分单双号限行。"马镇长笑道。

"这个建议好，一定要修宽一点儿。按照小钟的设计图，拐弯处还有一个休息台，可以摆放小茶桌坐下来喝茶赏茶，这设计非常好，很有诗意。"黄书记说。

钟清友点点头："两位领导的建议都非常好，这个我一定负责监工到位。"

大家坚持走到了山顶，虽然累得气喘吁吁，但站上山顶体会"会当凌绝顶，一览众山小"的感觉是无与伦比的。天气晴朗，碧空万里，目之所及，峰峦叠翠，苍穹下远处的山峦似波峰浪谷，在地平线以上舒展出优美的曲线；近处的山野一座推着一座，一座叠着一座，峰谷之间，远处的城市清晰可见，千年古桥静卧在滔滔江水之上，十八梭船廿四洲如长虹卧波。

"不畏浮云遮望眼，自缘身在最高层！"黄书记叉腰感叹道。

"只有天在上，更无山与齐。举头红日近，回首白云低。"马镇长也诗兴大发。

后面的人听到领导吟诗，都热烈鼓掌。

"很应景啊！"黄书记哈哈大笑起来，"站在高山之巅，发现人类果然十分渺小。面对自然，我们还是要心存敬畏啊！保护好这片青山绿水，就是保护好我们赖以生存的家园！绿水青山就是金山银山，这句话真的是至理名言啊！小钟，今后你做茶旅，也要始终守住这条底线，不破坏生态环境，不过度开发茶园。未来如果乌山茶旅真的火起来，你必须搞预约制，限流，宁可少赚钱，也不能破坏环境。"

"对，未来乌山茶旅就是走少而精的高端精品路线，实行预约制和会员制。"钟清友说。

"很好，就要这样，必须这样。"黄书记欣慰地点头道。

从山顶下来，钟清友要留领导们吃午饭，黄书记执意不肯："我们就是来为你们服务的，以后不管有什么事儿，你们尽管来找我。"

钟清友听了很暖心，也很感动。让顺子准备了几斤单丛红茶和新拼配的夜木兰，让领导们试喝。黄书记反复推辞，说不能拿，要拿的话也得按市场价来买。

"这些都是我们茶园的新品，领导们如果不嫌弃，就帮忙试喝，给我们提一些反馈意见，让我们把茶叶做得更好。"顺子直接把几盒茶叶放进了领导的车上。

看着领导们的车子开走，钟清友和顺子抖了抖汗湿的衣衫，长出一口气。

下午，钟清友下山去村里，把上午和领导们见面的情况向钟嘉禾汇报。钟嘉禾听完吐出一口烟圈，眯着眼睛道："阿友啊，现在我们只有干起来，边干边想，边干边解决，具体事情具体分析，黄书记说得没错，规划做好了，咱们就开干吧！"

"按照规划图，至少有五栋房子是在道路中间，是需要拆除的，目前最难的就是这个。这个要是拆不动，修路搞绿化那就是空话，根本无从下手。"钟清友说。

"全体村民动员会上次我们已经开过了，算是通气会，今天咱们再开一次会，后续的工作通过理事会去沟通，这样我们的工作开展会顺利一些。"钟嘉禾说。

钟嘉禾让坐在旁边一直没吭声的钟有才去通知理事们。钟有才走了，钟嘉禾看着钟清友好一会儿似乎想起了什么，突然问道："阿友，你的入党申请书写多久啦？"

"不到半年。"钟清友回道。

"哦，想起来了，你看我这记性。"钟嘉禾仰头笑道，"就是你小子把头发剪了的那天，后来我还代表组织找你谈了话，一晃五个月过去了，真是快。之前你忙茶山的事情，现在你那边人手也增加了很多，你可以把主要时间和精力放在村里了。村庄的规划和建设是个系统工程，整体的思路都是你定的，所以，接下来的工作以你为主，我帮你打下手。你说要怎么做，我们都听你的。"

"老叔，不能这么说，我肯定还是听你指挥。村里每家每户的情况我一点儿都不熟，做村民的工作肯定主要是靠你和其他干部，我配合。"钟清友说。

"阿友，你这样理解不对，现在的工作重心是在村庄的建设上，所以是以你为主。具体涉及做村民的工作，我们都会分头去做，但你就是这项工程的总指挥，明白吗？"钟嘉禾强调道。

总指挥？钟清友笑了笑，这个帽子好大啊！虽然以前没有做过这个工作，但他能想象到后面的工作开展会有多难。这一刻，钟清友真是有点儿想打退堂鼓了，可是开弓没有回头箭，自己曾经热情万丈地绘就了蓝图，等到现在真要开始落地说不干，那可就真是孬种了。不要说别人瞧不起他，就是他自己都会瞧不起自己。

既来之，则安之吧！钟清友在心里给自己打气。

钟有才把各个小组的村民代表召集来了，拢共也就十来个人，全部都是五六十岁的大爷，一个年轻人都没有。刚坐下来，就有人不停地咳嗽，现场还有人抽烟，那味道真是一言难尽。

"老叔，开会就不要抽烟吧！"钟清友在钟嘉禾的耳边轻声道，"好几个阿叔在咳嗽。"

钟嘉禾脸上有点儿小尴尬，不过还是马上把烟给灭了。每次去镇里县上开会，也会要求不抽烟，可是一回到自己村里，钟嘉禾就给忘记了，关键是以前也没有人提醒，大家都习以为常了。钟清友果然是年轻啊，什么话都敢说。

"各位，是这样的啊！"钟嘉禾看着大家提高嗓音道，"今天召集大家过来，是要正式告诉大家：第一，县上通过了我们村的改建规划方案，要求我们按照规划方案有序推进村里的建设。第二，涉及要拆除的房子，是违建的无条件拆除，有正规手续的拆除有相应补偿。第三，村里破败的老房子，有重建需求的，按照统一规划重建；没有重建需求的，统一拆除；有修复价值的老房子，政府出钱修复。大家都是理事会的人，要积极配合这次村庄的改建，把自己所在小组村民的工作做通、做好，给改建工作扫清一切障碍。"

大家都面无表情地看着钟嘉禾，没有人表态，因为大家都很清楚，这是一块十分难啃的硬骨头。乡村社会，几十年大家都是这么建房子这么住，现在突然说要拆掉人家的房子，谁会同意？别说拆房子，就是人家挨着房屋搭建的小柴房、小猪舍什么的，你都很难拆得掉。

"这次村庄改建的总工程师是钟清友，大家都知道，他是镇里定的村委会副主任，年轻人有想法，也能干，所以接下来的工作主要是阿友来抓，大家多多支持。"钟嘉禾说完带头鼓掌。

除了钟有才和钟大彬跟着鼓掌，其他人根本没动，只是歪着脑袋冷冷地看着钟清友，眼神里分明带着不屑和嘲讽。

"阿友，你说两句。"钟嘉禾示意钟清友道。

钟清友本不想说的，但眼前这个局面，他要不说两句，往后的工作根本就不用做了。他想了想，说："各位长辈，我知道接下来的工作会遇到很多阻力，毕竟拆房子这样的事情谁都不希望发生在自己身上。但是，今天我在这里跟大家保证，这次涉及的村民，都是为村庄的规划做贡献的人，镇上、村里都会有补偿的。除此之外，我乌山茶农也会拿出专门的资金来补偿大家，尽量让被拆迁的村民少受损失。我们改建村庄，是为了让大家生活得更好，让我们的村庄变得更美，让生活在这里的村民能为自己的村庄骄傲。未来还要让外面的人来到乌山就不想走，让他们也爱上乌山，为我们村庄带来源源不断的财富；让大家的孩子都愿意回来，在家门口赚钱。"

"哼，说得好听，净说瞎话，骗人拆房子，拆完就什么都没有了。"其中一位大爷撇着嘴道，"我虽然是村里的理事，可我不愿意去干这样的事情，我劝你们也别干，干不成的。"

"嘉柳，你胡说什么呢？啊，这说正事儿呢！你怎么这个觉悟？我们又不是为自己，我们也是为村里的未来，阿友他茶山上那么忙，他还抽空来做这些事儿，一分钱工资都没有，纯粹就是为大家服务，你们不能总是拖后腿，要积极支持，想办法解决问题。"钟嘉禾虎着脸道。

钟嘉柳毫无畏惧之色，依然抻着脖子看着钟嘉禾，瞪着眼睛说："别说得那么好听，什么好处都没有你们这么积极干这事儿？谁信啊？没拿工资就是为人民服务啊？工资那才几个钱啊，谁不知道这背后的猫腻才是最大的油水。"

"嘉柳！你太过分了！"钟嘉禾一下子怒了，站起来指着钟嘉柳训斥道，"胡说八道什么？啊？这么多年我们村里的情况你不知道啊？什么时候有过油水？我当村支书这么多年，除了每个月拿一点儿补贴，连工资都算不上！有才、大彬他们也是一点儿补贴，根本就没有工资。阿友的爷爷嘉木大哥为村里做了多少事，大家心里有数吧？阿友的爸爸志国为村里捐款那么多钱，几乎每家人都受过人家恩惠吧！现在阿友也是这样，是纯粹来为大家服务的，不仅没工资、没补贴，人家还拿钱来村里做补偿资金，你们的格局大一点吧！"

钟嘉禾气得跺脚，心里想，要是嘉木老哥在就好了，这些人可就不敢这么说了。

"嘉木老哥没说的，我们相信。志国兄也是为村里做贡献的，我们也看到了，但人家从来没有来拆人家的房子占人家的地啊！你们现在一上来就说要拆房子，这谁能同意？"钟嘉柳依旧振振有词。

"我也知道这样会让村民受损失，所以我们也做好了相应的补偿方案。我们村庄几十年没有什么改变，道路窄小，泥泞不平，车子都无法开进村庄，没有任何配套设施，已经不能满足现在的生活需求了，确实需要进行一次大的完整规划。希望大家能看到更长远的未来，不仅仅是为了我们自己，更要为下一代着想，为村庄的未来着想。"钟清友说。

"阿友，我知道你是好心，但要拆房子，说破大天去，都办不到。反正我不会去做这样的恶人。"另一位理事钟建强说。

大家七嘴八舌，就是不同意拆房子。会议最后无果而散。

"唉！想到难，但是没想到会这么难！"钟嘉禾叹气道，"今天阿兰没有来，她家的房子就是挡住半条路的那一户，建了不到六年，外面看上去还很新。其他几户比她家的时间长，房子破旧一些，相对会容易一些。阿友啊，现在我们只能逐个攻破。"

钟清友点点头，他之前也把这几户摸了底，第一次开会的时候就是阿兰的情绪最大，会议上反对得最激烈。这个人不好弄，先放一边。

"老叔，那咱们就从这户开始吧！"钟清友指着图纸上的那一户说。

这一户是平房，里面住的是两位老人，孩子都在外面打工。男的叫钟嘉祥，说起来也是钟嘉禾这个大家族的，已经八十五岁了，身体健康，和老伴儿种了点儿菜地，养了几只鸡，生活宁静祥和。

"行，咱们现在就去嘉祥老哥那里，你也得叫老叔。"钟嘉禾说。

钟清友带着一盒自己茶山的茶叶，跟着钟嘉禾来到了钟嘉祥家里。老人正和老伴儿在厅堂里乘凉，大热的天也不开风扇，更没有空调，而是摇着蒲扇，闭目靠在躺椅上打盹。

"嘉祥老哥啊，我来看你了！"钟嘉禾老远就笑呵呵地喊道。

钟嘉祥睁开眼睛，从躺椅上坐起来，眯着眼睛看了一会儿，红润的脸上现出了笑容，慢慢起身下来，摇着蒲扇一步一步走过来，笑道："是嘉禾老弟啊，你这个大忙人今天怎么有空过来？你可是无事不登三宝殿哪！"

"哎呀，老哥这是在批评我，我检讨，我检讨！说实话这段时间确实很忙，你也知道，我家里家外的事儿一大堆，村里最近不是事情更多吗？确实好久没时间过来看您来啦！您和嫂子身体挺好的？"钟嘉禾走过去握着钟嘉祥的手，很是热乎地拍了又拍。

"托嘉禾老弟的福啊，身体还不错，估摸着还能多费几年粮食。"钟嘉祥仰头笑道，声音很洪亮，中气十足。

"真好啊，看到您和嫂子生活得这么幸福，我十分开心啊！"钟嘉禾由衷道，转身对钟清友招手，示意他过来，又对钟嘉祥说，"老哥啊，今天我带嘉木老哥的孙子清友来看您啦！"

"老叔好，我是清友。"钟清友很恭敬地把手里的茶叶送上，"这是我茶山上的茶，您尝尝。"

"好啊！长得真像嘉木老哥啊！不错不错！来来来，坐坐坐，来喝茶！清友带来的茶肯定不错吧，我们就喝这个茶。"钟嘉祥接过钟清友手上的茶，拉着钟嘉禾来到茶桌前。

坐下来后，钟嘉祥拿起盖碗要泡茶，钟清友马上说道："老叔，今天就由我来泡茶给两位老叔喝吧！"

"那好啊！清友你会泡茶？"钟嘉祥吃惊地看着钟清友，"我听说你是从国外留学回来的，是你爷爷把你召回来，不得已留在茶山上的啊！"

"现在的阿友不是刚回来时候的阿友啦！"钟嘉禾笑道，"这小伙子现在创立了自己的茶叶品牌，还跟着叶天羽学会了制茶、泡茶，现在还教会了不少人泡茶呢！还在网上卖茶叶，卖得很好呢，我家阿茗都回来在他的公司工作呢！现在的年轻人好厉害啊！"

"那真是了不得了不得啊！"钟嘉祥十分欣赏地看着钟清友，"你比你爸爸还厉害啊！你们家四代人都了不起啊！"

钟清友边用开水烫茶具边颔首微笑。很简单的一套茶具，白色的盖碗、小白杯、一个圆形的大茶盘，保持得很洁净，几乎看不到明显的茶渍。看得出这是个很讲究的老人。

烫杯后把茶投入盖碗中，钟清友先提壶高冲再缓缓低注，刮沫后快速出汤，再娴熟地趁热滚杯，然后再高冲低注，盖上盖子，再用沸水滚一次杯，盖碗中的茶坐杯时间刚刚好，这时拿起盖碗低斟出汤，关公巡城，韩信点兵，一套动作行云流水，不仅娴熟而且极具美感，韩信点兵时的每次轻点，手腕的起伏看起来都是那么优雅。

"阿友啊，你果然是专业的，会泡茶啊！这动作，我和嘉禾泡了几十年一辈子的茶，都没有你这么熟练好看啊！果然还是后生仔厉害！"钟嘉祥看得眼神发亮，对钟清友的喜欢又多了一分。

再拿起一杯茶闻了闻，轻抿一口，再抿一口，最后仰头喝完。陶醉啦！钟嘉祥闭着眼睛咂了咂嘴，很享受地回味着口腔里回旋着的香气，喉头涌起来的回甘，满口生津啊！再闻闻杯底，高山老丛的韵味十足，汤香韵足，好茶！

"这茶真好，你泡得更好！如果是我和嘉禾来泡，滋味会少三成以上。小伙子，真不错啊！"钟嘉祥非常满足地看着钟清友，"继续，后面的更好喝！"

钟清友笑着点点头，始终没有说话，而是沉浸在泡茶中。泡茶的时候，用心和茶对话，用心感受茶，泡出来的茶汤是完全不一样的。

连喝了三杯，钟嘉祥都不停地点头："好喝！好茶！泡得好！真好！阿友，你自己也喝，再加一个杯。"

钟清友喝了一杯，这才开口对钟嘉祥道："老叔，这是我家茶山上放了五年的老丛水仙，以前都是留给我爷爷喝的，今天拿来给您品尝，您这么喜欢，我很开心。"

"好茶谁不喜欢啊，阿友啊，你爷爷在的时候，时不时也会下来跟我一起喝茶呢！每次都是他带茶给我喝，因为你家里有茶山，我家里没有啊。说实话啊，我和你爷爷一起喝的时候，没有喝到过这么好喝的茶啊！看来不是茶不好，是我们不会泡啊！"

几个人都笑得很开心，边喝茶边聊天，感情自然就升温了。

"老哥啊，你家里这房子得有四十年了吧！"钟嘉禾抬头环视了一圈房子。

"刚好四十年,我儿子十岁的时候盖的,现在我儿都五十岁啦!那时候还是平房为主嘛,再晚点盖就会盖楼房了。"钟嘉祥笑道。

"可以考虑拆了重建,盖栋楼房。现在你孙子都长大了,以后带女朋友回家来,一家人也更好住啊!"钟嘉禾说道。

"说得容易,要一大笔钱啊!"钟嘉祥叹气道,"上个月儿子回来说,孙子考虑在城里买房,他们压力很大啊!"

"城里买房确实很难,"钟嘉禾说,"老哥,我家阿茗都回来了,你让你孙子也回来嘛!正好到阿友的公司里去,年轻人一起来发展家乡,又能一家人在一起,多好啊!"

"去阿友的公司?"钟嘉祥不敢相信地看着钟清友,"这能行?"

"可以试试,他要是愿意我们可以先聊聊,让他回来看看。他多大?"

"和你差不多,二十四岁了。"钟嘉祥说,"要是我孙子能回来,那就太好啦!那我儿子也会回来,他都那么大年纪了,还在外面打工,很辛苦啊!唉!"

"是啊,老哥,你看要是儿子孙子都回来,房子也翻盖一下,这日子可就再好不过啊!"钟嘉禾马上说道,"正好现在村里要重新规划改建,您这房子往后挪几米翻盖,前面的路就很宽了,到时候汽车能直接开到家门口,周围还能绿化呢!"

"我知道你今天来的目的,"钟嘉祥看着钟嘉禾说,"我不是不愿拆了重建,是我没有这个能力,得我儿子孙子同意才行啊!上次开会我也去了,你们的方案我也看了,确实很不错,但实施起来很难啊!都是需要很多钱的!这事儿我真做不了主,你们还得和我儿子沟通啊!"

"只要你同意了,我们就去做你儿子的工作,争取把你孙子叫回来,跟着阿友一起干!"钟嘉禾说。

"行,我这里没意见,你们说服我儿子就行。如果我孙子愿意回来,我把老本都拿出来盖房子,马上就盖!"钟嘉祥坚定道。

"太好了!老哥,有你这句话我就吃了定心丸了!"钟嘉禾激动地握着钟嘉祥的手说。

回到村委会，钟嘉禾对钟清友说："阿友，这是嘉祥老哥的孙子钟宇恒的电话、工作的公司，钟宇恒的工作你负责去做，他儿子钟庆明的工作我负责。"

"行。"钟清友记下电话号码点头道。

"只要你把钟宇恒的工作做通了，庆明的工作自然就通了；如果宇恒的做不通，庆明同意也没用，你懂吧？"

"我懂，您放心，我一定把他的工作做通。"钟清友很有把握道。

"好，年轻人最懂年轻人。等你的好消息！"钟嘉禾欣慰地拍了拍钟清友的肩膀道。

# 第十九章

晚上，钟清友打电话让郑风云先充分了解钟宇恒在深圳工作的情况，他决定自己亲自去一趟深圳和钟宇恒面谈。

这个时候的深圳疫情管控比较严，到处都需要戴口罩扫码进场，时不时还会出现局部封控的情况。打工人在深圳并不好过。

钟清友带着郑风云、董剑明一起，在钟宇恒工作地附近找了个带包间的餐厅，让郑风云假扮猎头把钟宇恒约出来，说要高薪挖他。

钟宇恒刚工作两年，从没碰到过这样的好事儿，起初他以为碰到了骗子，是压根儿都不相信的。经过一番验证之后，确定自己不会有危险，钟宇恒才答应见面。

大家都戴着口罩，只露出眼睛，谁也看不到对方的真面目，场面颇有神秘感。钟宇恒看到三个大男人一起在等他，立马感觉气氛不太对，心里有点儿小紧张。

"三位哥哥，你们这是……面试吗？"大高个儿的钟宇恒戴着鸭舌帽，遮住了半个脑袋，黑框眼镜覆盖下的那双眼睛略显警惕，他往上拽了一下口罩，略显不安地看着他们。

"对，你把口罩取下来吧！"坐在左边的郑风云说。

"我们董事长要亲自面试你，请做好准备。"董剑明一本正经道。为了憋住笑，他愣是扯了几次口罩。

"你目前在公司主要负责的是哪块业务？"钟清友看着钟宇恒问道。

"这个……你们不是都了解了吗？"钟宇恒有些为难道，自己刚工作两年，根本没有什么能拿得出手的业绩，实在是不太好说。他是真没弄明白，这猎头怎么会猎到自己头上，实在是匪夷所思。他甚至短暂地怀疑过猎头的能力，如果他这样的职场新人都有猎头找，那公司里的那些管理层不是个个都要被猎头挖走啊？

"现在是我们在问你，你好好回答就是。"郑风云说。

"这个……我就是负责新媒体运营的，我们公司现在在做电商直播，这块是新业务，所以也是在摸索期，我比较喜欢新生事物，对这个比较感兴趣，也是在不停地学习中……我为了做好运营，自己在网上自学了很多课程，包括视频的拍摄剪辑，后台的运营、直播的投流，等等，都是我自学的。"钟宇恒摘下了口罩，白净瘦削的脸上明显写满了紧张。

"很好，我们就是看中你这一点，爱学习、会学习、愿学习，还不怕吃苦，这是新媒体运营者的最大优势！"钟清友点头肯定道。

"真的吗？"钟宇恒瞪圆了眼睛，实在是不敢相信，这个优点也能得到猎头的肯定，"你们是什么公司？也做新媒体电商直播吗？"

"对，我们就是专注做电商直播，要会拍视频、剪视频、直播运营的！"钟清友点头道，"就是你这样的人才。"

"你们的工作地点在哪里？月薪多少？"钟宇恒问道。

"月薪是你现在的两倍！"钟清友说。

"两倍？"钟宇恒的眼睛放光了，"你是说一万六？"

"对，还有机会成为合伙人，有干股，年底拿分红。"

"这么好！你们究竟是哪个公司？不会是传销骗子吧？"钟宇恒蹙着眉头问道。

"我们是专注做茶的公司，条件只有一个，回到乌山工作。"

"乌山？你说的是潮州那个产茶的乌山？"钟宇恒惊愕得站起来，不可思议地看着钟清友，"那可是我的老家啊！"

"对，就因为是你的老家，所以才找你。"钟清友也站起来，摘下口罩笑道，"我是乌山茶农的钟清友，前天刚和你爷爷嘉祥老叔一起喝茶，他说很希望你回家工作，正好我们需要你这样的人才，所以我就亲自来找你了。你愿意不愿意回去？"

"你是乌山茶农视频里的清友兄？"钟宇恒彻底傻了！乌山茶农这个账号他一直在关注，没想到今天看到本尊了。

眼前这个结果是他万万没有想到的！居然是老家的公司来找他回山里工作！这个反转实在是太大，他一时根本无法接受。努力读书十多年就是为了走出大山，刚在城市找到了工作落脚，就要回到山里去？那读书的意义在哪里？不行不行！绝对不行！

"你们这是在逗我呢？我好不容易跳出山村了，现在让我回去？我不相信我爷爷会同意；就算我爷爷同意，我自己也不愿意。我可不想回到山里去，将来我可能连老婆都找不到；就算有老婆，我的孩子也还是个山村娃，和城里的孩子相差十万八千里，又得从头开始，我不去。"钟宇恒想了想，果断拒绝。

钟清友看着他笑，这话太熟悉了，多像以前的自己啊！不对，以前的自己比钟宇恒的态度更坚决，自己那是要定居伦敦的！连深圳都不要回，更别说山里。

"这话我一年前比你说得更坚决。"钟清友笑道，过去拍了拍钟宇恒的肩膀，"但现在我完全改变了这种看法，因为我发现，山里才是未来的主场。我们现在回到山里干事业，完全是一片蓝海，没有任何人可以与我们竞争。等我们做起来了，肯定很多人效仿，但那时我们已经成熟了，我们就是市场的头部，掌握了行业发展的话语权。况且，你的家在乌山，你爷爷奶奶就在那儿，你的父母也可以回去陪伴他的父母，一家人团聚过最幸福的生活，这是多少人梦寐以求的日子啊！关键是，未来的乌山是这样的——"

钟清友拿出规划图，开始给钟宇恒描绘乌山的未来。

钟宇恒是在巨大的惊愕中听完钟清友对乌山未来的描述的，是全程瞪圆了双眼看着眼前这幅乌山未来蓝图画卷的。他小时候在乌山读书，在村里的小学读完就到镇上的初中去读。为了让他能考上高中，初二下学期，他爸爸想方设法给他转学到了市里去读。进城后，他才知道自己和城里的孩子有多大的差距。为了不被同学看不起，他开始拼命学习，周末上各种补习班，终于压着分数线上了市里的重点高中。可是，进了高中他才知道，艰辛的拼搏才刚刚开始，高中三年，是他人生最努力的三年。人家的目标是重点大学，他的目标是能上一所不那么贵的大学，因为如果学费太贵，他父母的压力会很大。所以，他每天都在拼命学习，最后上了一所普通本科大学，学了计算机。努力了十几年，就是为了走出封闭落后的大山，可现在钟清友却告诉他，未来的大山是这样前景无限，充满商机，要他回到大山去！

他的脑回路一时无法顺畅运转，卡，卡得很。

"怎么样？回乌山，咱们一起干吧！"钟清友看着钟宇恒说，目光里写满了真诚。

"你得容我好好想想，"钟宇恒摸了摸卡壳的大脑，"回乌山很容易，但发展乌山没么容易。我好不容易从乌山走出来，刚接触外面多彩的世界，你跟我说，乌山才是最美最好的，我一下子无法接受啊！"

"可以理解，你慢慢想。"钟清友笑道，"我跟你讲讲我的故事吧！"

钟清友开始把自己去欧洲留学的经历跟钟宇恒分享，包括自己从想定居伦敦，到留在乌山，爱上乌山，建设乌山的全部心路历程，毫无保留地告诉了钟宇恒。

钟宇恒蹙着眉头，从一开始的不敢相信、不可思议，到后面听得两眼放光，充满钦佩。

"阿友哥，你的故事很打动人，我都被你感动了。但我可能没有你那么高的思想境界，毕竟你不用为生存考虑，你爸爸给你打下了那么坚实的家业，你随时都有退路，有强大的后盾。可是我没有啊，我父母将来还得靠我养老，我家里没有家业可以继承，我必须靠自己的双手撑起整个家庭的重担，我还要考虑自己结婚生子，我的负担很重。"钟宇恒说。

"所以你不能这样给别人打工啊，你得发展属于自己的事业，这样才能给家人更好的生活。"钟清友说，"如果像你这样打工，就算每年的工资都会增长，但靠你的工资想在深圳过上无忧无虑的生活，想让你的孩子能享受这里最好的资源，是不太可能的。大城市有好的教育、好的资源，但普通的打工族可以享受到的却十分有限，这就是现实的残酷。在乌山，一个家庭有一两百万能解决所有的问题，在深圳呢？能干什么？连房子的首付都不够。未来，我们乌山会建设现代化的学校，引进好的老师，让所有乌山的孩子都能享受好的教育。关键是，在乌山的生活压力小，没有大城市这么卷，能回归生活本身啊！"

是啊，两百万在深圳能做什么？真的是付个房子的首付都不够啊！现在每月到手八千块钱，扣除房租、水电、交通、生活费所剩无几，自己要攒够这两百万，得到猴年马月？钟清友的话直接戳中了钟宇恒的内心。因为他前几天就在跟爸爸商量，考虑明年按揭买房。可是父母打工攒了一辈子的积蓄，都不够首付啊！

"你真的对乌山的未来这么充满信心吗？"钟宇恒沉默了好一会儿，看着钟清友问道。

"当然，我已经把乌山当成自己的事业来做了。你说我爸爸为我打下了坚实的家业，但我从未想过靠我爸爸的家业而活，我必须开辟属于自己的事业，乌山就是我的事业。这一条路我已经开始了，必须坚定不移地走下去。因为我坚信自己的判断，也坚信国家发展乡村的战略。中国的真正富强，必须是乡村的富强；城市的发展已经接近饱和，乡村才是未来财富的洼地。我们要有这样的眼光，也要有这样的决心去实现。"钟清友说。

"你说得有道理，但我还是要好好想想，和我家人商量一下。"钟宇恒说。

"行，等你的好消息。"钟清友用力地拍了拍钟宇恒的肩膀。

钟宇恒离开了，钟清友对郑风云和董剑明说："你们猜猜，钟宇恒会不会加入我们？"

"我觉得够呛，估计他老爸那一关就不容易过。"郑风云说，"毕竟他在深圳才刚刚开始，还没尝够大城市生活的艰辛。"

"我觉得他会，因为他是个有责任感的人，也是个相对传统的人，不然不会这么早就想着结婚生子的事情。"董剑明说。

"我也觉得他会加入我们，直觉告诉我，他是个有责任感和担当的人。"钟清友说，"剑明的判断我赞同，他是个相对传统的人。"

"二对一，我们期待好消息吧。"董剑明笑道，转头对钟清友说，"阿友，你难得回来一趟，要不要看看我们的短剧？上次你说了之后，我去找了几个行业内的朋友聊，他们很感兴趣，给我们写了一个一百集的剧本《我在八〇年代卖奶茶》，里面就用乌山茶农的商标植入，全程都是我们的logo。我看了几集，很有意思，很吸引人。到时候拍摄我们也可以考虑放在我们自己的奶茶店里取景，还能再赚一波商场的流量。"

"有没有成片，我看一下？"钟清友问道。

"成片还没有，剧本有，我正在看，发给你看看。"董剑明说完就把剧本文档转给钟清友。

钟清友点开看了几集，脸上露出笑意，说："不错，有点儿意思，不过要拍出效果来，不能粗制滥造。我也看了一些短剧，做得很粗糙，我们的追求还是要高一点儿。"

"没问题，就是要多点儿投入，现在这个行业也是刚刚开始，准入门槛很低，花钱也不算多，我们大概投入三十万就能打造一百集，咱们就先试试吧！拍出来再拿到各个平台去投流，估计能引爆一波流量。"郑风云说。

"可以，三十万不多，你们两个盯着就行。我得马上赶回乌山去，那边很多事情等着我。"钟清友起身道。

"你不回家去看看你爸妈？"董剑明吃惊道。

"没时间，不去了。嘉禾老叔现在一天见不到我就会打无数个电话，你看，电话追过来了。"钟清友话还没说完，钟嘉禾的电话就打了进来。

"阿友啊，和钟宇恒谈得怎么样？"钟嘉禾的语气很急切。

"刚谈完，挺好的，等他消息呢！他说要和父母商量一下。"

"那应该没问题，我刚刚和他爸爸庆明通了电话，他说真的有这么好的发展前景，他很支持儿子回来。他也要回来，在外面打工半辈子，早就觉得累了，早就想回家了。要是儿子能回家，他一点儿压力都没有了，这些日子想到儿子将来要在深圳买房子，他愁得都睡不着觉，说压力太大了！"钟嘉禾笑呵呵地说。

"那太好了！我们也觉得钟宇恒会同意，你这么说，那就更有把握了！"钟清友说，"老叔，我下午就坐动车回去。"

"好，抓紧时间回来，茶旅栈道的招标也完成了，工程队这两天就能到位。"钟嘉禾兴奋道，"阿友，咱们的理想正在一步步落地，真的要大干一场了啊！"

钟清友回到乌山已经晚上九点多，在车上吃了点儿饭，还是饥肠辘辘。阿姨给他炖了牛肉汤，还特意做了沙茶粿条，钟清友吃得很满足。刚放下碗筷，顺子从直播间出来，坐在茶桌前泡茶。

"阿友，我们的红茶线上的接受度不错，线下的反馈也非常好。现在有个问题，低山的茶农知道我们的红茶质量好，也想用夏秋季的茶青来做红茶，希望我们能教他们。"顺子说。

"我们的茶叶他们也喝了吗？"钟清友疑惑道，"目前只有几个经销商拿红茶，我们的数量并不多，眼看着就要卖完了。"

"肯定喝过，而且是做了仔细研究的。"顺子说，"嘉禾老叔上午带了几个人过来找我，希望我能教他们做红茶，我说等你回来研究后再说。"

"低山的夏秋茶确实很难做出好的品质，苦味、涩味很重，而且水很硬。如果能做成单丛红茶，质量就很不一样了。"钟清友沉思片刻，"可以教他们，外村的收费，本村的免费，不过得有条件。"

"什么条件？"顺子好奇道。

"就不告诉你，就不告诉你——"钟清友调皮地唱起了歌儿。

"都是一个村的，还提什么条件？免费教他们呗，让他们也增加点儿收入。"顺子说。

"顺子老师可以！"钟清友伸出大拇指夸奖道，"格局很大！不怕教会了别人，饿死了自己。"

"那不可能，咱们的茶有天然的优势，山场好，中高山都有，还有珍稀的老丛、古树，而且我们现在有自己的法宝——拼配工艺，其他人的茶不管怎样都无法和我们的相比。我们走的是中高端路线。所谓人无我有，人有我优，就是我们的竞争优势。"顺子说。

"分析很到位！"钟清友再次点赞道，"顺子，我发现你自从跟叶老师学做茶后，整个人的格局都打开了啊！完全不是以前我认识的那个顺子了！果然士别三日，当刮目相看！"

"三日？咱可只别了一日！"顺子笑道。

"士别一日就如此不同，那三日不得全然不认识了！顺子老师，你可不能进步得太快,不然我怕赶不上你了!"钟清友笑道。

"别贫了,赶紧给嘉禾叔回电话吧!他还在等你的消息呢!"顺子说。

钟清友拨通钟嘉禾的电话,那边果然一直在等他的电话。

"你明天一早过来村委会,我们见面谈。"钟嘉禾说。

钟清友冲完澡,累得倒头就睡。第二天吃过早饭,八点半就赶到了村委会。刚进去,就看到钟嘉禾和十几位村民坐在一起,正在一边喝茶一边聊天。

"阿友,这些村民家里都有低山茶园,他们想跟着你一起学做红茶。"钟嘉禾开门见山。

钟清友看他们脸上都挂着热切的笑,全然不像之前开会的样子。之前说要拆他家的猪圈、鸡舍什么的,一个个脸都很黑,见到他像见到仇人一样。果然有求于人态度就是不一样。

既然这样,那今天他也要好好利用这个机会。钟清友坐下来,一声不吭接过嘉禾老叔手里的盖碗,开始低头泡茶,一圈关公巡城、韩信点兵之后,钟清友做了一个"请"的动作:"食茶。"

大家很默契地过来端起杯子喝茶。一圈喝完,钟清友又继续泡茶,连续泡了三轮,就是不说话。

"阿友,你倒是说句话啊!"钟嘉禾喝完第三杯茶,实在忍不住问道。

"做单丛红茶目前是我们乌山茶农的专利,"钟清友道,"大家也知道,我们第一批制作的单丛红茶市场认可度很高,线上线下都卖得不错。实话实说,我们乌山茶农是专门花钱请了师傅来教的。你们想学可以,但有条件。"

"什么条件?"茶农钟柳根伸长脖子问道。

"第一个条件——交学费。"

"哦……"大家撇嘴道,鄙夷地看着钟清友。

"我学制茶可是花了几万块,你们想学难道不应该交学费吗?"钟清友反问。

"几万块?呵,你是公子哥,你学得起;我们就那么点儿茶园,一年才多少钱的收入?这么贵,我们可学不起。"钟柳根摇头道。

"其实,对于我们村里的茶农,我都可以免费教制茶技术。只要……"钟清友故意卖了个关子，抬头看着他们。

"只要什么？"钟嘉禾问道。

"只要主动配合拆除私搭乱建的猪圈、鸡舍、杂物房什么的，清除占道的障碍，动员兄弟把挡路的房子按政策拆迁，就可以。"

"阿友，你、你这太损了！让你教点儿技术，你还绑架我们了！"钟火城一听就火了。

"这个……我觉得可以考虑，可以考虑！"钟柳根按了按钟火城的肩膀，"首先，我自己表态，我家里那个闲置很久的猪圈、鸡舍我都拆掉，确实很难看，村里不说拆我自己都想拆了，拆了我家门口就宽敞了啊！阿友，你得保证，我拆完就教我做红茶！"

"没问题，谁先拆完，谁先学，我已经跟顺子说好了！"钟清友高兴道。

"行！我家里的那个小柴房也拆了！"钟健城也举手说。其他人面露尴尬，有的挠头，有的抽烟，有的低头似乎在沉思，估计要回家和老婆商量才能决定。

只有钟火城很不爽，嘴里骂骂咧咧，因为他们家要拆的不是猪圈、鸡舍，而是刚建没几年的房子。他老婆阿兰一说要拆房子情绪就很激动，根本是不可能的事情。

"今天的会议就到这里，决定要拆的人到阿友这里登记，明天就让人过来拆，拆完就学技术！散会！"钟嘉禾站起来说道。

钟柳根和钟健城马上到钟清友跟前登记，钟火城气呼呼地走了，临出大门的时候还转头狠狠瞪了钟清友一眼。其余的人陆续离开，有两个人出去后不久又返回来登记，同意明天一起拆柴房。

"阿友，还是你的办法好！这一招四两拨千斤，轻松化解了四家，明天拆了这四家的，其他的工作就好做了，估计最难做的就是火城家的工作，这个我们留到最后来做，先把其他能拆的都拆了。"钟嘉禾边抽烟边咧嘴笑，露出一口被熏黑的牙齿。

两人正聊着，钟清友的手机响了，是钟宇恒的电话。钟清友赶紧接听了，还特意打开了免提，让钟嘉禾也能听到。

"阿友哥,我想了一夜,决定回乡和您一起干!我已经提交了辞职报告,明天办好手续就可以回家了!"钟宇恒的声音有些激动。

"太好了,阿恒,欢迎你的加入!"钟清友高兴地对着钟嘉禾握拳,"这个消息你记得第一时间告诉你爷爷!他一定很高兴!"

"我已经给我爷爷和我爸爸打过电话了,他们都很支持我。"

"好,那我们等你回来!"挂了电话,钟清友高兴得在原地转了三个圈,"老叔,我们果然猜对了!阿恒回来了,一切就迎刃而解了!"

"对,太好了,实在是太好了!这样嘉祥家里的房子也可以很快就拆掉,他们家的房子拆了,火城和阿兰的房子就没有理由不拆了!阿兰的房子拆了,其他两户的就完全不是问题了!"钟嘉禾笑得更欢了,脸上的褶子从未有过的舒展,眉眼全都挤一块儿去了。

# 第二十章

茶旅栈道的工程队已经正式进山了,材料和机器一部分堆放在村头,一部分已经拉到了正在扩建的制茶车间附近,整个工地看上去材料堆积如山,各种机器轰鸣作响,打破了茶山的寂静,也预示着茶山将进入一个全新的时代。

茶旅栈道开始施工,沿着山涧溪流弯曲而上,工人在山涧溪流和沟坎间打下桩柱,桩柱上铺上专用的户外木地板,既宽阔实用又美观大方,沿路碧绿的茶树触手可及,宽阔处还能摆上小茶桌,坐下来听风叹茶,实属人生之大享受。

看着工程队开始由下而上施工,钟清友脑海里已经有了美好的画面,这一天终于就要实现了。他在已具雏形的制茶车间转了转,开阔的车间能同时容纳上千人,两层这么大的空间,在乌山真的太豪阔了!钟清友兴奋之下一个人跳起了华尔兹。

村里的猪圈、鸡舍、小杂房什么的都拆得差不多了,比较顽固的几户在强大的舆论攻势下,很快也都同意拆了,村里村外的道路一下子就变得敞亮起来。

钟宇恒第三天就回来了,钟清友让他先跟着钟玉茗、钟翌晨熟悉一下基本业务,熟悉之后就把钟翌晨解放出来,专门负责茶旅民宿酒店的建设工作,这个大工程也很快就要启动了。

钟嘉祥在儿子钟庆明和孙子钟宇恒回来之后,主动要求把房子拆了,他说:"我不能耽误村里的建设。"这句话让钟清友感动了许久。按照县里的拆迁政策,整栋房子拆迁的,每户有一万到三万的补贴,按照面积大小来确定。另外,钟清友决定从乌山茶农拿出一部分资金来补贴给需要重新建房的村民,每户至少五万,这样可以减轻他们的负担。这样钟嘉祥一家就能得到八万元的房屋补助,在村里规划的宅基地上重新建一栋三层的新房子。

"感谢政府，感谢村委会，感谢清友！"八十多岁的钟嘉祥在接受县电视台的采访时由衷地说道，"村里几十年没有大变化，这一次是划时代的规划和改变，我作为乌山的村民，应该无条件支持！县上、村里和乌山茶农还给补贴帮我建房，我们一家很快就能住上崭新的楼房了。清友说将来我家里多余的房子可以拿来做民宿，坐在家里就能赚钱，这是多好的事情啊！我活了八十多岁，从来没有想过我们山里人有一天能过上这么好的生活！"

钟嘉祥的行动果然带动了很多人，因为大家看到了主动配合带来的好处，又听说将来家里多余的房子能够赚钱，都主动来找钟清友，要求加入他的民宿经营队伍。尤其是那些有空置的老房子的村民，更是天天来找钟清友，打听民宿装修和经营的方式。

"有三种方式：第一种是你们自己装修，自己经营，自己承担风险，自负盈亏；第二种是出租给我们公司，由公司统一负责装修和经营，收取固定收益；第三种是以老房子入股参与经营分红。"钟清友把早就拟好的三种合作模式的合同递给钟大毛。

"老房子装修要好多钱啊，我们自己怎么装得起？再说了，投入那么多钱要是没有生意怎么办呢？那不得亏破产？不行不行！"钟大毛一听马上否定了第一种，瞟了一眼手上密密麻麻的合同，一点儿也不想看，"我祖上那个下山虎的住宅已经很多年没人住了，现在已经破得不成样子了，我们兄弟几个可修不起。阿友，如果租给你们公司，每年有多少租金？"

"租金要根据具体的房屋面积和房屋破损情况来定。修复老宅子是一项很大的系统工程，需要投入很多资金，这样的租期一般是二十年以上，租金也相对会比较少。我建议你们用房子入股参与经营分红，这样收益相对来说更丰厚。"钟清友说。

"分红说起来是好听，但不固定也不稳定啊，我们农村人，就想要稳定的收益，哪怕少点儿，总比没有好吧！"钟大毛还是想选择最保守的那一种。

"可以，不过一旦签订了合同就不能更改。就是说后期如果别人参与经营的收益好、分红多，你们也不能改。回去看看合同，再好好想想，想清楚了告诉我。"钟清友说。

说了一天的话，钟清友觉得很累，比直播还累。晚上在钟嘉禾家里吃饭，他疲乏得一句话都不想说，只埋头吃饭。

"体会到做村干部的不容易了吧？"钟嘉禾坐在餐桌旁，边抽烟边说，"我有时候在外面累得回到家一句话都不想说，因为说得太多了。一开始我老婆还不理解，说我在外面就生龙活虎，呱呱个不停，回到家就像打蔫儿了的鸡，一副死相。真是子非鱼，不知鱼之苦啊！"

钟清友摇头："老叔，我这一天下来说得嗓子都冒烟儿了，我直播都没这么累过，感觉气都被耗尽了，从来没说过这么多话。"

"这些日子确实累坏了，但成效显著，任务已经完成了百分之九十。镇里黄书记都表扬我们，县里也很肯定我们的工作。今晚回去好好休息，明天上午你先不要下来，睡个好觉，下午再来，我们去找火城和阿兰，现在就剩下他们这一家了。"钟嘉禾说，"把你那里的高山老茶带上，火城家里就没好茶，都是低山的，做工又不好，卖不上价钱。他们家这几年也难啊！火城最需要的是制茶技术，把茶做好卖个好价钱，提高收入。可惜这两口子都是犟种，没有长远眼光。当初他们家建那个房子，我是不同意的，阿兰天天到村委会吵，还拿死威胁我，逼我签字，我被逼得没有办法。现在又要她拆掉，就像要她的命一样。"

钟清友边扒饭边点头。山里人建一栋房子确实不容易，何况是火城和阿兰这样纯粹的山民。钟清友虽然没经历过那样的苦，但在村里工作这么久，见多了村民的疾苦，他也能理解了。这要是在一年前，他是无法理解这种人的。

钟清友回到木屋别墅后倒在床上就不想动弹了。女友小朵打视频电话来，他闭着眼睛"嗯嗯"着应付，惹得小朵在手机里发火："钟清友，你干吗去了，累得像条死鱼一样？老实给我交代清楚！"

"宝宝你饶了我吧，我没力气说话了，再说话我就要断气了，这几天我被村民折磨得筋疲力尽。"钟清友求饶道。

"活该，谁让你留在山里的？我说了让你快点儿回来，你非不听，现在知道苦了吧？"小朵没好气道。

"累是累，但我还是很开心、很有成就感的，看着自己的规划蓝图一点点变成现实，这种幸福你无法体会……"

"累死活该！钟清友，你是不是魔怔了，居然喜欢做山里的村干部？我看你是真没见过世面，这么小的官儿你都能当得有成就感，我真是服了。"

"你还真不要瞧不起这个村干部，我告诉你，当好这个村干部，可真不是一件容易的事儿！基层的管理全靠村干部啊！唉，跟你说你也不懂，等你来了才知道。就这样吧，我要睡觉！"钟清友全然不顾小朵会生气，就把电话给挂了。

"不要命了，居然敢挂我电话！"小朵又打过去，钟清友直接关机了。

"嘿，还真胆大包天了！钟清友，看我以后怎么收拾你！"小朵气得咬牙，开始去翻钟清友的朋友圈和抖音，好久没认真看这些了。这一看，小朵就被吸引了，钟清友居然每天都密集地发朋友圈，更新抖音，茶旅栈道的建设，制茶车间的扩建，村里拆除房子、猪圈、鸡舍的视频，顺子教村民们做茶的视频，还有民宿酒店的工程推进、直播的情况，等等，果然日理万机的样子，难怪那么累。

那个曾经浪荡不羁的艺术青年钟清友，居然能安心在乌山干这么多事儿？小朵难以相信，也充满了好奇。这完全不是她认识的那个钟清友，但每次和她打电话的，又似乎还是那个钟清友。一股强烈的好奇，让小朵第一次有了想回国看看的冲动。

是不是应该回去一下？这个念头倏然一现，很快就被一个电话冲走了，朋友约她一起出去玩儿，最近在家宅了很久了，她立马欢呼答应。

# 第二十一章

睡饱了的钟清友又满血复活了,他带着两斤高山老茶和钟嘉禾一起来到了钟火城家。还没进门,就听到里面阿兰在咆哮:"你要是敢答应拆房子,我就死给你看!现在我们家里哪里还有钱修房子?两个小孩眼看着就要上大学,每年都要好多的学费、生活费,茶园的收入又少,你又不出去想办法赚钱,这日子要怎么过?啊?!"

"你不看看人家都拆了,就剩我们家了,你能不拆吗?再说了,拆了也给补助,你看嘉祥伯家的新房子地基都打好了,很快就能建起来了。早拆的那些人,都跟着顺子学做红茶了,现在都已经开始卖了。我们家还在这里等,越等越死,最后不拆也得拆。国家有政策,县上的统一规划,咱村里的百年计划,咱不能这么拖后腿不是?不然以后村里谁还理你?"钟火城的声音虽然不高,但依然有坚持。

"你说破天去我也不同意,他们敢拆我就死给他们看!"阿兰哭着吼道。

"哎呀,什么死不死的?这么丧气的话可不能乱说!"钟嘉禾背着手走进去,"阿兰,你放心,村里不可能强拆你的房子。我们一直坚持的是村民自愿的方针,你要是真的不拆,那就不拆,就这样住着。"

说完,钟嘉禾示意钟清友过去泡茶:"阿友带了好茶过来,咱们先冷静冷静,喝杯茶。人生除了生死,其余都是小事。阿兰啊,你一贯要强,日子过得辛苦,叔都知道呢!阿友也知道。今天我们过来,就是想怎么帮你们。"

钟清友边煮水烫杯边听钟嘉禾说话,大脑在飞速运转,猜钟嘉禾要怎么做通阿兰的工作。

"你们安的什么心我不知道?别假惺惺来说帮我了。"阿兰大力地擦掉眼泪,恨恨地看着钟嘉禾和钟清友。

"阿兰,我们真的是来帮你的。"钟嘉禾一点儿也不恼,脸上挂着微笑道,"火城是不是想学做茶?明天就让顺子来教你,你茶园里的茶再不采就真老了,连红茶都做不了了。"

"真的吗?"钟火城不敢相信地看着钟嘉禾,又看了看钟清友。

钟清友边泡茶边点头:"明天我就叫顺子到你这里来,你把茶青采好。"

"不拆房子也能教我?"钟火城眼里明显有了光。

"跟房子没关系,你先把茶做好。"钟嘉禾说,"你家里两个儿子,我知道你们压力大,房子拆了重盖要不少钱,补贴根本不够,这个我都知道。所以,你们也可以不拆。"

"你说的是真的?"阿兰又抹了一把眼泪,斑驳粗糙的脸上泪痕未干,睁大眼睛看着钟嘉禾。

"当然。"钟嘉禾很笃定地说道,"不过,以后这条大路通了,就直接冲着你家的大门,按照风水的说法,这是穿心煞,一般人都挡不住。如果继续住在里面,不仅会面临着破财,还会对男丁有巨大的影响,尤其是对你的两个儿子的前途和身体会有影响。"

"你吓唬我!"阿兰语气依然很硬,但明显底气不足了,眼神里有了一些畏惧。

"我不是吓唬你,这些你看看。"钟嘉禾把手机打开,里面是专门讲穿心煞对房子主人的影响,里面说的都是家破人亡、人财两空什么的。

阿兰分明不想看,但还是忍不住看完了,然后整个人的气焰就灭了一大半,再也没有刚才的那种跋扈怒火了,取而代之的是恐惧。如果真的会家破人亡,对两个儿子有致命影响,这样的房子那是绝对不能住的啊!

"阿兰,风水是一种学问,这些都是活生生的事例,不是我编的。你要是不信,自己去请个风水先生来看一下。这条路通了之后,你问问风水先生,你的房子这样冲路还能不能住?"钟嘉禾把手机收回来,不紧不慢道。

"请食茶!"钟清友招呼大家喝茶。老茶的甘醇柔滑让人身心舒畅,茶汤中果香馥郁,喝完满口生津。"你这是什么茶?"钟火城喝完一杯咂咂嘴,忍不住看向钟清友。

"高山老八仙,五年陈茶。以前都是留给我爷爷喝的,今天我给您带了两斤。"钟清友说。

"这个品质的茶你卖多少钱？"钟火城问道。

"这个茶一般是不卖的，一些老茶客找到我爸，我就匀几斤给他，至少这个数。"钟清友比了一个手势。

"八千？"钟火城瞪圆了眼睛，内心不由得跌宕翻滚，相比之下，他自己家里的茶真是垃圾，几百块都没人要。每次被收购的人压得连成本都收不回来，真是人比人得死，茶比茶得扔。没有对比就没有伤害啊！别人家有好茶园、好茶树，自己只有低山的几十亩，技术还不行，要是遇到年景不好，还得亏钱！唉！钟火城心里那个滋味，又酸又涩又苦，真是百般滋味无处诉说。

他抹了一下嘴巴，满是期待地看向钟清友："阿友，听说现在做出的红茶都能卖到上千块一斤？"

"品质好的可以。"钟清友点头说，"你家的茶树有多少年？都是什么品种？"

"也种了二十多年了，主要是蜜兰和鸭屎。"

"以前每年有多少收入？"钟清友问。

钟火城又抹了一下嘴巴，脸上的尴尬无处可藏，抬头看了一眼老婆阿兰，阿兰正怒眼瞪他，没等他开口，抢先道："以前一年还能卖个十来万，今年这鬼天气，老是下雨，卖茶的钱还不够请工人的钱，做茶都在亏钱。"

"雨天有设备也能把茶做好，关键还是看技术。"钟清友说。

"他们这样小门小户的，哪有钱买那么好的设备？技术就是老一套，天气好做出来的茶勉强能喝，天气要是不好做出来的茶根本没法喝。"钟嘉禾笑道，"靠天吃饭。"

"你们低山的茶比我们中高山的先采，以后遇到天气不好，就拉到我茶厂去做，这样能保证质量。"钟清友说。

"这个……阿友，那真的太谢谢你了！"钟火城简直不敢相信自己的耳朵，"我知道你们现在茶厂在扩建，以后地方大，设备好，我的茶拿上去做，你再教教我制茶的技术，那我的茶肯定就能卖个好价钱了。当然，我付费，加工费和学费，我都付。"

钟清友笑了笑，没有吭声，而是继续专心泡茶。几杯茶过后，钟嘉禾看了下手表，起身对钟火城说："阿城，我们还有事儿，先走了。"钟清友也起身跟着往外走。

钟火城送到门口，欲言又止，看着他们离开，尴尬地抹了抹嘴巴，又回头看了一眼站在屋内的阿兰，沉沉地叹了一口气。等钟嘉禾和钟清友走远，他才转头瞪着阿兰说："你说这房子现在还能不能住？这大路真要冲到家门口了，我们住在这里不是死就是残，你命硬，你敢住，我可不敢住！明天我就找先生来看，看完我就去跟嘉禾书记说，让他们来拆掉！你看庆明家的新房子地基都快打好了，人家的儿子已经在阿友那里拿高薪了，听说一个月一万六，年底还能有分红。还有那些家里有老房子的人，也已经跟阿友签好了托管手续，以后就等着收钱。咱们要是还不开始，以后什么好处都轮不到咱们！"

"行，你说拆就拆，建房子的钱你想办法，我不管了！"阿兰黑着脸，转身进了房间。刚才钟嘉禾的那番话，已经在她心里留下了深重的阴影。这房子冲路有煞气，她也知道点儿，但不知道有那么严重。如果真的会家破人亡，这房子还怎么敢住？可是建房子要一大笔钱，补贴的那点儿钱根本就不够啊！阿兰默默地站在窗前抹泪。

第二天，顺子如约来到钟火城家教他做红茶。整个过程，钟火城都不说话，默默地跟着顺子做茶，顺子怎么说他都点头，边录视频还边记笔记，非常用心。晚上，茶叶开始发酵，两人才得空坐下来喝茶。

"顺子兄弟，谢谢你！"钟火城看着顺子由衷道，"明天你回去跟阿友说，我同意拆房子，等我把夏茶做完就拆，就一周的时间，我把所有的东西搬走，马上就拆，拆完就建。新房子建好后，我也想跟着阿友做民宿。"

"好，阿城哥，你能这么想太好了！明天我回去就跟阿友说，他听了肯定很高兴。"顺子道，"跟着阿友干，我们肯定会越来越好的。你看，自从阿友来到乌山后，我们这里几乎每天都在发生变化。但是最大的改变才刚刚开始。茶旅项目建起来后，乌山会有翻天覆地的变化，阿友说，那时候乌山的春天才真正到来了，我们都能实现在家门口就业，躺在家里都可以赚钱！"

"是啊，我也想过这样躺着就能赚钱的生活！"钟火城笑道，"想起来就很美啊！你看看我现在，看起来有几十亩茶园，但每年的收益并不理想，遇到这样的年景，还要亏钱，难啊！"

"我们一定要改变靠天吃饭的被动局面，所以做茶的技术和设备都必须改进。阿友扩建茶厂，除了能保证我们乌山茶农的茶叶制作，也能为周边的茶农提供帮助，尽量减少雨天对制茶的影响。现在我们直播带货的销量也越来越好，全平台的矩阵号也已经搭建起来了，很快我们就能为整个乌山卖茶。阿友还说了，将来要培训更多的主播来为乌山代言，推广茶旅，推销茶叶，这样就能形成一个非常好的良性循环。"顺子说。

"还是阿友有思想，我们乌山就需要他这样的人啊！"钟火城感叹道，"我们窝在山里半辈子，也找不到出路，人家来了不到一年就能为乌山规划蓝图，改变乌山的未来，果然喝过洋墨水就是不一样！"

"是啊，阿友站的高度和我们就不一样，我们是窝在山里看世界，世界就只有那么一小块；人家已经飞到空中看世界了，世界无比广阔。眼界决定见识啊！"顺子笑道。

"你跟着阿友也是长见识了，还找了个山东的女朋友，什么时候结婚啊？"钟火城问道。

"我希望是年底或者过年后，但她父母的工作还是没做通，我得找时间去一趟山东，不然这事儿估计有点儿悬。"

"这事儿你得抓紧啊，顺子，你也老大不小了，关键是那个女孩儿真有福相，你要是娶了她做老婆，未来肯定发大财，旺夫啊！"钟火城催促道。

"嗯，知道知道，这事儿宜早不宜迟，教你们做完红茶之后，我就飞到济南去。"顺子心里也有些着急了。自从上次施文来了之后，他们就没再见面，又恢复到了每天视频聊天交流。隔着屏幕总感觉缺点儿什么，没有那种稳稳的真实的幸福，必须早点儿过去，早点把婚事定下来。

顺子每天都忙得脚不着地，一天睡不到五个小时，连续作战半个多月了，确实很累，但也很快乐，因为周边所有的茶农都学会了制作单丛红茶的工艺。在顺子的细心指导和严格要求下，每一家制作的单丛红茶质量都很好，不输乌山茶农的品质。

钟清友也忙坏了，每天都在村里，乌山茶农的民宿酒店已经正式动工，村里的老房改造也在启动。十几栋荒废的老宅子全部用托管的形式加入乌山茶农民宿项目，由钟清友统一设计，统一改造，确保老房子修旧如旧，保持乌山民居的风格和特点，打造经典的乌山民宿小院，融合乌山特有的畲族文化，让老房子焕发出新的生命活力。老房子的改造最费钱，需要巨大的投入，除了郑风云和董剑明参股，钟志国也加入进来，为乌山茶旅助力。

郑风云和董剑明两人打造的新式茶饮品牌"乌山·鸭屎啜啜"也初显成效，已经在深圳和广州有多家加盟店，下一步要往二、三线城市布局。钟清友说，这一项不仅要把乌山茶农所有的茶头茶梗变废为宝，还要让乌山村及周边茶农因此受益，成为乌山茶农的一个大增量。

钟火城的房子如期拆除，新房子在村里规划的宅基地上重建，钟清友免费为他们设计图纸，专门留出两间房子做民宿。为了减轻钟火城的建房压力，村里帮他家申请了建房免息贷款，解了钟火城的燃眉之急。拿到贷款的那天，阿兰十分感动，她真正体会到了钟清友和钟嘉禾对自己的帮助。嫁到乌山村这么多年，她一直很好强，就是不想落后于别人，但命运总是一次次捉弄她，在她眼看着生活有点儿起色时，就会有一个浪头把她打回原形。如果这次没有钟清友的鼎力支持，他们家还是翻不了身。阿兰特意做了一桌子好菜，请钟清友、钟嘉禾和顺子到临时借住的家里吃饭，房子虽然简陋些，但收拾得很干净。

"嘉禾叔，阿友，我为之前和你们说的那些话道歉！真心感谢你们无私的帮助！现在家里安顿好了，红茶也卖得不错，房子眼见着就建起来了，我心里是真高兴！说实话，我自从嫁到乌山，就没过过几天安生日子，总是很焦虑。这些天是我感觉最轻松也最有盼头的日子，我每天都去工地看新房子的建设进度，想象着房子建起来了，跟着阿友做茶、卖茶、做民宿，每天都充满了希望！这样的日子真好啊！"阿兰说这些话的时候，眼里泛着泪光。

"阿兰，你是个好强的女人，也是个勤劳能干的女人，叔心里有数呢！以前是叔的理念不够先进，没有带着你们过上好日子。现在有阿友在，有他领着大家伙干，乌山的好日子才刚刚开始咧！更好的日子在后头呢！"钟嘉禾呵呵笑道。

"是的，跟着阿友干，咱们都信心百倍呢！"钟火城也笑道。

"我这是站在嘉禾老叔的肩膀上干事情呢，没有嘉禾老叔打下的好基础，就没有今天的乌山规划蓝图。"钟清友说，"茶旅栈道已经完成了一半工期，茶旅酒店也已经开工，老房子的修复工程下个月正式开始，学校的扩建也在规划中，还有韩江纵队乌山指挥所旧址的修复，这些工程都要和村子的规划一起陆续展开。如果说过去的乌山是1.0的时代，那么现在我们正在打造乌山的2.0时代，未来还要进入3.0时代。我的目标是让乌山成为像欧洲小镇那样美丽富裕、文明生态的山村，让乌山成为乌山人的骄傲，成为外地人的向往。让乌山人实现经济自由和心灵自由，真正享受美好的人生。"

钟清友这话让钟嘉禾听得老泪潸然，多么熟悉的话语啊！嘉木老哥在的时候，也说过这样的话，只是那时候他身体不济，无法身体力行去推动很多事情。嘉木老哥说，当年他爸爸钟礼平带领乌山村民闹革命，就是想让大家过上幸福美好的生活，可惜他半途受阻，英年早逝。时光飞快啊，钟家的第四代又回到乌山建设乌山了，这一定是钟礼平在冥冥之中的安排吧，让阿友把他当年未竟的愿望全部实现。

"阿友啊，你是你爷爷的好孙子啊！我代表乌山村民感谢你！"钟嘉禾拍着钟清友的肩膀，仔细打量着钟清友道，"你们家的基因很强大，四代人共用一张脸，尤其是这个大鼻子，非常具有辨识度，但我觉得你比你太爷爷、爷爷和你爸爸更帅！更有气度！你是你们家最帅的那个崽！"

大家高兴得仰头大笑，钟清友的脸却莫名地红了，一股热汗从身体里汩汩往外冒。

# 第二十二章

半年后，乌山春茶即将开采。

3月5日惊蛰，暖阳和煦，春风轻拂。漫山的红杜鹃迎风舞动，从乌山村一直延伸到乌山顶上的茶旅栈道上游人如织，许多年轻人身着汉服徜徉在茶旅栈道。栈道的休息台上备好了工夫茶具，红泥炉里炭火已白，砂铫里山泉已沸，盖子在沸水的冲顶下"噗噗噗"有节奏地跳跃。游人三五成群，或坐下小憩品茗，或一路行至山顶，观览群山逶迤、苍峦叠翠的美景，再坐在天池边的茶亭里慢品细啜，享受乌山茶农高山单丛的甘醇韵味，饱览乌山白云悠悠、碧空如画的美景。

"茶山醒啰，茶发芽啰！茶山醒啰，茶发芽啰！……"随着悦耳的鼓声，叶天羽浑厚的喊声从乌山茶农新建成的制茶车间门口传来，绕着山谷回荡，呼唤着每一片正向阳而生的鲜嫩茶叶，让这些被唤醒的精灵尽情吸收春光雨露，快快拔节生长，给茶农们带来丰厚的回报。

这是乌山茶农组织的第一次中国非遗制茶大会惊蛰祭茶全球联动活动。叶天羽带领众多非遗传承人齐聚乌山，用虔诚而又隆重的方式向大自然祈福。这是一项古老的文化传承活动，也是茶农敬畏自然、凝聚人心的活动。乌山大部分的茶农和慕名而来的茶文化爱好者欢聚在一起，一起喊山，一起表达自己对自然的热爱和敬畏。一群小演员身着绿色的茶服正在会场上伴着音乐载歌载舞，那是马晓晴负责组织排练的乌山村小学舞蹈队的孩子们。

茶旅栈道上的游人中，有一群人稍显特别，他们都穿着白衬衫黑西裤，衬衫外面穿着款式相似的藏青色夹克衫，步履稳健，走走停停，不时有说有笑，偶尔还停下来和游客交谈。

"果真江山如画，美不胜收啊，乌山真是人间仙境！有艳阳高照，也有云雾缭绕，苍山悠然，茶中神仙啊！"到了乌山顶上，一直走在最前面那位气宇轩昂的领导停下来，环顾四周后欣然感叹，"没想到你们在大山深处打造了这么美的一个山村茶旅！刚刚一路上来，真是赏心悦目，村庄换新颜，茶山美如画！空气里都带着清新的茶香味儿，走了这么久居然一点儿都不觉得累！真是个好地方！这一上午，看了老房子的修复再利用，看了老学校的改造再利用，也看了山村的规划建设，韩江纵队乌山指挥所旧址、村史馆、图书馆、老人食堂，每一样都做得很到位，了不起，有情怀、有眼光！谁说山村没出路？小山村也可以有大市场。你看看今天的游人，络绎不绝啊！年轻人都身着盛装来赴这场春天的约会，很有仪式感！乌山村的这个建设很有借鉴意义，我看这个模式可示范、可推广！"

周围响起一阵热烈的掌声！这是对乌山建设的最高褒奖！

"报告王书记，我们已经在借鉴乌山村的规划经验，准备打造茶旅小镇，扩大到全镇所有的山村，镇上的单丛博物馆也即将建成投入使用。未来，我们就是单丛小镇、茶旅小镇。"县委黄书记站在王书记身后汇报道。

"茶旅小镇？我看范围还可以更大一点儿，可以依托乌山村的经验，打造一个茶旅走廊，方圆百公里都是茶叶经济带，借助乡村振兴的力量，把茶旅走廊经济带盘活，真正实现一片树叶富裕一方百姓，让绿水青山真正变成金山银山！"王书记昂首眺望远方，目光如炬，停顿片刻后转头问，"那个叫钟清友的小伙子呢？"

"在这儿，王书记，我就是钟清友。"钟清友很快被众人推到了王书记面前，他昂首挺胸，神情淡定。

"你就是乌山蓝图的规划师？"王书记饶有兴致地看着钟清友，嘴角露出满意的笑容，"听说你是从伦敦留学回来的？"

"报告王书记，我曾经在伦敦留学五年，是学艺术设计的。乌山的蓝图是我规划设计的，但是全体村民共同完成的，我们是在国家乡村振兴的大战略中，抓住发展的浪潮，完成了乌山村的2.0建设。未来五年我要争取完成乌山的3.0建设。"钟清友说。

"不错，任何地方和个人的发展，都离不开时代的浪潮。而你，就是带领大家前进的弄潮儿。好样的！你今年多大了？成家了吗？"王书记关心地问道。

"我今年二十六了，这是我的未婚妻朵朵。"钟清友把刚从国外飞回来的朵朵拉到身边，"今天原本是我们结婚的日子。非常荣幸今天王书记莅临乌山，我斗胆邀请王书记做我们的证婚人！"

"哦？那太好了！我也沾沾你们年轻人的喜气！"王书记很爽快地答应。

王书记的话让围在外面的钟志国和钟嘉禾都大为震惊，能请省委王书记做证婚人，这是何等荣耀啊！原本他们是要在惊蛰喊山的日子为阿友和朵朵、顺子和施文、翌晨和马晓晴三对新人举行婚礼的，没想到前几天接到通知，要他们做好接待王书记上乌山的准备。县领导说王书记可能会上乌山顶，但也可能不会，毕竟爬山很累，或许就是到村里看看。但要做好一切准备接待王书记上山。于是，他们原定在乌山顶上举行婚礼一事就取消了。早上王书记在村里看得很满意，一路兴致盎然，追着茶山的樱花和杜鹃花就走到了山顶。

在外围的许雅纯听到这个消息，内心那个激动啊，比自己当年结婚都要兴奋，她努力平复快要起飞的心情，马上指挥现场的工作人员，以最快的速度把婚礼背景拉起来了，让三对新人换上衣服，戴上花束，红地毯一铺，氛围感顷刻间拉满。来自全国各地的游人也都围过来为新人们喝彩祝福。

山花烂漫的乌山顶上，在王书记的见证和祝福下，钟清友和朵朵、顺子和施文、翌晨和马晓晴举行了简朴而又隆重的婚礼。乌山之巅，大锣鼓响彻云霄，乌山村小学的少年英歌舞队在春光里挥动英歌槌，跳起英歌舞，英姿飒爽，虎虎生威。

山脚下的乌山村里，钟庆明、钟火城、阿兰他们正在欢喜地忙碌着，各家的民宿早已订满，一个月的房源都被预订完了，乌山茶农的民宿酒店更是一房难求。乌山村的立体生态农旅已经配套成熟，游客在这里不仅能采茶、制茶、赏花、还能垂钓烧烤、摘菜喂鸡。他们不仅要住在村里，还要在村民家里吃正宗的农家宴、农家小吃，不要大鱼大肉，就吃山里土生土长的蔬菜、放养的山鸡。苎麻粿、鼠曲粿、浮豆腐、鸡肠粉、醪糟鸭肉、白切鸡，苦刺炒鸡蛋，配上乌山当地的黑糯米酒，百吃不腻。哪里有人群，哪有就有财富，在家门口赚钱，乌山人真的实现了这个梦想，每个忙碌的村民脸上都挂着幸福满足的笑容。

"我看你这嘴角一整天都咧着，开心吧？"钟火城笑呵呵地问阿兰。

"有这日子，谁不开心？咱活半辈子了，什么时候村里这么美、这么热闹、这么富裕过？我听嘉禾叔说，阿友要正式接班当咱村的党支部书记啦？"

"对，已经接班了，你没见今天大领导来都是阿友在介绍吗？阿友可是咱村有史以来最年轻的党支部书记。"

"是啊，阿友真是年轻有为啊！只有年轻人才是村里的希望，你看阿友回来后带回来几十个年轻人呢！要是这样的话，咱儿子以后也回来跟着阿友干，咱乌山现在可是比外面更好呢……"

一年后，乌山村的新农村建设成果被各大官媒争相报道，乌山村成为新农村建设的明星村。乌山茶农因为更多年轻人的加入，团队不断优化成长，在电商运营方面越来越专业，带货量位居各平台同类目榜首，成为凤凰单丛头部主播。钟清友、顺子、燕子成为名副其实的大网红，不仅实现为乌山茶农带货，还培养了众多主播为周边茶农带货。凤凰单丛成功出圈，声名远播。

钟清友用心构思打造的优质短剧、短视频也在各大平台收获巨大流量，乌山茶旅栈道成为享誉全国的网红打卡地，乌山民宿一房难求，进山必须提前一个月预约。为此，农业农村部专门到乌山召开现场会，众多专家云集乌山，各大媒体闻讯而来，乌山村高朋满座。乌山村改革的新闻再次占据了各大媒体头条。专家在乌山村及周边山村充分调研后，得出一致结论：乌山村的新农村建设经验很成功，真正可示范、可借鉴、可推广！

一年半后，省委王书记要求建设的茶旅走廊经济带初具规模，方圆百里山村因茶而兴，新一轮的山村建设正如火如荼进行中。

# 后 记

"你当年为什么会来潮州呢?"总有朋友这样问我。

"仙人指路。"我笑。

看似玩笑,实际真是如此。二十多年前,我和先生决定离开江西,换一个环境,换一种生活方式。去哪儿呢?当时我们对江西以外的地方知之不多,但脑海里仿佛有一个声音指引我们:广东沿海比较好。于是,我们按图索骥,在中国地图上,沿着广东沿海查找,最后选中了潮州。

来潮州喝到的第一杯工夫茶,至今印象深刻。那是炎炎酷暑中的一个当午,我们在海边炙烤了半天后,热气腾腾地来到一户渔民家中,进门就被热情地招呼"食茶"。三个小白杯中,酱油般浓稠的茶汤,我颤抖着手端起来,第一感觉是,好烫!喝一口,又苦又涩!剩下的茶汤再也无法入口。"我不喝茶。"这是很长一段时间我拒绝喝工夫茶的理由。

与工夫茶的第一次亲密接触,就是这样不太融洽。但入乡随俗,在潮州定居几年后,我们也在家里摆放了一套工夫茶具,用以招待朋友,也仅限于此,平时自己很少泡工夫茶,单位同事泡茶,我也甚少喝茶。但每日里见潮州人坐下就是"食茶",不管去到哪儿,进门都是"食茶",这种友好和谐的待人方式,确实令人放松,就算不喝茶,坐在旁边闲聊,也是惬意轻松的。

真正改变我对工夫茶印象的,是2017年去国家级非物质文化遗产潮州工夫茶艺省级代表性传承人叶汉钟老师那里喝茶。犹记得那个木棉灿燃的上午,在潮州古城区牌坊街叶汉钟老师的工作室,古色古香的茶桌前,红泥炭炉里榄炭已白,玉书煨中山泉正"噗噗"沸响。叶汉钟老师行云流水般演绎了潮州工夫茶艺二十一式,第一杯茶后,叶老师倾身问:"喜欢喝什么口味的茶?"

"香气高的。"

"滋味好的。"

"浓一点儿的。"

"好，一个个安排，先来香气高的。"叶老师轻摇羽扇，云淡风轻道。

随后，我们喝到了三杯不同滋味的茶，但都是同一款茶同一壶泡出来的，只是叶老师用了不同的注水方式和坐杯时间。每一杯都回味无穷。原来，工夫茶也这么好喝，还可以选择自己喜欢的口感。这完全刷新了我此前对工夫茶的所有认知。也是从这一刻起，我对工夫茶产生了兴趣，闲暇时在家也会有模有样地泡上一杯。

真正迷上工夫茶并与之结缘，是在2020年之后。疫情防控期间宅家，某日喝茶时突然灵光闪现，何不去学茶？心动不如行动，马上抽空去叶老师工作室喝茶。向叶老师表明学茶之心后，叶老师欣然应允，于是我开始了两年系统的学茶之旅。从潮州文化的源头开始学习，到潮州工夫茶艺二十一式，再到凤凰单丛茶的种植和制作。我们跟着叶老师深入凤凰山乌岽山顶，到古茶园观察古茶树的生长，不同品种茶树叶片的形状，不同海拔、不同方位茶树叶片的形态区别，阳面和阴面叶片生长纹路的不同，等等；和师兄们跟着叶老师在凤凰山熬夜制茶，还一起远赴江西老区指导茶农制茶……

正是这样系统的学习和进入原产地的实操体验，让我对凤凰单丛有了全新的感知和认识，也由凤凰单丛延伸到其他几大茶类的学习。学茶之后，才发现"茶"的内涵如此丰富，"茶"的外延如此广阔。从一片叶到一杯茶的过程，是中国人利用自然、征服自然再到与自然和谐共生的过程。学茶后，我对每日所喝的这杯茶，从心底里喜欢并有了敬畏，因为每一片叶、每一杯茶都是大自然的恩赐，是阳光雨露的精华汇聚，是人类汗水与智慧的结晶。叶老师授课时，最喜欢讲的一句话是："茶是有生命的，和人一样，你对它温柔以待，它也会对你友好反馈；反之，亦然。"听后，豁然开朗。

因为学茶，结识了一群年轻有趣的茶人。其中就有一位"95后"的小伙子，从国外留学回来选择管理家族的茶园。在他身上，我看到了茶山的未来和希望。也是从那时开始，茶山的故事在我心里有了源点。后来在省委党校学习时，正好看到省作协"新时代山乡巨变"题材作品创作扶持项目征稿，于是果断熬夜写出了《乌山不夜侯》的大纲和开篇，投过去后果然被选中。

小说立项后，我又多次前往凤凰山茶区采风，与当地政府的工作人员聊，与回凤凰山创业的年轻人聊，与大学毕业就一直在家乡从事"茶事"的年轻人聊，并在他们的带领下，去每座山头拜访深藏在山里的古茶树和古茶园，获得了许多出乎意料的有价值、有意义又有趣味的素材，也激发了许多许多灵感。这些素材和灵感汇诸笔端，就成了我小说中这些鲜活有趣的人物和故事。在写作的过程中，我又多次一个人开车前往凤凰山，没有目的地在山里转悠，去轻抚那些向阳而生的茶叶，去拥抱在山里伫立了几百年的古茶树，去感触孕育这些古茶树的神奇土地……因为，我要带着这片土地的地气来创作，这样，我才能让我笔下的人物完全沉浸在这片山里，完全融进在这份茶山的事业里。

这是一部因茶而生的小说，也是一部赋予山乡希望的小说；是反映新时代乡村振兴战略中的山乡巨变的小说，也是呼唤更多年轻人回归乡土的小说。山乡里已经有许多钟清友这样的年轻人，但依然需要更多和钟清友一样的年轻人，能够在看遍七大洲四大洋的风景后，带着国际视野回到家乡，在更高的维度来建设家乡、发展家乡。这样，未来我们的乡村才能真正实现全景式的文明振兴和科学发展。

感谢省作协领导对本书的关心和支持，感谢省作协"新时代山乡巨变"题材作品创作扶持项目，感谢花城出版社的编辑。这部小说在创作过程中也得到了许多朋友和师长的帮助，在此一并表示衷心的感谢！尤其要感谢叶汉钟老师对制茶技艺的严格把关，书中有关凤凰单丛的制作工序和细节描述，都得益于叶老师的指导，非常感谢！

小树<br>
2024年6月于潮州